철학 나라로의 모험 여행
메타피지카 공주

Prinzessin Metaphysika
Eine fantastische Reise durch die Philosophie

메타피지카 공주

지은이 / 마르쿠스 티이데만
옮긴이 / 이동희
펴낸이 / 강동권
펴낸곳 / (주) 이학사

1판 1쇄 발행 / 2001년 3월 9일
2판 2쇄 발행 / 2016년 3월 25일

등록 / 1996년 2월 2일 (등록번호 제03-948호)
주소 / 서울시 종로구 윤보선길 65(안국동 17-1) 우03051
전화 / 02-720-4572 · 팩스 / 02-720-4573
홈페이지 / ehaksa.kr
이메일 / ehaksa1996@gmail.com
페이스북 / facebook.com/ehaksa · 트위터 / twitter.com/ehaksa

한국어판 ⓒ (주) 이학사, 2001. Printed in Seoul, Korea.
ISBN 89-87350-62-2-03100

Tiedemann, Marcus, Prinzessin Metaphysika. Eine fantastische Reise durch die Philosophie
ⓒ Georg Olms Verlag AG, Hildesheim 1999, Germany
All rights reserved.

Korean Translation Copyright ⓒ 2001 by Ehak Publishing Co., Ltd.
All rights reserved.
Korean edition is published by arrangement with Georg Olms Verlag AG
through Agency Chang.

이 책의 한국어판 저작권은 (주) 이학사가 가지고 있습니다.
저작권법에 의해 한국 내에서 보호를 받는 저작물이므로
무단 전재와 무단 복제를 금합니다.

* 책값은 뒤표지에 표시되어 있습니다.

철학 나라로의 모험 여행
메타피지카 공주

마르쿠스 티이데만 지음 | 이동희 옮김

일러두기

1. 이 책은 Markus Tiedemann, *Prinzessin Metaphysika. Eine fantastische Reise durch die Philosophie*(Georg Olms Verlag AG, Hildesheim, 1999)을 우리말로 옮긴 것이다.
2. 본문에 나오는 외국 인명, 지명 등은 현행 외래어 표기법을 따르는 것을 원칙으로 하였다.
3. ( )는 지은이, 〔 〕는 옮긴이의 것이다.

■ 추천과 권유의 말

이 책을 읽는 것으로 멈추지 말기를……

— 손동현(성균관대 교수, 철학)

우리는 누구나 다 철학적인 문제를 안고 산다. 살아 있는 한 철학적인 문제에서 아주 벗어날 수 없는 게 인간의 숙명인지도 모른다. 철학이 무엇 하는 것인지 전혀 모르는 사람이라도 그의 가슴속엔 언제나 철학적 문제가 살아 움직이면서 그를 괴롭히고 있는 게 사실이다. 어떤 문제가 철학적 문제란 말인가? 생각해보자. 우리가 생활에서 부딪치는 모든 문제들이 따지고보면 철학적인 문제들에 연결되어 있다. 우리를 제일 크게 괴롭히는 게 무언가? 공부다. 공부는 대체 왜들 하라고 하며 노해야 하는가? 좋은 대학에 진학하여, 혹은 좋은 직업을 가져서 출세하고 잘살기 위해서이다. 그래? 잘산다는 게 어떻게 사는 건데? 잘사는 것? 글쎄, 돈 잘 벌고 남한테 뒤지지 않고 갖고 싶은 것 갖고 하고 싶은 것 하면서, 자유롭게 사는 것이지. 그래? 그렇게 사는 게 무슨 의미가 있는데? 다른 식으로 살면 안 되나? 스물 셋 젊은 나이에 노동조건 개선하라고 외치기 위해 자신의 몸을 스스로 불태운 전태일의 삶은 그럼 무가치한 삶인가? 서른 둘의 젊은 나이에 세상 사람들의 구원을 위해 스스로 죽음을 택한 예수는 또 어떻고? 자, 생각해보면 인생의 의미, 가치, 목적, 이런 것이 우리 젊은 가슴엔 늘 문제가 된다. 이게 철학적 문제가 아니고 무엇이겠나?

모든 철학은 이렇게 현실에서 출발한다. 현실에서 그 출발점을 갖지 않는 철학은 호소력도 작용력도 없다. 우리를 움직이는 힘이 없다. 그래서 철학은 현실 전체를 그 탐구 대상으로 한다. 그렇다고 현실의 이해 관계에서 벗어나지 못하고 이에 매달려 있으면 철학은 또 보편적인 진리를 구하는 넓은 시야를 얻지 못한다. 편협한 독단, 누적된 인습, 경직된 권위, 이런 것들을 과감히 버리고 깨뜨리는 것이 철학 정신이다. 현실에 뿌리내려 현실을 문제 삼되 현실의 크고 작은 벽들에 갇히지 않고 이를 허물어버리는 진지한 지적 작업이 곧 철학이다. 그래서 야스퍼스는 참된 철학은 현실로 되돌아온다고 했고, 후설은 철학은 무전제의 탐구라고 했다. 문제는 우리가 현실 속에서 가지고 있는 아주 구체적인 철학적 문제에 내가 어떻게 대결해 나아가느냐 하는 것이다. 달리 말하자면, 이런 원자재 형태의 철학적 문제를 어떻게 가다듬고 간추려 나의 지적 능력이 미치는 최선의 수준에서 그에 대해 나름대로의 안목과 견해를 가질 수 있느냐 하는 것이다. 또 달리 말하자면 나의 현실적 문제를 어떻게 모든 사람들의 사고에 두루 통하는 보편적 문제로 격상시킴으로써 그 해결의 접근로를 찾느냐 하는 것이다. 이것이 바로 이론적 작업이다. 우선은 다른 사람들의 이론을 들어보는 것이요, 그 다음으론 나의 문제에 대해 나름대로 이론적 이해를 가져보려 힘쓰는 것이다. 여기에 필요한 것이 물론 독서다. 철학서를 읽는다는 것은 이렇게 스스로 갖고 있는 문제와 씨름한다는 것이지 그저 지식을 늘리는 것이 아니다. 그러니 문제 없는 사람이 없는 한, 철학서는 누구나가 읽어야 할 일반서이지, 특수 분야의 전문서가 아니다.

사정이 이러함에도 불구하고 철학서들이 젊은이들한테서 잘 읽히지 않는 것은 그들이 그들의 문제와 씨름하는 데에 친숙하고도 속마음 알아주는 그런 책이 흔치 않았던 데에 큰 이유가 있다. 교양 철학서는 전문 철학도가, 그것도 오랜 정진 끝에 철학적인 문제 연관의 지도를 좀 읽을 줄 아는 사람이 써야 읽을 만한 법이다. 그런데 현실적으로 그런 사람들은 대개 대학에서 철학을 강의하는 전문 학자들이어서 젊은 청소년이 읽을 교양 철학서를 저술하는 데에 관심을 쏟을 형편이 못 된다. 아주 없는 것은 아니지만 수준이나 언어나 구성이나 내용이 만족스러운 평점을 받을 만한 철학 책이 적은 것은 사실이다. 그나마 철학적 문제들의 체계나 연관에는 주목하지 않는 에세이 형식의 책들이 주종이었지, 고전으로 정립된 철학적 이론들은 전체적으로 다루면서도 이들을 우리의 현실적인 문제로 구체화시키는 그런 형태의 책은 거의 없었다. 여기 이 책은 특히 플롯을 갖는 소설로서 완벽한 형태를 취하고 있다는 점에서 돋보인다. 철학 이론을 잘 모르는 청소년들로서는 쉽게 읽어 들어갈 수 있기 때문이다. 게다가 그 내용이 모험에 찬 여행담이어서 흥미를 잃지 않고 이야기 자체에 빠져들 수 있어서 더욱 좋다. 철학 책을 읽는지, 『로빈슨 크루소』나 『12소년 표류기』 같은 모험 여행기를 읽는지, 읽는 도중엔 구분이 잘 안 갈 테니 말이다. 소설의 형태로 된 철학서로 유럽을 휩쓸고 우리 나라에도 상륙해 많은 독자들에게서 사랑을 받은 책으로 요슈타인 가아더의 『소피의 세계』라는 책이 있었다. 『소피의 세계』가 서양 철학사를 그 이론 전개의 흐름 자체에 따라 소설로 각색한 것이었던 데 반해, 이 책은 단순히 철학사를 소설화한 것이 아니라 철학의 주요 문제들을 여행기 속에 구체화시켜 이야기를 구성해낸 책이라는 점에서 한 수 더 위라고 생각된다. 오디세우스의 여행담에 비견할 만하다 할까.

세계가 하나로 열리는 시대의 흐름에서 우리 한국도 앞장서 나아가고 있다. 경쟁의 마당이 넓어지고 그 정도도 더 치열해지고 있다. 정말 새로운 발상, 창의적 사고가 없이는 문명의 세계에서 앞서 나아갈 수가 없다. 그리고 창의적 사고는 그저 즉흥적이고 돌출적인 기발한 자세에서 나오는 것이 아니다. 깊은 사색의 축적을 소화해내지 않고서는 안 되는 일이다. 오늘 우리 사회에 철학적 사고가 요청되는 것은 이 때문이다. 뒤늦은 감이 없지 않으나 이러한 시대적 요청에 부응하여 이제 우리의 중등 교육도 암기 위주의 지식 교육을 탈피하고자 여러 가지 시도를 하고 있다. 대학 입학을 위한 수학능력시험이란 것도 이런 발상에서 시행되는 것이고, 대학에서 논술 고사를 실시하고 나아가 심층 면접 시험을 시도하는 것 또한 마찬가지다. 이제 우리나라의 고등학생들에게도 프랑스에서처럼 철학적인 문제와 철학적인 사고에 친숙해지는 것이 현실적인 필요로 다가오고 있다. 이러한 요구에 이 책은 좋은 응답이 될 수 있다고 본다.

번역서라는 점, 그래서 우선 주인공을 비롯한 등장 인물들의 이름부터 우리에겐 다소 생소하고 여행지의 풍광이나 분위기가 우리의 그것과 다르다는 점, 문제가 제기되는 상황 또한 우리에게 썩 친숙하지 않다는 점, 이런 점들은 이 책의 한계다. 이런 점을 생각하다보면 어서 이런 종류의 책이 한국의 철학자들에 의해 쓰여져야 할 텐데 하는 아쉬움이 새삼스러워진다. 그리고 아직도 이런 책의 집필을 구상만 하고 있는 나 자신의 나태가 부끄럽기만 하다. 이 책에 있어 다행인 것은, 오랜 기간 독일에서 철학을 수학하고 또 틈만 나면 유럽 문화 여행을 통해 서양의 지적 전통을 생생히 체험해오고 있는 이동희 박사가 번역을 했다는 점이다. 그의 유려한 번역이 번역서가 갖는 아쉬움을 크게 줄여주고 있기 때문이다. 이 책 한 권을 읽는 데서 멈추지 말고 철학서들과 더 잦은 친분을 가질 것을 희망하고 또 기대하며 이 책을 추천하고 권유한다.

■ 옮긴이의 말

메타피지카 공주에게

나는 필로조피카로 여행을 떠났다가 우연히 마르쿠스 티이데만이라는 사람을 만난 적이 있단다. 그 사람은 자신이 쓴 여행 안내 책자를 나에게 선물로 주었는데, 그 안내 책자에는 필로조피카로 여행을 떠나 여러 가지 모험을 겪은 너와 너의 친구들의 이야기가 담겨 있더구나.

그 안내 책자를 읽어보고 나서 나는 필로조피카라는 나라가 얼마나 흥미진진한 곳인지 새삼 깨닫게 되었고, 그 나라를 여행했던 너와 네 친구들을 한번 만나보았으면 하는 생각을 했단다.

사실 나도 너희들만 할 때에 필로조피카라는 나라를 여행한 적이 있었단다. 그렇지만 그때 내가 필로조피카라는 나라에서 본 것은 험난한 개념의 가시밭길뿐이었단다. 그때 내가 가진 안내 책자에는 이 개념의 가시밭길만 지나면 대단히 흥미롭고도 볼 만한 광경이 펼쳐진다고 소개되어 있었지만, 그 길은 너무나 고통스러웠단다. 그리고 끝도 보이지 않았고. 그래서 나는 그때 더 이상 여행하는 것을 포기하고 되돌아와버리고 말았단다. 개념의 가시밭길을 헤매다가 몸에 잔뜩 상처만 입은 채

돌아온 나를 보고 친구들은 필로조피카의 나라에 대해 궁금해하며 묻곤 했단다. 그때 나의 대답은 이런 것이었어. "그 나라를 여행하는 것은 쉽지 않아. 그 나라로 가려면 무엇보다 험난한 개념의 가시밭길을 걸어야 하니까." 이 말을 들은 친구들은 금세 고개를 가로저으며 "필로조피카의 나라로 여행을 떠나는 것은 위험하니까 그만두자"라고 말하거나, 아니면 "필로조피카의 나라는 분명 흥미로울 거야. 그렇지만 개념의 가시밭이 마음에 걸려"라고 말했단다. 그들 모두 필로조피카로 선뜻 여행을 떠날 마음이 없었단다.

그 뒤, 나는 다시 한번 마음을 굳게 먹고 필로조피카로 여행을 떠나기로 했어. 그렇지만 여행을 떠나기 전부터 머리가 아득해지는 느낌이었단다. 아까 말했듯이 내가 가진 안내 책자에는 필로조피카를 여행하려면 반드시 개념의 가시밭길을 거쳐가야 한다고 소개되어 있었거든. 그렇지만 이번에는 고통스럽더라도 마음먹은 대로 개념의 가시밭길을 끝까지 헤쳐나가기로 했단다. 그렇게 개념의 가시밭길을 한참 지나다 보니 개념의 가시나무에 예전에는 보지 못했던 아름다운 꽃들이 다채롭게 피어 있다는 것을 새롭게 발견하기도 했어. 그렇지만 꽃은 아름다워도 가시나무에는 여전히 가시가 돋아 있더구나. 그렇게 참고 어느 정도 가시밭길을 지나니 정말 말 그대로 흥미진진한 필로조피카의 나라가 나타나더구나. 거기서 나는 필로조피카의 나라에 와 있던 몇몇 사람들을 만났단다. 그중 한 사람이 앞에서 말한 마르쿠스 티이데만이라는 사람이었어.

그때 그 사람은 내가 가진 것과는 전혀 다른 안내 책자를 들고 있더라고. 그는 험난한 개념의 가시밭길을 거쳐 고생하며 필로조피카의 나라에 온 내가 딱했는지 자기가 가진 안내 책자를 나에게 주었지. 자기가 그 안내 책자를 썼다면서. 아까 말한 대로, 그 안내 책자에는 너와 너의 친구들이 필로조피카로 여행하면서 겪은 흥미진진한 모험 이야기가 실려 있었단다. 너희들은 위대한 철학자 칸트가 평생 동안 지녔던 네 가지 철학적 물음에 대한 대답을 찾아 필로조피카의 나라를 여행했더구나. 너희들의 이야기를 읽고 나서, 나는 필로조피카의 나라로 올 수 있는 통로는 여러 가지가 있다는 것을 알게 되었단다. 그러한 사실을 알게 되자, 갑자기 필로조피카의 나라로 가려면 반드시 개념의 가시밭길을 지나야 한다고 하면서 한 가지 통로만을 적어놓고 있는 내 안내 책자가 몹시 미워지더구나. 너와 너의 친구인 플라토니쿠스-칸티쿠스 그리고 칼레 막스가 겪은 이야기를 진작 알았더라면, 필로조피카의 나라로 가기 위해 그토록 고생할 필요가 없었을 텐데.

나는 그 안내 책자를 얻고 나서 필로조피카의 나라에서 급히 집으로 되돌아왔단다. 그리고 부랴부랴 너희들의 여행담을 번역해서 필로조피카로 떠나고 싶어하는 우리나라의 젊은 친구들에게 소개하고 싶었단다. 그래서 그 젊은 친구들이 나처럼 험난한 가시밭길을 헤매다 되돌아가지 않고 너희처럼 필로조피카의 나라로 가서 흥미진진한 모험을 겪게 되기를 바랐단다.

메타피지카야, 너와 네 친구들에게 양해를 구할 것이 있단다. 번역하는 과정에서 너희들의 이야기를 그대로 옮기고 싶었지만, 어떤 때는 불가피하게 의역하거나 간혹 나의 말을 끼워 넣을 수밖에 없었기 때문이란다. 예를 들면 제3장의 마지막에 가서 너와 너의 친구인 플라토니구스-칸티쿠스가 말을 놓고 잘 지내자는 말이 나오는데, 그것은 내가 삽입해 놓은 말이란다. 공주와 평민 사이의 신분에도 불구하고 너와 플라토니쿠스-칸티쿠스는 처음부터 친구 사이처럼 독일어로 Duzen(친칭)으로 쓰고 있지만, 우리말에는 존댓말과 반말의 구별이 뚜렷해 그런 말을 넣을 수밖에 없었단다. 너희들의 모험 이야기를 좀 더 잘 알리려 하다 보니 그렇게 되었구나. 그러니 이해해줄 수 있겠지?

얼마 전부터 나는 일산에 있는 비코 어린이 철학 교실에서 어린이들과 함께 필로조피카의 나라로 여행을 가려고 준비하는 중이란다. 어린이들과 함께한다면, 필로조피카의 나라로 가는 것이 한결 더 쉬워질 수 있겠지. 너희들이 책에서 말했던 것처럼 말이야. 나와 함께 여행을 가려는 어린이들이 필로조피카의 나라를 여행하다가 메타피지카 너와 네 친구들 플라토니쿠스-칸티쿠스 그리고 칼레 막스를 만날 수 있게 되기를 나는 간절히 희망하고 있단다.

어린이들이 너희들을 만나게 되면, 너희들을 둘러싸고 너희들이 겪은 모험담을 들려 달라고 조를지도 몰라. 귀찮더라도, 그 어린이들에게 너희들이 겪은 필로조피카의 모험담을 친절하고 상냥하게 들려주기를 바란다. 특히 칼레에게 투덜대지 말고 잘 좀 설명해달라고 말 전해주렴. 그럼 잘 지내기 바라며, 이만 안녕!

2001년 2월, 송탄에서 이동희

■ 지은이의 말

독자 여러분께

당신은 메타피지카 공주와 그녀의 친구인 플라토니쿠스-칸티쿠스 그리고 칼레 막스의 이야기를 아주 다르게 읽을 수 있습니다. 우선 모험 이야기로 읽을 수 있겠지요. 그러나 영리한 사람들은 이 책을 철학사와 비교해보고, 그 내용이 철학사가 전개되는 과정과 그 과정에서 등장하는 인물들과 놀랄 정도로 유사하다는 것을 발견할 것입니다. 어떤 사람들은 이 책이 철학사에 나오는 사상 과정을 단순하게 베낀 것이라고 혹평합니다. 물론 이러한 혹평은 논란의 여지가 매우 많습니다. 이러한 혹평이 어디까지 정당한 것인지는 독자 여러분이 스스로 판단하시길 바랍니다. 이 책의 주석을 읽고 이 책에 등장하는 인물들과 개념들을 철학사와 비교해볼 수 있을 것입니다. 주석을 단 까닭은 책을 읽다가 항상 필요할 때면 이름과 개념들을 찾아볼 수 있도록 하기 위해서입니다. 물론 당신은 이 책을 그냥 단순하게 모험 이야기로 읽을 수도 있을 것입니다.

함부르크, 1999년 가을 마르쿠스 티이데만

- 추천과 권유의 말 : 이 책을 읽는 것으로 멈추지 말기를…… · 5
  ― 손동현(성균관대 교수, 철학)
- 옮긴이의 말 : 메타피지카 공주에게 · 9
- 지은이의 말 : 독자 여러분께 · 13

제1부 인간이란 무엇인가?

1장 언제 안개가 완전히 걷힐 것인가? · 21
2장 성으로 가는 여행 · 39
3장 메타피지카 공주의 물음 · 58

제2부 나는 무엇을 알 수 있는가?

4장 감성 Ästhetik의 사바나 · 97
5장 동굴 · 142

제3부 나는 무엇을 해야만 하는가?

6장 사악한 왕 · 199
7장 욕심 없는 사람들에게 가다 · 227
8장 기게스의 반지 · 248

차 례

9장   생사를 건 싸움 · 265
10장   그 이후 · 281
11장   기쁨의 오아시스 · 291
12장   프린치피아 항구 · 312
13장   행복과 변증법의 섬 · 333

제4부   나는 무엇을 희망해도 좋은가?
14장   선禪의 고양이 · 365
15장   서로 싸우는 현자들 · 383

제5부   이 모든 것은 무엇을 위한 것인가?
16장   거울로의 귀환 · 407
17장   고통스런 귀환 · 416
18장   이 모든 것은 무엇을 위한 것인가? · 431

■ 더 읽을 만한 책들 · 441

1

인간이란 무엇인가?

I장 언제 안개가 완전히 걷힐 것인가?

— 거 대 한 호 수 에 서 사 는 삶

플라토니쿠스-칸티쿠스[1]는 노를 손에 쥔 다음 힘껏 저었다. 호수의 수면 아래로 노가 잠기는 듯하더니, 물이 조용히 꼬르륵 하는 소리를 내며 뒤로 밀려났다. 그는 종종 이렇게 묻곤 했다. "안개가 언제 완전히 걷힐 것인가?" 그의 가족이 거대한 호숫가에서 살게 된 이래, 그가 아는 한, 안개가 전혀 끼지 않은 호수 전체를 본 사람은 아무도 없었다. 보트에서 물이 전혀 보이지 않을 정도로 안개가 짙게 낀 날도 있었다. 그런 날 집을 나서는 것은 위험하며, 고기를 잡기 위해 노를 젓는다는 것은 더욱 위험천만한 일이었다.

물론 거대한 호수에 햇볕이 가득 넘쳐 나던 날들도 있었다. 특히 여름에는 그런 날들이 몇 주, 혹은 몇 달 내내 계속되곤 했다. 햇살이 물결에 부딪쳐 반짝일 때면, 호수 전체를 볼 수 있다는 인상을 받기도 했다.

---

1) 플라토니쿠스-칸티쿠스Platonicus-kanticus는 칸티치와 플라토니치 가문의 결합으로 태어난 아들이다. 족보 연구가들은 칸티치와 플라토니치 가문이 철학자 칸트와 플라톤과 관계가 있다는 것을 증명하려 들 것이다.

그렇지만 그런 날에도 먼 곳에 있는 호수의 기슭은 항상 미세한 안개 봉우리 뒤에 숨겨져 있었다. 그리고 수평선은 희미한 물안개에 뒤섞인 채 드러나곤 했다. 플라토니쿠스-칸티쿠스는 이 안개의 장막을 벗겨보려고 했던 적이 있었다. 어렸을 때 그는 안개 뒤에 무엇이 숨겨져 있는지 알고 싶어 안개 봉우리를 향해 오랫동안 노를 저어나간 적도 있었다. 그러나 그의 친구들은 또 다른 장소에서 안개가 피어오르는 것 때문에 항상 혼란을 느끼곤 했다.

플라토니쿠스-칸티쿠스는 노를 저으면서, 멀리서 베일을 쓰고 자신 앞에 나타나는 안개가 어디에서 갈라지는가를 유심히 살펴보았다. 그렇지만 드디어 그가 안개를 명석하고 판명하게 인식할 수 있다고 믿게 된 순간 안개는 항상 아주 가까운 곳에서 피어오르는 것처럼 그의 앞에 나타나곤 했다. 결국 그는 거대한 호수의 전체를 결코 완전하게 볼 수는 없다고 체념해버리고 말았다.

플라토니쿠스-칸티쿠스는 자신이 사는 마을이 있는 만灣으로 노를 저어 오면서 이렇게 생각했다. "아니야! 결코 호수 전체를 볼 수는 없을 거야. 그렇지만 가능한 한 호수에 대해 많이 경험하고 싶어."

마을 노인들 중에도 거대한 호수 전체를 본 사람은 없었다. 물론 대부분의 노인들은 안개가 거의 끼지 않는 물위의 지역을 알고 있었다. 그들은 물위에서 날씨가 갑자기 나빠지면 그쪽으로 배를 저어나갔다. 그래도 모든 것을 어둡게 만들어버리는 끔찍하게 두꺼운 안개가 그곳까지 침입해 오는 경우가 많았다. 그럴 때면 노인들은 "이제 안개가 걷혔을 거야, 더 이상 안개에 대해 생각하지 말자"고 스스로에게 말하곤 했다.

마을에는 안개에 대한 두 가지 이론이 있었다. 한 편의 사람들은 안개가 일정한 거리에서 가라앉았다가 규칙적으로 새로이 피어오른다고 생각했다. 다른 편의 사람들은 안개가 아주 변덕스러운 것 같지만 항상 사라져가는 중이며, 날씨가 좋은 날에는 모든 사람이 호수 전체를 바라

안개 자욱한
거대한 호수
장소

볼 수 있을 것이라고 말했다. 마을에서는 이 물음을 놓고 격론을 벌이다가 심지어는 싸우는 일까지 벌어졌다. 한번은 플라토니쿠스-칸티쿠스의 어머니가 이런 물음을 놓고 싸움을 벌이다가 이웃집 여자에게 생선을 집어던지기도 했다.

플라토니쿠스-칸티쿠스는 자기 가족의 두 가지 입장 때문에 생기는 문제를 잘 알고 있었다. 그의 어머니는 현실은 점진적으로 개선할 것이 아니라 획기적으로 확 바꾸어야 한다는 입장을 열렬하게 옹호했다. 그의 아버지는 비록 계몽의 대변자는 아니었지만, 결코 계몽의 가능성을 배제하지는 않았다. 하여튼 플라토니치 가문[2] 사람들과 칸티치 가문[3] 사람들은 매우 달랐다. 두 가문은 성격이 달랐지만, 아들의 이름을 통해서 조화를 꾀하고 있었다. 첫아들에게 어머니와 아버지의 이름을 함께 붙이는 것이 이 호수 근처에 사는 사람들에게는 흔한 일이었다.

플라토니쿠스-칸티쿠스는 자신의 이름이 불만족스러웠다. 사람들은 여자아이한테는 두 이름을 한꺼번에 붙이지 않았기 때문이다. 여자아이들은 너무나 독립적이어서 스스로 자신의 이름을 고를 수 있었다. 아들은 성년이 된 후에야 비로소 그럴 권리를 가질 수 있었다. 그래서 플라토니쿠스-칸티쿠스는 마을에 사는 소녀를 매우 부러워했던 적이 있었다. 그때 그의 여사촌인 시모네 부르마이스터[4]는 이렇게 그를 위로하곤 했다.

---

[2] 플라토니치 가문의 선조뻘 되는 플라톤Platon(아테네 BC 427~347)은 그리스 철학자들 가운데 가장 중요한 한 사람으로 꼽힌다. 소크라테스의 제자였던 플라톤은 스승인 소크라테스를 기리기 위해 소크라테스를 주인공으로 하는 대화 형식의 작품을 썼다. 그의 주요한 작품으로 『국가』가 있다.
[3] 칸티치 가문의 선조뻘 되는 임마누엘 칸트Immanuel Kant(쾨니히스베르크 1724~1804)는 가장 유명한 독일 철학자이다. 그의 주저인 세 권의 비판서 『순수이성비판』(1781), 『실천이성비판』(1788), 『판단력비판』(1790)이 유명하다.
[4] 플라토니쿠스-칸티쿠스의 사촌이자 친한 친구이다. 과감하게 해석하고 싶은 사람은 이 이름이 시몬느 드 보부아르Simone de Beauvoir에서 비롯되었다고 말하고 싶어

"네 이름이 매우 훌륭하다는 걸 알고 있니?"
그리고 그녀는 이렇게 말을 했었다.
"네 이름의 반은 어머니한테서, 그리고 나머지 반은 아버지한테서 온 거야. 사람이 여자 혹은 남자로 태어난 것은 별로 중요하지 않아. 보다 중요한 것은 사람은 자기 스스로를 형성해가는 존재라는 점이야."

플라토니쿠스-칸티쿠스는 그 당시에 시모네가 하는 말을 제대로 이해할 수 없었다. 그러나 그녀와 대화를 나누면 왠지 기분이 좋아지곤 했다.

그는 노로 물을 힘껏 내리치면서 마을 쪽으로 나아갔다. 그가 생각할 때 가장 아름다운 집은 땅위에 완전히 서 있는 그런 집이 아니었다. 그가 생각하는 가장 아름다운 집은 한쪽은 땅에 붙어 있으면서, 호수 쪽으로 난간이 나 있는 집이었다. 물론 난간이 호수로 나 있기 위해서는 그 난간은 호수의 바닥에 박혀 있는 기둥에 의지해야 한다.

그런 집 가운데 하나가 바로 그의 가족이 사는 집이었다. 그의 가족은 그렇게 살고 있었다! 그의 가족은 뭔가 남다른 데가 있었다. 그들은 모두 사랑스러웠지만, 때때로 너무 깊이 생각하는 버릇이 있었다. 그의 아버지나 어머니는 거의 매주 한 번꼴로 다리에서 물로 떨어지곤 했다. 생각에 너무 깊이 잠겨 걷다가 발을 헛디뎠기 때문이다. 그런 일이 있을 때마다 이웃 사람들은 그들을 비웃었고, 그것이 플라토니쿠스-칸티쿠스의 마음을 상당히 아프게 했다.

여하튼 그의 부모는 특이한 사람들이었다. 그의 어머니는 전형적인 플라토니치 가문의 사람이었다. 플라토니치 가문은 마을에서는 오래전부터 잘 알려진, 영향력 있는 가문이었다. 그 가문 사람들은 자기들이

할 것이다. 프랑스 여성 철학자이자 작가(파리 1908~1986)인 그녀는 장-폴 사르트르의 일생 동안 반려자였으며, 20세기 여성 운동의 위대한 인물이다.

특별한 존재라는 것을 별로 숨기려 들지 않았다. 그들은 기존의 현실에서 벗어나고자 하는 성향이 뚜렷했다. "우리가 왕이 되었거나 왕이 우리와 같은 성품을 지녔더라면 모든 것은 최상의 상태가 됐을 텐데"라고 플라토니치 가문의 사람들은 종종 말하곤 했다.

플라토니쿠스-칸티쿠스의 아버지는 이에 비하면 훨씬 더 현실적이었다. 그는 사람들이 조금만 더 깊게 생각하면 많은 것을 얻을 수 있다는 견해를 가지고 있었다. 그는 사유하는 것을 훈련하고 사유를 정확하게 하는 것에 큰 가치를 둔 반면, 그의 부인은 비유를 즐겨 사용했고 삶을 즐기기 위해 비유를 훌륭하게 사용하였다. 그러나 그녀의 남편은 비유의 사용을 꺼려했다.

플라토니쿠스-칸티쿠스는 보트를 집의 선착장에 붙들어 매며 이런 생각을 했다. '부모님이 서로를 깊이 사랑하는 것은 자신들이 가진 이념에 대해 끝없이 이야기를 나눌 수 있기 때문이 아닐까? 내 생각에 부모님도 동의하실까?'

그의 아버지는 어머니를 "나의 귀여운 교조주의자"[5]라고 불렀다. 이 호칭 속에는 이런 불평이 담겨 있었다. "망각의 강물을 한 모금만 마신 게 아니라, 아예 그 강물 속에 풍덩 빠져버렸군!"

이런 날이면 플라토니쿠스-칸티쿠스는 일찍 자러 갔다. 그는 교조주의자가 무엇인지, 그것이 망각의 물[6]과 무슨 관련이 있는지 알지 못했다. 그리고 그런 모든 일들이 왜 두 사람이 물에 빠지는 것으로 결말이 나는지도 몰랐다.

플라토니쿠스-칸티쿠스는 선착장의 작은 계단을 뛰어올랐다. 그는

---

5) 교조주의자 또는 교조주의는, 절대적 진리에 대하여 증명되지 않은 정리를 과대평가하거나 맹신하는 사람들과 그러한 이념을 뜻한다.
6) 전문가들은 이 망각의 물이 플라톤과 관련 있다고 여길 것이다. 영혼의 윤회에 대한 플라톤의 비유에 있어 망각의 물은 중요한 역할을 한다.

정말 이 집을 사랑했다. 집은 마을의 변두리에 있었고, 마을의 다른 어떤 집들보다 호수 쪽으로 가장 많이 튀어나와 있었다. 집의 바닥면 중 한 모서리만이 땅 쪽에 기대 있었다. 그 모서리는 튀어나온 바위에 의해 지탱되고 있었다. 다른 세 모서리는 호수에 잠긴 튼튼한 나무 기둥들을 토대로 하고 있었다.

플라토니카 부인과 칸티쿠스씨는 자신들이 선호하는 이념에 따라 집의 이름을 짓기 위해 여념이 없었다. 집이 세워진 평평한 지반을 그녀는 전제라고 불렀다. 그녀는 지층에 있는 방들을 하부 구조라 불렀고, 잠을 자거나 음악을 연주하는 다락방을 상부 구조라고 불렀다. 그녀는 고집스럽게 결국 지붕의 가장 높은 지점에다 "정의"라는 말까지 새겨놓았다.

그의 아버지는 자신의 생각에 따라 집의 세 기둥을 장식하게 해달라고 부인에게 요구했다. 그는 세 기둥에다가 "자아, 세계, 신"이라는 말을 새겨놓았다. 각 기둥 뒷면에는 조그만 글씨로 "필요한 가정"이라는 말을 똑같이 새겨놓았다. 이 말을 발견하려면 기둥을 돌아 헤엄쳐 가야만 한다.

플라토니쿠스-칸티쿠스는 이 말의 뜻에 대해 아버지에게 물은 적이 있었다. 아버지가 대답했다.

"아주 간단하단다. 기둥들이 우리 집 전체를 받들고 있다는 것은 알고 있지? 그렇다면 기둥들이 이 역할을 훌륭하게 해내고 있다고 보니?"

"물론이죠. 어쨌든 기둥들이 아직도 구부러지거나 부러진 것은 아니잖아요."

그의 아버지는 계속해서 질문했다.

"그렇다면 너는 기둥들이 확실하다는 것을 어떻게 알지?"

플라토니쿠스-칸티쿠스가 대답했다.

"우리 집이 흔들리지 않는다는 것을 보면 알 수 있잖아요."

아버지가 말했다.

"그래, 나도 그렇게 안단다. 그러나 우리는 기둥이 박혀 있는 호수의 바닥을 볼 수는 없단다. 우리는 기둥이 땅 속에 아주 깊이 박혀 있다고 믿을 수밖에 없겠지만, 그것을 볼 수가 없단다."

"그렇지만 우리가 그것을 볼 수 없다고 해서 기둥이 흔들리지 않을까 하고 항상 걱정할 필요는 없잖아요."

플라토니쿠스-칸티쿠스는 아버지의 말에 이의를 제기했다.

"그래, 그게 바로 내 생각이기도 하다."

아버지가 그의 말에 동조했다.

"그리고 우리는 집이 흔들리지 않는다는 이유로 기둥들이 확실하게 서 있다고 가정할 수밖에 없겠지. 이렇게 필연적인 가정을 전제[7]라고 부른단다. 그것이 없다면 우리의 사고나 행위들은 무의미한 게 되고 말 거야. 이런 점에서 볼 때, 자아, 세계, 신은 가장 중요한 가정들이라 할 수 있지.[8] 우리는 우리 자신을 '자아'라고 부른단다. 그리고 우리는 신과 세계에 대해서 아주 자명하게 대화를 나눈단다. 그렇지만 우리는 신과 세계를 정확하게 설명하거나 입증할 수도 없단다. 우리가 '자아'라고 말할 때 그 자아란 도대체 무엇일까? 그리고 '세계'는 도대체 무엇일까? 그리고 '신'은 무엇일까? 도대체 신은 있는 걸까 없는 걸까? 신이 있다면 무엇을 위해 있는 걸까?"

플라토니쿠스-칸티쿠스가 솔직하게 말했다.

"정말 이해하기 힘드네요."

"아마 나중에는 이해하게 되겠지."

아버지는 아들을 이렇게 위로하고 난 다음 슬쩍 이런 말을 덧붙였다.

7) 논리적 추론을 위한 가정, 토대를 말한다.
8) 칸트의 철학에 있어 이 세 개의 커다란 주제는 증명되지 않은 전제들이라 할지라도 인간이 의미 있는 세계 인식을 하기 위해서는 필연적인 전제이다.

"네 엄마한테는 그 단어들에 대해 말하지 않는 게 좋겠다. 엄마는 그것이 옳지 않다고 생각할 수도 있으니까."

플라토니쿠스-칸티쿠스는 그때의 대화를 생각하면서 집으로 들어섰다. 그의 부모는 집에 없었고, 현관 벽에 메모만 남겨져 있었다. 어머니의 글씨였다. 플라토니쿠스-칸티쿠스는 메모를 읽고 난 다음 미소를 짓지 않을 수 없었다.

"우리는 마을 광장에 있으니 그리로 오거라. 왕궁에서 보낸 사자를 기다리고 있단다. 추신. 다시는 창문을 그렇게 활짝 열어두지 말거라. 모기가 들어올 수도 있으니까. 아버지가 얼마나 모기를 싫어하시는지는 너도 잘 알고 있잖니!"

플라토니쿠스-칸티쿠스는 집에서 뛰어나와 집과 땅을 연결하는 바위를 지나 땅 쪽으로 건너갔다. 그는 "왕궁의 사자"를 머릿속에 떠올렸다. '드디어 이 마을에도 무슨 일이 일어나는가 보군!'

마을 광장에는 이미 모든 주민들이 모여 있었다. 군중들 가운데 힘센 군마를 탄 기사가 위로 불쑥 솟아 있었다. 플라토니쿠스-칸티쿠스는 한눈에 그를 알아보았다. 그는 대영주 포이달리쿠스[9]였다. 험상궂은 얼굴을 한 영주는 그가 거대한 호수에서 사는 사람들을 좋아하지 않는다는 사실을 굳이 감추려 들지 않았다. 언젠가 그는 왕에게 호수에는 용맹한 기사가 없다고 공언한 적도 있었다. 그러나 그날은 기사가 말한 다른 일 때문에 사람들이 무척 흥분해 있었다.

마을에서 가장 나이 많은 노인이 외쳤다.

---

9) 포이달리쿠스는 봉건주의를 뜻하는 독일어 포이달리스무스Feudalismus를 생각나게 할 것이다. 기사는 봉건주의 시대의 전형적 인물이다. 중세와 근세 초기의 경제 형태를 봉건주의로 특징지을 수 있을 것이다. 대개의 귀족 지주는 자신의 힘과 부를 그들에게 의존적인 농부와 농노에 의지했다.

"사실 그게 더 좋은 것 아닙니까!"

다른 한 노인이 말했다.

"당신도 알다시피, 제 생각에도 그것은 아주 옳다고 여겨집니다."

플라토니쿠스-칸티쿠스의 부모는 매우 흥분한 것처럼 보였다. 그의 어머니가 욕설을 내뱉으며 말했다.

"에이, 빌어먹을 것! 여기서 무슨 일이 일어날지 당신들은 전혀 눈치채지 못한다는 말입니까? 그런 제안은 에피쿠로스주의자[10]들만이 할 수 있단 말이에요."

아버지가 거들었다.

"제 아내의 말이 옳습니다. 그렇다면 도대체 우리의 자율성[11]은 어떻게 되는 겁니까?"

매번 그렇듯이 두 사람의 항의에 대해 아무도 대답하지 않았다. 어느 누구도 두 사람이 사용한 개념들을 알아듣지 못했기 때문이었다.

"도대체 무슨 일이야?"

플라토니쿠스-칸티쿠스는 그의 여자 친구들 중 한 명에게 물었다.

"나도 정확하게는 몰라. 기사는 마법사가 혹슬리 왕[12]이 사는 궁전으

---

10) 플라토니카 부인과 칸티쿠스씨는 이러한 표현으로 고대 철학자 에피쿠로스 Epicouros(사모스 BC 342~아테네 271)의 제자들을 나타내려 했을 것이다. 에피쿠로스 학파의 철학은 기쁨과 행복을 인간 삶의 최상의 목적으로 생각한다. 에피쿠로스의 죽음에 관한 이론의 한 부분은 디오게네스(이 책의 7장)에게서 찾아볼 수 있다.

11) 자율성Autonomie(그리스어로 스스로라는 뜻을 가진 autos와 법칙이란 뜻을 가진 nomos가 결합된 단어)은 칸트 윤리학의 핵심 개념으로, 칸트는 자율성을 이성적 능력을 가진 존재의 자기 규정이라는 의미로 정의했다. 이에 따르면 인간은 강압과 본능적 성향으로부터 벗어나서 자신이 가진 이성의 통찰에 따라 자율적으로 도덕법칙을 선택할 수 있다. 그리고 인간은 자신이 선택한 도덕법칙에 따라 사유와 행위를 하는 한 자유롭다.

12) 이 혹슬리 왕과 유사한 이름을 가진 올더스 헉슬리Aldous Huxley(고달밍 1894~로스앤젤레스 1963)는 왕의 독재를 경고하기 위해 소설을 한 편 썼다. 그 소설의 제목은 『멋진 신세계』이다.

로 사람들을 행복하게 만드는 술을 가져왔다고 선언했어."

"그게 뭐가 심각해?"

플라토니쿠스-칸티쿠스가 물었다.

"기사가 이 술이 2개월 안에 우리의 기본 식량이 될 거라고 선언했어. 이제 그것을 마시는 일이 시민의 제일의 의무가 되겠지."

"그러나 우리 모두는 정말로 항상 행복하게 살아왔잖아! 그렇다면 그것은 결코 좋은 생각이 아닌데."

여자 친구가 말했다.

"그래. 나도 느낌이 좋지 않아. 이 일 때문에 너의 부모님이 얼마나 흥분하셨을지는 너도 잘 알겠지. 새로운 기본 식량이 도입되면, 훅슬리 왕이 실현시키고자 하는 원대한 계획에 대해 이러쿵저러쿵 말들이 많을 거야."

"조용히!"

기사는 말에서 몸을 일으켜 세우며 소리쳤다.

"내가 너희들에게 말한 바와 같이, 이미 결정된 것은 결정된 것이야! 시종!"

"예, 주인님!"

사람들 뒤에서 어떤 목소리가 대답했다.

사람들은 한쪽으로 물러났고, 아주 조그맣고 약간은 둥글둥글하게 생긴 소년이 골목에서 미끄러져 나왔다. 그는 피곤해 보였고, 약간은 창백해 보였다.

"네, 주인님, 여기 있습니다. 네, 주인님!"

그는 같은 말을 반복했다.

기사가 으르렁거리며 말했다.

"이 망할 놈의 자식, 여태껏 어디에 숨어 있었던 거냐? 이제 가자!"

"용서해주십시오, 주인님! 당나귀를 돌보아야만 했습니다. 주인님!"

그 소년은 비굴하게 말을 더듬거렸다.

플라토니쿠스-칸티쿠스는 그의 부모를 바라보았다. 아버지의 얼굴이 백지장처럼 하얗게 질려 있었다. 반면 어머니는 태연자약했다.

"자, 출발. 서둘러라, 이놈아! 어서 가자!"

포이달리쿠스가 재촉했다.

그때 시종이 또박또박 말대꾸를 했다.

"용서해주십시오. 주인님! 당나귀가 지쳤는지 제대로 걷지 못해 걱정스럽습니다. 나귀가 기운을 다시 차릴 때까지 쉬어갈 수 있도록 허락해주십시오."

기사는 잠시 생각하더니 대답했다.

"좋다. 너에게 3일을 주마. 그때까지는 궁전으로 돌아와야 한다!"

그런 다음 기사는 마을의 주민들을 향해 다시 말했다.

"두 달 안에 첫 번째 행복주가 도착할 것이다. 그때까지 즐거운 마음으로 영원한 행복을 기다리도록!"

말을 마치자마자 그는 고상한 우두머리가 사는 쪽으로 말을 달렸다. 조그만 마을의 광장에는 무거운 침묵이 흘렀다. 그러더니 다음 순간 모두가 동시에 말을 하기 시작했다. 사람들은 얼마 동안을 그렇게 웅성거리다가 다시 잠잠해졌다. 모두가 앞으로의 일을 걱정스러워하며 광장을 떠나려 할 때, 시종이 외쳤다.

"잠깐만 기다려주세요!"

사람들은 의아해하며 멈추어 섰다. 소년은 이를 드러내며 웃다가 짧게 휘파람을 불었다. 그 소리를 들은 당나귀가 가벼운 발걸음으로 다가오자 마을 사람들은 더욱 놀라지 않을 수 없었다.

"당나귀는 아무렇지도 않잖아!"

작은 소녀가 외쳤다.

나이 든 부인이 매우 화가 나서 말했다.

"그렇다면 너는 거짓말을 한 게로구나."

소년이 반박했다.

"거짓말은 때때로 필요하며 또한 허용될 수 있습니다."

플라토니쿠스-칸티쿠스의 아버지는 언제 거짓말이 허용된 적이 있느냐고 대꾸하려다가 그만두었다. 아내가 매서운 눈초리로 그를 쏘아보았기 때문이다.

그녀가 물었다.

"애야, 이름이 뭐냐?"

시종이 대답했다.

"저는 칼레 막스[13]라고 합니다."

"너는 왜 여기에 남은 거지?"

"여러분들에게 메타피지카[14] 공주의 전갈을 알리기 위해서입니다. 그리고 이 내용은 공주의 아버지인 훅슬리 왕이나 포이달리쿠스가 알아서는 안 됩니다."

사람들이 웅성거렸다. 공주의 밀사라!

한 젊은 부인이 궁금증을 참지 못하고 물었다.

"어떤 소식인데?"

"메타피지카 공주는 이 새로운 마법의 술에 대해 매우 불안해하고 있

---

13) 칼레 막스의 이 이름과 독일 철학자 칼 맑스Karl Marx(트리어 1818~런던 1883)와의 유사성을 부인할 생각은 없다. 이 책의 모든 곳에서 그러한 유사성을 발견할 수 있을 것이다. 칼 맑스는 경제적 사회이론을 발전시켰다. 그 이론에 따르면 인류의 역사는 혁명과 저항을 거치면서 사적 소유가 없는, 노동하는 인민 대중의 자유로운 공동체라고 하는 궁극적 목적을 향하고 있다.

14) 형이상학Metaphysika이란 뜻을 가지고 있다. 공주는 이 이름을 로도스 출신의 안드로니코스에게서 받았다. 엄밀한 물리학적인 또는 논리적인 논거를 벗어나 있는 그러한 사유들을 일반적으로 메타피지카, 즉 형이상학이라고 하는데, 이 학문을 통해 사람들은 아리스토텔레스 이래 세계의 질서를 구성하는 최종 원리를 물어왔다.

습니다. 그렇지만 그녀는 이렇게 걱정하는 것이 옳은 일인지 아닌지조차 알지 못합니다. 따라서 그녀는 이 나라의 여러 곳에서 현명한 사람들을 가능한 한 빨리 성으로 모셔와 비밀리에 자문을 구하고 싶어합니다."

또 한 번 사람들이 웅성거렸다. 한 어부가 소리쳤다.

"그렇다면 우리도 누군가를 보내도록 합시다. 그런데 누구를 보내야 하죠?"

모인 사람들 중 누군가가 말했다.

"플라토니카 부인 아니면 칸티쿠스씨를 보냅시다."

"안 돼요. 그건 바람직하지 않소."

마을 원로 중 한 사람이 말했다.

"플라토니카 부인은 성으로 들어가는 것이 허락되지 않을 거요. 그녀가 국가 전체를 지배하려고 한다는 것은 모두 다 알고 있지 않소. 그리고 칸티쿠스씨는 우리 마을을 한 번도 떠나본 적이 없소. 그는 매우 현명하지만, 타향에서 올바른 길을 찾지 못하고 헤매게 될 겁니다."

"그럼 플라토니카 부인의 동생인 라세 아리스토텔[15]씨는 어떻습니까?"

젊은 어부가 물었다.

"그건 안 돼요!"

나이 든 부인이 목청을 높이며 반대했다.

"그 사람이 젊은이들에게 더 이상 접근하지 못하도록 막아야 해요. 어떤 일이 일어났는지 다들 잘 아시잖아요!"

이 말에 사람들이 크게 웃음을 터뜨렸는데 그 웃음 속에는 약간의 조

---

15) 인정받는 연구자라면 이 이름과 관련된 그리스 철학자 아리스토텔레스Aristoteles(스타게이로스 BC 394~칼키스 322)를 떠올릴 것이다. 아리스토텔레스는 그의 스승인 플라톤과 함께 고대 철학자 중 가장 중요한 철학자로 여겨진다. 그는 플라톤의 이데아론과 거리를 두고 경험적이고 논리적인 증명을 강화시켰다. BC 343년 마케도니아의 궁정으로 가서 BC 336년까지 알렉산드로스 대왕을 가르쳤다.

롱기가 담겨 있었다.

　플라토니쿠스-칸티쿠스는 사람들이 자신의 외삼촌에 대해 그와 같이 말하는 것이 매우 못마땅했다. 그는 외삼촌의 과거가 어떠했는지 한 번도 들어본 적이 없었다. 언젠가 그의 아버지가 외삼촌이 먼 곳의 왕궁에서 선생으로 있었다고 말해준 적은 있었다. 외삼촌이 돌아오고 난 다음해부터 마을에는 외삼촌의 제자 중 한 사람이 잘못되어 엄청난 혼란을 일으키려 한다는 소문이 돌기 시작했다. 이때부터 아리스토텔 외삼촌은 마을 바깥에 있는 오두막집에서 살면서, 그 잘못된 제자가 먼 곳에서 보내준 이상한 식물들을 연구했다.

　플라토니쿠스-칸티쿠스는 어머니와 외삼촌이 여러 가지에 대해 의견을 달리한다는 사실도 알고 있었다. 그러나 그녀는 동생을 매우 사랑했기 때문에 동생과 말다툼을 벌이고 싶어하지 않았다. 플라토니쿠스-칸티쿠스는 어머니의 표현을 아직도 정확하게 기억하고 있었다.

　"얘야, 나는 네 외삼촌과 싸우는 게 아니란다. 그것은 게임 같은 거야. 망아지가 어미에게 하듯 그도 가끔 나를 차는 거란다!"

　그렇지만 사실 두 사람은 만날 때마다 말씨름을 벌였다.

　플라토니쿠스-칸티쿠스의 아버지는 자신의 처남을 높이 평가했다. 언젠가 두 부자가 함께 집의 난간에 기대어 해가 뜰 때부터 질 때까지 시간을 보낸 적이 있었다. 그때 칸티쿠스씨는 아들에게 이렇게 말했었다.

　"그래, 나는 무엇보다 네 외삼촌의 판단을 높이 평가한단다."

　그렇게 말한 다음에 그는 나무판에 새겨진 글자와 완전성에 대해서 뭐라 중얼거리다가, 범주16)라는 말을 꺼내기 전에 또다시 물 속으로 빠지고 말았다.

---

16) 그리스어로 Kategoria라고 하며 발언, 술어이라는 뜻이다. 아리스토텔레스 이래 범주는 가장 단순하면서도 가장 기초적인 인간 사유의 형식들과 개념들로 여겨졌다.

"안 됩니다. 라세 아리스토텔을 보내서는 안 됩니다. 우리가 청한다 해도 그는 선뜻 나서지 않을 겁니다. 여러분도 아시다시피 그는 그가 가야 한다는 우리의 판단을 받아들이지 않을 겁니다!"

무리 속에서 누군가가 외쳤다.

"그렇다면 누구를 보내야 한단 말입니까?"

누군가 실망한 듯한 목소리로 말했다.

침묵이 흘렀다. 마을 사람 모두는 자기 일에 종사하느라 바빴다. 그런데 누가 자기 일을 내팽개쳐두고 떠나겠는가. 마을의 모든 사람은 플라토니치-칸티치 가족에게 들러 때때로 대화를 나누기도 했고, 그들과 계속해서 관계를 유지해왔다. 그렇지만 그들은 플라토니치-칸티치 가족의 사람들보다 현명하지 못했고, 또한 공주에게 자문을 하기 위해 그 길고도 고단한 여행을 할 마음도 없었다. 그들은 메타피지카 공주에게 조언을 해야 할 필요를 충분히 느끼고 있었지만, 자신들의 일과 가족이 마음에 걸렸다. 더욱이 그들은 새로운 마법의 술이 자신들을 어떻게 변화시킬 것인지 전혀 알지 못했다. 그들은 마법의 술로 가능하게 된 아름다운 신세계에 대해 의심을 품게 되었을 뿐이다.

모든 것이 마비된 듯 침묵만이 흘렀다.

드디어 마을의 한 원로가 일어나더니 둘러서 있는 구경꾼들을 힘겹게 뚫고서 플라토니쿠스-칸티쿠스의 식구들 쪽으로 다가왔다. 플라토니카 부인과 칸티쿠스씨 두 사람은 부드럽게 미소를 지어 보였다. 그렇지만 갑자기 노인은 그들의 아들인 플라토니쿠스-칸티쿠스의 손을 꼭 잡고 그의 눈을 뚫어지게 바라보았다.

노인은 나지막하지만 분명하고 단호하게 말했다.

"내가 보기에는 네가 적임자구나, 애야! 너는 너의 부모의 성향을 물려받았어. 나는 네가 몇 번이나 물에 빠지는 것을 내 눈으로 직접 보았단다. 그리고 너는 아직 젊고 아무것에도 매여 있지 않잖니. 나는 네가 가서 메타피지카 공주에게 조언을 해주어야 한다고 생각한단다."

플라토니쿠스-칸티쿠스는 순간 얼떨떨해졌다. 아무도 말이 없었다. 결정은 그에게 달렸다. 그는 자기가 어떻게 이러한 요청을 받게 되었는지 잘 알았다. 그러나 그는 선뜻 여행을 떠나고 싶지 않았다. 자신에게 익숙한 고향을 떠난다는 것은 안전한 생활을 포기하는 것이기 때문이었다.

그렇지만 마지막 순간에 그는 마을이 너무 좁고 작다는 생각을 했다. 그는 외삼촌의 격언을 머릿속에 떠올렸다. '네가 결정한 것을 너는 후회하게 될 것이다.' 그렇지만 그는 안개를 뚫고 노를 저으면서 했던 생각들을 다시 떠올렸다. 그는 가능한 한 많은 호수들과 세계를 경험하겠다고 생각하지 않았던가? 그렇게 그는 자신에게 다짐해오지 않았던가? 그렇다면 이제 달리 할 일이 무엇이겠는가?

그는 힘겹게 결정을 내렸다.

'그래, 좋아. 그들이 원한다면 가야겠지.'

그가 떠나기로 결정을 내리자, 사람들은 큰 소리로 그를 격려해주었다. 부모님도 여행에 동의하자, 그는 더욱 뿌듯했다. 플라토니쿠스-칸티쿠스의 부모님은 아들을 매우 자랑스럽게 여겼다. 그들이 아들에게 보내는 사랑스런 시선은 누가 봐도 금세 알 수 있었다.

그 다음 일들은 신속하게 진행되었다. 플라토니쿠스-칸티쿠스는 다음 날 아침에 칼레 막스와 함께 왕의 궁전으로 떠나기로 결심했다. 물론 그녀의 어머니는 아들을 위해 큰 잔치를 벌였다. 그녀는 항상 향연을 즐겼다. 밤이 깊도록 웃고, 춤추고 노래를 불렀다.

잠을 자러 간 첫 번째 사람은 항상 그렇듯이 칸티쿠스씨였다. 플라토니쿠스-칸티쿠스는 그런 아버지를 나쁘게 생각하지 않았다. 그것은 아버지의 오랜 습관이었다. 그 대신 그는 다음 날 아침에 아들과 함께 일찍 일어났다. 반면에 플라토니카 부인은 향연이 끝날 때까지 남아 있었던 사람들 중의 하나였다. 그녀는 점심때나 되어야 깨어날 수 있을 것이다.

그 축제는 오랫동안 마을 사람들의 기억에 남아 있었다. 마침내 플라토니쿠스-칸티쿠스가 메타피지카 공주를 방문하기 위해 떠나야 하는 날이 밝았다.

2장 성으로 가는 여행
　　　　　　　—불안과 혁명에 관한 대화

　다음 날 아침 일찍 두 사람은 길을 나섰다.
　칼레 막스는 나귀를 이끌고 나왔다. 플라토니쿠스-칸티쿠스는 아버지가 아침에 함께 일어나 마을 어귀까지 배웅해주어 기분이 좋았다. 칸티쿠스씨는 길이 급작스럽게 꺾이면서 고원으로 이어지는 지점에 멈추어 섰다. 그리고 그는 아들을 열정적으로 여러 번이나 껴안았다. 칼레 막스가 지켜보고 있다는 생각에 플라토니쿠스-칸티쿠스는 아버지의 그런 행동이 무척 불편하게 느껴졌다.
　칸티쿠스씨는 아들을 품에서 떼어놓으면서 몇 가지 현명한 충고를 해주었다. 그렇지만 다른 아이들과 마찬가지로 플라토니쿠스-칸티쿠스도 아버지의 충고를 한 귀로 흘려들었다. 아버지는 어떤 일이 벌어질지도 모른다는 가능성과 그 조건에 대해 이야기했다. 그리고 세계시민[1]과 자연의 의도에 대한 이야기도 했다.

---

1) 칸트는 1784년 다음과 같은 제목의 저서를 집필했다. 『세계시민적 관점에서 본 보편사의 이념』.

길모퉁이를 돌아서자 아버지가 시야에서 사라졌다. 플라토니쿠스-칸티쿠스는 이제 더 이상 아버지가 흔드는 손짓에 화답하느라 손을 흔들어대지 않아도 되었다. 그렇지만 한편으로는 아버지에 대한 고마움을 느꼈다.

"시민! 뭐, 세계시민이라고!"

칼레 막스가 불쾌한 듯 갑자기 언성을 높였다.

플라토니쿠스-칸티쿠스는 대꾸하지 않았다. 그런 걸로 토론을 하기에는 너무 피곤했고, 칼레는 아버지를 제대로 이해하지도 못했다.

그는 중얼거렸다.

"부모님과 한 번도 떨어져본 적이 없던 내가 이렇게 괴상한 놈하고 같이 여행을 하게 되다니. 사람들은 우리를 이상하게 쳐다보겠지."

그들은 아무 말도 하지 않고 나란히 걸었다. 그리고 긴 외투 자락을 잘 여몄다.

안개가 아직도 진하게 끼어 있었다. 그리고 습기를 머금은 추위가 그들의 옷 속으로 무자비하게 파고들었다. 갑자기 나귀가 멈추어 섰다. 두꺼운 안개 봉우리의 반대편에서 그들을 기다리고 있는 어떤 존재를 느끼자 나귀는 그 자리에 서서 앞으로 나아가지 않으려고 버텼다. 플라토니쿠스-칸티쿠스와 칼레 막스도 서로 바짝 붙어 섰다. 그리고 그들은 스멀거리는 안개를 뚫고 나타나는 어떤 형체를 보았다. 그 형체는 길 가운데 서 있었고 손에는 단단한 몽둥이를 쥐고 있었다.

"망할 놈의 착취자[2]가 나타났구나!"

칼레 막스는 그렇게 외치더니 두 손으로 눈을 가리고 숲 속으로 몸을

---

[2] 이 용어는 맑스적 사회 이론에서 유래한다. 착취자는 일반적으로 장비, 기계 등 생산수단의 소유자를 뜻한다. 노예, 농노, 노동자는 자신들의 노동력에 의해 발생되는 잉여가치를 분배받지 못한 채 노예제 사회, 봉건사회, 자본주의 사회 등 각각의 사회의 발전 단계에 따라 착취당한다.

숨겼다. 플라토니쿠스-칸티쿠스는 가만히 서 있다가 조심스럽게 나귀 뒤로 몸을 숨겼다.

"누구냐?"

그는 겨우 용기를 내서 물었다.

대답 대신 이런 소리가 들려왔다.

"나는 무엇보다도 자신의 감각을 믿는 그런 사람이다. 우리가 어떤 것을 상상하기 전에 자신의 눈과 귀를 이용하는 것이 중요하다. 감각은 안개 뒤에 숨어 있는 것을 아주 잘 찾아낼 수 있다!"

"라세 외삼촌이군요! 깜짝 놀랐잖아요."

"너희들을 놀라게 하려고 한 것은 아니었다."

외삼촌이 안개를 뚫고 그에게 다가오며 말했다.

"그러나 적어도 조카에게 무사히 잘 다녀오라는 말은 해야 하지 않겠니!"

플라토니쿠스-칸티쿠스는 외삼촌을 분명하게 알아볼 수 있었다. 그런데 외삼촌은 매우 여위어 보였고, 어딘지 모르게 아파 보였다.

"칼레야, 나와도 돼!"

플라토니쿠스-칸티쿠스가 소리쳤다.

"위험하지 않대도."

칼레는 겨우 몸을 일으켜 세웠다. 일어서면서 그는 무어라 중얼거렸는데 꼭 이렇게 들렸다.

"망할 놈의 노예제 지지자!"

아리스토텔씨는 칼레에게 전혀 관심을 기울이지 않았다.

"길을 떠나는 너에게 뭔가 주고 싶었단다."

그가 조카에게 말했다.

플라토티쿠스-칸티쿠스는 미심쩍은 표정으로 웃었다. 그의 가족이 주는 선물이란 대부분 주는 사람이나 받는 사람 모두를 곤란하게 만드는 것이었기 때문이었다.

마침내 그의 외삼촌이 말했다.

"이 여행 지팡이를 봐라!"

"고마워요!"

플라토니쿠스-칸티쿠스는 웃으며 '이제야말로 제대로 된 쓸모 있는 선물을 받는구나' 하고 생각했다.

그의 외삼촌이 덧붙여 말했다.

"그 지팡이는 절대 평범한 것이 아니란다."

플라토니쿠스-칸티쿠스는 자신 있게 말했다.

"물론, 이 지팡이 때문에 예상치 못한 일들도 많이 벌어졌겠죠?"

"이 지팡이는 아주 오래전부터 우리 가문의 소유였단다. 이 지팡이는 매우 쓸모가 많단다. 예를 들어 네가 강이 얼마나 깊은지 알 수 없을 때, 그 깊이를 알고 싶다고 그 속으로 뛰어들 필요가 없지. 깊이를 알고 싶으면 지팡이를 강물 속에 꽂기만 하면 된단다. 이 지팡이는 코기니툼[3]이라고 부르지. 보다시피 이 지팡이에는 여러 마디가 있단다. 그리고 이 지팡이는 아주 여러 가지 다른 방법으로 사용할 수도 있어. 지팡이는 아주 튼튼해서 필요한 경우에는 어떠한 칼도 당해낼 수 없는 무기가 될 거야. 그러나 이 지팡이가 가진 제일 특별한 점은, 너와 대화를 나눌 수 있고, 조언을 해줄 수 있는 능력을 갖고 있다는 것이지. 지팡이가 그런 능력을 발휘하게 하려면 지팡이를 오랫동안 지니고 다니면서 너의 일부분으로 만들어야 한다는 걸 명심해라."

플라토니쿠스-칸티쿠스는 놀라워하며 말했다.

"라세 외삼촌, 제가 그렇게 귀중한 것을 받을 수 있으리라고는 생각

---

[3] 이 코기니툼Kognitum이라는 용어는 라틴어 단어 cognoscere(인식)와 개념적 유사성을 가지고 있다.

조카에게
코끼리통을
선물하는
라세 아리스토텔
성용

하지도 못했어요."

라세 아리스토텔이 대답했다.

"이제 네가 사용함으로써 지팡이가 빛을 보게 되었구나. 이 지팡이를 만든 사람도 네가 지팡이를 가지고 다니기를 원했단다."

"그 사람이 누군데요?"

플라토니쿠스-칸티쿠스가 흥분해서 물었다.

라세 아리스토텔이 설명을 이어갔다.

"탈나스[4]라는 사람인데, 어떤 나무에서 그 가지를 꺾었다고 하는구나. 그러나 너의 선조들 중 한 사람이 그 나뭇가지를 다듬었단다. 그 나뭇가지를 지팡이로 만들어 처음으로 그 지팡이와 함께 방랑 여행을 떠났던 사람은 소크라티쿠스[5]였어. 그는 술의 신 디오니소스[6]에게 조언을 할 때도 그 지팡이를 사용했지. 그는 디오니소스의 선생이었단다."

플라토니쿠스-칸티쿠스가 큰 소리로 대답했다.

"외삼촌, 그렇다면 제가 이 지팡이를 가지고 다니는 것이 너무 부담스러운데요."

아리스토텔이 웃었다.

4) 여기서 언급된 탈나스는 밀레토스 출신의 탈레스Thales(BC 625?~545?)라고 생각해도 좋다. 그는 최초의 그리스 철학자로 여겨진다. 탈레스를 포함해서 소위 소크라테스 이전의 철학자들은 물리적 세계를 구성하고 있는 기초적 재료이자 원리를 찾으려고 노력했다. 탈레스에 따르면 모든 것은 물에서 생겨났다고 한다.
5) 이 이름과 연관하여 그리스 철학자 소크라테스Socrates(아테네 BC 469~399)가 떠오를 것이다. 소크라테스는 아테네 시민들을 집요하게 물고 늘어지며 질문을 던진 것으로 유명하다. 신을 믿지 않고 젊은이들을 타락시켰다는 이유로 그는 결국 사형을 당했다. 사람들은 그가 가진 지혜와 적극적인 삶의 태도를 보고 소크라테스를 당시에 이미 포도주의 신 디오니소스를 교육시킨 현명한 실레노스에 비유하였다.
6) 그리스 신화에서 디오니소스는 포도주의 신이자 다산과 황홀경의 신이다. 일반적으로 디오니소스는 현명한 실레노스에 의해서 인도되었다. 실레노스는 자기의 제자인 디오니소스의 방탕한 삶을 합리적 반성에 의해서 풍부하게 만들었다.

"그런 말은 하지 않아도 된다. 네가 그 지팡이를 사용할 자격이 있는지 없는지는 앞으로 차차 알게 될 거다. 어쨌든 소크라티쿠스는 네가 지팡이를 쓰는 것에 찬성할 거야. 그는 젊은 사람이, 특히 너처럼 잘생긴 소년이 코기니툼을 사용하는 것에 대해 많은 관심을 가졌단다. 자, 지팡이와 더불어 큰 행운이 함께하기를 빈다."

플라토니쿠스-칸티쿠스는 그의 외삼촌으로부터 지팡이를 받아 손에 꽉 쥐었다.

"여행을 하면서 너의 능력을 펼쳐 보이도록 해라. 지팡이가 너를 도와줄 테니까! 시간을 많이 내지 못해 미안하구나. 나는 세상에 기록된 모든 헌법을 함께 모아 책을 만들고 있는 중인데, 그 책을 완성하려면 엄청나게 많은 작업을 해야 하거든."

그는 말이 채 끝나기도 전에 뒤돌아섰다.

"헌법이 뭐예요?"라고 플라토니쿠스-칸티쿠스가 물으려 했지만, 라세 외삼촌은 이미 안개 속으로 사라지고 없었다.

"자, 이제 계속 가야지?"

놀란 마음이 다 진정되었는지 칼레 막스가 물었다.

플라토니쿠스-칸티쿠스가 대답했다.

"그래, 가야지. 칼레야, 미안해. 우리 친척들은 가끔 엉뚱한 데가 있어."

칼레가 말했다.

"괜찮아! 미안해하지 않아도 돼."

이제 안개는 거의 다 걷혔다.

칼레 막스가 자기의 의견을 말했다.

"이 지팡이와 함께 여행하게 되다니 정말 흥미로운데, 그렇지 않니?"

플라토니쿠스-칸티쿠스는 길을 걷다가 지팡이 끝을 두드리며 말했다.

"정말 대단한 것 같아."

그들은 나란히 길을 걸어갔다. 언제부터인지 칼레는 휘파람으로 노래를 부르기 시작했다. 얼마 지나지 않아 플라토니쿠스-칸티쿠스도 함께 휘파람을 불었다. 그들은 아주 오랫동안 매우 큰 소리로 휘파람을 불었다. 바야흐로 아름다운 우정이 시작되고 있었다.

그들은 밤이 되자 엄청나게 커다란 나무 아래에 짐을 풀었다. 플라토니쿠스-칸티쿠스는 원래 야영하는 것을 좋아했지만 습지 가운데 솟아 있는 메마른 장소는 야영하기에 적합하지 않았다. 하지만 그들은 내일 왕궁에 도달할 수 있으리라는 생각에 마냥 신이 나 있었다.

"옛날에 이곳 습지에서 사람들을 사냥했다는 걸 알고 있니?"

그가 친구에게 물었다.

"그랬을 수도 있겠지."

긴 막대기로 모닥불을 들쑤시며 칼레가 대답했다.

플라토니쿠스-칸티쿠스는 코기니툼을 자기 쪽으로 끌어당기며 말했다.

"이곳에서 사람들이 죽었다고 생각하니 괜히 섬뜩해지는데."

"우!"

입을 내밀며 칼레가 말했다.

"나는 귀신 같은 거 안 믿어. 우리가 손으로 잡을 수 있는 것만 우리에게 의미 있을 뿐이야. 그렇지 않은 것은 존재하지 않아."

"너무 자신만만해하지 마."

플라토니쿠스-칸티쿠스가 반박했다.

"외삼촌이 갑자기 우리 앞에 나타났던 오늘 아침, 너는 손에 잡히지도 않는 두려움 때문에 벌벌 떨었잖아."

"그건 사실이야. 하지만 나를 놀라게 한 너의 외삼촌은 엄연히 실재했잖아!"

플라토니쿠스-칸티쿠스는 칼레의 말에 동의했다.

"그래, 귀신은 없겠지. 그러나 안개 속에서 누가 나타난다고 생각해봐!"

"강도, 살인자 혹은 노예 사냥꾼이 이곳에 있는 것은 아니겠지?"
칼레 막스가 침을 삼켰다.
목소리를 낮추며 플라토니쿠스-칸티쿠스가 말했다.
"모르지. 하지만 그럴지도 모른다는 생각도 들어."
등골이 오싹한 이야기를 하며 두 사람은 저녁 시간을 보냈다. 그들이 서로에게 무서운 이야기를 꾸며내면 꾸며낼수록 그들은 점점 더 가까이 붙어 앉게 되었다.
마침내 그들은 잠을 청하기로 했다. 잠시 후 칼레가 나지막이 말했다.
"자니?"
"아니, 너무 겁이 나서 잠이 안 와."
"나도 그래. 밤새도록 눈을 붙일 수 없을 것 같아. 그렇게 되면 내일 우리는 완전히 녹초가 될 거야. 무엇 때문에 우리가 이렇게 겁을 잔뜩 집어먹게 되었지?"
그들은 침묵했다.
한참이 지나고 플라토니쿠스-칸티쿠스가 물었다.
"불안이란 도대체 뭘까? 사람들은 '불안해' 또는 '불안해하지 마'라고 말하곤 해. 그렇지만 '불안'이 도대체 무엇인지 쉽게 말할 수 없어."
칼레는 언젠가 했던 여행에 대해 이야기를 하기 시작했다.
"한번은 우리 주인하고 북해를 여행한 적이 있었어. 그곳에 아주 작은 도시가 있었는데, 키르케라는 곳이었지. 그 도시에는 매우 아름다운 가르텐, 즉 정원이 있는데, 그 가르텐에는 어떤 현명한 사람이 일하고 있었어.[7] 한가한 어느 날 오후, 나는 그를 방문해 여러 가지에 대해 물

---

[7] 칼레 막스가 북해와 연관해서 키르케가르텐을 언급했을 때, 사람들은 덴마크의 실존철학자 죄렌 키에르케고르Sören Kierkegaard(코펜하겐 1813~1855)를 떠올렸을 것이다. 키에르케고르가 볼 때 불안은 무엇보다 객관적으로, 그러나 무의미하게 나타나는 자신의 현존재와 마주친 인간의 삶을 특징짓는 요소이다.

었어. 우리는 무엇보다 불안의 현상에 관해 대화를 나누었지."
"그가 불안에 대해 뭐라고 그러든?"
"그는 불안과 공포를 구분하는 것이 중요하다고 말했어. 구체적 대상들에 대해, 즉 개인이나 사건에 대해서 우리는 공포를 갖지. 그러나 우리의 불안은 우리의 현존재 전체에 해당하는 거야. 불안은 우리 전체를 사로잡는 기분이래."
플라토니쿠스-칸티쿠스가 맞장구를 쳤다.
"그래, 맞아! 바로 조금 전에 우리는 우리 앞에 나타날지도 모를 도둑이나 살인자에 대해서 공포를 느꼈잖아. 그러나 우리가 이렇게 앉아서 안개 속에서 오랫동안 이야기할 때, 불안이 점차 우리를 엄습해왔어. 그것은 마치 삶 전체가 갑자기 텅 빈 듯한 느낌이 들게 했어. 우리는 끝이 없는 낭떠러지로 떨어지는 것 같은 느낌을 받았어. 공포는 그 공포심을 자아낸 구체적 대상이 없어지고 나면 끝이 나. 그러나 불안은 그것과는 다른 어떤 것이야. 불안은 구체적인 원인을 찾아내는 것이 불가능해. 그러므로 불안을 극복한다는 것 또한 매우 어려운 일이야."
"아마도 불안은 좋은 것이 아닐까?"
칼레가 그렇게 말하더니 생각에 잠겼다.
"무슨 뜻이야?"
플라토니코스-칸티쿠스는 칼레가 왜 그렇게 말했는지 궁금했다.
"저기 저쪽에 있는 덤불을 한번 봐!"
"그래. 나는 사람들이 이 덤불을 어떤 이름으로 부르는지 알아. 그것은 하이데에거[8]라는 식물이야. 그것은 소위 실존 식물과에 속하지."
"식물이 뭐라 불리든 그건 중요하지 않아. 식물은 두려움도 불안도

---

[8] 이 이름은 독일의 실존철학자 마르틴 하이데거 Martin Heidegger(메스키르히 1889~프라이부르크 1976)를 풍자한 것이다.

느끼지 않는다는 것이 중요해."

"지금은 그런 식물이 우리보다 훨씬 낫지 않을까?"

칼레가 뭐라고 중얼거렸다.

"나는 뭐가 있는지 자꾸 의심이라도 하고 불안을 느끼지만, 의식이 없는 식물은 불안조차 느끼지 못하잖아."

플라토니쿠스-칸티쿠스는 그때서야 칼레의 말을 깨달았다.

"이제 네가 뭘 말하려는지 알겠어. 식물은 불안을 느끼지 않아. 식물은 자신이 존재하는 것을 알지 못하니까. 식물은 자신의 존재에 대한 아무런 의식도 없는 단순한 존재자[9]에 불과할 따름이야. 우리 인간은 사실 불안을 느끼지. 그러나 인간은 불안을 느낌으로써 자신의 존재도 의식하게 돼."

칼레가 고개를 끄덕이며 말했다.

"맞아. 아주 그럴듯해. 그게 바로 지금까지 내가 수다스럽게 말하며 표현하려고 했던 거야."

플라토니쿠스-칸티쿠스가 생각에 잠기며 말했다.

"그러나 불안은 우리 인간에게 긍정적 영향도, 부정적인 영향도 함께 끼칠 수 있어."

"그게 무슨 말이야?"

칼레가 궁금해했다.

플라토니쿠스-칸티쿠스는 설명했다.

"세계 속에서 내가 아무것도 아니라는 것을 의식하게 될 때 나는 내 자신과 삶에 대해 불안을 느끼게 되지. 나를 규정해주는 것이 아무것도 없다면 나는 전적으로 자유롭지만, 나로 인해 생겨나는 모든 것에 대해

---

[9] 이 추상적 개념은 그 자체 실재하나 자신의 실존에 있어서 그 밖의 다른 어떤 것에 의존하지 않는 그러한 것을 나타낸다.

서는 내가 전적으로 책임을 질 수밖에 없잖아. 그것이 나를 불안하게 만들 수 있다고 생각해."

칼레가 웃으면서 말했다.

"네 말에 전적으로 동감이야. 나의 사랑스런 친구 폴[10]아!"

"왜 나를 폴이라고 부르니?"

플라토니쿠스-칸티쿠스가 물었다.

"미안해. 말을 잘못했어."

그들은 잠시 동안 침묵했다. 한참 후에 플라토니쿠스-칸티쿠스는 기사가 마을을 떠들썩하게 만들었던 장면이 머리에 떠올라 칼레에게 물었다.

"너는 네 주인인 기사에 대해서도 항상 불안을 느끼니?"

칼레가 갑자기 일어섰다.

"아니. 어떤 불안도 느끼지 않아. 때때로 채찍이 두려울 뿐이지. 그러나 주인은 영리하지 못해.. 만약 영리했더라면 오히려 그가 나에게 불안을 느꼈겠지."

플라토니쿠스-칸티쿠스는 의아해했다.

"도대체 무슨 말을 하는 거야?"

"자, 보라구. 나는 주인 없이도 얼마든지 살 수 있어. 그러나 주인은 나 없이는 어떤 일도 할 수 없을걸. 말에다 안장을 얹는 일이나 달걀을 삶거나 마차 바퀴를 제대로 끼울 수도 없을 테지. 그는 나를 지배한다고 믿고 있지만 실제로 그는 속수무책으로 나에게 의존해 사는 셈이야."

플라토니쿠스-칸티쿠스가 조심스럽게 말했다.

---

10) 폴이라는 이름은 장-폴 사르트르Jean-Paul Sartre(파리 1905~1980)를 연상시킨다. 칼레 막스가 장-폴 사르트르의 저서를 읽었는지는 확실하지 않다. 그러나 그가 이 프랑스의 실존철학자를 생각하고 그렇게 잘못 말했을 수도 있다.

"야, 그거 그럴듯한 이야기인데. 그러나 그것은 네가 스스로를 위로하려고 만든 이야기 아니야?"

칼레가 크게 말했다.

"아니. 우리가 마음만 먹으면 어느 때고 그 힘을 이용할 수 있다니까."

"기사를 쫓아내버릴 생각이니?"

"그래, 내가 그렇게 맘만 먹으면 그렇게 할 수 있어."

"그러나 그게 어떻게 가능하지? 그는 중무장을 했잖아!"

"사실 쉬운 일은 아니지. 그렇지만 그런 사람이 나 하나만이 아니라는 것도 알아야 돼. 나 말고도 다른 노예들, 시녀들, 부엌데기들 그리고 농부들도 있어. 우리 모두가 힘을 합치면 기사는 전혀 힘을 쓰지 못할 거야."

플라토니쿠스-칸티쿠스는 그의 말에 동의했다.

"이제 분명하게 알았어."

칼레가 눈빛을 반짝이며 물었다.

"내 말이 맞지? 물론 다른 사람들이 이런 사실을 깨닫기까지는 어느 정도 시간이 흘러야 할 거야. 그래서 사람들을 설득하는 게 필요해."

플라토니쿠스-칸티쿠스가 물었다.

"만약 네가 그들을 그런 계획에 끌어들이지 못한다면 몹시 비참해질 수도 있지 않을까?"

칼레가 확신에 차서 대답했다.

"아냐. 이전에도 그런 일들은 저절로 일어났고, 앞으로도 그럴 거야. 인간의 역사는 확실히 어떤 계획대로 흘러가고 있으니까. 처음에 모든 인간은 평등했지. 인간은 부족 공동체 생활을 했고, 모두가 재산을 똑같이 소유했어. 그러나 어느 때인가 몇몇 사람들이 지배하기 시작했고, 다른 사람들은 그들을 위해 일을 하는 처지가 되어버렸지. 지배자들은 더 이상 노동을 하지 않았기 때문에 그들은 금세 노동하는 사람들에게 전적으로 의존하게 됐어. 거기에다가 지배자들은 지배하기 위해 서로 싸움을 벌였지. 이렇게 해서 지배자의 수는 점점 적어질 수밖에 없고, 노동하는 사람들의 수는 점점 더 많아지게 되는 거야. 어느 때가 되면 소수의 사람이 가진 지배 권력과 대다수 사람들이 행하는 노동능력 사이의 모순이 커지게 돼. 피지배자가 그러한 사실을 인식하고, 지배자들을 쫓아내버리게 되는 거야."

"야, 정말 대단해!"

플라토니쿠스-칸티쿠스는 흥분해서 외쳤다.

"그러나 모든 것이 자연적으로 발생한다고 말하면서, 이 계획을 위해 사람들을 끌어 모으려고 왜 그렇게 안달이야?"

칼레가 대답했다.

"분명하게 말할 수 있어. 왜냐하면 혁명을 경험하고 싶기 때문이야. 나는 인간이 역사의 흐름을 본질적으로 변화시킬 수 있는 것은 아니지만, 자신의 의식적 행위에 의해 역사의 흐름을 촉진시킬 수 있다고는 믿어."

"그것은 아주 어려운 일일 텐데!"

플라토니쿠스-칸티쿠스가 조심스럽게 말했다.

칼레가 대답했다.

"그래, 그렇게 단순한 일이 아니지. 그때가 언제인가를 우리는 알아야만 해. 내가 살고 있는 궁정에는 젊은 마굿간지기가 있는데, 그와 나는 절친한 사이야. 그의 이름은 블라디미르 일리치[11]야. 정말 그 친구 때문에 걱정이야. 그는 도대체 기다릴 줄을 모른다니까. 뒤집어엎을 때

---

11) 전문가들은 이 인물 속에서 블라디미르-일리치 레닌Wladimir-Iljitsch Lenin(심브리스크 1870~고르키 1924)을 찾아볼 수 있을 것이다. 러시아의 맑스주의자이자 소비에트의 정치가인 그는 농민도 프롤레타리아로 정의했고, 공산당의 역할을 강화했다. 그는 맑스가 산업화가 발전되지 않았기에 공산주의 혁명이 일어날 수 없을 것이라고 했던 러시아에서 혁명을 성공시켰다.

가 되었다고 항상 떠들고 다니니까."

플라토니쿠스-칸티쿠스가 하품을 하며 말했다.

"어쨌든 그것은 고무적인 생각이야. 언젠가 이런 생각을 한 번 해본 적이 있어. 정말 인류의 발전을 자신의 계획대로 조정해가는 어떤 정신이 존재하는가 하고 말이야. 그렇지만 주인과 노예와 같은 인간관계에 의해 세상의 변화가 생긴다는 사상은 나에게 아주 새로운 거야."

칼레가 만족스러운 듯 중얼거렸다.

"그래. 원래 머리로 서 있는 이 정신을 우리는 이제 발로 서 있게 만들어야만 해."

그들은 침낭 속으로 기어 들어갔다. 그리고 인간 역사의 변화에 대해 얼마동안 이야기를 더 나누었다. 불가에 세워둔 지팡이도 그들의 대화를 지켜보면서 만족스러워하는 것처럼 보였다.

결국 그들은 불안을 떨쳐버리고 잠이 들었다. 플라토니쿠스-칸티쿠스는 칼레에게 들었던 이야기를 생각하다가, 칼레는 습관이 되다시피 한 그 이야기를 하다 보니 긴장이 풀어져 잠이 든 것이다.

다음 날 아침, 플라토니쿠스-칸티쿠스가 그의 새로운 친구를 깨웠다. 그는 아침을 준비한 다음 당나귀에게도 먹이를 주었다. 친구가 자기를 착취자라고 생각하는 게 싫었기 때문이었다.

칼레가 눈을 뜨자 소리쳤다.

"잘 잤니!"

"유령 꿈을 꾼 건 아니지?"

칼레가 뾰로통하게 말했다.

"물론 꾸었지. 그렇지만 그건 내 성격 탓이야. 유령이 이곳에서 배회했다는 말을 듣고 그런 꿈을 꾼 것 같아."[12]

[12] 1848년 처음으로 출간된 칼 맑스와 프리드리히 엥겔스의 공산당선언은 이러한 말과 함께 시작되었다. "지금 유럽에는 유령이 떠돌고 있다."

그들은 아침을 간단히 먹은 뒤 침낭을 둘둘 말았다. 그리고 마지막 불티까지 모래로 덮고 나서 다시 길을 떠났다.

그들은 상쾌한 기분으로 길을 나섰다. 그렇지만 두 사람은 각자의 생각에 잠겨 아침 내내 아무 말도 하지 않고 걷기만 했다. 플라토니쿠스-칸티쿠스는 때때로 사람이 전혀 말을 하지 않고도 생각할 수 있다는 사실이 신기하게만 여겨졌다. 점심때가 되어서야 그는 다시 길 안내자인 칼레에게 말을 걸었다.

"더 물어봐도 되니?"

"좋아. 물어봐."

마찬가지로 아무 말도 하지 않고 있던 칼레가 대답했다.

"네가 어젯밤에 설명해준 혁명 있잖아. 그 혁명 후에는 정말로 누가 누구를 지배하지 않게 되리라고 믿니?"

"그건 정말 어려운 문제야. 그런 때가 단번에 올 수 있는지 나도 확신하지 못해. 아마 우리가 기사의 재산을 빼앗아 우리끼리 나누어 가진다면, 우리 중의 누구도 다른 사람을 힘으로 억누를 수 있는 권리를 가질 수는 없겠지."

"그렇게 되면 모든 문제가 없어지겠구나."

"우선은 그래. 그러나 몇몇 사람들은 다른 사람보다 더 성공하겠지. 그들은 더 많은 돈을 벌게 될 거고. 그들은 그 돈으로 더 나은 물건들을 만들 수 있는 기계들을 사게 되고, 따라서 더욱 더 많은 돈을 벌게 될 거야. 결국 더 성공을 거둔 사람들은 더 이상 자기 일을 혼자서 다 해낼 수 없을 거야. 그렇게 되면 그는 덜 성공한 사람에게 물어보겠지. 자신을 위해서 일해줄 수 없느냐고."

플라토니쿠스-칸티쿠스는 곰곰이 생각해보았다.

"그게 왜 문제가 되는데? 더 성공한 사람이 덜 성공한 사람에게 합당한 임금을 지불한다면 아무 문제가 없잖아!"

칼레가 설명했다.

"네 말이 맞아. 그러나 그렇게 계속 발전하면 기계를 소유한 소수의 사람들과 기계를 위해 일하는 많은 사람들이 당연히 생겨날 거야. 그러나 먹고살기 위해 이런 노동을 필요로 하는 사람이 많아지면 임금은 곧 떨어질 것이고, 이런 방식으로 노동자들은 착취를 당하겠지."

"그러면 주인과 노예는 어떻게 되는 건데?"

플라토니쿠스-칸티쿠스가 계속 물었다.

칼레가 말했다.

"좋은 질문이야. 나는 지배자를 자본가라 부르고 착취당하는 사람들을 프롤레타리아라고 불러."

"자본가가 아무리 소수라 할지라도 그들은 어떻게든 노동자에게 의존할 수밖에 없잖아."

"그렇기 때문에 자본가는 언젠가는 타도되고 말 거야."

칼레는 기세등등했다.

플라토니쿠스-칸티쿠스가 조심스럽게 말했다.

"지배가 전혀 없는 그런 세상은 불가능해. 기계가 모두에게 평등하게 속한다고 해서 모두가 평등하게 임금을 받는다는 것이 어쩐지 마음에 걸려."

칼레가 강의하듯 계속해서 말했다.

"그렇게 해서 지배 체제가 완전히 사라지는 것은 아니야. 얼마 동안 노동자는 옛날의 자본가들을 지배해야만 해. 그렇지 않으면 이 자본가들은 항상 모든 것을 이전의 상태로 만들려고 수작을 부릴 테니까. 프롤레타리아의 독재가 될 수도 있겠지. 그렇게 되면 이 세상에서 지배는 완전히 사라지게 되는 거지. 모든 것은 모든 사람에게 속하게 될 것이고, 각자는 행복해질 거야."

플라토니쿠스-칸티쿠스가 물었다.

"그러면 누가 공동으로 하는 작업을 조직하게 되지? 예를 들어 도로 공사, 학교, 제방 공사, 병원 등등 말이야."

그가 대답했다.

"그건 노동당에서 할 거야."

갑자기 플라토니쿠스-칸티쿠스는 친구를 놀려줄 생각이 떠올라 즐거워졌다.

"오, 그렇다는 말이지."

그는 빈정대며 계속해서 말했다.

"몇몇 사람들은 일하려 하지 않고 지배하는 것을 더 좋아할걸!"

칼레가 투덜대며 말했다.

"그들은 지배하는 게 아니라 관리하는 거라니까."

플라토니쿠스-칸티쿠스가 계속 빈정거리며 말했다.

"아, 그래. 그렇다면 나는 관리자가 될 거야. 내가 관리를 잘하면 나 없이는 더 이상 일이 진척될 수 없을 것이고, 그렇게 된다면 나는 우선 내 월급부터 올려 달라고 하고 싶은데!"

"그건 안 돼. 모두가 평등해야 하니까!"

"그래? 그러면 남들보다 나는 더 평등한 셈이 되잖아."

"그렇게 되지는 않아."

"아니야. 그렇다니까. 네가 미처 생각하지 못한 것은, 내가 관리할 조직을 만든다는 점이야. 이렇게 되면 대중은 관리하는 소수에게 의존하게 되고, 그 반대는 아니겠지. 이렇게 되면 나는 대중을 관리하거나, 아니면 솔직하게 말해서 대중을 지배하겠지?"

플라토니쿠스-칸티쿠스가 소리 내어 웃으면서, 마치 거만한 왕이 된 것처럼 칼레와 당나귀 앞을 맴돌았다.

"너, 미쳤냐?"

칼레가 두꺼운 풀잎으로 흙을 긁어 모아 플라토니쿠스-칸티쿠스에게 확 뿌리며 말했다.

"그러니까 처음부터 혁명을 해야 한다니까."

그렇게 말하고 칼레는 낄낄대며 웃었다.

플라토니쿠스-칸티쿠스가 흙을 털어내며 소리쳤다.

"잠깐만!"

그러더니 그는 칼레를 순식간에 낚아채 쓰러뜨렸다. 그들은 엎치락 뒷치락하다가 비탈길 아래로 굴러 떨어졌다. 그들은 공처럼 떼굴떼굴 굴러 내려가면서 계속 소리를 질렀고, 결국은 웃음을 터뜨리고 말았다.

풍덩! 그들은 물로 빠져버렸다. 다행스럽게도 물은 따뜻했고, 그들은 곧바로 정신을 차릴 수 있었다.

칼레는 여전히 웃고 있었다.

"어때, 계속할래? 성의 호수야. 우리가 이렇게 빨리 왔는지 미처 몰랐는걸."

플라토니쿠스-칸티쿠스가 숨을 몰아쉬며 말했다.

"이렇게 물에 젖은 채 성으로 들어갈 수는 없잖아."

"우선 저녁까지 기다려야 하겠지. 우리가 지금 공주에게 몰래 자문을 하러 왔다는 사실을 잊은 것은 아니겠지?"

"그러면 저녁까지 시간이 있단 말이지?"

플라토니쿠스-칸티쿠스가 태연하게 물었다.

칼레가 말했다.

"그래."

"그렇단 말이지."

플라토니쿠스-칸티쿠스는 칼레를 물 속으로 확 밀어버렸다.

 ## 3장 메타피지카 공주의 물음
― 사 페 레 아 우 데 !Sapere aude!

    플라토니쿠스-칸티쿠스와 칼레는 배낭에 남은 음식을 먹으며 그 나이 또래의 소년들이 그렇듯이 여자아이들에 대한 이야기를 하면서 저녁이 오기를 기다렸다. 플라토니쿠스-칸티쿠스는 같은 또래와 그런 이야기를 하는 것이 재미있었다. 어른들과는 그런 이야기를 하는 것이 불편했다. 아버지와 그런 이야기를 할 때가 가장 재미없었다. 아버지는 너무나 이론적으로만 접근했기 때문이다. 두 소년은 나무에 편안하게 등을 기댄 채 서로를 마주보고 앉아 그들의 연애담을 늘어놓았다. 물론 이런 경우 진실보다는 꾸민 이야기가 더 많은 법이다.
    그 순간 갑자기 맑은 하늘에서 불화살이 날아와 두 사람이 기대고 앉아 있던 나무에 꽂혔다. 화살은 플라토니쿠스-칸티쿠스의 머리 바로 위에서 파르르 떨고 있었다.
    "아이쿠, 이게 뭐야?"
    플라토니쿠스-칸티쿠스가 소리치면서 땅바닥에 납작 엎드렸다.
    "신호야!"

칼레가 아무렇지도 않은 듯이 말하면서 일어섰다.
플라토니쿠스-칸티쿠스가 투덜대며 말했다.
"이게 신호라고? 사람이 죽을 뻔했는데!"
칼레가 웃었다.
"공주는 항상 이래. 성격이 아주 특이해서 종잡을 수가 없거든. 자, 이제 길을 떠나는 것이 좋겠다!"
어둠을 틈타서 성으로 몰래 다가가는 동안, 플라토니쿠스-칸티쿠스의 머릿속에는 메타피지카 공주가 도대체 어떤 사람일까 하는 물음이 떠나지 않았다. 불화살을 쏘면서까지 사람을 불러들이는 것은 결코 흔한 일이 아니었다. 그녀는 자신이 이제까지 알았던 사람들과는 전혀 다른 사람임에 틀림없었다. 플라토니쿠스-칸티쿠스는 자신이 공주와의 만남을 기대하고 있다는 것을 느꼈다.
이렇게 전혀 다른 사람을 만나고 싶어하는 것은 거의 욕망에 가까웠다. 그는 칼레와 함께 비밀 문을 통해 성 안으로 들어가는 동안에도, 다른 모든 사람들도 자기처럼 이러한 욕망을 가지고 있는가 하고 생각해 보았다.
그들을 기다리고 있던 시녀가 비밀 문을 지나 길을 안내했다. 이제 그녀는 두 소년을 어두운 복도로 인도했다. 횃불이 습기 찬 벽에 띄엄띄엄 걸려 있었다. 아무 말도 하지 않고 그들은 조심스럽게 앞으로 나아갔다. 그렇게 얼마를 갔을 때 시녀가 그들에게 이제부터는 특별히 조용히 해야 한다고 주의를 주었다.
플라토니쿠스-칸티쿠스는 그들이 지금 지하 동굴 속에 있다는 것을 알았다. 그들은 커다란 방 바로 아래에 있었다. 그들 위의 방에서 새어 나오는 말 한마디 한마디가 뚜렷하게 울려 퍼졌다. 플라토니쿠스-칸티쿠스는 자신의 가족에 대한 이야기를 들었을 때 특히 흥미를 느꼈다.
"훅슬리 왕이시여."

왕에게 고하는 날카로운 목소리가 들려왔다.
"아직까지 마을에 남아 있던 라세 아리스토텔의 마지막 책들을 가져왔습니다."
"아주 좋아."
굵직한 음성이 대답했다. 목소리가 위엄 있게 울렸다. 플라토니쿠스-칸티쿠스는 그 목소리의 주인공이 훅슬리 왕이라는 것을 금세 알아차렸다.
"이 책을 불태워버릴까요, 전하?"
날카로운 음성이 물었다.
왕이 명령했다.
"그건 안 돼! 그 책들을 그 사람의 누이와 매형의 작품집 옆에 갖다 두게. 그 책들을 없애버리고 싶지는 않아. 하지만 나와 마법사 자네의 허락 없이는 사람들이 이 책을 읽게 해서는 안 돼."
플라토니쿠스-칸티쿠스는 화가 나서 하마터면 소리를 지를 뻔했다. 그의 가족 전체가, 특히 그의 아버지는 항상 모든 사람들이 자신들의 책을 읽을 수 있도록 하기 위해 싸워오지 않았던가. 손에 들고 있던 마술 지팡이 코기니툼도 화가 나서 빨갛게 빛을 발하고 있었다.
첫 번째 음성이 물었다.
"그 가족들은 어떻게 할까요? 그리고 우리나라에 사는 모든 불평분자들은 어떻게 할까요? 그들이 자신들의 사고를 계속해서 전파하는 것을 그만두지 않는다면 어떻게 해야 할까요? 전하?"
왕이 대답했다.
"두고 보자. 우선 그들은 행복주를 하사받을 것이다. 그렇게 되면 문제는 저절로 사라질 테지."
"그렇게 맘대로 되지는 않을걸!"
플라토니쿠스-칸티쿠스는 그렇게 중얼거리며 생각에 잠겼다. 자기

가족의 책들이 왜 금서가 된 것일까? 그리고 사람들이 그 책을 읽고 깊은 생각을 하게 되면 그들에게 무슨 일이 벌어지는 것일까?

문을 두드리는 소리, 쇠사슬이 끌리는 소리와 웅얼거리는 신음소리가 새롭게 그의 관심을 끌었다. 분명 죄수가 방 안으로 끌려 들어오는 소리였다.

헉슬리 왕이 물었다.

"이 가엾은 작자는 누군가?"

마법사가 설명했다.

"카산드루스[1]입니다. 우체부지요. 이 자가 우편물을 나르면서 행복주에 반대하는 데모를 선동하는 것을 붙잡았습니다."

왕이 조롱하듯 말했다.

"친애하는 우체부여. 사람들이 행복해지는 것을 그대는 도저히 참을 수 없었는가?"

카산드루스가 떨리는 음성으로 말했다.

"전하! 전하의 계획은 대단히 불행한 것이라고 사료됩니다."

왕이 콧방귀를 뀌었다.

"흥, 가소롭군. 내가 주려는 것은 행복주지, 불행주가 아니다. 내 백성들에게 독을 먹이려는 것이 아니란 말이다."

---

[1] 이 사람의 이름이 누구를 패러디한 것인가를 두고 학자들 간에 논쟁이 붙을 수 있다. 고전 문헌학자는 그리스 신화에 나오는 카산드라를 떠올릴 수 있다고 믿을 것이다. 카산드라는 아폴로 신에게 예언의 능력을 얻었지만 아폴로 신의 구애를 거절했기 때문에, 아폴로는 사람들이 그녀의 예언을 믿지 않도록 만들어버렸다. 따라서 카산드라가 트로이 사람들에게 목마에 대해 경고했지만 아무도 그녀의 말을 믿지 않았다. 지도적인 언론학자들은 우체부 카산드루스에게서 닐 포스트맨Neil Postman의 모습을 볼 수 있을 것이다. 미국의 언론학자인 그는 문화 비판과 언론 비판을 담은 많은 저서를 냈다. 그중에 *Technopoly: The Surrender of Culture to Technology*(1992), 그리고 *Amusing Ourselves to Death: Public Discourse in the Age of Show Business*(1985) 등이 참고할 만하다.

카산드루스가 소리쳤다.

"행복주에 독이 들었다고 말하는 것이 아닙니다. 제가 걱정하는 것은 몸이 아니라 정신이란 말입니다."

왕이 웃으며 말했다.

"그것이 어쨌단 말인가? 사람들은 행복해질 것이고, 어떠한 고통에도 기분 상해하지 않을 것이다. 그리고 가장 힘든 노동을 하는 동안에도 그들은 즐거워할 것이다."

우체부가 소리쳤다.

"그들은 죽어가면서도 즐거워할 것이오. 저는……."

마법사의 날카로운 음성이 죄수를 순식간에 침묵하게 만들어버렸다. 그는 주문을 외워 카산드루스가 더 이상 어떤 말도 하지 못하도록 해버렸다. 훅슬리 왕과 마법사는 음험하게 웃었다.

그는 계속해서 그 대화를 듣고 싶었다. 그러나 그의 머리 위에 있는 사람들이 방을 떠나는 것 같았고, 시녀가 계속해서 가야 한다며 그들을 재촉했다.

급격히 꺾이는 길을 돌아서자 비밀의 길이 끝나고 나선형 사다리가 눈앞에 나타났다. 시녀가 속삭이듯 말했다.

"이것은 공주님의 거실로 이어지는 비밀 계단이에요. 이 비밀 계단은 같은 탑 안에 있는 계단의 반대편에 있지요. 반대편의 계단은 성 안에 사는 모든 사람들이 알고 있어요. 공식적인 방문자들은 그 계단을 이용해 다닌답니다."

시녀가 벽을 톡톡 두드렸다.

"우리는 시계 반대 방향으로 해서 위로 올라갈 거예요. 계단 뒤에 또 계단이 있는 셈이죠. 다시 말해 뒷계단이에요. 이 건축물의 꽃이라고 할 수 있어요. 그래도 바닥에서 삐꺽거리는 소리가 나지 않도록 아주 조심해야 합니다. 반대편에 있는 사람을 놀라게 해서 의심을 품게 해서는 안 되니까요."

시녀는 말없이 앞장섰고, 칼레와 플라토니쿠스-칸티쿠스는 그 뒤를 따랐다.

'걸작품이군!'

플라토니쿠스-칸티쿠스는 생각했다. 이 건축술의 장점은 계단을 건축하는 데에 있는 것이 아니라 그러한 계단을 구상한 천재적인 착상에 있을 것이다. 실천보다 이념이 훨씬 값질 수 있다는 것을 그는 분명하게 깨달았다. 건축가가 만든 이 계단을 통해서 얼마나 많은 손님들이 비밀스럽게 공주를 방문할 수 있었을까? 그는 이런 생각을 하다가 커다란 벽돌에 새겨진 이름을 발견했다.

"건축가 바이스 폰 셰델 공."[2]

하지만 플라토니쿠스-칸티쿠스는 유감스럽게도 더 자세하게 읽을 시간이 없었다. 시녀와 칼레가 벌써 보이지 않을 정도로 저만치 앞서가고 있었기 때문이었다. 그는 그들을 따라잡기 위해 서둘렀고, 계단을 두 번 정도 돌아 올라가서야 육중한 나무문 앞에 서 있는 칼레와 시녀를 놀라게 해줄 수 있었다. 플라토니쿠스-칸티쿠스는 그 둘이 황급하게 떨어져 서는 것을 볼 수 있었다. 플라토니쿠스-칸티쿠스의 기분이 유쾌해졌다.

'분명 칼레가 남는 시간을 이용해서 시녀한테 다시 한번 자신의 연대감을 보여주었구나.'

"들어가십시오!"

시녀가 그들의 옷자락을 끌어당기며 말했다.

그녀가 문을 열자 밝고 따뜻한 빛이 그들 쪽으로 흘러나왔다. 그들은

---

[2] 그라프 폰 셰델. 비밀 계단을 만든 철학자는 알려지지 않았다. 물론 바이셰델W. Weischedel 교수는 1966년에 철학사 입문서로 다음과 같은 제목의 책을 썼다. 『철학자의 뒷계단』. 〔우리말로는 『철학의 뒤안길』로 번역되어 나와 있다.〕

안에 들어선 후에도 빛에 익숙해질 때까지 눈을 뜰 수 없었다. 플라토니쿠스-칸티쿠스의 눈에 처음으로 들어온 것은 책이었다. 거대한 서가에 꽂힌 책들이 거의 모든 벽면을 메우고 있었다. 바닥에서부터 천장까지 모두 서가였다.

여러 가지 그림이 걸려 있는 벽에만 책이 없었다. 방의 한 면은 거대한 통유리로 되어 있었다. 틀림없이 그 창을 통해서 하루 종일 바깥 풍경을 바라볼 수 있을 것이다. 그 창을 통해 분명 외부의 자연을 가장 정확하게 관찰할 수 있을 것이다. 물론 밤이 찾아들면, 책들은 플라토니쿠스-칸티쿠스를 보다 더 자극할 것이다.

책, 책, 책! 비밀문조차 책으로 장식되어 있었다. 시녀가 그 문을 닫자 더 이상 비밀 출입구는 알아볼 수 없었다.

"어서 오세요. 환영합니다!"

상냥한 음성이 들려왔다.

플라토니쿠스-칸티쿠스와 칼레는 방의 한쪽에 앉아 있던 몇몇 사람에게 시선을 돌렸다. 수많은 촛불이 켜져 있는 가운데 커다랗고 푹신한 방석에 앉은 여러 사람들이 동그랗게 둘러앉아 와인과 차를 마시고 있었다. 플라토니쿠스-칸티쿠스는 그들을 세 그룹으로 나눌 수 있다고 생각했다.

한 그룹에는 젊은 기사와 그를 둘러싸고 있는 세 명의 시종들이 있었다. 기사는 위풍당당한 모습이었다. 중무장을 한 그는 곱슬거리는 긴 금발을 어깨까지 늘어뜨리고 있었고, 그의 갑옷은 촛불에 반사되어 번쩍이고 있었다. 그리고 시종 중 하나는 그의 긴 칼을 닦으며 광을 내고 있었다.

매우 늙은 노인도 그에 못지않게 인상적이었다. 여러 사제들이 그 노인을 둘러싸고 있었다. 노인은 대화에 무관심했고, 깊은 생각에 빠져 있는 것 같았다. 그의 무릎에는 금박을 입힌 지팡이가 놓여 있었다. 나라의 모든 어린이는 그 지팡이를 알고 있었다. 그것은 도그마[3]의 금지팡이였다.

플라토니쿠스-칸티쿠스는 그가 누구인지 금세 알아차렸다. 유명한 북쪽 사제단의 대주교가 바로 그의 앞에 앉아 있는 것이다. 플라토니쿠스-칸티쿠스는 침을 꿀꺽 삼켰다. 이런 사람들 앞에 있으면 자신이 왠지 초라하고 멍청하게만 느껴졌다. 세 번째 그룹을 보았을 때 그는 다시 숨통이 트이는 것 같았다.

이 사람들은 매우 우아하지만, 다른 그룹의 사람들에 비해 그리 존경할 만한 인물들은 아니었다. 이 그룹의 가운데에는 한 귀부인이 앉아 있었는데 그 귀부인을 둘러싼 모든 사람은 짙게 화장을 하고 있었다. 그녀는 아름다운 다리를 요염하게 포개고 앉아 자신의 치렁치렁한 빨간 머리를 가끔씩 쓸어 올리곤 했다. 그리고 그녀 자신은 전혀 술을 마시지 않으면서도 모인 사람들에게 계속해서 건배를 외치고 있었다. 그녀는 점잔을 빼면서 와인으로 붉은 입술을 적셨다.

다시 한번 부드러운 목소리가 들려왔다.

"환영합니다."

플라토니쿠스-칸티쿠스는 그제서야 비로소 메타피지카 공주를 발견하였다. 그녀는 그들의 맞은편에 앉아 있었으며, 그들을 보고 상냥하게 웃고 있었다. 그녀는 그와 같은 또래로 보였다. 그녀는 사람들이 흔히 생각하는 그런 공주의 모습을 하고 있지 않았다.

그녀는 화려한 비단옷을 걸치지도 않았고, 왕관이나 베일을 쓰지도 않았다. 그 대신에 그녀는 바지와 티셔츠를 입고 있었다. 그렇지만 그

---

[3] 더 이상 배후를 물을 수 없는 교의를 도그마로서 특징짓는다. 도그마적 이론은 경험적 증명이나 논리적 증명에 의존하지 않는 신적인 계시에 의존해서 자신의 권위를 요구한다.

녀의 눈은 비밀스러운 광채를 발하고 있었다. 그리고 그녀의 움직임은 보는 사람으로 하여금 거역할 수 없이 그녀에게 빠져들게 만들었다. 이러한 매력이 그녀를 다른 사람들 틈에서 두드러져 보이게 했다. 그녀는 거기에 모인 사람들과도, 또한 다른 모든 사람들과도 달랐다. 그녀는 기사처럼 오만하지 않았지만 어딘가 모르게 타고난 기품이 느껴졌다. 그녀는 북쪽 사제단의 대주교처럼 권위적이지 않았지만 현명하고 지혜로워 보였다. 그녀는 화장한 여자처럼 매혹적이지 않았지만 때문지 않은 자연미를 갖고 있었다. 그녀가 다시 말했다.

"환영합니다."

'아, 아름다운 목소리야!'

플라토니쿠스-칸티쿠스는 그렇게 생각했다.

공주가 상냥한 목소리로 계속해서 말했다.

"제 생각에 모든 분이 모이신 것 같습니다. 그리고 여러분이 이렇게 와주신 것에 대해서 진심으로 감사드립니다. 여러분 모두가 아시다시피, 저의 아버지께서는 마법사와 함께 백성들에게 행복주를 나누어주시기로 결정했습니다. 이 술은 기본 식량이 될 것이고 모든 사람을 항상 기쁘게 만들 것입니다. 저는 그 문제를 매우 걱정하고 있습니다. 저는 아버지가 그러한 계획을 포기하도록 설득할 수가 없었습니다. 그리고 마법사는 제가 성을 떠날 수 없도록 조치를 취해버렸지요. 제가 여러분을 이곳까지 오시라고 청한 것은 우리가 함께 어떠한 일을 할 수 있는가를 생각해보기 위해서입니다. 그 행복주가 좋지 않다고 증명할 논거가 제게는 부족합니다. 그리고 제 걱정이 올바른 것이라면, 그러한 술을 나누어주지 못하도록 막을 좋은 생각을 말씀해주십시오. 우리는 그런 행복주가 인간에게 과연 좋은 것일 수 있을까 물어야만 합니다. 이러한 방식으로 행복해지는 것이 과연 우리 인간의 본성에 맞는 건지요? 제가 이렇게 의혹을 품는 것이 정당한 것인지 그에 대해서도 조언을 해주세요. 제가 무엇을 해야만 하는지, 그리고 그러한 행복주를 막을 어떠한 희망이 있는지에 대해서도 조언을 해주세요!"

플라토니쿠스-칸티쿠스는 긴장이 되어 침을 삼켰다. 이 자리에 자기 대신 아버지나 어머니가 왔었다면 어땠을까. 그들에게는 이 사람들 앞에서 이야기하는 것이 전혀 힘든 일이 아니었을 것이다. 바로 그 순간 누군가가 그의 허리를 툭 건드렸다. 그것은 바로 마술 지팡이 코기니툼이었다. 플라토니쿠스-칸티쿠스는 지팡이가 말하는 것을 분명하게 들을 수 있었다.

"부끄럽지도 않니, 이 겁쟁이야! 왜 너의 생각이 다른 사람의 생각보다 값어치가 없다고 생각해? 다른 사람들이 높은 지위와 명성을 가지고 있기 때문에 그러는 거니?"

플라토니쿠스-칸티쿠스가 목소리를 죽여 대답했다.

"물론 그렇지 않아! 그렇지만 부모님은 자신의 생각을 나보다 훨씬 더 잘 표현할 수 있잖아."

"그렇지 않아!"

코기니툼이 부인했다.

"말의 내용과 형식 중에서 무엇이 더 중요해?"

'물론 형식이지.'

플라토니쿠스-칸티쿠스는 그렇게 생각하면서 자신이 마술 지팡이와 말하고 있다는 것에 대해 놀라워했다.

"자, 이제 나를 좀 내버려둬. 다른 사람들이 이야기하는 것도 들어봐야 하잖아."

"알았어."

코기니툼이 대답했다.

"네가 어떤 것을 중요하게 생각하면서도 그것에 대해 침묵한다면 정말 유감스런 일이야. 네가 계속 그런다면 나도 항상 침묵할 거야."

3장 메타피지카 공주의 물음 67

플라토니쿠스-칸티쿠스는 주위를 둘러보았다. 아무도 그들의 대화를 엿들은 사람은 없는 것 같았다. 마술 지팡이는 다른 사람들이 눈치채지 않도록 그에게 조언을 해줄 수 있었다. 그는 다시 그 자리에 참석한 사람들에게 주의를 기울였다.

기사가 자리에서 일어나 자부심에 가득 찬 표정으로 말했다.

"고귀한 숙녀여!"

그는 그렇게 말을 시작했다.

"겸손한 기사가 하는, 단순하지만 항상 올바른 설명에 귀기울여주시기를 청합니다."

"그 올바른 설명 때문에 오시라고 청한 겁니다. 저는 귀하의 견해를 대단히 높이 평가하고 있습니다. 헤로 폰 도트[4] 기사님."

공주가 그렇게 말하며 미소지었다.

"좋습니다. 공주님!"

기사가 대답하고 다시 말을 시작했다.

"행복주는 나쁜 것입니다. 단순하게 설명해보지요. 인간이 행복하다면 그들은 더 이상 서로 싸우려 하지 않을 것이고, 그들이 더 이상 싸우려 하지 않는다면 전쟁도 더 이상 없을 겁니다. 전쟁이 더 이상 없다고 한다면 그것은 비난받을 만한 일입니다. 왜냐하면 전쟁은 만물의 아버지이니까요! 전쟁이 있는 곳에서만 용맹함, 고귀한 우정, 성장과 진보가 있을 수 있습니다. 이런 이유에서 저는 오래전부터 제 무기에 이런 표어를 새기고 다닙니다. '전쟁은 만물의 아버지이다.'"

"잠깐! 그런 말에는 동의할 수 없습니다."

공주가 이의를 제기했다. 그렇지만 기사는 공주의 말을 가로막았다.

---

[4] 그리스 출신인 역사의 아버지 헤로도토스Herodotos(BC 425년경에 사망)와 먼 친척뻘이 된다.

"잠깐, 공주님! 귀족, 더욱이 기사에게 이의를 제기해서는 안 된다는 것을 모르셨습니까? 덧붙여 말하자면 저는 설명을 드리면서 우리 문제의 해결책도 물론 제시할 수 있습니다. 물론 행복주는 거부되어야만 합니다. 왜냐하면 그것은 전쟁을 방지하기 때문입니다. 그러나 전쟁은 만물의 아버지이고, 그러니까 좋은 것입니다. 그러므로 우리가 해야 할 일은 아주 분명합니다. 우리는 전쟁을 해야만 합니다. 공주님! 아버지에게 전쟁을 선포하십시오!"

모두 아무 말이 없었다. 플라토니쿠스-칸티쿠스는 자신의 생각을 아직도 제대로 정리할 수가 없었다. 그렇지만 그는 기사의 말을 막고 싶은 욕구를 느꼈다. 거기 앉은 모든 사람도 다 그렇게 느끼는 것 같았다. 공주가 조용하지만 침착하게 대답하자 모든 사람들은 안도의 숨을 내쉴 수 있었다.

"제가 당신의 의견을 따를 수 없는 것을 미안하게 생각합니다, 헤로 폰 도트 기사님. 저는 항상 그대 가문의 조언에 커다란 가치를 두어왔습니다. 그렇지만 제가 기억하기로는 그대 가문의 가훈은 '전쟁은 만물의 아버지이다'가 아니라 '투쟁은 만물의 아버지이다'가 아니었나요?"

"맞습니다."

기사는 당황해하면서 반박했다.

"우리의 선조, 헤로 폰 도트 공작은 '투쟁은 만물의 아버지이다'라고 했지요. 그렇지만 세월이 흐르면서 전쟁과 투쟁 사이의 세밀한 구분은 사라지고 말았습니다. 고귀한 숙녀시여, 이제 그런 구별에는 모두들 관심을 두지 않지요. 왜냐하면 전쟁이라고 하는 것은 최상의 투쟁 형식보다 더 나은 것이니까요."

공주가 반박했다.

"바로 그 점에서 저는 전쟁과 투쟁이 결정적으로 다르다고 생각합니다. 어떻게 표현하느냐에 따라 커다란 차이가 있으니까요. 전쟁은 투쟁의 형식이기는 하지만, 저는 전쟁을 악하고 끔찍한 것으로 생각합니다. 그러나 제 생각에, 당신의 선조는 무엇을 위해서 혹은 무엇을 얻기 위한 투쟁을 말했다고 봅니다. 무엇을 위해서 혹은 무엇을 얻기 위한 그러한 투쟁 형식은 전쟁을 수행하지 않고도 행해질 수 있습니다. 예를 들자면 우리는 인식을 위해서, 또는 사랑 혹은 평화를 위해서 어떤 다른 것과 싸움을 하거나 그것들을 파괴시키지 않고 투쟁할 수 있습니다. 저는 토론의 형태로 어떤 사람과 정신적인 투쟁을 벌일 수도 있습니다. 그러나 좋은 대화가 이루어진다면, 우리는 다른 사람을 이기기 위해서 투쟁하는 것이 아니라 서로를 위해 어떤 인식에 도달할 수 있겠지요."

헤로 폰 도트 기사는 깊이 숨을 들이마실 수밖에 없었다. 그는 반박하고 싶었지만, 아무 소리도 못하고 씩씩대며 숨만 몰아쉬고 있었다. 결국 그는 화가 잔뜩 나 머리를 뒤로 젖히고 자리에 앉았다. 그는 낮게 투덜거렸다.

"쓸데없는 소리야. 현실적으로는 내가 옳아. 우리는 훅슬리 왕과 전쟁을 해야 한다니까."

메타피지카 공주가 약간 퉁명스럽게 말했다.

"나는 전쟁이라는 가능성도 배제하지 않습니다. 정의로운 전쟁도 있으니까요. 어쨌든 저는 왜 그러한 행동을 취해야만 하는지에 대해서 미리 정확하게 따져보지 않고 다른 사람과 싸우는 것은 잘못이라고 생각합니다. 물론 우리가 무엇을 위해 투쟁을 해야 하는지는 금세 설명되지 않겠지요. 그렇기 때문에 오늘 우리가 이 자리에 모인 것입니다. 우리는 무엇이 좋고 무엇이 나쁜지를 알아야만 합니다."

이제 모든 사람들의 눈길이 북쪽 사제단의 대주교에게 쏠렸다. 노인은 공주에게 눈길 한 번 돌리지 않은 채 아무 말 없이 조용히 앉아 있었다. 그는 주위가 아주 고요해져서 마지막 한 사람까지 자신의 말에 주의를 기울일 때까지 기다리는 데 익숙해져 있었다.

"내 딸아."

천천히 그리고 엄숙한 어조로 드디어 그가 말하기 시작했다.

"결정은 단순하지. 선한 것을 행하라!"

노인의 말을 제대로 이해할 수 없었던 사람들은 모두 아래로 시선을 떨구었다. 마치 거기서 그 말의 깊은 뜻을 찾으려 하는 것처럼.

얼마 후에 공주가 입을 열었다.

"현명하신 신부님. 저도 기꺼이 선한 것을 행하고 싶습니다. 그러나 그것을 어떻게 알 수 있을까요?"

대답은 간단했다.

"신이 원하는 바를 행하라."

"그렇지만 신이 무엇을 원하는지 제가 어떻게 알 수 있나요? 정말로 신이 존재하는지 알지도 못하고요. 그리고 신이 존재한다면, 그가 원하는 것이 선이라는 것을 어떻게 알 수 있나요? 도무지 제가 무엇을 알 수 있나요?"

웅성거림이 일었지만 노인이 위엄 있게 막대기를 쳐들자마자 곧바로 수그러들었다.

"그것은 믿음을 통해서 알 수 있다!"

노인이 엄격하게 말했다.

"신부님, 그렇지만 믿음은 앎이 아니잖아요."

"믿어라!"

노인은 명령했다.

플라토니쿠스-칸티쿠스와 칼레는 불쾌함을 느꼈다. 공주도 노인과 그런 토론을 계속하고 싶어하지 않는 것처럼 보였다.

"그런데 신부님, 중요한 물음은 이런 것이었지요. '나는 무엇을 해야만 하는가?'"

노인이 날카롭게 말했다.

"아무것도 하지 마라! 신은 당신의 의지에 따라 모든 것을 움직이려 한다. 그러니까 아무것도 하지 마라. 그렇게 되는 대로 되어가는 것이 신이 원하는 바야."

칼레가 소리를 지르며 발을 굴렀다.

"아편, 아편, 그것은 아편에 불과해!"[5)]

거기 모인 사람들은 깜짝 놀라 뒤를 돌아보았다. 거기 모인 사람들은 칼레의 그런 태도가 늙은 현자에게 엄청난 상처를 준다는 것을 알고 있었다.

헤로 폰 도트 기사가 즉시 일어났다. 그는 선홍빛 십자가가 수놓인 자신의 망토를 등뒤로 넘기더니 칼을 뽑아 들고 칼레에게 돌진했다. 첫 번째로 내리친 칼은 칼레의 목 부근에서 빗나갔다. 칼레가 고양이처럼 몸을 움츠렸기 때문이다. 칼레는 기사의 얼굴에 방석을 집어던지면서 다음번 공격을 막아내려고 했다. 그러나 그 순간 기사는 칼레를 벽으로 밀어붙이더니 칼을 쳐들었다. 칼이 휭 하는 소리를 내며 아래로 내려왔다. 그러나 그 순간 칼은 어떤 딱딱한 대상에 부딪쳐 튕겨 나갔다. 칼은 기사의 손에서 튕겨 나와 벽에 걸린 그림 아래에 박혔다. 그것은 파울 클레버의 그림으로, 제목은 〈허공을 치다〉[6)]였다.

칼과 부딪쳤던 것은 코기니툼이었다. 마술 지팡이는 칼레의 머리 위에 일자로 놓여 있었는데, 한쪽은 플라토니쿠스-칸티쿠스, 그리고 다른 한쪽은 공주가 잡고 있었다.

공주가 단호한 목소리로 명령했다.

---

5) 아편은 환각제이다. 칼 맑스는 물론 종교를 "인민의 아편"으로 규정했다. 종교가 보다 나은 피안을 이야기하면서 인간으로 하여금 고통스런 현실을 참도록 만들기 때문이다.

6) 석판화가 파울 베버 A. Paul Weber(아른슈타트 1893~라체부르크 1980)를 의미한다. 이 사람의 작품 중에 실제로 〈허공을 치다 Der Schlag ins Leere〉라는 제목의 그림이 있다.

"이 방에서는 아무도 무기를 사용할 수 없습니다. 현명하신 신부님, 저는 이러한 행동이 신부님의 이론과 맞지 않는다고 믿습니다. 그리고 기사님은 다시 거기 앉으시든지, 아니면 저의 아버지 편에 서시든지 하세요."

그 순간 거기 모인 사람들이 모두 굳은 표정으로 서로를 쳐다보았다. 기사는 다시 고개를 뻣뻣하게 들고 자신의 자리에 가 풀썩 앉았다. 칼레는 안도의 숨을 내쉬었다. 그는 메타피지카 공주와 플라토니쿠스-칸티쿠스에게 고맙다는 뜻으로 미소를 지었고, 다리를 후들거리며 자기의 자리로 돌아와 앉았다. 그때 그는 자신과 헤로 폰 도트 기사 사이에 앉은 플라토니쿠스-칸티쿠스가 코기니툼을 소중하게 어루만지고 있는 것을 보았다. 플라토니쿠스-칸티쿠스는 아무 말도 하지 않았다. 그는 속으로 생각했다.

'공주는 대단한 사람이야!'

코기니툼이 그의 생각을 알아차리고 대답했다.

"맞았어! 너희들의 손에 이끌리니 기분이 정말 좋은데."

그들이 그렇게 다시 대화를 나누었지만 아무도 듣지 못하고 있었다.

침묵이 방 안을 짓누르고 있었다. 결국 메타피지카 공주가 분위기를 바꾸기 위해 일어났다. 그녀가 말했다.

"현명한 신부님, 무엇이 옳은지 그리고 무엇이 선한지 저는 알고 싶습니다. 확실히 제가 무엇을 해야만 하는지 그리고 제가 무엇을 알 수 있는지 묻는 것이 꼭 필요합니다. 그리고 제가 모든 것을 신에게 위임하는 것이 신이 원하는 것인지에 대해서도 묻고 싶습니다. 우리가 이러한 질문을 제기하고 스스로 어떤 것을 변화시키기 위해 시도하는 것을 신이 원하지 않는다면 그 분은 왜 우리에게 이성을 부여했을까요? 우리가 신을 모욕하고 싶어서 이런 질문을 한다고 생각하지 마세요. 그 반대지요! 저에게도 신의 영향력은 너무나 중요합니다. '나는 무엇을 희망해도 좋은가' 하고 저는 줄곧 스스로 그렇게 물어왔어요."

그녀는 거의 벽에다 대고 말하는 것이나 마찬가지였다. 노인은 한 번도 그녀를 주목하지 않았다. 그는 의미심장하게 머리를 흔들었고 몇 개의 뼈를 앞의 바닥에 던졌다. 그는 그 뼈들을 분류했다가 다시 섞고 나서 바닥에 던졌다. 그는 쉬지 않고 같은 행동을 되풀이했고 의미심장하게 머리만 흔들 뿐이었다.

"좋아요."

결국 화장을 곱게 한 귀부인이 말을 꺼냈다.

"저는 이런 일이 이렇게 다툴 만큼 값어치가 있는지 생각해보았어요. 모두가 행복하게 된다는데 무엇이 그렇게 나쁘죠?"

메타피지카가 물었다.

"제 아버지의 계획에 문제가 없다고 생각하시는 모양이지요, 바르비[7] 공작 부인?"

"그래요. 미와 부 때문에 어떤 사람으로부터 질시를 받지 않는다면, 당연히 그렇다는 거지요. 모든 사람들은 그들이 가진 것에 행복해하기 때문이에요."

짙게 화장을 한 공작 부인은 그렇게 대답한 다음 계속해서 말했다.

"우리가 모두 평등하다면 행복해질 수가 있을까요?"

조금 전의 충격에서 서서히 깨어나던 칼레가 반대했다.

"그렇게 되면 왜 행복할 수 없다고 생각합니까?"

바르비 공작 부인이 말했다.

"나는 평등해지면 행복할 것이라고 믿지 않아요. 물론 아무도 자신을 부러워하지 않을 때 그 사람은 사람들이 자신을 부러워하던 때를 그리워하게 되겠죠. 그러나 우리는 이 술 한 모금만 마시면 금세 행복해질

---

7) 이 여인은 바비 인형을 뜻할 수도 있지만, 심각한 명예 훼손의 이유가 될 수도 있기 때문에 자세히 밝힐 수는 없다.

거예요. 그렇게 되면 우리는 늙는 것에 대해서 어떠한 문제도 느끼지 않을 겁니다. 행복주를 한 모금 마시면 우리는 스스로를 곧바로 젊게, 행복하게 그리고 아름답게 느낄 거예요."

메타피지카가 신중하게 말했다.

"그러나 우리는 행복주를 마시지 않아도 행복을 느낍니다."

공작 부인은 미소를 지은 채 머리를 쓸어 올렸다.

"물론이에요. 그렇지만 그게 무슨 소용이 있나요? 우리가 살면서 원하는 모든 것은 기쁨과 쾌락이라는 것을 공주님은 아세요? 그렇기 때문에 고통을 피하고 쾌락을 획득하는 것이 중요하지요. 이 술은 행복에 이르기 위한, 정말로 주목할 만한 방법이에요. 우리가 정말로 행복해지려면 술을 마셔야만 하겠죠."

메타피지카가 이의를 제기했다.

"제가 걱정하는 것은 그 술을 마시면 더 이상 예전의 우리가 될 수 없다는 점입니다."

"그래요. 사랑스런 공주님. 그럴 수도 있겠지요. 그러나 예전의 우리라고 하는 것도 과거의 한때가 아닌가요? 저는 그 술이 최상의 것이 되리라고 생각해요. 모두 행복해집시다. 우리가 그에 대해 오래 생각을 하면 할수록 우리가 원하지 않는 일만 일어날 뿐이에요. 우리는 슬퍼질 거예요. 자, 마셔요!"

그녀는 참석한 사람들에게 건배를 했다. 그녀를 호위하기 위해 온 한 사람이 그녀의 두 볼에 부드럽게 키스를 했다. 그가 공작 부인에게 말했다.

"아주 아름다운 연설이었소. 부인!"

"저에게 조언을 해주세요. 전쟁을 해야 하는지, 아니면 신에 의지하든지, 아니면 시간이 가는 대로 이대로 내버려둘 것인지를."

메타피지카가 이야기를 매듭지으려 했다.

"더 말씀하시고 싶은 분 없으세요?"

칼레가 플라토니쿠스-칸티쿠스를 떠밀었다. 그렇지만 그는 주저했다.

"플라토니쿠스-칸티쿠스 가문에서는 왜 말씀을 하시지 않나요?"

메타피지카가 물었다.

"여기 모인 다른 사람들과 달리 아직 제 입장이 확실하지 않기 때문입니다."

플라토니쿠스-칸티쿠스가 천천히 말문을 열었다.

"저는 누구를 지지하거나 누구를 반대하고 싶진 않습니다. 그냥 저의 입장을 비판적이라고만 해두겠습니다. 우리는 그러한 것을 판단하는 데 있어 아는 것이 너무 없습니다. 우리는 우선 우리 앞에 제기된 이 중요한 물음들부터 다루어야 마땅했습니다. 우리가 우리 자신의 입장을 갖기 위해 노력하지 않는다면, 어떤 다른 견해를 판단하기가 어려울 것입니다."

"제가 여러분을 여기에 부른 이유가 바로 그것입니다."

메타피지카가 흥분했다.

"말해보세요. '나는 무엇을 해야만 하는가?' '나는 무엇을 알 수 있는가?' 아니면 '나는 무엇을 희망해도 좋은가?' 내가 제기한 이 물음들 중에서 그대가 중요하다고 생각하는 것이 무엇인지 말해보세요."

"저는 그 세 가지 물음들이 모두 똑같이 중요하다고 믿습니다. 그 물음들은 다른 물음의 부분들입니다."

플라토니쿠스-칸티쿠스가 대답했다.

"'나는 무엇을 알 수 있는가?' '나는 무엇을 해야만 하는가?' '나는 무엇을 희망해도 좋은가?' 이 모든 물음은 하나의 물음으로 정리될 수 있습니다."

"그 물음이 어떤 거죠?"

공주가 물었다.

"그것은 '인간이란 무엇인가?' 하는 물음이지요."
플라토니쿠스-칸티쿠스가 대답했다.
"행복주가 좋은지 나쁜지 그 가치를 판단하는 것은 바로 이 물음에 달려 있다고 봅니다."
모여 있던 사람들이 웅성대기 시작했다.
"당신이 옳다고 생각해요."
메타피지카가 말했다.
"그래, 그게 어쨌다는 겁니까! 그 말은 우리에게 별로 도움이 되지 않습니다!"
헤로 폰 도트 기사가 투덜거렸다.
메타피지카가 말했다.
"저는 그렇게 생각하지 않아요! 처음에 우리는 무엇이 선한 것인지에 대해서 물었지요. 우리가 그렇게 물은 것은 선한 것에 따라서 우리의 행동을 할 수 있기 때문이에요. 그러나 우리는 이 선한 것이 누구에게 선한 것인지에 대해서는 물어보지 않았습니다. 대답은 물론 우리 인간을 위해서겠지요. 그러므로 우리가 인간이 무엇인지 안다면, 나의 아버지의 계획이 인간을 위해 정말 좋은 것인지 아닌지에 대해 말할 수 있을 겁니다."
공작 부인이 이의를 제기했다.
"사랑스런 공주님! 우리가 그에 대한 답을 어떻게 찾아낼 수 있을까요? 인간은 항상 그가 어떠한 호칭으로 불리나에 따라 알 수 있어요."
메타피지카가 말했다.
"한 가지 방법이 있습니다. 필로조피카의 나라로 가는 겁니다. 책에서 보았는데, 아주 옛날부터 사람들은 물음이 생기면 답을 찾기 위해 그곳으로 여행했다고 합니다. 여러분 중에서 저와 함께 여행을 떠날 분이 있기를 바랍니다."

주위가 갑자기 조용해졌고, 아무도 선뜻 나서지 않았다.
헤로 폰 도트 기사가 말했다.
"빌어먹을! 그곳에는 칼을 가지고 갈 수 없다는 이야기를 들었소."
북쪽 사제단의 늙은 현자는 종교재판에 관한 어떤 것을 중얼거렸다.
바르비 공작 부인은 갑자기 차분해졌다.
"그러나 공주님, 필로조피카로 가는 입구는 오래전에 잊혀졌는걸요."
"맞아요. 하지만 저는 그 입구를 다시 발견했어요."
공주가 설명했다.
"마법사가 성의 다락방에 비밀에 가득 찬 낡은 거울을 숨겨놓았어요. 이 거울 안으로 걸어 들어갈 수 있습니다. 거울 반대편에 필로조피카가 있어요."
플라토니쿠스-칸티쿠스는 더 이상 가만히 있을 수 없었다. 그가 물었다.
"우리가 여기서 망설일 이유가 있습니까?"
칼레가 부르짖었다.
"만국의 질문자들이여, 단결하라!"
공주가 말했다.
"망설일 이유가 없습니다. 이제 저는 어떠한 대답을 찾아야 하는지에 대해서 알게 되었습니다. 그렇기에 곧바로 떠나려 합니다. 여러분 모두 저와 함께 가시기를 희망합니다."
헤로 폰 도트 기사가 외쳤다.
"좋습니다. 용기를 시험해봅시다!"
"의식의 확장!"
바르비 공작 부인은 그렇게 말하고 웃었다. 그리고 미소를 띤 채 팔장을 꼈다.
북쪽에서 온 대주교가 힘겹게 일어났다. 그는 선한 목자와 까만 양에 대해서 희미한 목소리로 웅얼거렸고, 자신의 황금 막대기인 도그마에 의지하며 공주를 따랐다.

그들은 비밀 문을 지나 먼지가 잔뜩 쌓인 계단 앞에 도착했다. 그들이 가져온 몇 개의 촛불이 희미하게 빛을 만들어내고 있었다. 그들은 두 줄로 서서 위를 향해 올라갔다. 플라토니쿠스-칸티쿠스는 문득 자기 옆에 공주가 있다는 것을 깨달았다. 그는 그녀를 쳐다보면서 쑥스러운 듯 웃어 보였다.

공주가 그를 뚫어지게 쳐다보았다. 플라토니쿠스-칸티쿠스는 어색한 순간을 모면하기 위해 대화를 시작했다.

"내 마술 지팡이가 기사의 칼을 막아낼 수 있다는 것을 어떻게 알았죠?"

"잘 몰랐어요. 하지만 막아주기를 바랐죠."

"그렇지만 그게 특별한 여행용 지팡이라는 것도 알고 있었나요?"

"물론. 그 지팡이의 이름이 코기니툼이지요. 그리고 오랫동안 당신 집안의 소유였고요."

"마치 내 가족을 잘 아는 것처럼 말하는군요."

"물론이죠. 나는 당신의 친척 모두를 이미 만난 적이 있어요."

"정말이에요? 그게 언제죠?"

"내가 아주 어렸을 때였어요. 당신 가족이 필로조피카의 나라를 가장 열심히 여행했던 사람들이라는 것을 몰랐나요?"

"그랬을 거라고는 생각해요."

"거울이 숨겨지기 전에 행복했던 때가 있었죠. 그때 당신 가족들은 내가 어릴 때 쓰던 방을 통해 지나가곤 했어요. 몇몇은 오랫동안 그곳에 남아 있기도 했구요. 당신의 외삼촌 라세는 내 이름을 지어주기까지 했는 걸요."

플라토니쿠스-칸티쿠스가 놀라 소리쳤다.

"뭐라고요? 라세 외삼촌이 공주님의 이름을 지어주었다고요?"

"정확하게 말하자면 이 궁전에 있던 당신의 외삼촌의 책들을 정리하고 목록을 만들었던 당신 외삼촌의 친구가 내 이름을 지어주었어요."

"그 친구분의 이름을 알고 있나요?"

"로도스 출신의 안드로니코스[8]예요."

"내 부모님도 알고 있나요?"

"그야 물론이죠. 그 두 분은 나에게 깊은 인상을 주었어요. 당신의 어머니는 매우 자상하게 나를 대해주었어요."

플라토니쿠스-칸티쿠스는 아버지에 대해서도 알고 싶었다.

"그럼 나의 아버지는 어땠나요?"

메타피지카가 대답했다.

"매우 엄격한 분이셨어요. 그 분이 나를 지켜볼 때면, 나는 내 맘대로 할 수 없었거든요. 내가 하고 싶어했던 모든 것을 그는 제가 반박할 수 없는 조건들을 들어 허락하지 않으셨어요."

플라토니쿠스-칸티쿠스는 더 묻고 싶었지만 그들은 이미 다락방에 도착해 있었다.

조그만 창으로 떨어지는 희미한 달빛 속에서 그들은 주위를 둘러보았다. 그들은 어스름 속에 잠긴 커다란 방 안에 있었다. 촛불을 켜자 오랫동안 사용하지 않은 물건들이 무수히 놓여 있는 것이 눈에 들어왔다.

모두 특이한 것들이었다. 몸통에 파란 꽃이 새겨진 도자기도 있었고, 구석에는 많은 원들이 그려진 붉은 깃발이 있었다. 그 옆에는 산 위에서 많은 사람들에게 이야기를 하는 어떤 사람의 모습을 그려놓은 그림

---

[8] 이 사람은 이른바 아리스토텔레스의 저작들을 수집해 정리했다고 한다. 그가 윤리학, 논리학, 물리학 등의 제목으로 분류할 수 없었던 작품들을 모아 형이상학이란 이름을 붙였다. [형이상학이란 말은 글자 그대로 보면 '물리학(자연학) 뒤에'를 의미한다.]

이 있었다.⁹⁾ 장난감 배 뒤에는, 한 손에는 횃불을 들고 팔에는 책을 끼고 이마에는 왕관을 쓴 특이한 여자 조각이 서 있었다. 그 옆에는 동물들과 식물들이 긴 고리로 연결된 가운데 그 정점에는 사람을 그려 넣은, 눈에 띄는 그림도 있었다. 많은 도판들, 신문들과 인쇄물들이 알아볼 수 없을 정도로 색이 바래 있었다.

인쇄물 중에 다음과 같은 까만 글자가 눈에 띄었다.

"나에게는 꿈이 있습니다."¹⁰⁾

다른 인쇄물에서는 끝을 맺지 못한 한 문장이 눈에 띄었다.

"평화를 위한 길은 없다. 평화가……"¹¹⁾

나머지 글은 푸른 곰팡이로 덮여 있었다.

"이쪽으로 와보세요!"

메타피지카가 소리쳤다.

"여기가 바로 필로조피카로 가는 입구예요."

그녀가 천을 한쪽으로 걷자 거대한 거울이 모습을 드러냈다.

모두들 놀라서 입을 다물지 못했다. 플라토니쿠스-칸티쿠스는 거울을 자세히 살펴보았다.

거울은 순금으로 테두리가 쳐져 있었고, 그 테두리에는 수많은 형상들이 새겨져 있었다. 유리는 매우 두꺼웠고 매우 단단해 보였다. 플라토니쿠스-칸티쿠스는 그 안을 들여다보았지만 자신의 모습 말고는 아무것도 볼 수 없었다. 테두리의 맨 윗부분에는 다음의 글자가 굵게 새겨져 있었다.

---

9) 산상 수훈을 하는 예수(마태복음5:7)를 그린 그림을 뜻한다.
10) 이 말과 함께 미국의 목사 마틴 루터 킹은 링컨 기념관에서 행한 자신의 유명한 연설을 끝마쳤다.
11) "평화를 위한 길 ……." 이 명제는 인도 철학자이자 영웅인 마하트마 간디로부터 나온 것이고 전체 문장은 이렇다. "평화를 위한 길은 없다. 평화가 길이다!"

"사페레 아우데!Sapere aude!"[12]

플라토니쿠스-칸티쿠스가 칼레 막스에게 물었다.

"무슨 뜻인지 아니?"

"아니, 전혀 모르겠는걸."

플라토니쿠스-칸티쿠스가 애석해했다.

"아직 라틴어를 다 정복하지 못했어. 그렇지만 이 말에서 꼭 우리 아버지 냄새가 나는 것 같아."

"여기서 영원히 있을 작정인가 아니면 일을 할 것인가?"

헤로 폰 도트 기사가 그들을 재촉했다.

메타피지카 공주가 말했다.

"이제 곧장 들어가죠. 이 거울 속으로 발을 옮겨놓기만 하면 벌써 건너편으로 가 있게 될 겁니다."

"좋았어. 미래는 용기 있는 자의 것이다."

헤로 폰 도트 기사가 그렇게 외친 다음에 거울을 향해 발을 내딛으려 했다. 그러나 그는 발을 내딛으려다가 어디에선가 왁자지껄한 소리가 들려오자 황급히 멈추어 섰다. 목소리가 들려왔지만 아무도 보이지 않았다. 갑자기 누군가가 다리를 거울 밖으로 불쑥 내밀었다. 그러더니 팔이 거울 밖으로 나왔다. 손은 거울 밖을 조심스럽게 두들기다가 갑자기 칼레의 어깨를 잡았다.

"이 망할 놈의 신비!"[13]

칼레가 겁을 먹고 소리쳤다.

"그에게서 물러나라!"

---

[12] 라틴어로 앎을 향한 용기를 말한다. 칸트가 만든 이 계몽주의의 표어는 다음과 같은 의미를 갖는다. "너 자신의 이성을 사용할 용기를 가져라!"(『계몽이란 무엇인가라는 물음에 대한 대답』, 1784)

[13] 라틴어로는 mysticus로, "신비에 가득찬, 어두운"이라는 뜻을 가지고 있다.

북쪽 사제단의 대주교가 외쳤다.

그러나 팔도 다리도 사라지지 않았다. 그 대신에 몸 전체가 거울에서 나왔다. 마침내 그들 앞에 어떤 사람이 모습을 드러냈다.

"도대체 누구십니까?"

칼레가 화가 나서 물었다.

그 사람은 칼레의 어깨를 잡았던 손을 내려놓았다.

"놀라게 했다면 용서하십시오."

칼레가 불쾌해하며 말했다.

"놀라게 했다면! 그런 정도로는 놀라지도 않는다고요."

"아무쪼록 용서하십시오."

그 사람은 가볍게 기침을 했고 미소를 띠었다.

"내 이름은 게리 매터스트입니다. 아시겠지만, 거울에서 다시 나올 때에는 조심하는 게 좋을 겁니다. 여기에는 날카로운 물건들이 많으니까요. 어떤 사람이 우리에게 자신이 이런 함정을 만들어놓았다고 하더군요."

그는 이렇게 말하면서 거기 모인 사람들에게 거울로부터 뒤로 몇 걸음 물러나라는 몸짓을 했다. 사람들은 모두 그러한 지시를 순순히 따를 정도로 놀라고 있었다.

"지금 당신이 '우리'라고 말했는데 그 '우리'란 누구를 말하는 겁니까?"

"잠깐만요."

매터스트는 그렇게 말하고 부드럽게 웃었다. 그러면서 그는 낡은 매트리스를 거울 앞에 갖다놓았다. 그런 다음 그는 힘들이지 않고 자신의 머리를 거울 속에 집어넣었다.

"이제 나와도 좋아. 나올 자리를 만들어놨어."

거울 속에서 그의 음성이 들려왔다.

"알았어. 나갈게."

역시 거울의 다른편에서 누군가 그에게 대답했다.
매터스트는 한쪽으로 비켜섰다. 웅성거리는 소리가 다시 커지고, 목소리가 점점 더 시끄럽게 들려오는 것 같더니 기분이 들떠 있는 많은 꼬마들이 거울에서 한꺼번에 쏟아져 나왔다. 그 뒤를 이어 두 명의 남자가 나왔다.

한 소년이 소리쳤다.
"대단해! 오늘도 역시 대단히 흥미로웠어!"
"믿기지가 않아, 안 그래?"
어떤 소녀가 맞장구를 쳤다.
"나 같으면 날마다 필로조피카로 수학여행 가고 싶겠다."

꼬마들은 낯선 사람들에게 별 관심을 두지 않았다. 꼬마들은 자신들과 함께 거울에서 나온 세 남자 주위에 몰려 있었다. 꼬마들이 그 세 남자에게 말했다.
"세 분 모두 이제 안녕! 다시 필로조피카로 가시려면 연락주세요."

그런 다음 꼬마들은 돌아서서 다락방의 어둠 속으로 웃으면서 사라졌다. 꼬마들은 분명 자신들의 비밀 통로를 이용했을 것이다. 그러나 세 남자는 거기에 남아 있었다. 그들은 거기에 모인 사람들에게 뭔가 설명을 하려고 했다. 그들은 즐거운 시간을 가졌던 것이 분명했다. 그들은 모두 기분이 좋았고, 서로를 보며 웃었다. 그들 중 한 사람은 다른 사람들에 비해 약간 특이해 보였다. 이 인상은 물론 잘못된 것일 수도 있다. 그 사람의 커다란 아랫입술 때문에 그렇게 보일지도 몰랐다. 플라토니쿠스-칸티쿠스가 머릿속으로 입술맨이라고 별명을 붙인 그 사람이 메타피지카에게 말을 걸었다.

그가 말했다.
"오, 공주님. 공주님께서는 필로조피카로 여행할 생각이시군요."
메타피지카가 대답했다.

"그런 일이 당신에게는 별로 특별한 것처럼 보이지 않는군요."
입술맨이 말했다.
"그 나라에 대한 경험을 했으니까요. 여러분이 원하신다면, 저는 길을 떠나는 여러분에게 나의 여행 안내서 중 하나를 드릴 수 있습니다."
메타피지카가 웃으며 말했다.
"고맙지만 사양하겠습니다. 저는 모든 것을 스스로 정복해나가고 싶어요."
공주와 대화를 나누던 입술맨이 말했다.
"유감이군요. 그건 그렇고 제 동료들을 소개해도 될까요? 게리 매터스트는 여러분이 이미 아시겠고, 이 사람은 마트 헨니스씨입니다."[14]
게리 매터스트와 마트 헨니스는 부드럽게 고개를 끄덕였다.
입술맨이 말했다.
"이 두 사람도 마찬가지로 저의 여행 계획서를 거부했지요. 그러나 여러분들은 무엇을 하려는지 아셔야만 합니다."
그 두 사람은 이렇게 우두머리 역할을 하는 사람에 대해 싱긋 웃는 것으로 반응했다. 플라토니쿠스-칸티쿠스는 두 사람이 서로를 향해 입술을 씰룩대는 것을 분명하게 볼 수 있었다.
매터스트가 끝으로 말했다.
"얼마 전에 우리는 어린아이들과 함께 이 나라로 여행을 떠났지요.

---

14) 입술맨과 게리 매터스트 그리고 마트 헨니스. 나는 열정적으로 어린이철학에 대해 선전하고 싶어 이 세 인물을 이 책에 등장시켰다. 이 세 인물은 어린이철학의 프로젝트에 참가한 다음의 인물들과 관련이 있다.
Gereth Matthews, *Philosophische Gespräche mit Kindern*, 1989.
Matthew Lipman, *Growing up with Philosophy*, 1978. 〔지은이가 입술맨으로 패러디한 사람이 이 Lipman이다.〕
Ekkehard Martens, *Sich im Denken orientieren. Philosophische Anfangsschritte mit Kindern*, 1990; *Philosophieren mit Kindern. Eine Einführung in die Philosophie*, 1999.

어린이와 함께한다면 거울을 통과하는 일이 훨씬 쉬울 겁니다. 그들은 거울을 자연스럽게 드나들거든요."
입술맨이 분명하게 말했다.
"그렇지만 저와 같이 갔던 어린아이들은 제가 인솔했지요."
매터스트가 웃으면서 말했다.
"우리 그룹에서는 서로가 서로를 인도해갑니다. 우리 모두는 여러 가지 놀랍고도 흥미로운 모험을 함께 겪었습니다. 내가 볼 때 이 여행에 대해 인도라는 말은 당치 않은 것 같습니다. 오히려 발견의 모험이라고 해야 옳지요."
매터스트가 계속 말했다.
"우리는 다 같이 일을 시작하고 어디로 갈지를 함께 결정합니다."
"그 나라는 도대체 어떤 나라입니까?"
플라토니쿠스-칸티쿠스가 물었다.
게리가 웃으면서 말했다.
"그 물음에 대해서는 유감스럽게도 대답해줄 수가 없습니다."
"그 나라를 방문하는 사람은 자기 방식대로 그 나라를 경험하게 됩니다. 그리고 거울을 통과하는 사람은 다른 세계에 발을 들여놓는 겁니다. 풍경은 항상 변하지만 몇몇 강과 산맥만은 변하지 않고 그대로 있죠."
세 사람은 자신들이 좋아하는 주제를 발견한 것처럼 보였다. 그들은 공주와 그 일행을 까맣게 잊어버린 채 자기들끼리 대화에 깊게 빠져 있었다.
"필로조피카의 가장 중요한 특징은 논리의 수로입니다."
입술맨이 주장했다.
"꼭 그렇게 생각하지는 않습니다. 저는 개념의 원시림과 말로 표현할 수 없는 이해의 그림들이 그것 못지않게 중요하다고 봅니다."
마트 헨니스가 자신의 의견을 말했다.

"경이의 호수 역시 잊을 수 없습니다."

사람들은 게리가 그렇게 말하는 것을 들었다. 그들은 그렇게 대화를 하면서 아까 꼬마들이 사라져갔던 그 어둠 속으로 모습을 감췄다.

'대단히 재미있는 이야기야.'

플라토니쿠스-칸티쿠스는 그렇게 생각했다. 그는 입술맨, 매터스트와 마트 헨니스를 만나게 된 것이 결코 우연이 아니라는 느낌을 받았다.

"자, 그러면 이제 어떻게 해야죠?"

바르비 공작 부인이 물었다.

"자, 좋아! 이제 들어가보자고. 그들이 했던 것처럼 이제 우리도 한번 해봅시다."

헤로 폰 도트가 그렇게 외쳤다. 그는 거울 앞에 우뚝 서서 말했다.

"우리가 풀어야 할 문제가 있다. 그러니 우리를 그 안으로 들여보내라. 대답을 찾게 되면 곧바로 떠날 테니까."

그런 다음에 그는 용감하게 거울을 향해서 돌진했지만 그 자리에서 코뼈가 부러졌다. 거울은 그가 들어오는 것을 한 치도 허용하지 않았다.

"망할 놈의 것!"

그는 울부짖었다.

"좋게 말할 때 들여보내줘."

그는 다시 거울을 향해 돌진했으나, 아까와 마찬가지로 거울과 충돌했을 뿐이다. 그런 소동이 여러 번 반복되었다. 기사는 거울에 부딪쳐 여러 군데에 심한 부상을 입었지만 거울은 긁힌 자국조차 없었다. 거기에 모인 사람들은 기사가 정말로 크게 다칠 것을 염려해서 그를 말렸다. 칼레만이 손가락 하나 까딱하지 않고 그 광경을 즐겼다. 결국 헤로 폰 도트 기사는 거울 앞에 엎드려 주먹으로 거울을 두들기며 울부짖었다.

"이 끔찍한 괴물아! 이제 네가 어떻게 되든 상관없어. 내가 너의 다른 쪽을 보고 싶어 안달이 난 것처럼 생각할 테지만 그건 착각이야. 나는 오해의 여지가 없는 답을 구하려 했을 뿐이다. 내가 훅슬리 왕을 어떻게 해야 하는지 알고 싶었을 뿐이라고. 그 답을 찾으면 나는 곧바로 이쪽으로 다시 나오려고 했단 말이다."

북쪽 사제단의 대주교가 기사 옆에 무릎을 꿇고 앉아 그의 어깨를 잡았다. 그가 말했다.

"이제 그만해라, 아들아! 너의 자리는 아마도 거울의 이쪽인 것 같구나."

헤로 폰 도트는 일어나 앉았다. 그는 흐르는 눈물을 닦고, 노인이 건네준 손수건으로 코를 풀었다.

"그러나 여기서 무엇을 해야만 합니까? 신부님. 저는 자괴감마저 듭니다."

"가라, 그리고 너의 적을 찾아라. 그러면 다시 괜찮아질 것이다."

헤로 폰 도트는 평정을 되찾으면서 이렇게 중얼거렸다.

"네. 그것도 좋은 해결책 같군요."

그는 일어섰고 다시 기운을 차렸다. 그는 자신의 시종들에게로 갔다.

"좋아! 이제 우리의 적을 찾으러 가자. 거울로 들어가려는 것은 포기하자! 여기서는 우리가 쓸모없다. 여기 말고도 우리를 필요로 하는 곳은 무척 많아. 도처에서 헤로 폰 도트를 필요로 하고 있다."

그는 이런 말만 남기고는 사라져버렸다.

거기 모인 사람들은 어쩔 줄 모르고 거울 앞에 서 있었다.

"그가 무엇을 잘못했을까?"

칼레가 만족한 듯 물었다.

공주가 자기의 의견을 말했다.

"그가 다른쪽에 있는 나라에는 관심을 가지지 않고 하나의 대답에만 관심을 가진 것이 거울의 마음에 들지 않았다는 생각이 들어요."

"그래요. 그래."

머리를 다듬기 위해 거울을 들여다보던 공작 부인 바르비가 한숨을 쉬며 말했다.

북쪽 사제단의 대주교가 말했다.

"나에 관해서 말하자면 나는 정말로 필로조피카에 관심이 있지. 거울이 나는 들여보내주겠지."

그 말을 하면서 그는 거울로 향했다. 다른 사람들은 긴장한 채 아무 말 없이 뒤로 물러났다. 노인은 우선 자신의 발을 내밀었다. 정말로 발과 다리가 거울 안으로 가볍게 사라졌다.

"자, 어떤가?"

노인은 그렇게 말하면서 거울 속에 몸을 밀어 넣었다. 그는 이제 거의 거울 속으로 사라져가고 있었다. 그의 팔만 보일 뿐이었다. 그는 황금 지팡이 도그마를 손에 꽉 움켜쥐고 있었다. 그러나 이 황금 지팡이는 거울보다 아주 컸다. 노인이 안간힘을 썼지만 도그마는 항상 거울의 테두리에 걸렸다. 지팡이가 거울의 유리면과 접촉할 때마다 소름끼치는 소음이 일어났다. 대주교는 밖으로 나왔다가 다시 거울 속으로 들어가려고 시도했다. 대주교는 마지막으로 두 팔을 거울 밖으로 내밀어 있는 힘껏 막대기를 당겨보았다. 그렇지만 허사였다. 거울은 도그마가 통과하는 것을 허용하지 않았다.

"그 막대기를 놓아버리세요."

플라토니쿠스-칸티쿠스가 소리쳤다.

"지금 제 정신이냐!"

노인의 목소리가 거울의 반대편에서 들려왔다.

"도그마 없이는 어디에도 갈 수가 없단다. 내 지팡이가 여기서 환영받지 못하면 이 나라 전체가 망하게 될 것이다."

그는 간신히 그렇게 말을 했지만, 이미 그는 거울에서 나와 그들 앞에 다시 서 있었다. 거울은 친절하게 그러나 분명하게 노인을 거울 밖으로 내보냈다. 노인이 화가 나서 말했다.
"고얀 것!"
"거울 속에서 무엇을 보셨나요?"
메타피지카가 궁금해했다.
"거의 보지 못했다. 도그마를 꽉 잡고 있는 데에만 힘을 쏟았더니."
칼레가 물었다.
"이제 어떤 일이 생기게 되는 겁니까?"
노인이 투덜댔다.
"너희가 하고 싶은 대로 해라. 거울은 틀림없이 너희들을 들여보내줄 테니. 요즘 대부분의 젊은이들에게는 옛날의 가치가 더 이상 통용되지 않으니까. 얼마나 황당한 일인가! 도그마를 내버려야만 한다고? 내가 지팡이 없이 걸을 수만 있다면 그렇게 하지. 그리고 늙은 사람에 대한 존경은 도대체 다 어디로 가버린 건가? 아무튼 행운을 바라네."
이 말과 함께 그는 돌아서서 다른 사제들과 함께 계단을 내려갔다.
칼레 막스가 걱정스럽게 말했다.
"모인 사람들이 점점 줄어들고 있어요."
플라토니쿠스-칸티쿠스가 말했다.
"두 사람은 결정적인 실수를 했음에 틀림없어요."
메타피지카는 자신의 생각을 말했다.
"내가 보기에 기사가 범한 결정적인 실수는 필로조피카를 목적을 위한 수단으로만 여겼다는 거예요. 필로조피카에 대해 그는 아무런 관심도 없었으니까. 대주교는 필로조피카라는 나라 자체 때문에 들어가보고 싶어했지만 그러나 과거의 것들과 결별하고 새롭게 시작하려는 마음이 없었죠."
"그럼 이제 우리는 어떻게 해야 하죠?"
플라토니쿠스-칸티쿠스가 물었다.

공주가 말했다.

"확실하지는 않아요. 그렇지만 우리는 그들과 다를 것이라는 생각이 들어요. 우리가 필로조피카로 가고 싶어하는 것은 단순히 내 아버지를 반대하기 위한 어떤 것을 듣기 위해서가 아니잖아요. 우리는 인간이 무엇인지를 알고 싶어하고 그것 때문에 그곳에 가려고 하는 거니까요."

플라토니쿠스-칸티쿠스가 말했다.

"맞아요! 그 물음은 충분한 의미가 있다고 나는 확신해요. 그 물음은 필로조피카의 나라에서 가장 높은 자리를 차지하고 있을 겁니다. 그리고 공주님이 말한 것처럼, 우리는 필로조피카를 목적을 위한 수단으로 이용하는 것이 아니라 그 나라에 대해서 경험하고 싶으니까요."

메타피지카가 플라토니쿠스-칸티쿠스에게 손을 내밀면서 물었다.

"그럼, 이제 여행을 떠나볼까요? 그리고 우리는 같은 또래니까 신분은 생각하지 말고 말을 놓는 것이 어떨까? 이미 칼레는 나랑 둘이 있을 때는 말을 놓고 지내고 있는데."

"좋아. 그렇게 해. 그리고 아까 보니까 그 아이들한테는 거울 속으로 들어가는 일이 아주 쉬워 보였어."

플라토니쿠스-칸티쿠스는 그렇게 대답하면서 그녀의 손을 쥐었다.

공주가 말했다.

"그것도 우리의 선입견일지 몰라. 우리는 사실 더 이상 아이들이 아니잖아. 그렇다고 또 어른도 아니고."

그들은 거울에 비친 모습을 분명하게 인식할 수 있었다. 거울에는 둘이 나란히 서서 손을 붙잡고 있는 모습이 비춰지고 있었다. 갑자기 메타피지카가 플라토니쿠스-칸티쿠스의 손을 힘껏 쥐었다.

"우리는 낡은 생각들을 떨쳐버릴 준비가 되어 있어!"

그녀는 그렇게 선언했다.

"우리는 지식 자체에 대한 관심 때문에 가는 거야!"

그도 그렇게 선언했다.

"지식에 대한 기쁨으로!"

메타피지카가 외쳤다.

그들이 눈을 감고 거울 안으로 들어갈 때, 플라토니쿠스-칸티쿠스가 덧붙여 말했다.

"지혜에 대한 사랑으로!"

휘익 하는 소리가 나는 것 같더니 순간 그들은 이미 거울의 다른 편 안으로 들어와 있었다. 그들은 부드럽고 따뜻한 모래 위로 떨어졌다.

두 사람은 아직도 눈을 감고 있었다. 두 사람은 거울 안으로 들어온 것이 한편으로는 너무나 기뻤고, 다른 한편으로는 계속 손을 붙잡고 있으면서 서로에 대한 특별한 느낌을 받았다. 그들은 아무 말 없이 누워서 그 순간을 즐겼다. 그들은 누가 자신들의 뒤를 따라올지 몰랐기 때문에 그 자리에서 그렇게 기다렸다.

얼마 지나지 않아 그들은 자신들 머리 위에서 둔탁한 충돌음을 들었다. 칼레가 욕설을 내뱉는 소리가 들렸다. 그는 그의 도그마 때문에 거울 속으로 들어오지 못하고 거울과 충돌한 것은 아닐까? 그들은 웃으며 서로의 손에 힘을 주었다. 한참 지난 후 두 번째 충돌음이 났다. 칼레는 자신의 낡은 생각들을 떨쳐버릴 수 없었던 걸까? 그렇지만 그들은 칼레의 목소리를 매우 분명하게 들을 수 있었다.

"조심해. 내가 간다."

조그만 소동이 있는 것으로 보아 칼레가 그들이 있는 근처 어딘가에 떨어진 것 같았다. 칼레가 계속해서 거울에 대고 욕설을 퍼붓는 것을 보면, 그가 거울 속으로 들어온 과정이 쉽지는 않았던 모양이었다. 지형을 모르는 사람은 칼레 막스 한 사람만이 아니었다.

무슨 일이 벌어져도 그들은 눈을 뜨고 싶지 않았다. 그들은 너무 피곤했다. 칼레는 여전해 보였다. 곧바로 그의 욕설은 코 고는 소리로 바뀌

었기 때문이었다.

  그렇게 그들은 누워서 그들 뒤를 따라올 공작 부인을 기다렸다. 그러나 기다림은 허사였다. 바르비 공작 부인이 어떻게 되었는지는 아무도 몰랐다. 그녀를 나쁘게 생각하는 사람들은 다음과 같이 주장했다. 그녀는 거울 앞에 서서 오랫동안 거울에 비친 자신의 모습을 바라보고 이런저런 생각을 했다. 그런 다음에 그녀는 자신의 머리를 위로 감아올리고 나서 입술에 립스틱을 칠했다. 그녀는 자신의 패션이 지금 여름 스타일인가 가을 스타일인가 하고 묻다가 거울 앞에 놓인 그녀의 화장 가방 옆에서 결국 잠이 들었다고 한다. 다음 날 아침에 일어나자 그녀는 필로조피카라는 나라는 완전히 잊어버리고 말았다고 한다. 그녀는 거울을 자신의 모습을 새롭게 다듬는 도구로 사용했고, 미용 상담을 해야겠다는 확고한 결심을 하고 다락방을 떠났다고 한다.

  메타피지카와 플라토니쿠스-칸티쿠스도 결국 잠이 들어버렸다. 모험이 그들을 기다리고 있었다. 판타지아의 나라와는 달리 필로조피카의 나라에서는 조용히 여행을 떠나는 것이 중요하다.

2

나는 무엇을 알 수 있는가?

 **4장** 감성Ästhetik[1]의 사바나
―혼 돈 의 마 녀 와 회 의 주 의 의 난 쟁 이

플라토니쿠스-칸티쿠스는 다음 날 아침 일어나자마자 메타피지카에게 시선을 돌렸다. 그녀는 모래 위에 다리를 모으고 앉아 먼 곳을 바라보고 있었다.

인상적인 모습이었다. 플라토니쿠스-칸티쿠스는 그녀에게 어떻게 말을 걸어야 할지 몰라 망설였다. 어제는 정말 친밀하게 지내지 않았던가. 실제로 그들은 밤새도록 서로 나란히 누워 있었고 손까지 붙잡고 있지 않았던가? 그는 스스로에게 이렇게 말했다.

"아무 일도 아닌 것처럼 끝날 텐데 뭐! 네 처지를 한번 생각해봐."

그들이 어젯밤에 도착했던 곳은 길게 펼쳐진 모래 언덕들 중의 하나로, 이 모래 언덕들은 서로 꼬리를 물면서 드넓은 사바나로 이어지고

---

[1] 일반적으로 에스테틱Ästhetik은 미美나 취미에 대한 이론, 즉 미학으로 여겨진다. 그러나 칸트에 있어 선험적 감성론transzendentale Ästhetik은 인간의 지각 가능성의 조건들을 다룬다. 선험적 감성론은 감성의 순수 형식들, 즉 인식의 원천으로서의 공간과 시간을 고찰한다.

있었다. 플라토니쿠스-칸티쿠스는 모래 언덕을 몇 미터 걸어 올라가 메타피지카 공주 쪽으로 갔다. 그는 그녀 옆에 앉아 끝없이 펼쳐진 사바나와 그 위에서 풀을 뜯고 있는 동물 무리들을 바라보았다.

숲을 연상시킬 정도로 여기저기 풀이 무성하게 자라나 있었다. 매우 아름다운 나무들이 곳곳에 서 있었다. 몇몇 나무들은 엄청나게 커서 그 자체로 하나의 세계를 이룰 정도였다. 다른 나무들은 메마른 대지 위에 서 있었으며 보잘것없이 아주 작았다. 커다란 풀이 이 작은 나무들처럼 커다랗게 자라나 있다면, 우리는 무엇이 나무이고 무엇이 풀인지 구별할 수 없을 것이다. 무엇이 나무를 나무로 만들고, 풀을 풀로 만드는 것인가?

메타피지카가 물었다.

"너도 나처럼 이 광경에 사로잡혀 있었구나?"

플라토니쿠스-칸티쿠스도 시인했다.

"그래, 그랬어. 그런데 도대체 칼레는 어디에 있는 거야?"

공주는 대답할 필요가 없었다. 그때 바로 칼레가 숨을 헐떡이면서 모래 언덕을 뛰어 올라오고 있었기 때문이다.

"제기랄, 내가 이럴 줄 알았다니까!"

메타피지카가 물었다.

"무슨 일이야?"

"여기 이 위는 아주 부드럽고 고운 모래잖아. 나는 어젯밤에 저 아래 돌 틈에서 잠을 잤단 말이야."

칼레가 웃으며 말했다.

"그런데 지금 우리는 도대체 어디에 있는 거야?"

플라토니쿠스-칸티쿠스가 말했다. 동시에 공주의 입에서도 똑같은 말이 튀어나왔다.

"우리가 그것을 알면……."

칼레가 그들 옆의 모래 위에 벌렁 드러누우면서 말했다.
"그렇다면 우리가 곤란한 지경에 처했다는 말이잖아."
"어쨌든 여기는 너무나 아름다워."
공주는 그렇게 말하면서 무릎 위에 머리를 올려놓았다.
갑자기 플라토니쿠스-칸티쿠스가 자신의 지팡이를 생각해냈다. 그는 지팡이를 공중에 들고 외쳤다.
"코기니툼! 너는 필로조피카에 와봤잖아. 우리가 지금 어디에 있는지 알고 있니?"
"그렇게 소리치지 마!"
지팡이가 응답했다.
"그렇게 소리치면 기분이 좋지 않단 말이야."
"정말 미안해!"
플라토니쿠스-칸티쿠스가 말했다.
메타피지카와 칼레가 기지개를 켰다. 그들도 코기니툼이 하는 이야기를 분명하게 이해할 수 있었다.
"나는 지팡이가 정말 말을 할 수 있을 거라고는 생각하지 못했는데."
칼레가 불쑥 내뱉었다.
코기니툼은 칼레의 말에 뾰로통하게 반응했다.
"제발 상냥하게 좀 굴어봐라. 그리고 너를 좋아하고 이해하는 사람이 있으면 말 좀 해봐. 항상 누가 어쨌다고 그러지 말고."
"정말 미안해!"
칼레가 말했다.
"여기에 와본 적이 있었니?"
메타피지카가 지팡이의 머리를 쓰다듬으며 지팡이에게 물었다.
그러자 코기니툼은 한결 부드러워졌다. 그녀가 손으로 쓰다듬어주자 지팡이는 매우 만족해하는 것 같았다. 지팡이가 말하기 시작했다.

"그래. 와본 적이 있어. 우리는 지금 감성의 사바나에 와 있어."

"그래서 이곳이 이렇게 아름답구나. 그렇지만 감성이란 말은 미와도 관련이 있잖아?"

메타피지카가 웃으며 말했다.

코기니툼이 노스승처럼 강의하듯 말했다.

"아주 정확해요, 아름다운 아가씨. 몇몇 사람들에게 감성, 즉 에스테틱은 취미나 미적인 것에 관한 이론을 의미하지."

"우리에게도 감성은 그런 의미를 갖고 있지 않아?"

"이 모험을 하는 동안은 그렇지 않을걸."

코기니툼이 계속해서 말했다.

"우리의 첫 번째 물음이 무엇인지는 다들 확실히 기억하고 있겠지. 나는 무엇을 알 수 있는가?"

플라토니쿠스-칸티쿠스가 말했다.

"맞아. 그렇다면 이 감성의 사바나는 우리에게 어떠한 의미를 지니지?"

"우리가 인식의 산에 오르기 위해서는 동북쪽으로 가야 해. 유감스럽게도 우리는 선험적 방법[2]이라는 이름을 가진 사바나를 거쳐 가야 하는데, 미를 다루고자 한다면 우리는 선험적 방법과는 다른 방향으로 가야 할 거야. 조화의 언덕을 넘어 만족의 숲을 지나가야만 하지. 아마 우리는 표현의 힘이라는 이름이 붙은 시원한 물을 마실 수도 있을 거야."

칼레가 단정적으로 말했다.

"너는 우리의 선택을 유감스럽게 생각하는 것처럼 보이는데, 그렇게 길이 험하니?"

---

[2] 선험적 방법Transzendentale Methode이라는 표현은 칸트가 만든 것이다. 이것은 객체 자체가 아니면서, 객체가 존재할 수 있는 가능성의 조건들을 탐구하는 과정을 나타낸다.

코기니툼은 이상하게 아무 말도 하지 않았다.

플라토니쿠스-칸티쿠스가 웃으며 말했다.

"그러지 말고 말해봐. 그렇게 나쁜 것만은 아니겠지. 감성의 사바나를 지나가는 길에는 물론 위험도 있겠지만."

"물론이야."

코기니툼이 동의했다.

"거기에는 자기 것만을 요구하는 끔찍한 지배자와 변종이라 불리는 종교재판[3]의 무자비한 간수가 도사리고 있지."

"그렇지만 그보다 더 나쁜 것이 우리를 기다리지는 않겠지."

"확실하지는 않아."

코기니툼이 말했다.

"나는 너의 아버지와 같이 이쪽으로 와본 적이 있어."

"아버지가 여기 왔었다구?"

"그래. 분명히 왔었어!"

"그리고 네가 아버지랑 함께 감성의 사바나를 여행했다고?"

"내 말을 믿지 않으면 누굴 믿어, 이 친구야. 그때도 역시 위험했지. 너의 아버지는 온 힘을 다해서 우리를 구해주곤 했어. 소위 비판적인 상황들이 있었다고."

"저 밖에서 우리를 기다리는 것은 뭐지?"

메타피지카가 물었다. 그녀는 일어서더니 한 손으로 태양을 가리며 앞을 바라보았다.

코기니툼이 설명했다.

---

3) 종교재판Inquisition은 탐문이라는 라틴어에서 유래했다. 1232년 교황 그레고리우스 9세 때 처음으로 행해졌으며, 잘못된 신앙을 추적하고 이에 대항하기 위해 시행된 종교재판을 통해 특히 스페인에서만 1481년과 1808년에 적어도 3만 명가량이 이교도로 몰려 화형당했다.

"이 사바나에는 두 가지 위험이 도사리고 있어. 하나는 혼돈[4]의 마녀이고, 다른 하나는 회의주의의 난쟁이야."

플라토니쿠스-칸티쿠스가 코기니툼에게 집요하게 물었다.

"그들이 왜 그렇게 위험한데?"

"둘은 너희가 방향을 잡지 못하도록 만들 거야. 그래서 너희들이 정신을 잃어버리거나 아주 포기하도록 만들어버리지. 저기에 회오리바람이 이는 것이 보이니?"

세 사람은 모두 고개를 끄덕였다. 먼 곳에서 회오리바람이 나선을 그리며 솟구쳐 올라오고 있었다.

"저게 바로 혼돈의 마녀야."

지팡이가 설명했다.

"그녀가 우리를 발견해서 혼란에 빠뜨리기 전에 어서 인식의 산에 도달해야만 해."

"그러면 지금 빨리 떠나는 것이 좋겠어!"

칼레가 그렇게 외치면서 일어섰다. 그리고 모래톱 아래로 재빠르게 내려갔다. 공주와 플라토니쿠스-칸티쿠스도 곧바로 그의 뒤를 따라 내려갔다.

그들은 아무 말도 하지 않고 하루 종일 정처 없이 걸었다. 너무 볼거리가 많아서 그에 대해 두고두고 대화를 나눌 수 있을 것 같았다. 수많은 종류의 동물과 미지의 식물, 그리고 다양한 종류의 암벽들이 나타났다. 모든 것을 한꺼번에 받아들이기가 힘들었다. 플라토니쿠스-칸티쿠스는 그러한 광경들 탓에 혼란스러웠다. 머리가 아파왔지만 그는 이전

---

[4] 혼돈의 개념은 철학사에서 항상 새롭게 일어난다. 보통 세계의 생성 및 창조 이전의 무질서를 의미하거나(헤시오도스), 텅 빈 공간(아리스토텔레스), 또는 무정부적인 무법적 상태(홉스)를 뜻한다. 그러나 혼돈은 또한 몰구조적 무질서를 의미하며, 인간의 지각으로는 그것의 속성을 알 수 없다.

4장 감성 Ästhetik의 사바나

에 외삼촌 라세가 이야기해주었던 묘책을 기억해냈다.

외삼촌은 이렇게 말했었다.

"다양한 사물들이 너를 혼란케 하거든, 그들을 단순하게 분류해라. 단위, 하부 단위, 총괄 개념으로 나누어라!"

플라토니쿠스-칸티쿠스는 정확하게 그대로 했다. 머리가 아프지 않았다. 끝없이 계속되는 짐승의 무리 곁을 지나갈 때, 플라토니쿠스-칸티쿠스는 더 이상 각각의 동물을 분류해낼 수가 없었다. 그는 자신에게 이렇게 말했다.

"이것을 그냥 하나의 무리라고 하자."

그는 이러한 방법에 곧 재미를 느꼈다.

"저 상공의 점은 독수리야."

그는 자신에게 그렇게 말했다.

"독수리는 척추 동물이야. 좀 더 정확하게 말하자면 새지. 좀 더 정확하게 말하자면 맹금류고. 작은 토끼를 노리고 있어. 토끼 역시 척추 동물이야. 좀 더 정확하게 말하자면 포유류. 좀 더 정확히 말하자면 설치류고 초식 동물이야. 식물을 먹고 살지. 좀 더 정확하게 말하자면 풀뿌리와 풀잎을 먹고 살아."

두통이 씻은 듯이 사라졌다.

'모든 것이 한꺼번에 달려들지 않으니까 좋은데.'

플라토니쿠스-칸티쿠스는 그렇게 생각했다.

저녁이 되고 그들은 모닥불 옆에 앉은 뒤에야 비로소 자신들의 생각을 나눌 수 있었다. 플라토니쿠스-칸티쿠스는 두통을 없애기 위해 자신이 어떻게 했는지 말해주었다. 칼레와 메타피지카도 자신들이 비슷한 일을 겪었다고 말했다. 그들은 사물을 분류할 수 있는 능력이 얼마나 도움이 되는지에 대해서 한참 동안 이야기를 나누었다.

메타피지카가 말했다.

"물론 우리가 보는 사물을 분류하고 이름 붙이는 것은 좋지만, 그렇게 할 때는 주의해야 한다고 생각해. 동물, 식물, 풍경이 가진 원래의 아름다움을 간과할 위험이 있으니까."

그들은 메타피지카의 지적에 모두 동의했다. 그들은 모닥불을 둘러싸고 앉았다. 그러나 즐거운 기분은 아니었다. 결국 칼레가 모두에게 관심 있는 주제를 끄집어냈다.

칼레가 코기니툼에게 말했다.

"우리에게 아직도 회의주의 난쟁이에 대해서 설명해주지 않았잖아?"

코기니툼이 설명했다.

"그래. 그러나 설명하기가 아주 어려운데."

메타피지카가 재촉했다.

"매번 그렇게 뒤로 빼지 말고, 빨리 말 좀 해봐."

코기니툼이 말했다.

"칸티쿠스씨와 함께 여기 왔을 때 난쟁이를 한 번 만난 적이 있어. 그때 난쟁이는 우리를 괴롭혔지만, 우리는 그로부터 벗어날 수 있었지."

"조금 더 설명해봐."

자신의 아버지를 완전히 다른 눈으로 보기 시작한 플라토니쿠스-칸티쿠스가 말했다.

"그래, 좋아."

코기니툼이 동의했다.

"그러나 이야기를 시작하기 전에 너희에게 부탁할 것이 있어. 나를 모래에 똑바로 세워주든지 아니면 나무에 기대게 해줘. 바닥에 누워서 항상 너희를 올려다 봐야 하는 것이 그렇게 좋은 느낌은 아니거든."

그들은 지팡이의 소원을 들어주었다. 그들은 가능한 한 많이 듣기를 원했기 때문에 지팡이에게 그들의 배낭으로 특별히 편안한 받침대를 만들어주었다.

지팡이가 웃었다.

"그래, 바로 이거야! 기분이 아주 좋은데."

"이제 난쟁이에 대해 말해봐."

칼레가 지팡이에게 말하는 것을 잊어버리지 않도록 정중하게 청했다.

코기니툼이 말하기 시작했다.

"아, 참! 그렇지. 회의주의의 난쟁이는 괴상하고도 위험한 존재야."

"모습은 어떻게 생겼어?"

메타피지카가 물었다.

"모습에 대해서는 말할 수가 없어. 난쟁이는 항상 새로운 형태를 띠고 나타나기 때문이야. 그는 암벽이나 나무 뒤에 숨어 있기도 하고 도로 위에 그냥 앉아 있기도 해. 내가 칸티쿠스씨와 함께 그를 만났을 때 그는 영국 신사의 모습을 하고 있었지. 그는 감성의 사바나를 통과하는 사람들과 종종 합류하곤 해. 그는 매우 친절하게 행동하지만, 오직 한 가지 목적만을 갖고 있어. 인간에게서 희망을 빼앗으려는 거지! 그와 이야기를 나누는 것은 너무나 위험해. 왜냐하면 그는 자신의 대화 상대자가 물음을 해결할 수 없다는 생각을 하고 모든 것을 회의하게 만들어버리거든. 그는 대화 상대자에게서 모든 희망을 빼앗아버린 후, 쥐어짜는 소리를 내면서 사라져버려."

플라토니쿠스-칸티쿠스가 말했다.

"조심해야겠구나! 나의 부모님은 나에게 항상 이렇게 가르치셨어. '어떤 것에 관해서든 물음을 가져라.'"

"그 점은 네가 옳아, 친구."

코기니툼이 대답했다.

"물론 인간이 품게 되는 근본적 물음에 대해 보다 나은 설명을 찾는 것과 그러한 대답을 찾는 것은 무의미하다고 주장하는 것 사이에는 커다란 차이가 있어. 우리는 앞의 것은 의심, 뒤의 것은 회의주의[5]라고 불러."

"이 난쟁이는 어떻게 생겨났지?"

플라토니쿠스-칸티쿠스는 궁금해했다.

"사람들은 난쟁이가 회의주의자 르네[6]의 후손이라고 말하고 있어. 너희들은 회의주의자 르네에 대해서 들어본 적이 있니?"

플라토니쿠스-칸티쿠스가 큰 소리로 말했다.

"알 것 같아. 아버지가 그에 대해 설명해주셨거든. 아버지는 그를 매우 높게 평가했어. 아버지는 종종 그를 위대한 르네라고 부르기도 했어."

"맞았어."

코기니툼이 계속해서 말했다.

"르네는 매우 현명했지. 그는 가끔 필로조피카를 여행했다고 해. 그는 거울의 반대편에서 북쪽 사제단의 교회 이론과 커다란 마찰을 빚고 나서 필로조피카로 여행을 했다고 해."

메타피지카가 물었다.

"그럼 그는 신을 믿지 않았니?"

코기니툼이 웃었다.

"아니야. 그는 신도 증명 가능하다고 생각했지. 사제들이 사람들에게 성서 두루마리에 쓰여진 대로 행동해야 한다고 요구하는 점이 르네의

---

5) 그리스어로는 skeptesthai라고 한다. 시험 혹은 검사라는 뜻으로 의심의 원리에만 충실한 철학적 세계관이다.
6) 이 이름은 르네 데카르트René Descartes를 풍자하는 것이 틀림없다. 이 프랑스의 자연과학자이자 철학자(라 하이예 1596년~스톡홀름 1650)는 그 당시의 지배적인 종교적 세계관을 의심의 눈초리로 바라보았다. 그렇기 때문에 그는 자신의 주저 『제일철학에 대한 성찰』(1641)에서 확실하게 여겨진 지식 전체를 의심했다.

마음에 들지 않았어. 르네는 모든 것을 우선 의심해보고 그런 의심을 거쳐 확고한 인식에 이를 수 있다고 보았지. 그런 다음에야 우리에게 어떻게 행동하라는 그러한 요구를 할 수 있다고 그는 생각했어."

칼레가 말했다.

"그렇지만 그는 회의주의의 난쟁이보다 더 나을 게 없어 보이는데."

"그렇지 않아."

코기니툼이 반박했다.

"르네는 더 이상 의심할 수 없는 것을 찾아내기 위해 모든 것을 의심했던 거야. 우리가 사는 세계가 정말로 '현실'이라고 부를 수 있는가 하는 물음과 함께 그는 시작했지. 우리가 꿈을 꿀 때, 우리는 그 꿈 또한 현실이라고 믿고 있잖아."

메타피지카가 물었다.

"그렇다면 더 이상 의심할 수 없는 것이란 뭐지?"

코기니툼이 말했다.

"우리가 모든 것을 의심한다고 해도, 한 가지 사실, 즉 의심을 하는 누군가가 있어야 한다는 사실만은 확실해. 모든 것을 의심할 수 있으려면, 거기에는 의심을 하는 사람이 있어야만 해. 그렇게 의심을 하는 자는 물론 의식을 가진 인간일 테고. 그렇게 보면 인간이 존재한다는 것만은 확실한 셈이야."

칼레가 말했다.

"이제 회의주의와 르네의 차이를 이해할 수 있겠는데. 회의주의자 르네는 그가 행했던 의심의 끝에 가서 인간에게 다시 희망을 부여했어."

"맞는 말이야."

코기니툼이 맞장구를 쳤다.

"'나는 생각한다, 그러므로 나는 존재한다'라고 르네는 말했어. 그렇게 말함으로써 그는 인간에게 확고한 인식의 지반을 제공했어. 이 확실성에서 더 나아가 그는 인간은 세계를 올바르게 인식한다고 믿게 되었지."

"그러면 신은 어떻게 되는 거야?"

메타피지카가 물었다.

"르네는 인간의 사유를 넘어서 있는 신을 증명할 수 있다고 생각했어."

"그렇지만 그러한 증명은 확실히 이론異論의 여지가 많을 거야."

칼레가 말했다.

"물론이지."

코기니툼이 말했다.

"특히 칸티쿠스씨는 르네와 완전히 다른 견해를 가졌어."

신에 관한 말을 아주 못마땅해하는 칼레가 물었다.

"그럼 회의주의의 난쟁이는 르네의 자식이라고 볼 수 있잖아?"

"내가 말했잖아. 르네는 필로조피카를 자주 여행했었다고. 그렇게 여행을 왔다가 한번은 아름다운 섬 주민인 앙글리카니아[7]와 사랑을 맺었어. 그녀와 르네와의 사이에서 여러 명의 자식들이 태어났어. 그러나 앙글리카니아는 고집이 매우 센 여자였기 때문에 르네가 자식 교육에 간섭하는 것을 허락하지 않았지. 이 자식들 중의 하나가 이 사바나에서 행패를 부리는 바로 회의주의의 난쟁이지."

그들은 한참 동안 아무 말 없이 모닥불 주변에 앉아 있었다.

결국 칼레가 입을 열었다.

"인식의 산에는 거의 다 온 거야? 우리가 이 사바나를 지나가려면 얼

---

[7] 이 부인에 관해서는 전혀 알려진 것이 없다. 물론 데카르트 이후의 유럽 철학은 두 가지 기본적인 방향, 경험주의와 합리주의로 나누어진다. 경험주의는 모든 순수한 합리적 추론을 매우 회의적으로 바라보았고 무엇보다도 영국에서 발전했다. 그렇기 때문에 경험주의는 영국 철학이라고 종종 표현되기도 한다.

마나 더 가야 하지?"

메타피지카가 말했다.

"아직 3일 정도 더 가야 할 거야."

플라토니쿠스-칸티쿠스가 용기를 북돋우기 위해 말했다.

"난쟁이나 마녀한테 붙잡히기 전에 우리가 산에 도착할 수 있는 좋은 기회인 것 같아. 아침 이후로는 혼돈의 마녀가 일으키는 회오리바람을 전혀 보지 못했어. 우리에게 코기니툼이 있는 한 난쟁이는 아무런 해를 끼칠 수가 없지. 코기니툼, 난쟁이를 다시 만나면 알아볼 수 있겠지?"

코기니툼이 자신 있게 말했다.

"알아볼 수 있을 거야. 난쟁이는 항상 다른 형태를 띠고 나타나지만, 생각하는 과정을 보면 난쟁이인지 아닌지 알 수 있어."

정적 속에서 모닥불 타는 소리만 조그맣게 들렸다. 그들은 침낭 속으로 들어가 잠을 청했다.

플라토니쿠스-칸티쿠스는 생각했다.

'내가 지금 꿈을 꾸면 그것이 꿈이라는 것을 알지 못하겠지. 그러나 내가 깬다면 지금이 꿈인가라고 스스로 물어볼 수 있겠지. 이것이 나에게 내가 존재한다는 확실성을 줄 거야.'

이렇게 생각하며 그는 잠이 들었다. 그에 반해 메타피지카는 한참을 더 깨어 있었다. 그녀는 깊은 생각에 잠겼다.

'이곳 필로조피카에서는 한 사람이 감당하기에는 너무 많은 생각들이 떠오르는 것 같아. 나는 생각한다, 그러므로 나는 존재한다. 이 명제는 올바른 것일까? 이 명제가 옳다면, 이 명제에 따라 우리가 생각하는 것도 올바른 것이 되는 걸까? 어떻게 올바르다는 것을 알 수 있을까?'

공주는 자신이 깨어 있고 또한 생각하고 있다는 것을 확실히 의식했다. 그렇지만 실제로 그녀는 깊게 잠이 들어 있었다.

칼레에게는 그런 것이 전혀 문제되지 않았다. 누군가 신이 존재한다는 것을 입증하려 한다는 사실만이 그를 화나게 할 뿐이었다. 그의 견해에 의하면, 신이라 불리는 모든 것은 스스로 책임을 지려고 하지 않는 인간이 머릿속으로 꾸며낸 허구적 창작물에 불과할 뿐이다. 정말로 우리가 사유에 의해서 신을 발견할 수가 있다고 해도, 그런 것은 칼레가 그리고 있는 세계관적 구상과는 도저히 맞지 않았다. 칼레의 코 고는 소리는 신을 증명하려고 하는 것에 대한 노골적인 항의처럼 들렸다.

다음 날 아침 메타피지카가 깨우는 소리에 모두 일어났다. 그녀가 말했다.

"너무 걱정이 돼서 깨웠어. 마녀의 회오리가 위협적으로 가까이 다가오고 있어."

망설일 시간이 없었다. 친구들은 세찬 바람 속에서 침낭을 정리했고 흔적을 남기지 않기 위해 모닥불을 모래로 덮었다.

그들은 있는 힘을 다해 달렸다. 뛰면서 그들은 계속 뒤를 돌아보았다. 마녀의 회오리는 무서운 속도로 가까이 다가오고 있었다.

"그녀가 우리를 발견했을까 봐 걱정돼!"

메타피지카가 말했다.

칼레가 외쳤다.

"포기하지 마! 계속 달려!"

점심때까지 그들은 계속해서 회오리바람과 거리를 유지할 수 있다고 믿었다. 그러나 그들은 힘이 점점 더 빠졌고, 그 속도를 유지할 수 없다는 것이 점점 분명해지고 있었다.

플라토니쿠스-칸티쿠스가 말했다.

"소용없어. 좀 쉬었다 가자."

그들은 조그만 바위에 앉았다. 그들이 배낭을 내려놓자마자 한 남자와 한 여자가 회오리 쪽에서 그들에게로 달려왔다. 그들은 웃으면서 춤을 추고 있었다.

"모든 것, 모든 것!"
남자가 외쳤다.
"지금, 지금!"
여자가 웃었다.
"이 둘 중의 하나가 난쟁이가 아닐까?"
플라토니쿠스-칸티쿠스가 지팡이에게 물어보았다.
"모르겠어. 그렇지만 그들이 난쟁이가 아니라는 것은 확실히 알 수 있어. 난쟁이는 그렇게 쉽사리 모습을 드러내지 않거든."
두 사람은 그들을 전혀 개의치 않았다. 그들이 그냥 춤을 추고 지나갔더라면 칼레가 그들의 길을 막는 일은 없었을 것이다.
"모든 것, 모든 것!"
여자가 외쳤다.
"지금, 지금!"
남자가 웃었다.
칼레는 두 사람의 팔을 꽉 잡았다.
"무슨 일입니까? 회오리바람에서 나왔습니까? 우리에게 마녀에 대해서 말해줄 수 있나요?"
그 두 사람은 칼레에게 전혀 무관심했다.
"모든 것, 모든 것, 지금!"
남자가 외쳤다.
"지금, 지금, 모든 것!"
여자가 웃었다.
"그게 뭡니까?"
칼레가 외쳤다.
"지금 모든 것. 동시에 모든 것."
여자가 외쳤다.

칼레는 더 이상 참지 못하고 두 사람을 세차게 흔들었다.
"모든 것은 동시가 아니란 말이야. 나는 나라고, 그리고 지금 내가 묻고 있지 않아?"
칼레가 큰 소리로 그렇게 말했다.
그렇지만 두 사람은 웃으면서 춤을 추듯이 껑충껑충 뛰었고 "지금" 그리고 "모든 것"이 두 마디를 항상 다시 결합시키면서 반복했다.
"가게 내버려둬!"
메타피지카가 말했다.
"마녀가 그들을 완전히 미치게 만들어버린 것 같지 않니?"
칼레는 그 두 사람을 놓아주었고, 두 사람은 춤을 추면서 멀어져갔다.
"모든 것 지금. 지금 모든 것"이라는 소리만 한참 동안 들려왔다.
칼레가 그들의 뒤에 대고 외쳤다.
"계속 그렇게 외쳐! 그냥 끝나면 재미가 없잖아."
플라토니쿠스-칸티쿠스가 말했다.
"너무 늦었어! 마녀가 순식간에 우리를 붙잡아버릴 거야."
그들이 뒤돌아보았을 때, 거대한 회오리바람이 맴을 돌면서 빠른 속도로 다가오고 있었다. 메타피지카가 말했다.
"꽉 잡아!"
"아무 소용없어!"
있는 힘을 다해 코기니툼이 외쳤다.
"폭풍이 너희를 사로잡으면 너희들의 생각 속으로 도망가. 그게 살아남는 길이야. 혼돈의 마녀는 너희에게 수수께끼를 낼 거야. 너희가 그 수수께끼를 풀 수 있으면 마녀는 아무런 해도 끼치지 않고 놓아줄 거야."
코기니툼은 더 이상 말을 할 수가 없었다. 그가 먼저 회오리바람에 휩쓸려 위로 소용돌이치며 폭풍의 혼돈 속으로 사라져버렸기 때문이다. 세 명의 친구들은 서로의 손을 꼭 잡았다.

"우리가 알 수 있는 것에 대해서 아주 확실하게 생각해야만 해."
메타피지카가 소리쳤다.
"우리는 생각한다, 그러므로 우리는 존재한다."
모두가 입을 모아 그렇게 외쳤다.

다음 순간 그들은 폭풍에 휩쓸렸고 서로의 손을 놓쳐버렸다. 각자는 서로 다른 방향으로 소용돌이에 휩쓸려 날아갔다.

죽을지도 모른다는 두려움이 플라토니쿠스-칸티쿠스를 사로잡았다. 그렇게 그는 소용돌이쳐 올라갔다. 모든 것이 그의 주위를 맴돌면서 사라져갔다. 그는 끝장이라고 생각하고 사력을 다해 다음과 같이 외쳤다.

"나는 생각한다, 그러므로 나는 존재한다! 나는 생각한다, 그러므로 나는 존재한다!"

그렇게 외친 것이 도움이 되었다. 그를 둘러싼 세계는 여전히 혼돈에 휩싸여 있었지만, 그는 자기 자신을 확실하게 다시 인식하게 되었다. 그는 자신이 이 혼돈 속에 존재하는 것을 의식하는 존재였다. 갑자기 그는 귀청이 찢어질 듯한 기분 나쁜 음성을 들었다.

"좋아. 이 꼬마야! 사유하는 사람이 바로 너였구나. 그렇지만 내게서 그렇게 멀리 도망가지 못할걸. 우리가 사물을 느끼고 알 수 있게 되는 지각의 조건들을 나에게 말해주지 않는다면, 네가 정신을 잃을 때까지 혼돈의 세계를 너에게 퍼부을 테다. 나에게 지각의 조건들을 말해봐!"

플라토니쿠스-칸티쿠스는 가엾게도 덜덜 떨고 있었다. 그는 정신을 잃을까 봐 불안에 떨었다.

'나의 지각의 조건들. 나의 지각의 조건들.'

그는 미친 듯이 생각했다.

그러나 그는 혼돈 때문에 더 이상 생각할 수 없었다. 아무것도 인식할 수 없었다. 색깔, 형태, 소음 등이 뒤엉켜서 그에게 한꺼번에 몰아닥쳤다. 더 이상 그가 받은 모든 인상들을 구별해낼 수가 없었다. 모든 인상들이 한꺼번에 동시에 몰려들었기 때문이다. 그는 더 이상 자신이 몸을 가지지 않은 것처럼 느끼게 되는 심각한 상태에 빠졌다. 분명 그는 몸을 가졌지만, 그는 자신의 육체를 자신을 둘러싸고 있는 다양한 사물들 가운데에서 인식하기가 불가능했다. 모든 것이 동시에 그리고 똑같아 보였다.

플라토니쿠스-칸티쿠스는 눈을 감았다. 그는 실제로 자신이 눈을 감았는지도 몰랐다. 왜냐하면 그는 더 이상 육체가 없는 것처럼 느껴졌기 때문이다. 그렇지만 그는 자신을 둘러싼 혼돈에 더 이상 휘말려들지 않기 위해서 눈을 감은 것이다. 폭풍이 맴을 그리며 그를 소용돌이치게 하는 동안 그는 생각했다.

'내가 계속해서 혼돈을 쳐다보면, 나는 미쳐버리고 말 거야! 지각의 조건들에 대해서 생각해야만 해.'

드디어 그는 자신에게 집중할 수 있게 되었다. 그가 외쳤다.

"인간의 지각은 봄, 냄새 맡음, 느낌과 맛봄으로 구성되어 있어. 우리는 코, 눈, 귀 그리고 입과 손을 가지고 있으니까."

마녀는 음흉하게 웃었다.

"그것은 지각의 기관이야, 꼬마야. 그것들이 바로 혼돈의 원인이지. 내가 지각의 기관들과 그것의 조건들을 분리시켜놓았기 때문에 혼돈이 일어나지. 그러니 지각의 조건들이 무엇인지 말해봐. 그렇지 않으면 너는 미쳐버리게 될 거다!"

플라토니쿠스-칸티쿠스는 다시 공중으로 소용돌이쳤다. 그가 자신에게 말했다.

"네 주위를 감싸고 있는 혼돈에 정신을 쏟지 마!"

그렇다면 지각의 조건들이란 무엇일까? 마녀는 마술을 부려서 공공연하게 인간의 지각들을 그 조건들로부터 분리시키려 하고 있었다. 그러나 지각의 조건들은 인간이 태어나면서부터 인간에게 주어진 것이다.

갑자기 플라토니쿠스-칸티쿠스는 그들이 폭풍에 휩쓸리기 전에 만났던 이상한 남녀를 생각해냈다.
"모든 것, 지금. 지금, 모든 것."
그들은 그렇게 외쳤었다.
바로 그것이었다. 그것은 혼돈에 대한 정확한 묘사였다. 모든 것이 한꺼번에 그에게 몰아닥치기 때문에 혼돈이 발생했고 모든 것이 몽롱해진 것이었다.
그는 생각했다.
'계속해서 모든 것이 한꺼번에 나에게 몰아닥치게 해서는 안 돼. 사물들을 보다 더 잘 인식할 수 있도록 애를 써야지.'
그는 자기를 구원할 수 있는 생각이 무엇인지 확실히 알게 되었다.
'내가 사물들을 차례대로 볼 수 있으려면 시간이 필요해. 그리고 사물들을 보다 더 잘 인식하려면 그들은 형체를 가져야만 할 거야. 즉, 그들은 연장을, 공간을 가져야만 해.'
플라토니쿠스-칸티쿠스는 용기를 내서 다음과 같이 외쳤다.
"인간이 사물을 지각할 수 있는 조건들은 바로 시간과 공간이야!"
마녀는 대답하지 않았다. 날카롭고 성난 목소리만 들려왔다.
플라토니쿠스-칸티쿠스는 용기를 내어 뒤를 돌아보았다. 그는 이제 정말로 다시 자신의 몸을 가지게 되었고, 그를 둘러싼 사물들을 다시 인식할 수 있었다. 회오리바람 소리만이 남아 있었다. 하지만 유감스럽게도 그를 둘러싼 세계는 아직 제대로 질서가 잡혀 있지 않았다.
처음에는 어떤 것을 그리고 그 다음에는 다른 것을 인식하는 것이 이제 가능해졌다. 사물들은 형체를 가졌기에 눈으로 볼 수 있으며 냄새 맡고, 맛을 보고 느끼는 것이 가능해졌다. 그러나 모든 것은 아직도 대단히 무질서했다. 그러한 주변 환경이 그가 어렸을 때 가지고 놀던 장난감을 생각나게 했다. 이 장난감 놀이에서 그는 여러 다른 동물의 조각들을 함께 조립하는 것이 가능했다. 예를 들어 원숭이와 호랑이의 조각들을 가지고 침팬지를 조립해 만들 수 있었다. 그와 마찬가지로 세계는 이 회오리바람 속에서 혼돈에 빠져버렸다.

코끼리가 플라토니쿠스-칸티쿠스 앞을 날아서 지나갔다. 코끼리의 머리는 쥐였고, 염소처럼 울었다. 플라토니쿠스-칸티쿠스는 놀라움과 함께 자신의 왼쪽 다리가 메타피지카의 다리로 변한 것을 확인했다. 놀랍게도 모든 사물들이 똑같이 크게 보였다. 쥐-염소-코끼리는 산처럼 커졌다가 메뚜기만큼 작아졌다.

'겁먹지 말자!'

플라토니쿠스-칸티쿠스는 생각했다. 그는 이제 거의 나선형으로 맴돌며 올라가는 것에 익숙해졌고, 다시 분명하게 생각할 수 있었다.

'이렇게 보이는 모든 것은 아무런 의미가 없어. 쥐-염소-코끼리의 현상은 여기에 코끼리, 염소 그리고 쥐가 혼란스럽게 소용돌이치고 있다는 것을 의미할 뿐이야. 메타피지카의 다리는 실제로는 항상 그녀의 다리였지. 나의 감각 기관이 그녀의 다리를 지각했지만, 그러나 그것을 잘못 정리한 것에 불과해.'

플라토니쿠스-칸티쿠스는 폭풍 속에서 외쳤다.

"지각한 것들을 정리해줄 새로운 질서의 단계가 빠져 있어."

마녀가 대답했다.

"아주 영악한 놈이구나. 그러나 어떤 단계가 이러한 지각들을 정리하고 질서를 잡는지 내가 말해주리라고는 생각하지 않겠지."

플라토니쿠스-칸티쿠스는 거침없이 말했다.

"내가 미치기를 바란다면, 너는 나의 분별력을 빼앗으려 하겠지! 그래서 내가 필요로 하는 질서의 단계는 바로 지각들을 정리하고 질서를 잡아주는 정신적 작용의 일종인 오성, 즉 분별력이야."

"아주 영악한 놈이로구나!"

마녀가 소리쳤다.

마녀의 욕은 플라토니쿠스-칸티쿠스를 더 이상 놀라게 하지 못했다. 그는 자기가 올바른 길로 접어들었다는 것을 알았다.

"나는 시간과 공간을 생각해낸 다음, 지각들을 정리하기 위해 나의 분별력인 오성을 사용했어. 오성은 공통적으로 속하는 것들을 파악하고, 또한 공통적으로 속하지 않는 것들을 서로 분리해낼 거야. 그러나 공통적으로 속하지 않는 것들도 서로 관계를 갖게 되겠지. 그러므로 코끼리는 쥐와의 관계에서 보면 쥐보다 크다는 것을 우리가 알게 되는 거야. 그리고 염소는 다시 염소의 몸을 갖게 되고. 그렇지 않으면 모든 것은 무의미에 불과해."

그는 가까스로 말을 마쳤고, 그 순간 폭풍에서 벗어나 바닥에 털썩 떨어졌다.

"사악한 놈! 뻔뻔한 놈!"

마녀가 그에게 저주를 퍼부었다.

플라토니쿠스-칸티쿠스는 주위를 둘러보았다. 세계의 질서는 다시 회복되었다. 그는 우선 나무를 보았고, 다음에 돌을 보았다. 나무는 돌보다 컸다. 그리고 나무는 나무였고 돌은 돌이었다. 그 다음에 눈에 띈 것이 플라토니쿠스-칸티쿠스를 정말 행복하게 만들어주었다. 그는 메타피지카를 보았다. 그녀는 탈진하여 얼마 떨어지지 않은 곳에 풀밭에 누워 있었다. 서로를 발견한 그들은 무척 기뻐했다. 그들은 꼭 껴안은 채 기쁨의 눈물을 흘렸다.

"마녀에게서 벗어났구나!"

메타피지카가 소리쳤다.

"그래! 오성을 사용했거든."

플라토니쿠스-칸티쿠스가 그녀에게 말했다.

"나도 그랬어."

혼돈의 마녀로부터
시련을 겪다
생존

공주가 웃었다.

"처음에는 시간과 공간이 필요했고, 그 다음에 내가 보았던 사물들을 정리하기 위해서 분별력인 오성을 사용했지!"

"나도 그렇게 똑같이 했어. 그랬더니 그 마녀가 나를 놔주더라고."

플라토니쿠스-칸티쿠스는 너무나 행복했다.

"우리가 이렇게 함께 있을 수 있으니 얼마나 좋아!"

메타피지카가 말했다. 그러나 갑자기 그녀의 표정이 굳어졌다.

"칼레를 보았니?"

그녀가 물었다. 이미 그녀의 눈에서는 눈물이 솟아나고 있었다.

"아니. 유감스럽게도 보지 못했어!"

플라토니쿠스-칸티쿠스는 그렇게 말하고 침을 삼켰다.

그들은 그 자리에 그대로 선 채 회오리를 바라보았다. 회오리는 가까이에서 나선을 그리며 맴돌고 있었다. 순간 메타피지카가 친구를 발견했다.

"저기 있어."

그녀가 소리쳤다.

정말이었다. 칼레는 아직도 회오리 속에 휩싸여 있었다. 그들은 칼레를 똑똑히 알아볼 수 있었다. 칼레는 아주 어려운 상황에 처해 있는 것 같았다. 그는 날개를 퍼덕이듯이 팔을 휘젓고 있었다.

메타피지카가 그를 향해 소리쳤다.

"시간과 공간을 생각해봐."

"그건 나도 알아!"

칼레가 소리쳤다.

"그런 것은 진작부터 알았다고. 그렇지만 여기서는 모든 것이 뒤죽박죽이야. 누군가가 나의 팔을 독수리의 날개로 바꾸어놓았단 말이야."

플라토니쿠스-칸티쿠스가 위에 있는 칼레에게 외쳤다.

"그건 네가 그렇게 상상하는 거야! 너의 분별력인 오성을 사용해! 질서를 창조하기 위해서는 어떤 것이 필요하잖아."

"나도 그건 알고 있어!"

칼레가 절망적으로 외쳤다.

"하지만 이 위에서는 어디에서도 생산관계를 인식할 수가 없어."

플라토니쿠스-칸티쿠스와 메타피지카는 어이가 없어 서로를 바라보았다. 칼레는 분명 정신을 잃은 상태였다. 그 다음에 그는 갑자기 사라져버렸다. 하지만 잠시 후 그들은 칼레가 소리를 질러대는 것을 들었다. 칼레가 폭풍의 소용돌이로부터 빠져나오고 있었다.

"물론 오성은 일정한 속성, 질과 양에 따라서 지각을 정리하지!"

그는 공중에서 떨어지면서 그렇게 소리쳤다.

그는 매우 둔탁한 소리를 내면서 떨어진 뒤에도 의기양양하게 계속해서 자신이 가진 인식을 자랑하며 선전을 해대고 있었다. 플라토니쿠스-칸티쿠스와 메타피지카는 그의 말에 전혀 신경 쓰지 않았다. 그들은 더할 나위 없이 행복했고, 칼레를 다시 팔로 얼싸안았다. 조금 시간이 지나자 칼레는 그들의 품으로부터 떨어져 나올 수 있었다. 그가 기분이 나쁜 듯 말했다.

"날 가만 놔둬! 너희는 도대체 계급에 따라 행동하지 않는단 말이야. 나와 가장 친한 친구인 프리드리히는 결코 나를 팔로 안아준 적이 없어. 그 친구는 나에게 거의 엥겔스[8], 즉 천사라고 할 수 있지."

"이게 바로 칼레의 문제야."

메타피지카가 웃었다. 그리고 다시 칼레에게 달려들어 여기저기를 간지럽혔다. 하지만 플라토니쿠스-칸티쿠스는 기이한 어떤 것을 발견

---

8) 칼레 막스의 친구이다. 칼레 막스가 정말로 칼 맑스와 관련이 있는 것이라면, 여기서 프리드리히는 그의 친구이자 후원자였던 철학자 프리드리히 엥겔스Friedrich Engels(바르멘 1820~런던 1895)를 가리킨다고 볼 수 있다.

했기 때문에 그런 소란에 휩쓸리지 않았다.

"이것 좀 봐!"

그가 크게 소리쳤다.

메타피지카와 칼레는 장난을 그만두고 뒤를 돌아보았다. 그들의 눈 앞에서 거대한 회오리 폭풍이 오므라들고 있었다. 폭풍은 점점 작아지며 조그만 구름처럼 수축되더니 결국 사라져버렸다. 먼지 같은 작은 구름이 허공 속으로 해체된 자리에 아주 작은 형체만 남아 있었다. 그들은 커다란 챙이 있는 검은 모자를 쓴 늙은 할멈을 보았다.

"저게 혼돈의 마녀야!"

칼레가 외쳤고, 화가 단단히 나서 그 꼬부랑 할머니를 향해 달려갔다.

"이 소름 끼치는 늙은 심술쟁이! 당신 때문에 하마터면 정신을 잃을 뻔했잖아."

"약자한테 복수할 생각이야?"

못생긴 작은 할멈이 대답했다. 그 목소리는 바로 마녀의 목소리였다.

플라토니쿠스-칸티쿠스가 말했다.

"그냥 내버려둬! 그렇게 잔뜩 화를 내봤자 아무런 소용도 없잖아."

그렇지만 이미 때는 늦었다. 칼레는 한 손으로 마녀를 붙잡아 마구 흔들어댔다.

마녀가 입에 거품을 물며 말했다.

"친구가 하는 말도 못 들었어, 이 촌놈아! 빨리 놓지 못하겠느냐! 너는 노인에 대한 공경심 같은 것도 없느냐?"

칼레가 으르렁거리며 말했다.

"그 말이 당신한테 어울린다고 생각해? 이 조그만 쭈그렁 할멈아! 어서 빨리 말해봐, 사람들을 어떻게 미치게 만들어버리는지! 무슨 주문을 걸어 사람들을 마술에 걸리게 하는 거야?"

칼레가 흔들기를 멈추자마자 마녀가 말했다.

"나는 아무한테도 마술을 걸지 않았어. 그런 것은 내 힘과는 아무런 상관이 없다고."

"그러면 네가 하는 일이 뭐지?"

메타피지카가 물었다.

"사람들은 규칙에 따라 세상을 경험하지. 나는 이 규칙을 없애버릴 뿐이야."

마녀가 설명했다.

공주가 대답을 재촉하듯 물었다.

"그 규칙은 시간과 공간 그리고 오성에 의한 질서가 맞지?"

"맞았어. 꼬마 아가씨!"

마녀가 말했다.

"인간은 태어날 때부터 시간적 계기에 따라 냄새를 맡게 되고, 보게 되고, 맛을 보고, 느끼게 되지. 이 시간이라는 조건이 사라지게 된다면, 그런 것들은 완전히 혼란에 빠져버리게 되는 거야. 인간은 한꺼번에 모든 것을 지각할 능력이 없기 때문이지. 시간과 마찬가지로 공간도 있어야 해. 자연은 인간이 지각할 수 있도록 모든 것이 형체를 가지도록 만들어놓았지. 그렇지 않다면 사물들은 뒤죽박죽이 될 것이고, 인간은 아무것도 알 수가 없게 되지."

"오성이 없어도 그렇게 되는 거야?"

메타피지카가 물었다.

마녀는 계속해서 말했다.

"거의 그렇지. 아가씨! 인간의 오성에는 자연으로부터 부여받은 서랍 같은 것이 있어. 그것을 우리는 범주라고 부르지. 이 범주에 따라 지각은 분류될 수 있어."

"그 범주들은 성질, 분량, 양상 그리고 관계지."

칼레가 여전히 으르렁거렸다.

마녀가 당황한 듯 웃으며 말했다.

"맞았어, 젊은 친구. 정확히 말하자면 열두 범주라고 하지. 그러나 가장 중요한 것은 방금 네가 말한 거야."

"너는 인간이 타고난 이 자연적 소질인 오성을 없애버리려 한 거지?"

메타피지카가 물었다.

마녀는 약간 우쭐대며 대답했다.

"그래! 인간이 자기 것으로 하기 이전에 자연으로부터 항상 부여받고 있는 것들을 우리는 아 프리오리[9]라고 하지. 나는 주문만 외우면 되지. '심살라빔, 얍! 안티-아 프리오리! 그들을 혼란에 빠뜨려라. 크게 그리고 작게!' 이렇게 말하면 나는 사람들을 아주 간단하게 회오리바람으로 끌어들일 수 있어. 주변을 혼돈에 빠뜨리면 사람들은 거의 모두 정신을 잃어버리지!"

"독사 같은 것!"

칼레가 욕을 하면서 마녀를 바닥에 내팽개쳤다.

"아야. 아프단 말이야!"

마녀가 고통스러워했다.

메타피지카가 말했다.

"너는 아주 사악한 마녀야."

마녀는 껑충껑충 도망가면서 소리를 질렀다.

"어때, 이제 만족했냐. 이 이야기에서 나는 한 번만 나쁜 역할을 한다고. 그리고 이 역할도 내가 선택한 것이 아니야!"

이 말을 하면서 그녀는 사라졌다.

---

[9] A priori. 칸트는 항상 경험으로부터 나오는(아 포스테리오리 A posteriori) 인간의 사유의 구체적 내용을 모든 경험에 앞서 인간의 사유에 기초가 되는(아 프리오리) 인간적 지각의 근본 형식들과 구분하였다.

세 친구들은 홀가분한 마음으로 마녀가 사라지는 것을 보았다. 그 다음에 그들은 그들의 물건들을 찾아 나섰다. 거의 모든 것을 다시 찾았다. 그렇지만 찾을 수 없는 것이 있었다. 바로 코기니툼이었다. 오랫동안 찾았지만 지팡이는 눈에 띄지 않았다. 오랫동안 찾아다녔지만 허사였다. 그들은 괴로웠지만 계속해서 길을 가기로 결정했다. 그들은 배낭을 다시 메고 해가 지기 시작하는 황혼 속에서 인식의 산을 향해 길을 떠났다.

그들은 한밤중에도 여행을 계속했다. 그들은 몇 시간밖에 자지 못했다. 그리고 그들은 날이 밝자 서둘러 다시 길을 떠났다. 몇 마디 외에는 거의 말을 나누지 않았다. 플라토니쿠스-칸티쿠스의 얼굴이 특히 어두웠다. 그가 자기 가족들에게 코기니툼을 잃어버렸다고 어떻게 설명할 수 있겠는가?

인식의 산에 점점 더 가까이 가는 동안, 그들은 코기니툼이 없어졌다는 사실을 너무나 애석하게 여겼다. 코기니툼이 아니라면 누가 그들을 인도할 것인가. 산에 도착한 뒤 어디로 가야만 하나? 이런 걱정 때문에 그들은 이튿날 그들과 같은 여행 목적을 가진 젊은 사람과 합류했을 때 뛸 듯이 기뻐했다. 그는 데이비드 훔멜[10]이라고 자신을 소개했고 산을 잘 안다고 주장했다. 칼레는 그 낯선 사람과 금세 친해졌고 그와 함께 오랫동안 대화를 나누었다.

"인식의 산이 어떻게 생겼죠?"

칼레가 물었다.

데이비드 훔멜이 말했다.

---

[10] 여기서 우리는 이 사람이 데이비드 훔David Hume(에딘버러 1711~1776)과 관련이 있는 것을 알 것이다. 그렇지만 흄이 인간의 세계 인식의 형태를 그 핵심에 있어서 순수한 표상으로서만 특징지었다고 할지라도, 영국 철학자를 회의주의의 난쟁이로서 기술한 것은 심하게 과장한 것이다.

"그 산은 그리 권할 만한 곳이 아니라 걱정되는데. 산은 우리 인간이 오르기에 너무나 가팔라. 지금까지 인식의 산 정상에 올랐던 사람은 아무도 없어."

"그러나 그 산을 잘 안다고 말했잖아요!"

"내가 그 산을 잘 아느냐고? 물론 그 산 주위를 많이 돌아다니기는 했지. 결국 나는 이 산을 피해야 한다는 결론에 이르렀어."

"그 산이 인간을 위해 창조되지 않았다면 어째서 인식의 산이라고 불리는 거죠?"

한참 동안 그들의 대화를 듣고 있던 메타피지카가 물었다.

데이비드 훔멜이 대답했다.

"그건 순전히 우연에 의해서야. 어떤 관념론자[11]가 여기를 지나다가 산에 그런 이름을 붙인 거지. 그는 합리론[12]의 대표자일 거야."

"그들은 어떤 사람들이죠?"

칼레는 궁금했다.

훔멜이 설명했다.

"그들은 인간이 세계에 관한 참된 인식에 도달할 수 있다고 보는 사람들이야."

"그러한 참된 인식에 도달하는 것이 불가능한가요?"

칼레가 물었다.

"불가능하지."

훔멜이 말했다.

---

[11] 관념론은 철학적 입장을 나타낸다. 이 입장에 따르면 인간은 정신 및 이성의 통찰을 매개로 해서 궁극적 인식에 도달할 수 있다고 본다.

[12] 합리론은 이성의 실천적이고 이론적인 능력을 삶의 최상의 원리로서 보고, 다른 모든 것은 그것에 속하는 것으로 설명한다. 이성의 능력은 충동이나 감성의 영향과는 구분된다.

"실제로 우리는 어떤 것을 안다고 상상할 따름이야. 물론 우리는 일상에서 우리가 알고 있는 것처럼 생각되는 사물들과 접촉하고 있는 것은 틀림없어. 그렇지만 그 사물들에 대한 확실한 인식은 존재하지 않아."

그들은 아무 말도 하지 않은 채 나란히 걸었다. 메타피지카와 칼레는 훔멜의 말을 듣고 매우 슬퍼졌다. 인식의 산에 오를 이유가 더 이상 없어졌기 때문이었다. 그에 반해 플라토니쿠스-칸티쿠스는 대화를 주의깊게 듣고 있었다.

마침내 산 아래에 도달했고, 그들은 조그맣게 모닥불을 피우고 앞으로 어떤 일이 일어날지 생각했다. 그들은 낮에 여러 마리의 늑대들을 보았기 때문에, 훔멜이 준비해 가지고 온 몇 개의 횃불도 밝혀놓았다.

메타피지카가 새로운 여행 동반자에게 물었다.

"그 산을 올라가지 말고 차라리 산을 돌아서 가라는 것인가요?"

"물론 그 산에 올라갈 수도 있어."

그는 그렇게 말했다.

"그러나 의미가 없어. 너희들은 산에도 오르지 못하고 힘만 낭비하게 될 거야."

공주가 탄식하며 말했다.

"당신은 어떤 사람도 희망을 가질 수 없도록 만드는군요."

훔멜이 분명하게 말했다.

"정말 미안해. 그렇지만 우리 인간이 세계의 본질에 관한 확실한 인식에 결코 도달할 수 없다는 사실이 달라지는 것은 아니잖아."

칼레가 대화에 끼어들었다.

"그러나 돌은 돌이잖아요. 그리고 내가 그것이 돌이다라고 말을 할 때 모두 내가 의미하는 바를 알 수 있잖아요."

훔멜이 대답했다.

"물론 그렇지. 그러나 그런 것은 사람들이 그러한 대상을 돌이라고 부르는 경향이 있기 때문에 그런 거야."

"그럼 그것은 인식이 아니란 말입니까?"

칼레가 물었다.

"그것은 인식이 아니라 합의야. 인간들은 실제적인 이유들 때문에 그것을 돌이라고 부르기로 약속한 거지, 실제로 우리가 돌이라고 부르는 대상들에 있어서 돌이 문제가 되는지는 아무도 알 수 없어!"

"그러나 우리의 감각 기관은 그것이 돌이라고 말해주잖아요."

홈멜이 시인했다.

"그래. 그러나 우리의 감각은 우리를 기만하거나 스스로 기만당하고 있어. 거기다가 사물들은 끊임없이 변화해."

칼레가 물었다.

"그게 무슨 뜻입니까?"

"그것이 뜻하는 바는, 우리가 결코 참된 인식에 도달할 수 없다는 거야!"

홈멜이 그렇게 설명했다.

칼레가 말했다.

"그냥 그렇게 포기할 수는 없어요. 내 옆에 있는 횃불은 횃불이고, 더욱이 내가 그것을 횃불이라고 지각하니까 횃불이지, 우리가 그것을 횃불이라고 부르기로 합의했기 때문에 횃불일까요? 오늘 나는 그것을 횃불로 지각하고 있고, 내일도 나는 그것을 횃불로 지각할 겁니다."

홈멜이 이의를 제기했다.

"그건 스스로를 기만하는 거야. 허락된다면, 너에게 그와 반대되는 것을 증명해 보이지."

"좋아요. 해보세요."

칼레가 긴장해서 말했다.

"자, 좋아!"
홈멜이 시작했다.
"어떤 횃불이 지금 문제가 되고 있지?"
칼레가 대답했다.
"하나의 밀랍 횃불이요."
다음 질문이 이어졌다.
"그러면 밀랍 횃불을 만드는 것은 무엇이지?"
칼레가 말했다.
"그것은 밀랍이죠."
홈멜이 물었다.
"그것이 밀랍으로 만들어졌다는 것을 어떻게 확신할 수 있지?"
"밀랍 횃불은 밀랍의 속성을 가지고 있기 때문이죠."
"무엇이 밀랍의 속성들이지?"
칼레는 점차 불쾌하게 느껴졌다. 칼레가 말했다.
"우리가 밀랍을 만지면 그것은 단단하고 미끌미끌하고 차갑잖아요."
홈멜이 칼레에게 부탁했다.
"손을 한번 펴봐."
칼레는 시키는 대로 했다. 홈멜은 횃불을 모닥불 속으로 넣어 불을 붙였다. 그리고 활활 타고 있는 횃불에서 녹아내리는 밀랍을 칼레의 손에 몇 방울 떨어뜨렸다.
"앗, 뜨거워!"
칼레가 화가 나서 소리쳤다.
"손에 뜨거운 밀랍을 떨어뜨리면 어떡해요!"
"방금 밀랍이 단단하고 차다고 말하지 않았어?"
홈멜이 웃었다.
"그랬죠!"

칼레가 시인했다.

"그렇지만 지금은 뜨겁게 이렇게 흐르잖아."

홈멜이 설명했다.

"네, 유감스럽지만 지금은 그렇네요."

칼레는 그렇게 말하면서도 손가락을 후후 불었다.

"밀랍이 이제 어떻지? 단단하고 차가운가 아니면 유동적이고 뜨거운가?"

홈멜이 계속 물었다.

"둘 다요."

칼레가 창피한 듯 말했다.

"어떤 상태에서 밀랍을 더 잘 인식할 수 있을까?"

"그건 모르겠는데요."

"이제 알겠어? 그렇기 때문에 인간이 사물을 올바르게 인식하는지 아닌지는 결코 알 수 없다고."[13]

플라토니쿠스-칸티쿠스는 대화에 끼어들까 말까 생각했다. 밀랍이 이런 상태로 된 것은 결코 우연히 그렇게 된 것이 아니다. 그의 어머니라면 분명 이렇게 말했을 것이다. 밀랍은 밀랍의 이념을 나누어 가지고 있기 때문에 우리는 그것을 밀랍으로 인식하게 된다고. 그렇지만 플라토니쿠스-칸티쿠스는 조금 더 지켜보기로 했다. 그는 앞에 있는 사람이 누군지 이미 알고 있었다. 이제 그의 말을 주의 깊게 듣고 있다가 적절한 순간에 개입하면 되는 것이다.

메타피지카가 먼저 대화에 끼어들었다. 공주는 필로조피카에 도착한 날 자신과 친구들이 코기니툼과 더불어 나누었던 최초의 대화를 떠올리며 말했다.

---

[13] 이와 비슷한 예를 르네 데카르트의 『성찰』에서도 발견할 수 있다.

"물론 불확실한 것은 많지만, 한 가지만은 확실합니다. 그것은 '나는 사유한다, 그러므로 나는 존재한다' 입니다."

홈멜이 반박했다.

"그 점에 대해서는 유감스럽게도 동의할 수 없어. 물론 지금 그러한 물음을 다루려고 한다면 우리는 대화에서 너무 많이 앞서간 거지. 어쨌든 그러한 인식은 그렇게 소중한 것이 아니니까."

"그렇지 않아요."

메타피지카가 웃었다.

"내가 존재한다는 것을 확실히 할 수만 있다면, 나는 내가 생각하는 것이 올바르다는 것도 확실히 알 수 있게 되는 셈이지요."

데이비드 홈멜이 말했다.

"그렇지만 내 자신이 확실하지 않다면 어떻겠니? 지금 너는 자신이 말하는 '나'가 무엇인지에 대해서도 정확하게 알지 못하고 있잖아."

"그럴까요? '나'라는 것은 나의 의식이에요."

홈멜이 의기양양하게 말했다.

"알다시피, 바로 정확히 그 점에 문제가 있는 거야. 너는 네 의식을 제어할 수 없을 거야."

"왜 그렇죠? 저는 독특한 인격을 가지고 있습니다."

메타피지카가 불쾌한 듯 반박했다.

홈멜이 음흉한 눈빛으로 설명했다.

"물론 확실히 그렇지. 너는 다른 사람들과 달라. 왜 그렇게 다른지에 대해서도 또 이야기를 해야 하나?"

"말씀해보세요."

"너는 다른 사람들과 공주인 네가 다르다는 경험을 했기 때문에 자신이 가진 개별성을 의식하게 된 거야."

"그럴 수 있죠."

공주가 동의했다.

"그러나 그렇게 되면, 공주의 개별성은 바로 스스로 결정된 것이 아니야. 공주의 개별성은 순전히 우연적인 인상들의 우연적인 결과물에 불과할 뿐이니까! 공주의 의식은 극장의 무대와 같은 거야. 그 극장의 무대에는 수많은 개인들과 사물들이 등장했다가 사라지곤 해. 이런 식으로 개별성은 각인되고. 어떤 사람은 우연히 영웅 전설의 주인공이 되고, 다른 사람은 비극의 주인공이 되기도 해. 우리의 삶이 우리에게 인상들을 가져다주는 것은 우연이야. 따라서 우리가 무엇인지를 만드는 것도 우연이라 할 수 있지. '존재는 의식을 규정한다.' 그 반대는 아니야."

칼레 막스가 신중하게 말했다.

"그 이야기는 나하고 맞을 수 있는 이야기인데요."

메타피지카는 동의하지 않았다. 그러나 그녀는 어떻게 반박해야 할지 몰랐다. 그녀는 절망했다.

'지금이야!'

플라토니쿠스-칸티쿠스는 생각했다.

"존경하는 홈멜씨!"

그가 말하기 시작했다.

"말해봐."

"뭔가 결정적인 것을 간과하셨다고 생각하지 않으세요?"

"그래? 무엇이 그런데?"

"당신은 의식을 수동적인 것으로만 말씀하셨어요. 인상들이 들어와서 개별성을 형성한다고요."

"맞아."

플라토니쿠스-칸티쿠스가 말했다.

"그렇지만 저는 다르게 생각합니다. 저는 의식을 능동적인 것이라고 봅니다. 의식이 수동적이라면, 똑같은 환경 속에서 자란 두 사람이 서로 다른 개별성을 갖게 되었다는 것을 설명할 수 없게 됩니다. 그들은 동일한 경험을 했음에도, 예를 들어 완전히 서로 다른 도덕적 판단을 내릴 수 있어요."

데이비드 홈멜은 불쾌한지 이리저리 왔다갔다했다.

플라토니쿠스-칸티쿠스가 계속해서 말했다.

"인간은 주위 환경에 의해서만 완전하게 규정되는 것은 아니라고 봅니다. 오히려 인간은 자유로운 결단을 행할 수 있는 가능성을 가지고 있다고 생각합니다."

"그럴 수 있지. 그렇지만 인간은 세계의 사물들을 올바르게 인식할 수 없다고."

홈멜이 이의를 제기했다.

플라토니쿠스-칸티쿠스가 말했다.

"인식에 대한 당신의 의심은 여러 점에서 올바를 수 있어요. 아니면 당신의 회의주의라고 말해야 하나요?"

메타피지카와 칼레는 깜짝 놀라 벌떡 일어났다.

홈멜이 아주 사악하게 대답했다.

"회의주의라고 불러도 돼. 내가 고집하는 것은, 인간은 확실한 인식에 결코 도달할 수 없다는 점이야."

플라토니쿠스-칸티쿠스가 반론을 제기했다.

"그럴 수도 있고 그렇지 않을 수도 있지요. 두 가지 측면을 다 보아야 합니다. 내가 지각하는 모든 것은 현상에 불과할 뿐이라는 당신의 주장은 옳습니다. 사물은 우리가 경험하는 것과 완전히 다르게 존재할 수 있어요. 한편 나의 감각은 기만당할 수도 있고, 다른 한편으로 우리가 경험하는 모든 것은 시간과 공간 안에서 일어난다는 것을 알아야만 합니다. 그렇지만 사물 그 자체가 그렇게 존재한다고 결론을 내려서는 안 됩니다. 아마도 사물 그 자체는 공간과 시간 안에 존재하지 않을지도 모르니까요."

훔멜이 환호성을 질렀다.

"그래, 바로 그거야. 그렇다면 내가 옳잖아!"

친구들은 왠지 모르게 그의 얼굴이 변화했다는 인상을 받았다. 훔멜은 갑자기 왜소해졌고, 추해졌다.

플라토니쿠스-칸티쿠스가 그를 제지했다.

"말 좀 계속하게 해주세요. 각각의 사물이 나에 대해 가지고 있는 두 측면에 대해서 이야기하는 중이잖아요. 우리가 지각하는 것은 현상에 불과할 뿐이에요. 이 현상은 사물을 볼 수 있는 인간의 능력에 의해서 규정되죠. 그러나 각각의 현상 배후에는 이 현상을 촉발하며 지각의 원인이 되는 어떤 것이 존재해야만 합니다."

훔멜이 웃었다.

"말도 안 돼!"

그의 외모가 완전히 바뀌어버렸다. 우아하고 똑똑한 여행 동반자였던 훔멜의 모습은 찾아볼 수가 없었다. 그는 사람의 옷을 입은 커다란 개구리처럼 행동했다.

칼레가 소리를 질렀다.

"회의주의의 난쟁이구나!"

개구리가 웃었다.

"알아챘구나! 하지만 너무 늦었어. 그렇지 않아? 아마 마녀는 너희들에게서 방향 감각을 빼앗지 못했을 거야. 그러나 나는 너희들에게서 희망을 없애버렸지."

메타피지카가 슬프게 말했다.

"인식은 우연이 아니야!"

개구리는 웃었고, 모닥불 주변을 뛰어다녔다.

"슬프겠지만, 인식은 우연에 불과해! 그러나 너의 친구가 하는 말처럼 모든 사물이 현상과 그 자체 독자적인 성격을 가지고 있다는 것이 맞다면, 너희에게 약간은 도움이 될 수 있겠지. 그렇지만 너희는 현상의 배후를 볼 수 없어!"

"그렇지 않을걸."

플라토니쿠스-칸티쿠스가 있는 힘껏 소리쳤다. 개구리는 놀란 듯 몸을 움츠렸다. 메타피지카와 칼레는 플라토니쿠스-칸티쿠스를 기대에 찬 눈으로 쳐다보았다.

플라토니쿠스-칸티쿠스가 단호하게 대답했다.

"사물이 정말로 우리에게 현상하는 바와 같이 그렇게 존재하는지 우리는 모를 수 있겠지. 그러나 한 가지 간과한 것이 있어, 이 개구리야! 수많은 중요한 사물들은 현상 없이 존재한단 말이야."

"그게 무슨 말이야?"

궁지에 몰린 것이 분명한 개구리가 쉭쉭 소리를 냈다.

플라토니쿠스-칸티쿠스가 계속해서 말했다.

"인간이 갖고 있는 중대한 물음들은 감각 기관을 가지고 전혀 지각할 수 없는 것들이야. 정의, 사랑, 자유 그리고 행복이 바로 그런 거야. 이런 것들에게는 이념만이 문제가 돼."

"그렇다면 네가 이념을 올바르게 인식한다는 것을 확신하니?"

개구리가 개골개골 말했다.

플라토니쿠스-칸티쿠스가 대답했다.

"확실하지는 않아. 그렇다고 해서 희망이 없는 것은 아니야. 이 이념들은 생각해볼 수 있지. 우리 인간은 그러한 이념들과 씨름하지만, 또한 이성을 사용하기도 하지. 감각은 우리에게 인상을 매개하고 오성은 이러한 지각들을 정리하지. 이성은 이렇게 정리된 생각들을 가지고 일을 할 수 있어. 그렇게 보면 우리는 사상으로 이루어진 것을 인식할 수 없는 게 아니잖아?"

"모든 것은 확실하지 않아!"

개구리가 말했고 툭 튀어나온 눈으로 플라토니쿠스-칸티쿠스를 노려보았다.

"물론 확실하지 않을 수도 있어!"

플라토니쿠스-칸티쿠스가 말했다.

"그렇다고 해도 희망이 없는 것은 아니야."

이제 개구리는 바닥에서 몸을 이리저리 굴리며 끙끙거렸다.

"확실할 수 없다면, 희망은 없는 거야! 확실한 것이 없기에 모든 것에 대해서 회의할 수밖에 없지. 그것이 유일한 길이야. 회의주의만이 있을 뿐이야."

플라토니쿠스-칸티쿠스가 직격탄을 날렸다.

"틀렸어! 우리가 확실하지 않다고 해도, 우리는 그 사물에 대해 비판적으로 주의를 기울이면 되잖아. 확실한 인식의 가능성이 배제되어서는 안 돼. 그러니까 확실한 인식을 위한 희망이 남아 있는 셈이야!"

메타피지카와 칼레가 기뻐서 껑충껑충 뛰었다.

"내 친구가 옳아. 이 징그러운 양서류야!"

칼레가 소리쳤다.

"잘했어!"

메타피지카가 플라토니쿠스-칸티쿠스에게 말했다. 그렇게 말하면서 그녀는 플라토니쿠스-칸티쿠스의 어깨를 토닥였다. 난쟁이는 결국 포기하고 개구리의 형체를 하고 천천히 기어서 모닥불에서 멀어져갔다.

"어디, 너희들의 희망을 잘 간직해보라고."

개구리는 그렇게 꽥꽥 소리를 지르더니 도망쳤다.

"잠깐!"

플라토니쿠스-칸티쿠스가 소리쳤다.

개구리는 땅에 달라붙은 것처럼 멈추어 섰다.

"네가 도망쳐서 다른 여행자들을 다시 절망에 빠뜨리기 전에 너의 회의주의가 얼마나 끔찍한 것인지 너에게 보여주겠어."

모두 긴장한 채 숨을 죽였다.

"너는 어떠한 인식도 결코 확실할 수 없다고 사람들에게 말하고 다니지."

"그래!"

개구리가 꽉꽉 소리를 질렀다.

"그렇다면 사람들이 항상 회의적이거나 모든 것을 의심해야만 하니?"

"그래. 내가 항상 그렇게 말해왔잖아!"

"항상 그렇다는 말이지?"

"물론이야!"

"사람은 항상 모든 것을 의심해야만 한다고?"

"그래, 하나도 빠짐없이 모든 것을 의심해야지!"

개구리가 대답했다.

"그렇다면 너도 너 자신의 이론에 대해서 회의적이 되어야만 하잖아."

플라토니쿠스-칸티쿠스가 의기양양하게 말했다.

"항상 모든 것을 의심해야만 한다는 것도 의심해야만 하잖아."

개구리는 끙끙 신음 소리를 내며 천천히 기어서 사라졌다. 난쟁이가 어둠 속으로 사라지는 것을 보면서 칼레가 웃으면서 말했다.

"정말 통쾌해!"

난쟁이가 그 말을 잘 이해했을까? 얼마 지난 후에 그들은 개구리가 밤의 어둠 속에서 괴로워하며 꽉꽉대는 소리를 확실하게 들을 수 있었다.

"내가 모든 것에 대해 회의적이라고 한다면, 나는 내 자신에 대해서도 회의적이 되어야만 한다. 내가 어떤 것에 대해서 판단을 할 수 없다고 말한다면, 그것 자체도 이미 판단이야. 모든 것이 의심되어야만 한다면, 그렇다면 그러한 것에 따라 그 이론 역시 의심이 되어야만 한다. 다시 한번 반복해볼까. 내가 모든 것에 대해서 회의적이라 한다면…….”

드디어 목소리를 들을 수 없을 정도로 개구리는 멀리 떠나갔다. 칼레가 안도의 숨을 내쉬며 말했다.

"이야, 대단해! 우리를 속일 뻔했잖아."

"정말로 핵심을 잘 파악했고 대가처럼 논증했어."

메타피지카가 플라토니쿠스-칸티쿠스를 칭찬했다.

"뭐. 운이 좋았던 거지."

플라토니쿠스-칸티쿠스가 겸손하게 말했다. 그는 큰 문제를 해결했다는 느낌이 들었다.

"그 자가 회의주의의 난쟁이라는 걸 언제부터 알았어?"

칼레가 물었다.

"처음에는 알지 못했어. 그렇지만 그가 인식의 산에 오르지 말도록 충고할 때부터 짐작이 들다가 그가 참된 인식의 가능성을 부인했을 때 확실하게 알게 되었지."

그때 갑자기 부드럽고도 목쉰 음성이 들려왔다.

"어쨌든 대단한 일을 했어!"

그 음성에 놀라 그들은 서로를 부둥켜안았다. 칼레가 소리쳤다.

"거기 누가 말하는 거야?"

"동반자의 목소리를 그렇게 빨리 잊어버리고서도 좋은 친구라고 할 수 있겠어!"

그들 머리 위에서 쉰 목소리가 구슬프게 말했다.

"코기니툼!"

메타피지카가 환호했고, 횃불을 손에 들었다.

"어디에 있니?"

"나, 이 위에 있어."

코기니툼이 어둠 속에서 대답했다.

메타피지카가 횃불을 들고 모닥불 주변을 살폈다.

"여기, 여기 나무 위라니까!"

코기니툼이 신음 소리를 냈다.

그들이 코기니툼을 발견하기까지는 얼마 걸리지 않았다. 그들이 잃어버려 애타게 찾고 있던 지팡이 코기니툼은 높다란 나뭇가지에 걸려 있었다.

"어떻게 그 꼭대기까지 올라간 거야?"

플라토니쿠스-칸티쿠스가 궁금해했다.

코기니툼이 대답했다.

"어리석은 질문은 하지 마! 마녀가 회오리바람으로 나를 이 위에 올려놓은 거야."

"잠깐 기다려, 내가 너를 내려놓아줄게."

메타피지카가 말했다. 그녀는 칼레에게 횃불을 들고 있으라고 한 다음 고양이처럼 나무 위로 기어 올라갔다. 그녀가 소리쳤다.

"불 좀 잘 비춰줘!"

나무를 타고 올라가는 공주에게 불빛을 비추어주면서 칼레가 속삭였다.

"여자애가 겁도 없이 나무 위로 올라가다니 대단해. 정말 용감해. 나 같으면 밤중에 저렇게 커다란 나무 위로 올라가지 않을 거야."

메타피지카가 코기니툼과 함께 되돌아왔을 때, 플라토니쿠스-칸티쿠스는 용감과 용기가 어떻게 다른지에 대해 생각을 하고 있었다. 그들은 다시 모닥불로 돌아가서 앉았다. 코기니툼을 위한 자리도 마련되었다.

"마녀가 나를 알아보고는 나를 회오리바람 꼭대기로 올려버렸지."

코기니툼이 말했다.

플라토니쿠스-칸티쿠스가 말했다.

"우리가 너를 얼마나 오래 찾았는데. 너를 다시는 못 만나게 될까 봐 얼마나 걱정했는지 몰라."

지팡이가 웃으며 말했다.

"나 역시 절망했어. 그렇지만 너희들이 갑자기 이쪽으로 오더니 내 바로 아래에 쉴 곳을 정하더라고. 처음에 나는 매우 기뻤지. 그렇지만 너희들과 함께 있는 사람을 보고 경악하지 않을 수 없었어."

칼레가 궁금한 듯 물었다.

"난쟁이인 줄 알았으면서도 왜 우리에게 조심하라는 말을 하지 않았니?"

"할 수 있는 만큼 너희를 불렀어. 그렇지만 너희 가운데 아무도 내 소리를 듣지 못했어."

코기니툼이 설명했다.

"이제야 너희들이 내 목소리를 들은 거야."

"그렇지만 조심하라는 말은 더 이상 필요가 없었어."

메타피지카가 힘주어 말하면서 플라토니쿠스-칸티쿠스를 쳐다보았다.

한참 동안 그들은 모닥불 주변에 앉아 있었다. 그리고 혼돈의 마녀의 폭풍이 어땠는지, 회의주의의 난쟁이 때문에 어떤 일이 있었는지 이야기를 나누었다. 침낭에 몸을 누인 첫 번째 사람은 플라토니쿠스-칸티쿠스였다. 개구리와의 논쟁이 그를 피곤하게 만들었다. 그리고 그를 바라보는 공주의 시선이 그를 부끄럽게 만들었다.

'사람이 한편으로 행복을 느끼면서 동시에 어떤 것에 대해 부끄러워한다는 것은 이상한 일이야. 아마도 내가 행복하기 때문에 부끄러운 것인가.'

메타피지카, 칼레 그리고 코기니툼은 한참을 더 불가에 앉아 있었다. 결국 칼레가 대화를 끝냈다.

"이제 그만 자자."

그가 하품을 하며 말했다.

"내일은 긴 여정이 시작될 거야. 우리 앞에 인식의 산이 있으니까."

5장　동굴

― 산 파 술 과　공 통 의　불 씨

다음 날 아침 그들은 상쾌한 기분으로 출발했다. 그들은 한 사람도 낙오되지 않고 감성의 사바나에서 있었던 위험들을 잘 극복해냈다. 그들은 서로 용기를 북돋워가며 새로운 모험을 향해 앞으로 나아갔다.

처음에 그들은 무작정 앞으로 나아가기만 했다. 그들은 첫 번째 산맥에 도착하고 난 다음에야 어디로 가야 할지를 생각하기 시작했다.

코기니툼이 말했다.

"피타고라스의 암벽부터 오르는 게 어떨까? 그 암벽은 인식의 산맥 중 최고봉에 속하니까 그곳에 올라가면 모든 것을 볼 수 있을 거야."

칼레가 말했다.

"좋은 생각이야. 그 암벽까지는 얼마나 걸리지?"

코기니툼이 대답했다.

"내 생각에 오늘 저녁에는 그곳에 도착할 수 있을 거야. 저쪽을 봐. 이집트 피라미드처럼 생긴 화강암 덩어리가 바로 그 암벽이야."

메타피지카가 자신의 견해를 말했다.

"모습이 황량한 게 별로 정이 안 가는데."

코기니툼이 진정시켰다.

"그 모습에 속지 마. 멀리서 보면 암벽이 정나미가 떨어질 거야. 그러나 가까이 가보면 훨씬 더 흥미롭지."

그들은 하루 종일 산을 향해 걸었다. 드디어 그들은 암벽에 도착했고, 힘들게 암벽을 오르기 시작했다. 그렇지만 길은 점점 더 험준해졌다. 처음에 그들은 "한 번에 한 번씩"이라고 이름 붙은 좁은 길을 이용했다. 그 다음에는 모든 방향에서 나무뿌리가 길을 막고 있어 올라가기가 무척이나 힘든 대수[1]의 계단을 지나갔다.

다행히 그들은 저녁이 가까워질 무렵 정상에 도달했고, 암벽 옆에 돌출해 있던 평평한 암반을 발견했다.

그 지역은 안전하게 야영을 할 수 있는 훌륭한 장소였다. 그곳에서는 눈 아래로 광활하게 펼쳐져 있는 풍경을 볼 수 있었다. 플라토니쿠스-칸티쿠스와 메타피지카는 암반의 끝으로 가서 지평선을 바라보았다. 칼레는 곧바로 야영 준비를 했다.

코기니툼이 그에게 물었다.

"너는 전망을 즐기고 싶지 않니?"

칼레가 대답했다.

"내일 볼 거야!"

"그렇지만 내일은 오늘과 똑같은 전망을 볼 수 없을 텐데."

"해가 뜨고 지는 것이 똑같지 뭘 그래."

코기니툼이 반박했다.

"똑같지 않아, 그것은 전혀 같지 않다고!"

칼레가 으르렁거렸다.

---

[1] 대수학.

"멍청한 스승 같으니라고!"

코기니툼이 대꾸했다.

"이렇게 아름다운 순간을 즐길 여유가 없다니 정말 유감스럽구나."

칼레가 웃으면서 머리로 한쪽을 가리켰다. 플라토니쿠스-칸티쿠스와 메타피지카가 일몰을 바라보고 있었다.

"저 두 마리 비둘기처럼 나 보고 세상 물정 모르는 낭만주의자가 되라고? 이제 한 번쯤은 현실적으로 따져봐야지. 예를 들어서 지금 내가 프라이팬에 콩을 볶지 않으면 우리의 굶주린 배를 누가 채워줄 수 있겠어?"

코기니툼이 말했다.

"네가 하는 일을 비난하는 게 아니야. 오히려 반대로 네가 하는 일은 대단히 중요해. 그러나 우리가 체험하는 모든 것은 두 번 존재하지 않는 유일한 것이라는 것을 알았으면 해서 하는 소리야."

"엄마처럼 잔소리하지 마! 나에게는 오늘도 내일도 산맥은 똑같을 뿐이야."

"그 점에 대해서 나는 다른 견해를 가지고 있어. 우리가 체험하는 모든 것은 항상 끊임없이 변화하고 있어. 모든 것은 흐른다고."

"그렇다면 내일 저 산맥이 변해서 없어진다는 거야?"

"그건 물론 아니지. 그렇지만 너는 내일 저 산맥을 오늘과 다르게 느낄 거야. 네가 잠을 잘 못 자서 아주 나쁜 기분으로 아침에 깰 수도 있어. 그때 풍경을 보면 너는 풍경의 아름다움을 전혀 인정하려 들지 않을걸. 산맥은 아침이 될 때까지 계속 변화할 거야. 비가 암벽들을 씻어 내려 내일은 오늘과 달리 모든 것이 완전히 다른 빛을 발할 수 있어. 내가 모든 것은 흐른다고 했을 때 말하려고 했던 것은 바로 이거야. 우리가 그 속에 들어가 목욕하고 싶은 강물처럼 만물은 흐르는 거야. 물론 강물은 내일도 존재할 거야. 그러나 강물은 흘러가지. 우리는 같은 강물에 결코 두 번 들어갈 수 없어."

칼레가 말했다.

"너는 꼭 예전에 나를 가르치셨던 헤라클리에트 부인[2]처럼 말하는구나."

분명히 칼레는 이 말로 코기니툼을 괴롭히고자 했다. 왜냐하면 아무도 그 여선생님과 비교되는 것을 좋아하지 않았기 때문이었다.

얼마 지난 후 칼레는 자리에서 일어나서 우연히 그런 것처럼 암반의 가장자리로 걸어갔다. 거기서 그는 가능한 한 지루한 인상을 짓느라 애를 썼다.

"카르페 디엠! Carpe diem!"[3]

코기니툼이 웃으면서 뒤에서 외쳤다.

칼레는 자신이 일어선 것에 대해서 결코 후회하지 않았다. 풍경은 다시없는 장관이었다. 마지막 햇살이 세상을 붉은 빛으로 물들이고 있었다. 멀리서 감성의 사바나가 부분부분 보였다. 끝없는 초원이었다. 다른 방향으로 눈에 덮인 엄청난 산들 가운데 강과 바다가 보이는 듯했다. 물은 일렁거리며 햇빛을 먼 곳까지 튕겨내고 있었다.

'대단해. 빛은 필로조피카에서 아주 특별한 역할을 하는군.'

칼레는 그렇게 생각했다.

한 시간 뒤에 그들은 모닥불에 둘러앉아 그 사이에 다 익은 콩 수프를 먹었다.

---

2) 그녀는 그리스 철학자 헤라클레이토스Heracleitos(에페소스 BC 540?~480?)의 부인으로 여겨지지만 믿을 수는 없다. 헤라클레이토스의 자연 인식에 따르면 세계는 항상 변화의 흐름 속에 있다.

3) 라틴어로 남은 날을 이용하고 즐기라는 뜻. 어느 순간에고 삶을 즐기고 이용하라는 이 철저한 철학적 요구는 로마 시인 호라티우스Horatius(베노시우스 BC 65~8)의 송시에 근거한다.

"이름이 왜 피타고라스의 암벽이지?"

플라토니쿠스-칸티쿠스가 코기니툼에게 물었다.

"피타고라스[4]라는 이름의 사나이가 자신이 영원한 인식이라고 생각하는 두 개의 기호를 여기 암벽에다가 새겨놓았기 때문이지."

"어디에 새겨놓았는데?"

"그 자리에서 바로 뒤를 돌아선 다음 위를 봐!"

그들은 그들 뒤에 솟아 있는 매끈한 암벽을 바라보았다. 어슴푸레한 불빛 속에서 그들은 암벽에 새겨진 원과 삼각형을 보고는 대단히 실망하고 말았다.

플라토니쿠스-칸티쿠스가 소리쳤다.

"하나의 원과 하나의 삼각형! 이게 뭐야?"

코기니툼이 흥분해서 말했다.

"나는 대단하다는 생각이 드는데!"

메타피지카가 의아해했다.

"그게 정말 중요한 인식이란 말이야? 그게 뭔지는 어린아이들도 다 알잖아."

코기니툼이 웃었다.

"바로 그게 요점이야! 모든 사람은 원과 삼각형을 인식하지."

공주가 물었다.

"저게 그렇게 특별한 거야?"

지팡이가 확신에 차서 말했다.

"그럼!"

"그러면 설명을 해줘."

---

[4] 동일한 이름을 가진 사람 중에 그리스의 수학자이자 천문학자이며 철학자인 사람 (사모스 BC 570~496)이 있었다.

플라토니쿠스-칸티쿠스가 부탁했다.

코기니툼이 설명하기 시작했다.

"나는 모든 사람이 원을 원으로서 그리고 삼각형을 삼각형으로서 인식하는 것이 놀라워. 다른 사물들을 인식할 때는 종종 그렇지 않거든. 감성의 사바나에서 거대한 풀들 틈에서 함께 자라난 조그만 나무를 아직도 기억하니?"

메타피지카가 대답했다.

"물론이지. 무엇이 나무인지 풀인지 구분하기가 매우 어려웠잖아."

코기니툼이 말했다.

"내가 의미하는 게 바로 그거야. 우리 모두는 원을 원으로서 인식하지. 나무를 인식할 때는 종종 그렇지 않아. 어떤 사람은 그것을 나무라고 하고, 다른 사람은 커다란 갈대라고 하기도 하고, 관목이라고 부르기도 하지. 언제 나무가 나무인지 아니면 그저 관목인지 말하기가 매우 어렵지."

칼레가 자기의 생각을 말했다.

"맞는 말이야! 나무만 그런 게 아니야. 산도 동일한 문제를 갖고 있어. 두 사람이 높이 솟아 있는 대상 앞에 서 있다면, 한 사람은 그것을 산이라고 할 것이고 다른 한 사람은 언덕이라고 할 수도 있겠지."

메타피지카가 이어서 말했다.

"그리고 두 사람이 흐르는 물을 본다면, 한 사람은 그것을 시냇물이라 하고 다른 사람은 강물이라고 하겠지!"

코기니툼이 칭찬했다.

"어떤 것이 문제인지 정말 잘 아는데! 원과 삼각형에 있어 특별한 것은 거기에는 그러한 오해가 없다는 거야. 우리가 삼각형을 보면 우리 모두는 이렇게 말하지. '그것은 삼각형이야.' 그리고 내가 너희에게 삼각형을 설명할 때도 나는 우리 모두가 동일한 대상을 생각하고 있다고 확신해. 그러나 내가 시냇물을 이야기하면, 너희들은 그 시냇물을 강으로 생각할 수도 있어."

칼레가 반론을 제기했다.

"그렇지만 우리는 의견을 일치시킴으로써 그러한 오해를 피할 수 있잖아. 예를 들어 줄기가 어느 정도 굵어지게 되면 나무라고 하고, 물줄기가 몇 미터가 되면 강이라고 하자고 서로 이해를 일치시키면 되는 것 아냐?"

"맞았어. 그렇지만 원은 그러한 합의를 필요로 하지 않다는 점이 위대하지!"

메타피지카가 물었다.

"도대체 나무를 나무로 만들고, 강을 강으로 만드는 것이 뭐지? 사람들이 나무에게서만 찾을 수 있는 어떤 것이 나무 속에 있든지 나무 자체에 있는 것이 틀림없어."

플라토니쿠스-칸티쿠스가 물었다.

"나무의 본질 같은 것을 말하는 거야?"

공주가 대답했다.

"그래. 나무의 나무다움 또는 나무를 나무답게 만드는 전형적인 어떤 것이 나무의 본질이지."

"피타고라스가 너희의 대화를 들었다면 매우 기뻐했을 거야."

그들의 대화에 코기니툼이 끼어들었다.

"그는 사물 속에는 그 사물의 존재를 규정해주는 어떤 것이 있다고 보았지."

갑자기 메타피지카가 소리쳤다.

"알았다!"

플라토니쿠스-칸티쿠스와 칼레가 기대에 차서 그녀를 바라보았다.

"우리가 원과 삼각형을 볼 때, 우리는 원과 삼각형의 본질을 아주 정확하게 규정해주고 있는 것을 알고 있어. 그것은 수학적 법칙이야. 원 또는 삼각형에 대해 말하는 사람은 이렇게 규정된 수학적 법칙들에 따른 형식을 말하는 거야. 그러므로 원에 있어서는 법칙이 중요해. 이 법칙에 따르면 원은 중심점으로부터 같은 거리에 있는 점들의 궤적이야."

"정확해! 삼각형의 법칙은 각의 합이 180도가 되어야만 해."

칼레가 그렇게 말하면서 휘익 하고 휘파람을 불었다.

메타피지카가 흥분해서 말했다.

"훌륭해. 피타고라스가 옳다면, 그리고 우리가 수학적 공식으로 옮겨 놓을 수만 있다면, 우리가 사물의 본질을 올바르게 인식할 수 있는 것은 확실해."

그들은 만족스럽게 대화를 끝내고 아무 말 없이 나머지 콩수프를 맛있게 먹었다.

플라토니쿠스-칸티쿠스는 계속 생각에 잠겨 있었다. 그의 어머니가 이런 대화를 들었다면 확실히 만족스러워했을 것이다. 그러나 그는 근본적으로 비판적인 성향을 가지고 있었다. 그것은 아버지에게서 물려받은 것이었다.

"우리가 수학적 공식으로 옮겨놓았다고 해서 정말로 어떤 것을 올바르게 인식했다고 확신할 수 있는 것일까?"

"왜 확신할 수 없어?"

메타피지카가 물었고 그를 향해서 미소를 지었다.

"우리가 시간과 공간에 대해서 배웠던 것을 기억해봐. 아마 우리가 삼각형이라 부르는 것은 시간과 공간에 있는 걸 거야."

"넌 꼭 회의주의의 난쟁이처럼 말하는구나."

메타피지카가 그렇게 말하고 웃었다.

"네 자신이 말했던 것을 기억해봐! 사물은 어쩌면 시간과 공간에 있는 것이 아닐 수도 있어. 그리고 어쩌면 그것은 삼각형의 법칙을 따르지 않을지도 몰라. 그렇지만 우리가 그 사물로부터 얻게 되는 현상은 이 법칙을 따르지."

"이 모든 것이 우리를 속이는 것이라면 어떻게 되는 거야? 자신의 기쁨을 위해 우리를 장난감처럼 가지고 노는 아주 사악한 신이 있을 수도 있잖아."

코기니툼이 말했다.

"그것은 회의주의자 르네가 했던 생각이야. 그렇지만 그가 그에 대한 해결책을 발견했던 것은 너도 알잖아? 한 가지는 분명해. '너는 생각한다, 그러므로 너는 존재한다!' 이것만은 결코 사악한 신에 의해 기만당할 수 없지."

플라토니쿠스-칸티쿠스가 동의했다.

"맞아. 내가 존재한다는 것은 확실해. 그러나 내 인식이 확실하지 않은 것은 틀림없어. 어쩌면 수학 법칙 같은 것은 없을지도 몰라. 어쩌면 모든 것은 단순히 인간이 생각해낸 상상에 불과할지도 몰라."

메타피지카가 말했다.

"네가 명석하고도 판명하게 생각한다면 그렇지 않아. 네가 존재한다는 것이 확실하다면, 네가 의식을 하는 존재라는 사실이 분명할 거야. 그리고 너는 네가 존재한다는 가장 확실한 사실로부터 너의 사유를 통해서 모든 것을 연역해가면 모든 것 또한 확실히 존재하게 되는 거야."

코기니툼이 보충했다.

"이 밖에도 신은 기만자가 아니라고 르네는 확신하고 있어. 르네는 신이 기만자로서 생각될 수 없다는 것을 발견해냈지."

오늘 나눈 대화는 플라토니쿠스-칸티쿠스가 소화하기에 너무 벅찼다. 그는 회의주의의 난쟁이와 나누었던 대화를 기억했다. 분명하게 나타나는 모든 것이 그에게만 가면 다시 뒤죽박죽이 되어버렸었다. 그는 몸을 뒤로 기대고 어둠을 응시하면서 자기 전에 모든 것을 한 번 더 깊게 생각해보기로 결심했다.

그동안 메타피지카와 칼레는 인간의 역사가 수학 법칙에 따라 진행될 것인지 아닌지 하는 물음을 두고 열띤 논쟁을 벌이고 있었다.

갑자기 플라토니쿠스-칸티쿠스가 소리를 질렀다.

"좀 조용히 해봐!"

그는 어둠 속에서 무엇인가를 발견했다. 계곡 아래에서 불빛이 보였다.

"저 아래에 동굴[5]이 있어. 동굴 안에서 불이 타오르고 있잖아."

"아, 동굴은 안 돼!"

코기니툼이 신음 소리를 냈다.

"왜 안 돼? 동굴이 어때서?"

메타피지카가 궁금해했다.

지팡이가 한숨을 쉬었다.

"아무것도 아니야. 너희들이 그 동굴을 발견하지 않았으면 했는데."

"말해봐!"

메타피지카, 칼레, 플라토니쿠스-칸티쿠스가 한목소리로 말했다.

"동굴은 아주 위험한 곳이야. 거기에는 사람들이 포로로 잡혀 있어. 필로조피카를 여행하던 많은 사람들이 포로들을 항상 새로운 방법으로 해방시키려고 시도하곤 했었지. 나는 그곳을 너희들이 그냥 지나쳤으면 했어."

플라토니쿠스-칸티쿠스가 물었다.

"아버지하고도 저 아래에 가보았니?"

"물론이지. 너의 아버지는 바로 열정적인 해방자였지."

---

[5] 플라톤이 이 동굴 이야기를 썼는지 아니면 그가 영감을 받았을 정도로 이 이야기가 오래전부터 전해 내려오는 것인지 아는 사람은 없다. 실제로 이 이야기는 플라톤의 작품 『국가』에 나오는 동굴의 비유에 등장하는데, 여기에서는 그와 유사하게 꾸며 보았다.(『국가』, 7권, 514a~517b)

"그러면 엄마는?"

"사람들이 너의 엄마가 그 동굴을 고안했다고 말할 정도로 너의 엄마는 그 동굴을 잘 알고 있어."

세 사람은 잠이 확 달아나는 것을 느꼈다.

"동굴이라고!"

칼레가 놀라며 말했다.

"불!"

메타피지카가 소리쳤다.

"포로들!"

플라토니쿠스-칸티쿠스가 흥분해서 소리쳤다.

코기니툼은 그날 저녁에 세 사람이 다른 생각을 하도록 여러 번 시도했지만 허사였다. 그는 케팔로스라는 사람의 집에서 있었던 향연에 대해서 되풀이해서 말했지만 그러한 노력은 수포로 돌아갔다. 다음 날 동굴로 가겠다는 세 사람의 결심을 코기니툼은 꺾을 수가 없었다. 그들은 밤늦게까지 계획을 짰다. 결국 그들은 우선 그 지역을 정밀하게 탐사하고 난 다음에 포로들을 해방시키기로 결정했다.

코기니툼은 아무 말도 하지 않았다. 다만 그는 간간이 불만을 내비칠 뿐이었다. 여명이 비쳐오기 시작할 무렵에서야 그들은 포로와 동굴에 대한 여러 생각들을 접어두고 잠들 수 있었다. 칼레만이 홀로 깨어 있었다. 메타피지카와 플라토니쿠스-칸티쿠스가 깊이 잠든 것을 바라보다가 그는 코기니툼 쪽으로 기어갔다.

"어이, 자니?"

그가 지팡이를 두드렸다.

"안 자. 가끔 정신이 없을 뿐이지."

코기니툼이 속삭였다.

"너는 그 수학 법칙이 확고하고도 확실한 인식을 나타낸다고 생각하지?"

칼레가 물었다.

"대체적으로 그래."

코기니툼이 대답했다.

"수학 법칙이 확실하다면 그것은 변화하지 않는 것이겠지?"

"그래."

"그렇다면 모든 것은 흐른다고 했던 너의 주장을 다시 한번 고려해야만 하지 않을까?"

칼레는 그렇게 말하고 자신의 침낭 속으로 기어 들어갔다.

코기니툼은 화가 나서 씩씩댔다. 모든 것은 흐른다는 주장은 인간의 지각들에만 관련해서 한 주장이고 참다운 인식은 그러한 주장에 해당되지 않는다는 것을 코기니툼은 칼레에게 설명하려고 했었다. 그러나 칼레는 깊이 잠든 척했고, 화가 나 어쩔 줄 몰라하는 코기니툼의 모습을 떠올리며 몰래 혼자 킬킬댔다.

다음 날 아침 일찍 그들은 동굴로 향했다. 그들은 해가 뜨기 전에 일어나서 계곡을 내려갔다. 그 순간 플라토니쿠스-칸티쿠스는 새로운 인식에 도달하기 위해 아래로 내려가는 것은 모순이 아닌가 하는 물음을 가졌다. 칼레는 친구들과 다른 길로 내려갔다. 친구들과 떨어진 그는 무성한 수풀 뒤에서 거대한 목마를 발견했다. 그렇지만 그는 그 목마를 조사하지 않고 친구들에게 돌아왔다. 필로조피카에서도 모든 것을 정확하게 관찰할 수는 없었다.

이제 그들은 동굴의 입구까지 왔고 이슬에 젖은 풀숲에 몸을 숨겼다. 그들 앞에 있는 동굴의 입구는 깜깜한 구멍처럼 커다랗게 입을 벌리고 있었다. 가물가물 타오르는 불빛이 동굴의 내부에서는 항상 불이 타오른다는 것을 그들에게 알려주고 있었다.

메타피지카가 속삭였다.

"거대한 불길이 있는 게 틀림없어."

칼레가 말했다.

"헤로 폰 도트 기사가 있었으면 좋았을걸. 그는 위험과 투쟁이라면 항상 앞장서잖아. 그가 여기에 있었다면 곧바로 동굴로 돌격했을 거야. 동굴로 들어가는 데 용기가 필요할까?"

메타피지카가 대답했다.

"너한테 용기를 내라고 말하는 사람은 없어. 그냥 용감하게 굴어봐."

그녀는 자리에서 일어나더니 허리를 구부리고 동굴 입구로 뛰어갔다. 플라토니쿠스-칸티쿠스는 아무 말 없이 그녀의 뒤를 따랐다. 칼레는 불안하게 그들을 쳐다보고 있었다. 그러다가 그는 공주의 목소리를 흉내내서, "용감하게 굴어봐"라고 말하고는 친구들의 뒤를 따랐다. 축축하고 차가운 동굴 벽에 바짝 붙어서 두 사람은 칼레가 오기를 기다렸다. 칼레는 그들 곁에 몸을 숨겼다.

"이제 어떡하지?"

그가 속삭였다.

"이제 불가에서 무슨 일이 일어나고 있는지 살펴보아야지."

플라토니쿠스-칸티쿠스가 소리 죽여 말했다.

불은 멀리 있지 않았다. 불까지는 대략 50미터 정도 떨어져 있었다. 그들은 한 걸음 한 걸음 조심스럽게 앞으로 나아갔고, 바위 뒤편에 몸을 숨겼다.

기묘한 광경이 벌어지고 있었다. 그들은 사슬에 묶인 사람들을 보았다. 그들은 동굴의 벽을 마주 보고 앉아 있었다. 그들은 오랜 시간 동안 그곳에 갇혀 있었던 것처럼 보였다. 사람들의 손과 목에 쇠사슬이 채워져 있었다.

그렇게 묶여 있었기 때문에 사람들은 머리를 뒤로 돌릴 수 없었다. 그들은 오로지 앞쪽에 있는 동굴의 벽만 바라볼 수 있었다. 그들 뒤에서는 엄청난 불이 활활 타오르면서 동굴벽을 환하게 비추고 있었다.

이 광경만으로도 대단히 이상했지만, 이보다 더 흥미로운 광경이 눈에 띄었다.

거대한 불빛과 포로들 사이에는 길이 나 있었다. 포로들 바로 뒤에 있는 이 길을 따라 벽이 늘어서 있다. 이 벽은 인형극을 할 때 필요로 하는 장막과도 같았다. 이 벽 뒤에서 이상한 사람들이 나타나더니 수많은 도구들을 가져와서 벽 위로 내밀었다. 조각들과 여러 가지 모양의 쇠와 나무가 있었다. 그것을 조종하는 몇 사람들은 서로 이야기를 나누었고, 다른 사람들은 침묵했다. 가장 많이 나타나는 것은 말 모양이었다. 불은 이 대상들의 거대한 그림자를 포로들이 바라보고 서 있는 벽에 만들어냈다.

하나의 새로운 그림자가 만들어질 때마다 포로들은 손을 올려 그 그림자를 가리켰고, 그것에 맞는 개념을 외쳤다. 그림자를 처음으로 알아본 사람은 같이 있던 포로들로부터 진심 어린 축하를 받았다. 그러나 대상들을 이용해 그림자를 만드는 사람들은 포로들에 대해 전혀 개의치 않았다. 이 기만적인 놀이가 오랫동안 행해져온 것은 분명했다. 플라토니쿠스-칸티쿠스는 포로들을 당장 풀어주고 싶었지만, 그것은 매우 위험해 보였다. 그들 주위에 커다란 칼과 창, 또는 도끼로 무장한 경비들이 있었기 때문이었다.

플라토니쿠스-칸티쿠스는 너무 놀란 나머지 메타피지카가 불 쪽으로 지나치게 가까이 다가가고 있다는 것을 알아채지 못했다. 그녀는 조심스럽게 불에 가까이 다가가고 있었다. 플라토니쿠스-칸티쿠스는 경비 중 하나가 자기 자리로 되돌아오는 것을 보고는 경악했다. 곧 메타피지카가 들킬 것 같았기 때문이다. 바로 그때 두 손이 메타피지카를 붙잡아 암벽의 그림자로 밀어 넣었다.

"조심해!"

칼레가 메타피지카의 입을 손으로 막으며, "쉿" 하고 말했다.

경비가 아슬아슬하게 바로 그들의 앞을 지나갔다.

플라토니쿠스-칸티쿠스가 그들 쪽으로 기어와서 속삭였다.

"우선 돌아가서 계획을 짜는 게 좋겠어. 이제 나가자."

메타피지카와 칼레가 머리를 끄덕였고 천천히 되돌아가는 플라토니쿠스-칸티쿠스를 따랐다. 그들은 동굴 밖으로 나왔다. 그들은 밝은 햇빛을 볼 수 있었다. 그들은 숲으로 몸을 숨긴 다음 이야기를 나누었다. 메타피지카가 칼레에게 고맙다는 인사를 했다.

"나를 도와주러 온 것은 매우 용기 있는 행동이었어."

"이제 내가 용감하다는 것을 확실히 알겠지? 나는 겁먹을 필요가 없을 정도로 너무 똑똑하지."

칼레가 그렇게 대답하고 입술을 썰룩댔다.

그들은 그들이 보았던 장면을 정리하고 상의하였다.

칼레가 물었다.

"뭣 때문에 이런 야단법석을 떨었지? 엄청나게 애를 썼지만 아무것도 건진 게 없잖아."

메타피지카가 칼레의 말에 동의하였다.

"그래, 정말 이상해."

플라토니쿠스-칸티쿠스가 신중하게 말했다.

"누군가가 그 동굴 안에서 인간의 인식능력에 대한 끔찍한 실험을 하는 것 같아."

메타피지카가 궁금했다.

"그게 무슨 뜻이야? 이 이상한 포로들이 우리의 인식능력과 관계가 있다는 말이니?"

플라토니쿠스-칸티쿠스가 대답했다.

"그 포로들은 우리와 아주 비슷해! 그 사람들이 불이 동굴 벽에다가 만들어내는 그림자 말고 다른 것을 볼 수 있다고 생각하니?"

메타피지카가 말했다.

"아니, 그들은 그림자만 볼 뿐이야. 평생 고개를 돌리지 못하도록 강요된 상황에서 그들이 어떻게 다른 것을 볼 수 있겠어."

"바로 그거야!"

플라토니쿠스-칸티쿠스가 소리쳤다.

"그림자는 결코 그 그림자를 만들어내는 실제적인 대상과 같지 않지?"

"물론 아니지."

공주가 찬성했다.

"포로들은 그림자를 지적하면서 사물 자체를 이야기한다고 믿고 있는 것은 아닐까?"

플라토니쿠스-칸티쿠스가 메타피지카에게 계속해서 물었다.

공주가 대답했다.

"당연히 그렇게 믿고 있겠지. 그러나 그 대상을 조종하는 몇몇 사람들은 서로 이야기를 하잖아. 포로들이 그들의 음성을 들었을지도 몰라."

"포로들이 항상 그렇게 앉아 있었다면, 그들은 그 음성들이 그림자의 것이라고 생각할 수밖에 없을 거야."

메타피지카가 신중하게 말했다.

"네 말이 옳을지도 몰라. 나도 그렇게 생각했어."

플라토니쿠스-칸티쿠스가 자신의 말을 요약했다.

"우리가 지금까지 한 생각이 옳다면, 포로들은 조종되는 대상의 그림자 이외에 다른 것을 참된 것이라고 여길 수 없을 거야. 그 사람들은 대상들, 그 대상들을 조종하는 사람들, 불 그리고 그것을 지키는 사람들에 대해서 아무것도 알지 못하기 때문에 그림자를 현실로 여기는 거야."

"그렇다면 그 사람들을 해방시켜야만 해!"

공주가 소리쳤다.

"맞아. 우리가 해야만 해!"

플라토니쿠스-칸티쿠스가 찬성했다.

칼레가 물었다.

"우리가 해야 한다고? 인간이 사슬에 묶이는 것을 나는 증오해. 그러나 그 포로들은 자신들의 운명에 만족하고 있는지도 모르잖아."

메타피지카가 말했다.

"네 말에도 일리가 있어. 그 사람들이 정말로 그 밖의 다른 것은 아무 것도 알지 못한다면, 그들은 그림자밖에 알 수가 없지. 우리가 어떠한 대상이 존재하는지 알지도 못하면서 어떻게 그러한 대상을 그리워할 수 있겠어? 그렇기 때문에 그들은 그런 상황에서 고통을 받지 않을 수도 있을 거야."

칼레가 말했다.

"그러나 상황이 더 나아질 수도 있다는 것을 모른 채 그냥 그러한 상황에서 고통을 받고 있는지도 모르지."

메타피지카가 칼레의 말에 동의했다.

"물론 네 말이 옳아. 그 사람들을 그냥 단순하게 해방시켜도 좋은지 나는 확신할 수 없어. 그들이 해방된 뒤 더 불행해지면 어떻게 하지? 아마도 그들은 자신들이 보지 못하는 불로부터 따뜻함을 느끼는지도 몰라. 그리고 그들은 한쪽 면만 바라볼 수밖에 없는 작은 동굴에 살면서 그림자를 사물 자체라고 믿고 싶어하는지도 몰라."

플라토니쿠스-칸티쿠스가 자신의 의견을 말했다.

"물론 네가 지금까지 말한 것도 옳아. 그러나 우리가 잊지 말아야 할 것이 또 있어. 포로들이 자기의 의지에 따라 그곳에 갇히게 된 것은 분명 아니야. 모든 사람은 자신이 어떤 삶을 살 것인지를 스스로 결정해야만 해. 그러나 자유로운 상태에서 무지를 선택한다면 그것은 또 다른 문제지. 모든 인간은 무엇보다 가능한 한 자신을 계발해야 할 의무가 있어."

"진리에 대한 권리 같은 것이 존재한다는 거니?"

칼레가 궁금한 듯 물었다.

"권리이자 아마 의무이겠지."

플라토니쿠스-칸티쿠스가 대답했다.

그들은 사람들을 동굴 또는 무지한 상태로부터 끄집어내는 것이 올바른지에 대해 오랫동안 토론을 했다. 한참 지난 후 그들의 의견은 일치되었다. 그 의견은 다음과 같았다.

모든 인간은 어떠한 경우라도 인식할 능력이 있는 존재다. 어떠한 사람에게도 인식의 가능성을 막아서는 안 된다. 설령 불행하게 될지라도 사람은 자신의 인격을 자신의 뜻에 따라 자유롭게 발전시킬 수 있어야 한다.

그들은 결국 포로들의 해방을 결의했다.

메타피지카가 웃었다

"아주 좋았어. 우리는 영웅이 될지도 몰라."

메타피지카가 계속해서 말했다.

"우리는 우리가 행하려는 것이 옳은지 두 시간이나 토론했어. 그렇지만 우리는 토론을 하면서도 우리의 결심을 행동으로 옮길 수 있는 어렴풋한 희망조차 갖지 못했어."

칼레 막스가 큰 소리로 말했다.

"내가 너희들과 같이 있는 게 다행인 줄 알아라. 거대한 시도에 대한 계획을 짜는 데에는 내가 전문가니까. 우선 우리는 이 해방 작전에 이름을 붙일 필요가 있어."

"꼭 그래야 돼? 우리가 무엇을 하려는지 이미 다 알고 있잖아."

플라토니쿠스-칸티쿠스가 말했다.

칼레가 대답했다.

"그래야 더욱 프로처럼 보이잖아."

오랫동안 듣기만 하던 코기니툼이 마침내 말문을 열었다.

"이름을 붙이는 일은 실제로 필로조피카에서는 흔한 일이야. 많은 여행자들이 그들의 중요한 기획과 발견들에 이름을 붙이곤 했지."

"도와줘서 고마워."

칼레가 계속해서 말했다. 그러면서 선생님이 지휘봉을 휘두르는 것처럼 코기니툼을 휘둘렀다.

"우리의 해방 작전을 '스파르타쿠스 작전'[6]이라고 하면 어때?"

플라토니쿠스-칸티쿠스가 솔직하게 자신의 의견을 말했다.

"그 개념이 뭘 말하는지 잘 이해되지 않아."

칼레가 대답했다.

"상관없어. 나중에 기회가 있을 때 사전을 찾아봐. 지금 이 순간에는 그것이 나의 개인적인 바람이라는 것을 알기만 하면 돼. 제발 나를 좀 기쁘게 해줘!"

플라토니쿠스-칸티쿠스와 메타피지카가 웃음을 참으면서 소리를 질렀다.

"스파르타쿠스 작전 만세!"

칼레는 마치 장군처럼 이리저리 왔다갔다하면서 헤로 폰 도트 기사 흉내를 냈다.

"좋았어! 우리의 작전에는 두 가지 위험이 있다. 첫째, 우리가 포로들을 도와주려고 한다는 것을 그들에게 어떻게 납득시켜야 하는가이다. 둘째, 우리가 경비들을 어떻게 처치해야 하는가이다. 제군은 이에 대해

---

6) 칼레 막스는 스파르타쿠스를 아주 좋아했다. 1917년 독일에서는 로자 룩셈부르크와 칼 리브크네히트에 의해서 사회주의적 스파르타쿠스 연맹이 조직되었다. 이 연맹의 이름은 고대 로마의 노예 반란의 지도자와 관련이 있다.

의견을 말해 달라!"

플라토니쿠스-칸티쿠스가 말했다.

"포로들 문제는 정말로 아주 어려운 문제야. 그들이 우리를 해방자로서 환영하리라는 생각이 들지 않기 때문이야."

"무슨 말이야?"

칼레가 물었다.

"한번 생각해봐. 우리가 그들 중의 한 사람을 해방시켜서 고개를 돌리게 하고, 일어서서 걷게 만들었다고 쳐. 그렇지만 그 사람은 불빛 때문에 완전히 눈이 멀 수도 있을 거야. 그는 아무것도 인식할 수 없을 것이고 아마도 심각한 통증을 느끼게 될걸."

칼레가 자기도 모르게 한숨을 내쉬었다.

"맙소사! 거기까지는 미처 생각하지 못했는걸."

메타피지카가 신중하게 말했다.

"더 심각한 일이 벌어질지도 몰라. 그는 우리가 그에게 보여주는 것이 현실이라고 믿지 않을 거야. 그는 어떤 것도 인식할 수 없어. 그 대신 그는 다시 돌아서서 자신에게 친숙한 그림자 쪽을 향하려고 하겠지. 아마 그는 강력하게 저항할지도 몰라."

칼레가 단호하게 말했다.

"그러면 강제적으로 그를 동굴 밖으로 끌고 나와서 햇빛을 볼 때까지 놓아주지 않으면 어떨까?"

플라토니쿠스-칸티쿠스가 말했다.

"그것은 별로 도움이 안 돼. 태양을 똑바로 쳐다보게 하면 그는 눈이 멀어버리고 말 거야. 그리고 그도 매우 고통스러워할 테고. 그렇게 되면 우리가 참된 것이라고 그에게 보여주려는 것을 그는 알 수 없게 돼."

칼레가 말했다.

"적응하게 해야지. 그렇다면 그가 빛에 익숙해지기 위해 가장 필요한 것은 시간이야. 그런 다음에 그는 현실이라는 것을 혼자서 발견하게 되겠지."

그들은 적응 프로그램을 짜기 시작했다. 해방된 사람들을 밖으로 데리고 나와 우선 그림자를 볼 수 있게 하고, 그런 다음에 물에 반사된 모양을 보여주고, 그 다음에는 사물 자체를 관찰할 수 있게 해주는 프로그램이었다. 그 사람들에게 빛의 원인을 설명해주기 위해 우선 밤에 달을 보여주어 그 사람들이 거기에 익숙해지게 한 다음, 결국 낮에 태양을 보여주려는 계산이었다. 그들은 좋은 생각이라며 함께 기뻐했다.

코기니툼이 한 가지 중요한 전제를 그들에게 환기시켰다. 코기니툼이 말했다.

"내 생각에는 너희들이 중요한 사항 두 가지를 빠뜨린 것 같아. 포로를 어떻게 해방시킬 건데?"

모두 아무 말도 하지 못하고 침묵했다. 한참 후에 플라토니쿠스-칸티쿠스가 큰 소리로 말했다.

"밤에 시도해야 하지 않을까. 어둠 속에서 하는 것이 훨씬 더 안전하니까."

공주가 플라토니쿠스-칸티쿠스에게 말했다.

"동굴 안은 어둡지 않아. 불은 밤에도 타오르잖아. 그리고 경비도 있잖아."

"그렇다면 행운에 맡기고 그냥 쳐들어가는 것은 어때?"

플라토니쿠스-칸티쿠스가 제안했다.

딱하다는 표정으로 친구들이 그를 아무 말 없이 쳐다보았다. 메타피지카가 비난조로 말했다.

"나는 그들이 나를 창으로 찌르게 할 정도로 내 삶에 싫증 나지 않았다구. 그리고 붙잡혀서 벽에 비치는 말 모양의 그림자나 세면서 그렇게 내 인생을 마감하고 싶지도 않단 말이야."

갑자기 칼레가 소리쳤다.

"말! 말이라고! 바로 그거야! 어쩌면 그게 해결책일 수도 있어!"

친구들이 그에게 물었다.

"무슨 말을 하는 거야?"

"너희들은 느끼지 못했어? 뒤에서 조종하는 사람들이 놀랍게도 수많은 말 모양을 만들어내고 있었잖아."

"봤지. 그런데 그게 어째서?"

플라토니쿠스-칸티쿠스가 의아한 듯 물었다.

칼레가 자신의 생각을 말했다.

"아마도 이 사람들은 말과 특별한 관계가 있는 것 같아. 그들은 어쩌면 말을 숭배할지도 몰라."

메타피지카가 물었다.

"그래서?"

"오늘 아침 내가 잠깐 뒤처진 적이 있었지? 그때 목마를 봤어. 그게 도움이 될지도 몰라. 따라와봐!"

이렇게 말하더니 칼레는 훌쩍 자리에서 일어나 달리기 시작했다. 메타피지카와 플라토니쿠스-칸티쿠스가 그의 뒤를 쫓기 힘들 정도였다.

"칼레가 자꾸 이상하게 행동해서 걱정스러워."

플라토니쿠스-칸티쿠스가 헐떡이며 말했다.

"어쩌면 네 말이 맞을지 몰라. 그런데 목마가 어쨌다는 거야?"

메타피지카가 그렇게 대답했다.

드디어 그들은 칼레가 목마를 보았던 장소에 도착했다. 그들은 높게 자란 수풀 뒤에 있는 이상한 목조물을 발견했다. 그것은 마치 냉혈동물처럼 보였고 보통 말보다 두 배는 더 컸다. 그리고 오랫동안 그곳에 방치되어 있던 것 같았다. 친구들은 목마 주변을 돌면서 나무를 두드려보았다. 그러다가 메타피지카가 목마에 새겨진 작은 글씨를 발견했다.

"트로이의 목마의 원형. 모든 권리는 왕립 특허국 이타카에 있음."[7)]
"트로이의 목마? 사전을 찾아보아야 할 일이 또 생겼군."
플라토니쿠스-칸티쿠스가 한숨을 내쉬며 말했다. 그러다가 그는 말의 배 밑에 열려 있던 뚜껑을 발견했다. 그가 외쳤다.
"말에 구멍이 있어!"
칼레가 웃으며 말했다.
"그게 내가 바라던 바야. 그렇지 않으면 아무런 의미가 없을 뻔했어."
메타피지카가 물었다.
"그게 무슨 말이니?"
칼레가 설명하기 시작했다.
"이제 우리가 실행하려는 것은 시인 호메로스의 계략만큼이나 오래된 계략이야. 우리는 이 말을 동굴 앞까지 밀고 가서 말의 뱃속에 숨는 거야. 경비들은 이 말을 선물이라고 생각하고 동굴 안으로 끌고 들어갈 거야. 경비가 잠들었을 때, 우리는 몰래 기어 나와서 포로들을 해방시키고 감쪽같이 사라지는 거지."
말을 마치자 칼레는 뒤쪽으로 가 목마를 밀기 시작했다.
"같이 좀 밀어주면 어디 덧나? 나 혼자 이렇게 고생해야 되겠어?"
메타피지카와 플라토니쿠스-칸티쿠스는 불의의 일격을 당한 것처럼 순간 멍해졌다. 한마디도 반박하지 못하고 그들은 칼레를 도와 목마를 밀고 당겼다. 밤새도록 그들은 그렇게 애를 썼다. 새벽이 찾아왔을 때

[7)] 트로이 및 이타카 섬은 모두 그리스의 시인 호메로스의 이야기 속에서 중요한 역할을 한다. 『일리아드』에서 호메로스는 그리스군의 10년간에 걸친 트로이 공략을 이야기한다. 이러한 공략은 간계를 통해서 도시에 들어감으로써 성공한다. 오디세우스는 거대한 목마를 만들어 그 뱃속에 자신의 동료들과 함께 숨는다. 호메로스의 두 번째 작품 『오디세이아』에는 오디세우스가 이타카 섬에 있는 자신의 왕국으로 돌아오기 전까지 신들이 내린 벌을 받아 오랜 세월 동안 방황하는 과정이 그려지고 있다.

목마는 동굴 앞에 서 있게 되었다. 그들은 목마의 뱃속에 숨었다.

고단했던 탓에 그들은 목마 속에 들어가자마자 금세 잠이 들어버렸다. 그들은 밖에서 들리는 고함 소리에 놀라 잠을 깼다. 경비들이 목마를 발견한 게 분명했다. 뒤이어 다른 사람들의 음성이 들려왔다. 갑자기 목마에 쿵 하는 충격이 전해져왔고, 목마가 움직이기 시작했다. 칼레의 계획이 제대로 실행되는 것처럼 보였다.

"어때, 내 계획이?"

칼레가 의기양양해하며 속삭였다. 그러나 다음 순간 칼레는 머리를 벽에 강하게 부딪쳤고, 메타피지카와 플라토니쿠스-칸티쿠스는 고소해했다. 동굴에 사는 사람들은 분명 이 목마를 동굴로 끌어들이기 위해 엄청난 어려움을 겪었을 것이다.

여러 번의 충격과 둔탁한 부딪힘이 갑자기 조용해진 것으로 보아 목마를 동굴 안으로 들여놓는 데 성공한 것 같았다. 그들은 조심스럽게 바깥의 소리를 엿들었다. 기분이 좋은지 들떠서 왁자지껄하게 떠드는 목소리들이 들려왔다. 잠시 후 음악이 흘러나왔다. 그리고 목마 밖에서 사람들이 웃고 춤추기 시작했다. 시간이 많이 흐르고 나서야 비로소 시끄러운 소리가 잦아들었고, 이제는 가끔씩 외마디 소리만이 들리고 있었다. 그러나 이 소리들도 점차 조용해지고 있었다. 주위가 조용해지자 세 친구는 행동을 개시하기로 했다.

"출발!"

플라토니쿠스-칸티쿠스가 속삭였다.

"두세 사람 이상을 해방시켜서는 안 된다는 것을 기억해. 모든 사람들을 해방시키면 엄청나게 시끄러워질 테니까."

이 말을 한 다음 그는 조심스럽게 뚜껑을 열었다. 그런 다음 아주 천천히 뚜껑을 아래로 내렸다. 소리 없이 목마에서 내려온 그들은 눈앞에 펼쳐진 난장판을 보고 놀랐다. 목마 주변에 술통과 먹다 남은 음식 그리고 옷들이 흐트러져 있었고, 여기저기 사람들이 널브러져 잠들어 있었다. 칼레는 만족스러운 듯 플라토니쿠스-칸티쿠스에게 눈을 깜박였다. 그들은 아주 조용히 포로들에게 다가갈 수 있었다.

모두가 잠든 것 같았다. 단지 약간의 사람들만이 거대한 불이 꺼지지 않도록 열심히 일을 하고 있었다. 그러나 이 사람들은 불길의 반대쪽에 있어서 그들을 볼 수 없었다.

잠들어 있는 포로들에게 눈에 띄지 않게 다가가는 것은 그렇게 어렵지 않았다. 사슬은 별 문제 없이 풀 수 있었다. 쇠사슬의 뒷면에 있는 조그만 쇠못을 밀어 자물쇠를 풀기만 하면 되었다. 플라토니쿠스-칸티쿠스는 포로들 중 한 사람 곁에 무릎을 꿇고 그를 풀어주었다. 메타피지카도 그와 똑같이 했다. 플라토니쿠스-칸티쿠스가 목에 매인 사슬을 풀었을 때, 포로가 깨어났다. 두 개의 맑고 푸른 눈이 혼란스러운 듯 그들을 쳐다보았다. 해방된 포로는 처음에는 아무런 저항도 하지 않았다. 그렇지만 플라토니쿠스-칸티쿠스가 그를 부축해 일으켜 세운 다음 불쪽으로 몸을 돌리게 하자 그는 커다랗게 신음을 내뱉으며 손으로 자신의 얼굴을 가렸다.

그는 손으로 불과 동굴 벽을 교대로 가리켰고, 플라토니쿠스-칸티쿠스는 그를 진정시키기 위해 모든 것을 설명하려고 했다. 그러면서 플라토니쿠스-칸티쿠스는 그를 동굴의 입구로 데려가기 위해 애썼다. 해방된 포로는 심한 충격을 받은 것처럼 보였다. 그리고 플라토니쿠스-칸티쿠스가 염려하던 일이 그대로 벌어졌다. 포로가 저항하다가 급기야 소리를 지르기 시작한 것이다.

플라토니쿠스-칸티쿠스가 다급하게 소리쳤다.

"아, 안 돼. 소리지르면 안 돼. 우리 모두가 위험에 빠진단 말이야."

소용없었다. 그 포로는 있는 힘을 다해 소리를 질렀고, 강력하게 저항했다. 여기저기서 깜짝 놀라 깬 사람들의 목소리가 들렸다. 메타피지카는 자신이 맡은 포로를 사슬에서 해방시키기 위해서 분주하게 움직였다. 그렇지만 이 포로 역시 잠에서 깼을 때 소리치며 저항했다.

소음은 더 이상 들리지 않았다. 동굴의 다른쪽 끝에서 요란하게 경보가 울렸기 때문이다. 얼마 지나지 않아 무장한 경비들이 세 사람을 향해 달려왔다. 플라토니쿠스-칸티쿠스는 포로를 있는 힘을 다해 앞으로 끌고 갔다.

"메타피지카, 그냥 놔두고 빨리 와!"

칼레가 공주에게 말했다. 공주는 자신이 맡은 포로를 사슬에서 풀어주려고 했지만 절망적이었다. 갑자기 그녀가 경비에게 붙잡혀 바닥으로 넘어졌다. 그렇지만 플라토니쿠스-칸티쿠스가 정확하게 날린 돌팔매가 그녀를 경비로부터 구해냈다. 그러나 다른 경비가 칼을 뽑아 들고 플라토니쿠스-칸티쿠스를 향해 달려오고 있었다. 하지만 칼레의 침착함 덕분에 그는 목숨을 구할 수 있었다. 칼레가 빙빙 돌리다가 허공으로 던진 코기니툼이 경비한테 제대로 맞았고, 경비는 바닥에 사지를 뻗고 길게 누운 것이다.

메타피지카가 그들에게로 달려오며 다급하게 소리쳤다.

"어서 가! 여기서 빨리 나가야 해!"

그들은 함께 동굴 밖으로 달려나갔다. 그러는 와중에도 그들은 포로를 앞장세우고 그의 등을 떠밀었다. 화가 머리끝까지 오른 경비들이 무리를 지어 그들 뒤를 바싹 쫓아왔다.

갑자기 칼레가 균형을 잃고 바닥에 넘어졌다. 메타피지카와 플라토니쿠스-칸티쿠스가 놀라서 멈춰 섰다.

플라토니쿠스-칸티쿠스가 소리쳤다.

"칼레야, 빨리 일어나! 붙잡힌단 말이야!"

정말로 맨 앞의 추적자들이 거의 그를 잡을 정도로 가까이 다가와 있었다. 칼레는 경비가 도끼를 머리 위로 치켜든 순간 몸을 움츠리고 신음 소리를 냈다.
"끝이야, 이것은 반혁명이야!"
그러나 그 순간 메타피지카가 칼레를 구했다. 그녀는 용감하게 뒤돌아서더니 바닥에 움츠리고 있던 칼레를 디딤판으로 이용해 뛰어올라서는, 칼레를 내리치기 위해 도끼를 들고 쫓아오는 경비에게 달려들었다. 그러자 경비는 균형을 잃었고 뒤로 넘어지면서 뒤따라오던 자신의 동료들 쪽으로 쓰러졌다.

그녀는 칼레가 다시 일어서도록 도와주면서 숨가쁘게 말했다.
"이제 됐어, 빨리 가자!"
두 사람은 있는 힘을 다해 뛰었다. 얼마 지나지 않아 그들은 플라토니쿠스-칸티쿠스와 포로가 있는 데까지 왔다.

플라토니쿠스-칸티쿠스가 절망적으로 외쳤다.
"나 좀 도와줘! 이 친구를 더 이상 끌고 갈 수가 없어. 바위를 붙잡고 떨어지질 않아."

칼레가 말했다.
"망할 것! 저기 그놈들이 다시 오잖아!"
"이제 그만하면 충분해!"

메타피지카가 욕을 하더니, 신경질적으로 소리를 지르는 포로의 턱을 한 대 쳤다. 포로가 쓰러졌다. 플라토니쿠스-칸티쿠스와 칼레는 그의 팔과 다리를 붙잡고 앞으로 뛰었다. 그들은 함께 출구를 통해 밖으로 나올 수 있었다. 이미 밖에는 동이 트고 있었다. 그들은 서둘러 숲으로 들어갔다. 그때 플라토니쿠스-칸티쿠스 바로 뒤에 있는 나무에 화살이 꽂혔다. 화살을 맞지 않기 위해 조심해야 했다. 그래도 가장 커다란 위험은 지나갔다. 그들은 동굴 밖으로 도망쳐 나온 것이었다.

그들은 뛰고 또 뛰었다. 그들은 아무도 쫓아오지 않을 때까지 젊은 포로를 질질 끌고 갔다. 몇 시간이 지난 다음에야 비로소 그들은 산에 있는 조그만 호숫가에 도착해 쉴 수 있었다.

그들은 그곳에서 몇 주를 아주 평화롭게 보냈다. 메타피지카와 칼레는 산막을 지었고, 플라토니쿠스-칸티쿠스는 고기를 잡을 수 있는 그물을 능숙하게 만들었다. 물론 모두에게 가장 흥미로운 것은 해방된 청년이 어떻게 발전하는가 하는 것이었다. 그는 그들 또래였으며 이제 세계를 자기 스스로 보아야만 하는 과제를 가지고 있었다. 특히 플라토니쿠스-칸티쿠스가 그를 자상하게 돌보아주었다. 플라토니쿠스-칸티쿠스는 포로의 눈이 햇빛에 멀지 않도록 하기 위해 포로를 해방시킨 다음 날 그의 머리를 침낭으로 덮어주었다.

청년이 깨어났을 때, 그는 나지막하게 뭐라고 중얼거렸다. 그렇지만 그는 눈에 침낭을 덮고 있었다. 플라토니쿠스-칸티쿠스는 그의 옆에 앉아 차분하게 말을 걸었다.

"들어봐! 너한테는 모든 것이 분명 어려울 거야. 그러나 시간이 지나면 사람들이 너한테 가짜 세계를 보여주어 속였다는 것과 우리가 그러한 가상의 세계로부터 너를 해방시켰다는 것을 알게 될 거야."

"나는 세상에는 내 옆에 앉아 있던 사람들밖에 없다고 생각했어."

그가 침낭을 뒤집어쓴 채 말했다.

플라토니쿠스-칸티쿠스가 조용하게 대답했다.

"우리는 네가 모든 것을 이해할 수 있도록 도와주려는 거야. 이름이 뭐니?"

그 청년이 중얼거렸다.

"글라우콘.[8] 나에게 무슨 일이 일어났는지 알 수가 없어. 지금 침낭 밑에 있는데도 모든 것이 너무 밝아 눈이 아파. 아주 혼란스러워."

---

[8] 플라톤과 관련이 있다. 글라우콘은 플라톤의 동생이다. 글라우콘은 플라톤의 작품 『국가』에서 소크라테스의 대화 상대자로 나온다.

플라토니쿠스-칸티쿠스는 위로하듯 그의 어깨를 토닥였다. 이날부터 두 사람은 한 마음이 되었고, 한 영혼이 되었다. 플라토니쿠스-칸티쿠스는 글라우콘을 아주 잘 돌보아주었다. 그리고 칼레와 메타피지카도 그들의 새로운 친구를 상냥하게 대해주었다.

그러나 글라우콘은 첫 번째 진전을 스스로 이루었다. 친구들은 바로 그러한 것을 기대했었다. 우선 그는 자신의 주변에 있는 대상의 그림자를 관찰했고, 그런 다음 수면에 나타난 반영들을 발견했다. 이러한 방식으로 그는 자신을 해방시켜준 사람들의 얼굴을 알아볼 수 있었다. 며칠이 지난 후, 그는 사물 자체와 친구들의 모습을 바로 볼 수 있었다.

그렇지만 그가 가진 의혹은 오랫동안 쉽게 극복되지 않았다. 글라우콘은 동굴 밖의 세계가 또한 속임수가 아닌가 하는 물음을 가지고 있었고, 그에 대해 확신을 가지지 못했다.

어느 날 오후 그는 플라토니쿠스-칸티쿠스와 호숫가에 앉아서 낚시를 했다. 글라우콘이 대화를 시작했다.

"나는 아직도 혼란스럽기만 해! 이제는 모든 사물을 잘 인식할 수 있어. 그리고 내가 그 사물들을 관찰할 때, 그 사물들이 내가 동굴 속에서 보았던 그림자보다 훨씬 더 현실적이라는 것이 분명해. 그렇지만 너희들이 올바르다는 것을 내가 어떻게 확신할 수 있을까?"

"그것은 매우 어려운 물음인데."

플라토니쿠스-칸티쿠스는 그렇게 말하고 낚시 바늘에 미끼를 매달았다.

글라우콘이 자신이 겪었던 이야기를 했다.

"이틀 전에도 메타피지카에게 똑같은 질문을 던졌었어. 우리가 산행을 갔던 적이 있었잖아. 그때 고원 목장에서 야생마를 보았지. 그때 나의 감정은 곧바로 나에게 이렇게 속삭였어. 저 말은 틀림없이 진짜 말일 거라고. 그런 다음에 나는 이 살아 있는 말이 그림자를 만든다는 것에 주목했어. 그래서 내가 메타피지카에게 물은 거야. 그림자가 말에 속한 건지 아니면 말이 그림자에 속하는 건지 내가 어떻게 알 수 있느냐고."

"그녀가 뭐라고 했어?"

플라토니쿠스-칸티쿠스는 긴장해서 물어보았다.

"그림자와 대상 사이의 위계 질서를 증명하는 일은 매우 쉬운 일이라는 것을 그녀는 나에게 보여주었어. 대상을 어둠 속에 세워놓으면 그 대상은 그림자를 만들지 못해. 그러나 대상은 계속해서 존재하잖아. 사람들이 모든 측면에서 환영해 마지않는 사물들도 바로 마찬가지지. 그림자는 사라져도 사물은 계속해서 남아 있잖아. 그녀는 사물은 그림자 없이도 존재할 수 있는 것이라는 걸 나에게 보여주었어. 그렇지만 그림자는 사물이 없이는 결코 존재할 수가 없어."

"야, 그건 정말 좋은 설명인데."

플라토니쿠스-칸티쿠스가 칭찬하면서 말했다. 그리고 그는 뒤로 돌아보면서 산막에서 약간 떨어져 햇살을 받으며 앉아 있는 메타피지카에게 윙크를 보냈다.

글라우콘이 다시 물었다.

"그렇지만 그것이 현실적 세계라는 것을 우리가 어떻게 확신할 수 있지? 살아 있는 말이 내가 이전에 보았던 그림자보다 더 현실적인 것은 어째서 그렇지?"

플라토니쿠스-칸티쿠스는 다시 그를 바라보았다. 그러면서 그는 글라우콘에게 그들이 감성의 사바나에서 겪었던 모험담을 이야기해야 하는지 잠시 생각했다. 그는 나중에 말해주기로 했다. 그는 다른 설명을 통해 그의 질문에 대답하기로 작정했다.

"우리 엄마는 그러한 물음을 잘 다루었어."

그는 그렇게 말하면서 낚시줄을 던졌다.

"엄마라면 이렇게 말씀하셨을 거야. 말이 현실성에 더 가깝기 때문에 우리는 말을 더욱 현실적인 것으로 인식한다고."

"그러나 나는 현실성이 무엇인지 모르는데?"

글라우콘이 이의를 제기했다.

"우리 엄마라면 이렇게 말씀하셨을 거야. '너는 참된 것이 무엇인지에 대해서는 알고 있다고. 그것을 너는 망각했을 뿐이라고.' 엄마는 그 이론을 '이데아론'[9]이라고 불렀어."

"이해가 안 돼! 그런 것을 어떻게 생각해볼 수 있겠어?"

"너는 말을 말로서 인식하고 그림자를 그 말의 모사로서 인식하고 있어. 왜냐하면 진짜 말은 말의 이데아에 더욱 가까운 것이거든."

"말의 이데아라고?"

글라우콘이 믿을 수 없다는 듯 따라 말했다.

"그래. 이데아들은 본래적인 진리를 나타내. 너는 사물을 말로서 인식해. 왜냐하면 그 사물은 말의 이념을 나누어 갖고 있기 때문이야."

"그렇다면 그 이데아들은 어디에서 오는 것인데?"

"엄마는 우리가 그 이데아들을 가지고 태어난다고 확신하고 계셔. 그것들은 너의 영혼 안에 있어. 너는 그것을 단지 망각했을 뿐이야. 이데아들은 소위 네 안에 정지 상태로 있지. 그렇지만 네가 이 이데아들과 비슷한 어떤 것을 만나게 되면, 너는 이전에는 알지 못하는 상태에서도

---

9) 플라톤의 이데아론에 있어서 이데아는 개별적 사물들이 한정적으로만 가지고 있는 상위적 성질을 나타낸다. 어떠한 집도 다른 집과 같은 것은 아니다. 그럼에도 불구하고 그 집은 모두 집이다. 왜냐하면 그 집은 집의 이데아에 부분적으로 참여하고 있기 때문이다. 순수한 이데아의 인식은 최상의 그리고 절대적 인식이다. 여러 가지 비유를 통해서 플라톤은 이데아가 인간에게 미지의 것이 아니라고 설명하고자 했다. 일종의 영혼 윤회를 하는 동안 인간의 정신은 영원한 이데아를 만나게 된다. 이 경험은 다시 탄생하면서 망각 속에 빠져버리고, 철학의 도움에 의해서 순수한 이데아의 관조에 대한 기억을 되살리게 된다.

그 이데아들을 다시 알아볼 수 있게 돼."

글라우콘이 집요하게 물었다.

"그렇지만 그러한 이데아들이 어디서 온 건지에 대한 설명은 아직 없잖아. 너의 엄마가 옳다면, 이 이데아들이 어디서 오고 우리가 이 이데아를 어떻게 망각하게 되었는지를 설명해줄 수도 있어야 하잖아."

플라토니쿠스-칸티쿠스가 솔직하게 말했다.

"실제로 엄마의 이론 중 그게 가장 어려운 부분이야. 엄마는 매우 많은 이야기와 신화들을 생각해냈어. 그리고 이 이야기와 신화들을 가지고 우리가 이미 이데아를 보았다는 것을 설명하려고 무진 애를 쓰셨지."

"우리가 이미 영원한 이데아를 본 적이 있다는 말이야?"

글라우콘이 물었다.

"그런 셈이야."

플라토니쿠스-칸티쿠스가 시인했다.

"그런 일이 어떻게 가능한데?"

플라토니쿠스-칸티쿠스가 설명했다.

"예를 들어 영혼 윤회를 통해 그런 말을 할 수 있겠지. 우리가 죽은 다음에 우리는 우리가 산 삶에 따라 처벌을 받거나 보상을 받게 돼. 그때 우리는 영원한 이데아를 바라볼 수 있어. 결국 우리의 영혼은 새로운 육체에 들어가게 되고, 우리는 새롭게 태어나는 거야."

글라우콘이 궁금해서 물었다.

"우리가 이데아들을 기억할 수 없으면 어떻게 되는 거야?"

플라토니쿠스-칸티쿠스가 설명했다.

"그것을 설명하는 걸 잊어버렸네. 엄마는 다시 태어나기 이전의 영혼은 망각의 물을 마셔야만 한다고 말한 적이 있어."

글라우콘이 웃었다.

"아, 그래! 머리 나쁜 사람들은 그 물을 많이 마셨을 것이고, 머리가 좋은 사람들은 아주 조금밖에 마시지 않았을 테지."

플라토니쿠스-칸티쿠스는 약간 못마땅했다.

"그랬을지 몰라. 그러나 내가 믿기에 엄마는 이 이야기를 자신의 이론을 분명하게 하기 위해 이용했을 뿐이야."

글라우콘이 물었다.

"아름다운 것과 정의 같은 것은 어떻게 되는 거야? 이것 또한 이데아들인가? 그것도 알 수 있는 거야?"

플라토니쿠스-칸티쿠스가 확고하게 대답했다.

"정의는 모든 이데아들 중 가장 최상의 것이고 가장 중요한 거야. 그렇기 때문에 정의가 무엇인지를 알고 싶으면 노력을 기울여 정의의 이데아에 한 걸음 한 걸음 다가가야만 해. 그러나 정의를 인식한 사람은 다른 사물들도 인식할 수 있어. 왜냐하면 정의는 태양이 세상의 만물을 비추어주듯이 진리를 밝혀주니까."

"너의 엄마는 이데아를 완전히 다시 아는 일이 가능하다고 생각하셨니?"

"그랬을 거야. 엄마는 종종 말했어. 중요한 것을 인식한 사람은 행복한 상태에 이른다고. 엄마는 이 상태를 행복이라고 불렀어. 인간이 이념을 다시 인식할 때 그러한 상태가 나타난다고 하셨어."

그들은 아무 말 없이 한동안 나란히 앉아 있었다. 그들을 둘러싼 세계는 푹 가라앉은 듯이 고요했다. 호수에서는 물결조차 일지 않았다.

잠시 후 글라우콘이 말했다.

"그런 것이 옳다면, 모든 사람은 이미 이데아를 보았다고 할 수 있네."

"맞아."

플라토니쿠스-칸티쿠스가 대답했다.

"모든 사람이 이전에 정의도 알고 있었던 것일까?"

글라우콘이 물었다.

"그래. 그렇게 생각할 수도 있어."

플라토니쿠스-칸티쿠스가 대답했다.

"나쁜 사람들과 올바르지 않은 사람들은 선이 무엇인지를 망각한 사람들이라고 할 수 있겠구나."

글라우콘이 자신의 생각을 말했다.

"그렇게 생각할 수 있지."

플라토니쿠스-칸티쿠스가 대답했다.

글라우콘이 말했다.

"그러나 정의를 인식한 사람들은 또한 정의롭게 행동하겠지. 왜냐하면 정의는 아름답고 추구할 만한 가치가 있는 것이니까."

플라토니쿠스-칸티쿠스가 대답했다.

"바로 그게 내가 의미하는 거야. 무지한 사람만이 나쁘게 행동해. 선을 아는 사람은 선에 따라 그렇게 행위할 수밖에 없을 거야."

"너의 엄마는 매우 현명하신 분이야."

글라우콘은 그의 엄마를 칭찬했다.

"그 말을 들으면 엄마가 매우 기뻐하실 거야."

플라토니쿠스-칸티쿠스가 웃었다.

"네 생각은 어때? 선생님들도 이러한 이론에 대해 듣고 싶어할까?"

"갑자기 무슨 말을 하는 거니?"

플라토니쿠스-칸티쿠스는 어리둥절해했다.

"내 생각에는 선생님들은 그 이론에 따르면 마치 낚시꾼 같은 거야!"

"뭐?"

글라우콘이 자기의 의견을 말했다.

"그래. 우리는 호수에서 물고기를 잡아 올려서 그 물고기가 물 밖으로 드러나도록 하잖아. 물론 우리는 그 물고기를 호수에 다시 놓아주지는 않지. 선생님들이 하는 일이란 이런 낚시질과 아주 비슷해. 선생님들은 학생들이 가지고 있던 소질을 더 잘 드러나게끔 도와줄 뿐이야. 선생님들은 이데아들을 학생들에게 주입할 수는 없고, 단지 학생들이 스스로 자신의 소질을 드러내 펼칠 수 있도록 도와줄 수 있을 뿐이야."

플라토니쿠스-칸티쿠스는 그의 말을 진지하게 생각했다.

"그럴 수 있어. 그 비유에 따르면, 진리를 추구하는 사람은 산파와 같은 거지. 실제로 나의 조상인 소크라티쿠스가 산파술[10]을 이야기했었지. 산파는 산모가 가진 아기가 태어날 수 있도록 도와줘."

그들은 침묵했고 서로를 보고 웃었다. 그리고 그들은 스스로 만족해했다. 이데아론은 얼마나 놀라운 것인가!

호숫가에서 나눈 대화에 대단히 만족했지만, 글라우콘은 그날부터 깊은 생각에 빠져 지냈다. 그는 그날 이후부터 항상 선생님을 예로 들어서 이야기를 하곤 했다. 글라우콘은 이렇게 주장했다. 선생님은 무엇이 선하고 올바른지 알아야만 하고 그에 따라 행동을 해야만 한다고. 플라토니쿠스-칸티쿠스는 글라우콘이 자신의 어린 동생이나 된 것처럼 세심하게 돌보아주었다. 메타피지카는 글라우콘의 기분이 우울하다는 것을 깨달았다.

칼레가 플라토니쿠스-칸티쿠스와 물에서 신나게 놀던 어느 날, 그녀는 글라우콘과 오랫동안 대화를 나누었다. 그는 어째서 그들이 자신을 해방시켰는지를 알고 싶어했다. 그것 말고도 그들은 오랫동안 책임이라는 주제에 대해 토론했다. 다음 날 글라우콘은 더욱 폐쇄적이 되었다. 그는 친구들과 어울려 수영을 하고 싶어하지도 않았고, 그냥 몸만 씻고 싶다고 이야기할 뿐이었다. 메타피지카는 수영을 하면서 칼레와

---

10) 플라톤의 대화편에서 소크라테스는 자신의 철학함을 되풀이해서 산파술로 나타내곤 하였다. 산파가 아이를 낳는 산모를 돕는 것처럼 철학자도 대화 상대자가 영원한 이데아에 대한 기억을 의식할 수 있도록 하기 위해 노력을 한다.

플라토니쿠스-칸티쿠스와 함께 글라우콘의 문제에 대해 토의할 기회를 찾았다.

그녀가 말했다.

"우리의 친구가 얼마 전부터 많이 우울해하는 것 같지 않니?"

칼레가 투덜거렸다.

"무슨 일이 있었어? 혹시 동굴로 돌아가고 싶어하는 것 아냐?"

플라토니쿠스-칸티쿠스가 화를 냈다.

"그건 확실히 아니야."

칼레가 말했다.

"누가 알아? 글라우콘은 자신이 동굴 벽에 비친 대부분의 그림자를 제일 먼저 발견해서 동굴에 묶여 있던 포로들에게 매우 존경을 받았다고 했잖아."

메타피지카가 분명한 어조로 말했다.

"이제 그는 그런 것에는 관심이 없어. 그는 동굴에서 탈출한 다음부터 동굴의 포로들이 그에게 보냈던 존경심에 대해 가치를 전혀 느끼지 않아."

"그래, 좋아. 그렇다면 그가 원하는 것은 무엇일까? 호수는 정말 아름답고 우리는 충분히 먹고 일도 똑같이 나누어서 하잖아. 나는 이보다 더 좋은 상황은 없다고 생각해!"

칼레가 그렇게 말한 다음 물 속으로 잠수했다.

칼레가 다시 물 밖으로 나오자 플라토니쿠스-칸티쿠스가 말했다.

"너는 한 가지를 잊고 있어. 우리가 우리의 삶을 이렇게 호젓한 호수에서 보내기 위해 필로조피카로 여행 온 것은 아니잖아."

칼레가 동의했다.

"인정해! 얄밉게도 너는 항상 너무나 올바른 것 같아. 혹슬리 왕이 사람들을 착취하는 것을 잊지 말아야 해."

메타피지카가 말했다.

"너희들이 거기까지 생각하고 있다니 정말로 기뻐. 며칠 전부터 너희에게 이제 길을 떠나자고 말하고 싶었거든."

더 이상 토론이 필요 없었다. 그들은 이미 의견이 일치되어 있었다.

"그래. 이제 우리들의 불쌍한 오리 새끼한테 돌아가서 우리가 내일 떠난다고 이야기해줘야지. 여행이 그의 기분을 명랑하게 바꾸어줄지도 몰라."

칼레가 그렇게 말하고 웃었다. 그리고 그는 산막 쪽을 향해 헤엄쳐 갔다. 메타피지카와 플라토니쿠스-칸티쿠스는 천천히 그의 뒤를 따라갔다. 플라토니쿠스-칸티쿠스는 메타피지카 옆에서 수영을 하자니 기분이 매우 좋았다. 메타피지카 역시 지금의 상황이 싫지 않은 것 같았다. 그녀도 천천히 수영을 하고 있는 기색이 역력했기 때문이다.

칼레는 산막에서 그들을 기다리고 있었다.

"드디어 도착했구나! 너희들이 익사한 것 같아서 나 혼자 그냥 가려고 했는데!"

칼레의 놀림을 피하기 위해 플라토니쿠스-칸티쿠스가 물었다.

"글라우콘하고는 이야기해봤니?"

칼레가 웃었다.

"그럼! 기분이 한결 나아진 것 같아."

실제로 글라우콘은 한결 기분이 명랑해진 것 같았다. 그는 수프를 끓인 뒤 이미 몇 가지 물건을 챙겨두었다. 이제 남은 문제는 그들이 어디로 가야만 하는가 하는 것이었다. 그들이 산막 앞에 쪼그려 앉아 수프를 떠먹고 있을 때, 칼레가 말했다.

"내 생각에는 이제 이 산을 떠나도 된다고 생각해. 이곳에 대해 정말로 충분히 많은 경험을 했잖아."

"이 산이 왜 인식의 산이라고 불리는지 알아?"

메타피지카가 코기니툼을 바라보며 물었다.

코기니툼이 말했다.

"이 산에는 동굴의 불만이 아니라 인식의 불도 타오르고 있기 때문이야."

네 명의 친구들이 깜짝 놀라 물었다.

"그것을 왜 지금 말해주는 거야!"

코기니툼이 변명했다.

"누가 묻지 않는 상태에서 말을 하는 것이 나한테는 굉장히 어려운 일이야. 너희들이 나에게 질문을 했어야지."

공주는 궁금했다.

"그 인식의 불이 어디에 있는데?"

코기니툼이 말했다.

"여기서 얼마 떨어져 있지 않아. 호수의 건너편에 있는 산등성이 뒤에 있어."

플라토니쿠스-칸티쿠스가 큰 소리로 말했다.

"우리가 인식의 산을 떠나기 전에 이 불을 조사하고 싶은 사람은 손 들어봐!"

글라우콘이 제일 먼저 손을 들었다. 플라토니쿠스-칸티쿠스와 공주가 그 뒤를 이어 손을 들었다. 칼레는 마지못해 전전히 손을 늘었다. 비밀에 가득 찬 불과 산은 칼레 막스의 관심사가 아니었다. 그들 각자는 남은 시간을 자기 방식대로 보내고, 작은 호수와 이별을 했다. 글라우콘은 처음 이곳에 와서 자신이 인식했던 최초의 나무를 바라보았다. 그리고 그는 호숫가로 가서 물에 비치고 있는 사물들과 생명체의 반영들을 다시 보았다. 그리고 그가 처음으로 냄새를 맡았던 꽃도 꺾었다.

칼레 막스는 또 한 번 호수를 헤엄쳐나갔다. 그는 헤엄을 치면서 이 호수가 얼마나 많은 사람들을 먹여 살렸을지 궁금증을 느꼈다. 물고기들이 떼 지어 있는 것을 보며, 칼레는 더 큰 그물과 더 좋은 보트를 투입했어야 하는 건데 하고 생각했다.

메타피지카 공주는 천천히 산책을 즐겼다. 공주는 이곳의 자연 풍경과 작별 인사를 나누고 싶었다. 그녀는 저녁에 그루터기에 앉아서 물에 발을 담그고 발장난을 치고 있는 플라토니쿠스-칸티쿠스를 보았다.

"슬프니?"

그녀가 물었다.

플라토니쿠스-칸티쿠스가 말했다.

"아니. 이렇게 아름다운 장소를 떠나는 것이 서운할 뿐이야."

공주는 그의 곁에 앉아 그의 어깨에 팔을 얹었다. 그렇게 나란히 앉아 있는 것이 너무나 좋았다. 두 사람은 똑같은 생각을 하고 있었지만, 말하려 하지 않았다. 그들은 거기에 그렇게 앉아서 어둠이 잦아드는 광경을 말없이 지켜보았다. 그런 다음 그들은 손을 잡고 산막으로 갔다.

다음 날 아침 그들은 일찍 일어나서 작은 호수를 떠났다. 그들은 몇 시간을 걸어 계곡의 다른편에 있는 산등성이를 넘은 다음 고원의 평지로 들어갔다. 그곳에서는 모든 것이 황량하기만 했다. 날마다 많은 수고를 해야 가까스로 땔감을 구할 수 있었다.

다시 길을 떠난 지 3일째 되는 날 저녁에 그들은 멀리서 반짝이는 불빛을 발견했다. 그들은 어렵지 않게 이 이상한 불을 볼 수 있었다. 왜냐하면 먹구름이 하늘을 까맣게 뒤덮고 있었기 때문이다. 세상이 암흑처럼 깜깜했다. 그들은 악천후를 피해 빨리 불 쪽으로 가려고 서둘렀다. 그들이 불 쪽으로 가까이 다가가자 화산 같은 것이 보였다.

플라토니쿠스-칸티쿠스가 말했다.

"저 거대한 불을 놓은 사람은 없을 거야."

하늘은 시커먼 먹구름으로 계속 뒤덮여 있었다. 그렇지만 5일째가 되던 날 그들은 주위가 점점 더 환해지는 것을 느꼈다. 그들 주위가 불빛에 의해 점점 더 밝아지고 있었다.

그들의 추측은 옳았다. 거기에는 정말로 화산이 있었다. 깊은 땅 속에서 거대한 화염이 타올랐다. 그럼에도 불구하고 화산임을 알려주는 몇 가지 중요한 징표들이 없었다. 이글거리며 흘러내리는 용암도 없었고, 분화구에서는 뜨거운 돌덩이도 솟구쳐 나오지 않았다. 이 불은 항상 동일한 높이와 크기를 유지하며 타오르고 있었다. 메타피지카가 용감하게 불 쪽으로 접근한 다음 의견을 말했다.

"영원히 타오르는 불꽃 같아."

어떤 노인이 불가에 앉아서 책에 숫자를 재빠르게 써넣고 있는 것을 보고 그들은 매우 놀랐다. 그들이 여러 번 노인에게 인사를 건넸지만, 노인은 아는 체도 하지 않았다.

칼레가 참지 못하고 물었다.

"이것이 인식의 불인가요?"

노인이 잠시 쳐다보았다.

"인식의 불? 그래, 너희들이 바로 그 앞에 서 있잖아!"

플라토니쿠스-칸티쿠스가 계속해서 캐물었다.

"그러면 여기서 우리가 인식에 도달할 수 있나요?"

"어째서 그렇게 묻지? 너희들은 필요한 것을 이미 얻지 않았느냐?"

노인은 말을 마치자 책장 몇 쪽을 뒤로 넘겼다. 그런 다음에 그는 책에 숫자를 써넣는 일에 열중했다.

네 명의 친구들은 그러한 광경을 멍하니 쳐다보았다.

한참 뒤에 칼레가 제안을 했다.

"아마 불을 뚫고 지나가야만 하는지도 몰라. 그러한 방식으로 우리가 인식을 얻을 수 있을지도 모르잖아."

친구들의 따가운 시선이 대답으로 되돌아왔고, 칼레는 침묵할 수밖에 없었다.

"불빛은 그렇게 중요하지 않아."

글라우콘이 자신의 의견을 말했다.

"실제로 불의 주변에서 멀리 떨어져 있다 해도 그 불빛 때문에 우리가 모든 것을 인식할 수는 있겠지. 그렇지만 우리에게 중요한 것은 타오르는 불이고, 우리가 이곳을 떠나도 불은 항상 타오르고 있는 것만은 틀림없어."

"저 노인은 이야기하는 것을 별로 좋아하지 않는 것 같아."

플라토니쿠스-칸티쿠스가 말했다.

"그러나 이 불길이 어째서 인식의 불이라고 하는지 그 이유를 듣기 전에는 떠날 수 없어. 그렇지 않으면 우리가 여기까지 이 먼 길을 걸어서 무엇 때문에 왔겠어?"

칼레가 말을 꺼냈다.

"그렇지만 모두들 필요하다고 해서 그러한 행동을 반드시 해야 한다고 할 수는 없어."

메타피지카가 플라토니쿠스-칸티쿠스를 옹호했다.

"그렇지만 다른 방도가 없잖아."

칼레가 빈정댔다.

"그렇다면 고귀하신 공주 전하는 어떻게 하실 작정입니까?"

공주가 바로 맞받아치며 말했다.

"이 천한 마굿간지기야, 애교가 있잖아, 애교."

그렇게 말하고 그녀는 노인에게로 다가갔다. 그녀는 아주 애교 섞인 목소리로 물었다

"어르신께서는 이 영원한 불꽃을 지키는 분이시지요?"

노인은 중얼거리며 대답했다.

"나는 이 불꽃을 지키는 수위나 다름없지. 인식의 불을 지키는 일은 아주 대단한 책임감을 요구하는 과제야."

노인은 이렇게 말하고 계속해서 무엇인가를 책에 써넣었다.

공주가 계속 애교 섞인 목소리로 말했다.

"노인께서 매우 현명하신 분이라는 것은 확실합니다."

"오, 소녀여!"

노인이 한숨을 쉬었고 잠시 위를 올려다보았다.

"책을 한 권이라도 읽은 사람은 책에 욕심이 생기기 때문에 세계에서 가장 큰 도서관의 수위가 될 수 없지."

"노인께서는 지혜의 불꽃이랑 전혀 상관없다는 말씀이세요?"

"그 이상 물어서는 안 돼. 각자는 자신의 불씨를 가지고 있으니까."

"그 말을 어떻게 이해해야 하나요?"

메타피지카가 다시 물었다.

노인은 가볍게 한숨을 쉬었고 책을 옆에 내려놓았다.

"정말 잠시도 가만히 내버려두지 않는구나. 너희들의 물음에 대답해 주마!"

공주가 활짝 웃었다.

"정말 고맙습니다! 제 이름은 메타피지카이고, 여기 제 친구들은 칼레 막스, 글라우콘 그리고 플라토니쿠스-칸티쿠스예요."

"나는 폴로틴[11]이라고 한단다."

노인은 주름진 얼굴에 미소를 지으며 말했다.

"차를 마시겠니?"

그들은 고개를 끄덕였다. 오랫동안 걸었기 때문에 그들은 심한 갈증을 느끼고 있었다. 폴로틴은 자신의 자리 뒤쪽에 있는 찻주전자를 찾아 그 안에 차 잎을 넣었다. 그런 다음에 그는 몇 초 동안 찻주전자를 불

---

11) 이 인물은 플로티누스Plotinus(205~270)와 관련이 있을 수 있다. 그는 신플라톤주의자로서 플라톤의 사유 과정을 기독교의 세계관과 결합했다.

위에 올려놓았다.

글라우콘이 물었다.

"그 차는 정신을 맑게 해주는 음료수인가요?"

노인이 웃었다.

"아니, 뜨거운 차일 뿐이야. 깊은 생각에 잠겨 있다고 해서 결코 현실적인 감각을 잃어버려서는 안 되니까."

칼레가 주제를 다시 끄집어냈다.

"어째서 이 화산을 인식의 불이라고 하는 겁니까?"

"이 불이 영원한 밝음을 생산하기 때문이야."

폴로틴은 그렇게 설명하고 그에게 차를 따라주었다.

"인식은 빛이 있는 곳에서만 가능한 겁니까?"

플라토니쿠스-칸티쿠스가 물었다.

"그렇단다, 애야."

"그렇다면 빛이 비추지 못하는 곳은 어떤 곳입니까?"

"그곳은 무지無知라고 할 수 있지. 어둠은 빛의 부재를 의미해. 악은 선이 없는 것이지. 그리고 인식은 무지가 추방되는 곳에서 시작되지."

"그렇다면 우리가 우연히 빛을 만나기 전까지는 항상 어둠 속에서 헤매는 셈이네요."

글라우콘이 슬프게 말했다.

"고개를 들게, 젊은이!"

노인이 중얼거렸다.

"그렇지 않다면 내가 여기에 앉아 있을 이유가 없지. 나의 임무는 모든 사람이 각자 조그만 빛을 지니고 가게끔 해주는 것이야."

메타피지카가 말했다.

"램프를 나누어주나요?"

"아마 그런 것과 비슷하다고 말할 수 있을 거야."

폴로틴이 빙긋이 웃었다.

"나의 귀여운 아가씨! 나는 사람들이 자신의 영혼을 위해서 인식의 불에서 얻어간 불씨를 기록해두지."

그는 덮어두었던 두꺼운 책을 가리켰다.

"그게 무슨 말씀이세요?"

"세상에 태어나기 전, 인간의 영혼은 이곳에 와서 인식의 불에서 불씨를 얻어가지."

노인이 깊이 숨을 들이마셨다.

"이렇게 해서 인간의 영혼은 이 인식의 불의 한 부분을 항상 지니고 다니는 거야. 각자는 자신의 작은 불꽃을 가지고 어둠 속에서 빛을 밝히고."

메타피지카와 칼레는 놀라움을 감출 수 없었다. 글라우콘과 플라토니쿠스-칸티쿠스는 서로 흡족한 눈짓을 나누었다. 그들이 호숫가에서 나누었던 대화가 생각났기 때문이다.

한참 지난 후 칼레가 말을 했다.

"불씨는 어떻게 분배가 되나요?"

칼레는 알고 싶었다.

"각자 똑같이 통일된 몫을 받나요, 아니면 몇몇 사람들은 다른 사람들보다 더 많은 불씨를 받게 되나요?"

"그것은 운영상의 비밀이야."

폴로틴이 당황해서 말했다.

"불씨의 크기는 별로 중요하지 않아. 그 불씨를 가지고 무엇을 하느냐가 훨씬 더 결정적이지. 몇몇 사람들은 그들의 불꽃을 아주 힘차게 불어서 그들의 시대를 밝혀줄 정도로 활활 타게 해. 다른 사람들은 그들의 빛을 됫박 밑에 놓아두거나 그들의 불씨를 반딧불처럼 작게 만들어버리기도 하고."

그들은 아주 오랫동안 폴로틴과 함께 대화를 나누는 가운데 그들이 가진 지혜의 불꽃의 근원이 어디에 있는지 분명하게 깨달았다. 메타피지카와 칼레는 노인의 자세한 설명에 글라우콘과 플라토니쿠스-칸티쿠스보다 훨씬 더 놀라워했다.

폴로틴이 사람들의 영혼에다가 어떻게 인식의 불에서 나온 불씨를 심어놓았는가를 설명하는 것을 듣고 플라토니쿠스-칸티쿠스는 그의 친구에게 "이데아의 관조"라고 속삭였다. 노인은 몇몇 사람들은 영혼의 불씨를 살려 불을 질렀고, 다른 사람들은 그 불을 거의 꺼뜨려버렸다고 말했다. 그 말을 듣자 글라우콘이 플라토니쿠스-칸티쿠스에게 한 눈을 찡끗했다.

글라우콘이 갑자기 말했다.

"이제 충분한 설명을 들었다고 생각이 드는데 이제 가야 하지 않을까? 우리는 이제 산파술을 가지고 일할 때가 되었어."

메타피지카가 물었다.

"지금 무슨 이야기를 하고 있는 거니?"

플라토니쿠스-칸티쿠스가 기쁜 듯 끼어들었다.

"글라우콘은 낚시에 대해서 이야기하고 있는 거야."

메타피지카와 칼레는 어리둥절해서 서로를 쳐다보았다. 폴로틴은 물론 두 사람이 무엇에 대해 이야기하는지 정확하게 알고 있었다. 노인이 물었다.

"너희들이 이 인식의 산을 떠나 어디로 가야 할지 생각해봤니?"

"거기까지는 미처 계획을 세우지 못했어요."

메타피지카가 솔직하게 말했다.

"우리는 인간이 무엇인가에 대해서 분명히 알기 위해 필로조피카로 왔어요. 우리는 무엇을 알 수 있는가, 우리는 무엇을 해야만 하는가, 우리가 희망해도 좋은 것은 무엇인가를 알기 위해서요."

노인은 미심쩍은 듯 고개를 끄덕였다.

"그래서 너희들은 지금까지 무얼 발견했지?"

친구들은 서로를 쳐다보았다. 이야기하라고 친구들에게 떠밀린 사람은 플라토니쿠스-칸티쿠스였다.

"우리는 예를 들어서 이러한 것을 알게 되었습니다. 인간의 지각은 시간과 공간 내에서 작용하고 우리의 분별력인 오성은 이 지각한 내용을 범주의 손에 넘긴다는 사실입니다."

칼레가 보충했다.

"물론 지각은 우리를 기만할 수 있습니다. 우리가 올바르게 인식했다고 확실하게 말할 수 있는 것들은 그리 많지 않습니다. 이러한 근거에서 정의, 우정, 선과 같은 수많은 중요한 것들은 우리의 감각으로는 인식될 수 없다는 점이 중요합니다. 그러한 것은 결국 인간이 이성을 가지고 파악해야만 하기 때문에 우리에게 중요한 것은 사상구조지요."

기분이 좋아진 노인이 다시 물었다.

"그렇다면 어떠한 것이 명석하고 판명하게 인식될 수 있는 것이지?"

이번에는 메타피지카가 대답했다.

"쉽게 대답할 수는 없지만, 생각하는 존재인 인간이 사유할 때 확실히 존재한다는 것을 배웠습니다. 인간은 생각하는 동안 그가 존재한다는 것을 아니까요."

폴로틴이 물었다.

"그렇다면 그의 바깥에 있는 사물들은 어떻게 되지?"

"점점 더 대답하기 어려워지네요."

공주가 솔직하게 고백했다.

"인간이 자기 바깥에 있는 사물들을 생각하면, 그러한 사물들에 대한 자신의 인식이 올바른지 검토하는 것도 역시 생각하는 동안만 가능하겠지요. 우리가 사물을 올바르게 인식했는지 검사할 수 있는 확실한 한 가지 가능성은 수학적인 법칙이라고 생각합니다. 수학적 법칙들로 파악되는 것은 적어도 모든 인간에게 타당성을 가진 것처럼 보이잖아요."

노인이 분명하게 말했다.

"모든 사람에게 수학 법칙은 똑같이 타당해. 그렇지만 모두에게 똑같이 타당한 수학 법칙 말고도 자신과 세계에 대해 더 많이 알고 있는 사람들도 있잖아?"

"확실합니다."

글라우콘이 소리쳤다.

"그런 사람들은 노인께서 처음부터 커다란 인식의 불씨를 심어준 사람이었거나 아니면 인식의 불씨를 보통 사람들과 다르게 훌륭하게 키워놓은 사람들이겠지요."

플라토니쿠스-칸티쿠스가 보완했다.

"그에 대한 또 다른 대답은 인간은 자신이 태어나기 이전에 참된 것, 영원한 이데아를 관조했다는 것입니다. 몇몇 사람들은 그 관조했던 것을 나중에 다른 사람들보다 더 잘 기억할 수 있기 때문이죠."

"너희가 인식의 산을 가장 먼저 떠날 수 있을 것이라고 나는 믿는다."

노인이 중얼거리듯 낮은 목소리로 칭찬했다.

"그러나 돌아가는 길에 잘 생각해보거라. 여기에는 너희들이 상상할 수 없을 정도로 가볼 만한 가치가 높은 봉우리들이 많단다."

이 말을 하면서 그는 자신의 두꺼운 책을 다시 펴고서 그 안에다 무엇인가를 적어 넣었다.

메타피지카가 물었다.

"저희가 이제 어디로 가야 하는지에 대해서 조언해주시면 안 되나요?"

폴로틴은 잠시 위를 쳐다보았다.

"아, 그래! 그 점에 대해서는 나도 미처 생각을 못했어. 미안하구나.

너희들이 이제 다루려고 하는 것은 어떠한 물음이지?"

공주가 친구들과 잠시 상의한 뒤 대답을 했다.

"'나는 무엇을 해야만 하는가?'입니다."

"나는 무엇을 해야만 하는가?"

노인은 웅얼웅얼거리며 그 말을 반복했다.

"니에체의 왕국을 한번 들러보는 것도 나쁘지 않겠구나. 니에체는 기회가 있을 때마다 자신의 백성을 낙관적으로 만들기 위해 교육시켜왔지. 그 나라에서 어떤 것을 선포하려는 사람은 반드시 '인간이 무엇을 해야만 하는가'라는 물음에 대답해야만 해."

칼레가 물었다.

"그 나라는 어디에 있습니까?"

"찾기 어렵지 않아. 남쪽으로 내려가면 돼. 이틀 정도 가면 산맥의 마지막 봉우리인 소위 결단의 암벽에 도달하게 될 거야. 거기서 니에체의 왕국으로 흘러 들어가는 의지의 강으로 뛰어들어 그 강물만 타고 가면 돼."

노인은 더 이상 말하지 않았다. 노인은 그들에게 행운을 빌어주었고 다시 책에 무언가 써넣는 일에 몰두했다.

네 명의 친구들은 그곳에서 나왔다. 그들은 선과 악에 대한 물음을 정리하기 위한 시간을 가졌다. 그들은 머리를 싸내어 선과 악에 대한 물음에 대한 몇 가지를 발견해냈다. 그런데 그들은 인간들이 선과 악을 인식해야만 하는지 아니면 그러한 것을 인식하고 싶어하는지 하는 또 다른 물음과 마주치게 되었다.

안다는 것은 우리를 불편하게 만들 수도 있다. 아마도 무지한 채로 걱정 없이 사는 것이 더 나을지도 모른다. 사슬에서 풀려나기 전에 글라우콘이 자신의 무지 때문에 고통받은 적이 있던가? 그렇다면 혹슬리 왕의 행복주를 어떻게 생각해야 하나? 예상하지 못했던 행복의 시간이 도래하게 될지 누가 알겠는가? 그렇다면 사람들은 특별히 세련되게 고안된 그림자 놀이가 있는 새로운 동굴을 기대해야 할 것인가?

칼레가 외쳤다.

"니에체 왕에게로 가자!"

글라우콘이 웃었다.

"그래, 결단의 암벽을 향해서!"

그 다음 이틀은 아주 평화로웠다. 그들은 시시각각 변하는 풍경을 즐겼고 아무런 문제없이 앞으로 나갔다. 칼레가 그들 중에서도 특히 신이 나 있었다. 그는 드디어 지배자와 그 지배자의 신하들과 충돌할 것을 생각하니 신이 났다.

글라우콘도 무척 즐거워했다. 그의 기분은 한결 가벼워져 있었다. 그는 이 사람 저 사람 놀리기도 했고, 모든 사람에게 친절하고 상냥하게 대하려고 애를 썼다.

"계속 이러는 걸 보니, 혹시 우리를 떠나려는 것 아냐? 우리가 너를 좋게 기억해주기를 바라면서."

메타피지카가 놀리면서 가볍게 그를 주먹으로 쳤다. 글라우콘은 대답하지 않았지만 당황한 듯 슬며시 웃었다.

폴로틴이 앞서 이야기한 대로 그들은 떠난 지 이틀 만에 결단의 암벽에 도착했다. 그곳에서 그들은 산 발치에서부터 멀리까지 넓게 펼쳐진 푸른 광경을 보았다. 샘물이 바위에서 힘차게 솟아나고 있었다. 샘물에서 나온 물줄기는 금세 넓어졌고 급기야 힘찬 물살이 되어 아래 평원으로 흘러 내려가고 있었다.

"너희들은 뗏목을 만드는 게 좋을 거야."

글라우콘이 말했다.

"그 뗏목으로 편안하게 여행할 수 있을 테니까?"

다른 사람들이 놀랐다.

"왜 너희들이라고 말하지? 우리와 함께 갈 생각이 아냐?"
글라우콘이 조용하게 대답했다.
"나는 함께 갈 수 없어. 그 이유에 대해서는 너희들도 나만큼 잘 알고 있잖아."
플라토니쿠스-칸티쿠스가 힐난했다.
"다시 동굴로 돌아가고 싶어 그러는구나?"
글라우콘이 대답했다.
"솔직히 말해 돌아가고 싶지는 않아. 그렇지만 나도 한때 그런 신세였는데, 비참하게 붙잡혀 있는 사람들을 생각하면 책임을 느끼지 않을 수 없어."
플라토니쿠스-칸티쿠스가 외쳤다.
"그렇다면 내가 너와 함께 갈게."
"내 생각에는 그러지 않는 게 좋을 것 같아. 너는 계속 여행을 해야 하잖아."
글라우콘이 말했다.
"그러나 너 혼자서는 그 일을 해낼 수 없어!"
"나한테 좋은 생각이 있어."
플라토니쿠스-칸티쿠스가 눈물을 흘렸다.
"포로들을 어떻게 해방시키려고 하는데?"
칼레가 마지못해 끼어들었다.
"그런 일에는 치밀한 계획이 필요하다고."
글라우콘이 일부러 장난스럽게 말했다.
"아마도 경비들이 떠나버렸을지도 모르잖아."
"글라우콘, 만약 그렇다고 하더라도 한번 생각해봐."
공주가 침착하게 말했다.
"우리가 너를 풀어주었을 때 네가 얼마나 저항했는가를. 다른 포로들도 아마 비슷하게 반응할 거야. 우리는 셋이었지만, 너는 혼자잖아."
"사슬만 풀어주고 그들에게 동굴 밖의 세계에 대해서 설명해주려고 해. 그러면 그들 스스로 알아서 동굴을 떠나겠지."
플라토니쿠스-칸티쿠스가 예언했다.
"그들은 너의 말을 전혀 믿지 않을걸. 아마 너를 죽일지도 몰라."
"무슨 말이야?"
글라우콘이 그렇게 물으면서 플라토니쿠스-칸티쿠스의 어깨 위에 손을 얹었다.
"네가 그들에게 그들의 세계보다 더 현실적인 세계를 보았다고 설명하더라도, 그들은 너에게 이렇게 반문할 거야. 너는 왜 이 동굴의 어둠 속에서 익숙하게 행동하지 못하느냐고. 내 눈이 어둠에 익숙해져야 한다고 말해도, 그들은 믿지 않고 오히려 이렇게 말할 거야. 네가 저 위에서 눈이 망가져서 왔다고. 그리고 다른 사람들을 그쪽으로 데리고 가려는 너의 시도에 저항할 거야."
글라우콘이 힘없이 말했다.
"그래. 충분히 그럴 수 있어."
"제발 우리를 떠나지 마!"
플라토니쿠스-칸티쿠스가 그의 손을 잡으며 말했다.
글라우콘이 대답했다.
"정말 너희를 떠나자니 마음이 무거워. 그렇지만 다른 방도가 없어. 나를 조금만 배웅해주겠니?"
친구들은 슬픔에 잠겨 아무 말 없이 글라우콘을 멀리까지 배웅해주었다. 그들은 언덕에 도착해서 이별의 인사를 나누었다. 그렇지만 플라토니쿠스-칸티쿠스는 자신의 친구를 한참 더 배웅했다. 결국 그들도 걸음을 멈추고 이별을 하게 되었다.
플라토니쿠스-칸티쿠스가 마지막으로 물었다.

"정말로 그렇게 할 수밖에 없니?"
글라우콘이 대답했다.
"그럴 수밖에 없다는 것을 너도 잘 알고 있잖아."
"이제는 다시 만날 수 없겠지?"
플라토니쿠스-칸티쿠스는 그렇게 말하고 한숨을 쉬었다.
"알 수 없지."
글라우콘은 그렇게 말하고, 애써 웃으려 했다.
"이게 필로조피카로 향한 너의 마지막 여행이 아니길 바래."

이 말과 함께 그는 플라토니쿠스-칸티쿠스를 자기 쪽으로 당겨서 포옹한 다음, 뒤도 돌아보지 않고 언덕 아래로 달려 내려갔다. 한참 지난 후에 그는 메타피지카와 칼레가 자기 옆에 서 있다는 것을 알았다.

칼레가 말했다.

"이것이 인식의 산이 우리에게 부과한 마지막 과제라고 믿어. 우리는 통찰들과 인식들이 고통스러운 결과를 가져올 수 있다는 것을 배운 거야."

세 친구들은 뒤돌아서서 그렇게 아무 말도 없이 그들의 거처로 돌아갔다.

3

나는 무엇을 해야만 하는가?

6장 사악한 왕

— 힘에의 의지

　다음 날 아침 그들은 다시 길을 떠났다. 떠나기 전날, 그들은 각자 친구와 헤어진 슬픔을 달랬다. 칼레는 야영지로 돌아오자마자 뗏목을 만들기 위해 손도끼를 들고 나무를 차례차례 다듬었다. 그는 화를 삭이려고 마구 일을 했는데, 그 덕분에 아침에는 뗏목이 완성되었다. 메타피지카는 플라토니쿠스-칸티쿠스를 위로하려고 애썼다. 그들은 슬픔 속에서 매우 가까워졌다. 하지만 칼레가 시끄럽게 내뱉는 욕설이 그들 사이에 다정한 감정이 싹트는 것을 방해했다.
　이제 그들은 뗏목 위에 올라 물살이 흘러가는 대로 몸을 맡겼다. 칼레는 밤새도록 고된 일을 한 탓인지 뗏목 위에 엎드린 채 요란하게 코를 골았다. 강은 점점 넓어지고 물결은 거세졌다. 강가에서 그물을 끌어올리던 어부들과 간혹 그들의 뗏목 곁을 지나가던 범선 위의 선원들이 힐끔힐끔 그들을 쳐다보았다. 친구들은 그들에게 열심히 인사를 건넸지만 아무도 그들의 인사에 대답하지 않았다. 모두 매우 바쁜 것처럼 보였다.
　3일째 되던 날, 그들은 엄청나게 큰 도시에 도착했다. 그들은 항구로 들어와 뗏목을 정박시켰다. 화려한 건물들이 늘어서 있는 도시는 매우 부유해 보였지만 호감이 가지는 않았다. 대로변에 늘어선 집들은 너무나 살풍경했고 무미건조해 보였다. 모든 것이 일직선으로 그리고 한눈에 볼 수 있도록 만들어져 있었다. 제복을 입은 사람들이 똑같은 걸음걸이로 부자연스럽게 걷고 있었다. 그들은 각자가 입고 있는 제복의 형태로만 구별될 수 있었다. 그들의 얼굴은 굳어 있었고 무표정했다.
 칼레가 실망해서 말했다.
 "이곳에도 재미있는 친구들이 있었으면 좋겠는데. 고생해서 사람들이 사는 곳으로 왔지만, 꼭 사람들이 유령처럼 돌아다니잖아."
 그가 지나가는 사람에게 말을 건넸다.
 "여보세요, 여기 좀 보세요! 여기 근처에 선술집 같은 데는 없습니까?"
 그 사람이 물었다.
 "뭐라고요?"
 "항구에 있는 음식점 말입니다. 춤도 마음껏 출 수 있고 왁자지껄하게 웃을 수 있는, 담배 연기 자욱한 분위기 좋은 주점 말입니다."
 "당신이 무슨 이야기를 하는지 도대체 이해하지 못하겠군요."
 칼레가 소리쳤다.
 "뭐라고요! 제가 말하는 것은 오락, 무의미, 재미, 모임, 파티 같은 것이에요!"
 그 사람이 말했다.
 "그렇다면 당신이 말하는 것은 삶의 기쁨이 확실하군요."
 "바로 그겁니다."
 칼레가 기분이 가벼워져 웃었다.
 그 남자가 대답했다.
 "삶의 기쁨은 매달 첫 번째 일요일에 누리게 되어 있습니다."

"왜 그렇죠?"

메타피지카가 개입했다.

"그렇게 하지 않으면 지금과 같은 일이 벌어지고 마니까요. 사람들은 일을 멀리하게 되죠. 모든 것은 혼란스러워지고 더 이상 통제 불가능하니까요. 그럼 이만."

그 남자는 헬멧과 비슷하게 생긴 모자를 들었다 놓더니 자리를 떠났다.

"맙소사, 이럴 수가."

메타피지카는 어이가 없어 웃으며 칼레의 어깨에 몸을 기댔다.

잠시 후 제복을 입은 한 무리의 사람들이 세 사람을 향해 다가왔다.

"항구에 당신들의 뗏목을 신고했나?"

인솔자가 엄격하게 물었다.

"아뇨. 저희는 방금 도착했거든요."

플라토니쿠스-칸티쿠스가 정중하게 대답했다.

제복을 입은 남자가 말했다.

"신고를 했어야지. 신고하지 않고 여기에 뗏목을 정박시키면 안 돼."

"이제 방금 도착했기 때문에 신고할 수가 없었어요."

"그렇다면 바로 그 전에 신고를 했어야지."

플라토니쿠스-칸티쿠스가 웃으면서 말했다.

"아직 도착하지도 않았는데 어떻게 신고를 할 수 있습니까?"

그 남자가 그에게 호통을 쳤다.

"평계 대지 마라! 너희들은 질서를 위협하고 있다. 즉시 신고를 하고서 여기를 떠나라."

"그렇지만 우리는 아직 입국 신고조차 못했는데요."

메타피지카가 사태를 진정시키려고 했다.

인솔자가 말했다.

"사태를 더 악화시키지 마라. 그리고 출국 신고를 해라. 질서는 반드시 지켜져야 하니까!"
 메타피지카가 궁금해서 물었다.
 "이 질서는 누구를 위한 것입니까?"
 대답이 돌아왔다.
 "인간과 국가를 위한 것이지."
 "우리가 그 인간이잖아요. 이 질서는 우리를 억압하고 있습니다."
 메타피지카가 항의했다.
 인솔자는 흥분해서 공주의 얼굴에 대고 소리쳤다.
 "국가는 항상 질서를 필요로 한다. 질서 없이는 통제도 없고, 통제 없이는 권력도 없어. 그리고 왕은 권력을 원해!"
 "고귀한 질서의 수호자이시여."
 부드러운 목소리로 칼레가 말했다.
 "누가 당신을 모욕하기라도 했나요? 정말 그렇게 했다면, 당신도 알다시피, 당신을 성나게 만든 그녀의 행동을 당신이 이 자리에서 굳이 고칠 필요가 없습니다. 제가 그녀의 행동을 이 나라의 고귀한 질서에 따라 고치려고 하니까요."
 차라리 칼레가 그 말을 하지 않는 편이 나았다. 인솔자는 화가 나서 귀청이 찢어지게 호루라기를 두 번 불었다. 그가 소리쳤다.
 "질서의 적을 잡아라!"
 순식간에 그들은 붙잡혔다. 잠시 후 두 마리의 검은 말이 이끄는 죄수 호송 마차가 왔다. 그들은 세 사람을 사슬로 묶어 마차 속으로 밀어 넣었다. 마차는 덜커덩거리며 그들을 싣고 떠났다.
 "칼레야."
 메타피지카가 신음 소리를 내며 힘겹게 일어서려고 했다.
 "그런 말은 하지 않는 게 나았을 텐데. 결국 우리를 이런 곤경에 빠뜨리고 말았잖아. 여기는 네가 의미하는 것과 똑같은 매우 엄격한 조직이 있다는 생각이 들어."

칼레가 말했다.

"맞아. 나는 조직이 인간의 행복을 위해 존재해야 한다고 했어. 너는 그 점을 잘못 본 거야. 인간적 욕구를 고려하지 않은 채 조직을 운영하는 사람은 나를 잘못 이해한 거야."

그들을 태운 마차는 약간 높은 산 쪽으로 이어지는 포장도로를 덜컹거리며 갔다. 한참 지난 후 그들은 다시 날카로운 호루라기 소리를 들었다. 마차가 멈추어 섰고, 문이 열렸다. 그리고 사슬에 묶인 늙은 남자가 그들이 있는 쪽으로 내동댕이쳐졌다.

다시 마차가 움직였고, 친구들은 그 남자가 몸을 일으키도록 도와주었다. 그가 신음했다.

"윽! 이런 일을 내가 또 겪어야만 하다니!"

메타피지카가 물어보았다.

"질서에 반하는 말을 하셨나요?"

늙은 남자가 머리를 끄덕였다. 하얗게 센 머리카락에 얼굴에 난 수많은 주름살 때문에 그는 매우 근심이 많아 보였다.

플라토니쿠스-칸티쿠스가 물었다.

"우리를 어디로 데려가는지 아세요?"

남자가 대답했다.

"니에체 왕[1]에게 데려갈 거야! 니에체 왕은 그의 질서와 의지 그리고 권력에 반하는 어떤 것을 말하거나 말하려 한 모든 사람들을 첫째 주 금요일마다 심판해."

---

1) 전문가들은 여기서 니에체 왕의 먼 친척뻘 되는 사람이 독일의 철학자 프리드리히 니체F. Nietzsche(뢰켄 1844~바이마르 1900)라는 데 의견을 같이한다. 니체가 죽고 난 후 『힘에의 의지』가 그의 여동생 엘리자베트 푀르스터-니체와 페터 가스트에 의해 출간되었다.

칼레가 물었다.

"왕을 아시나요?"

노인은 다시 고개를 끄덕였는데 그 모습이 더욱 슬퍼 보였다.

"그가 권력을 잡은 데에는 내 책임이 크단다."

메타피지카가 재촉했다.

"설명 좀 해주세요."

노인은 한숨을 내쉬었다.

"못할 이유도 없지. 우리가 궁전에 도착하기 전까지 시간은 충분하니까."

그는 힘겹게 등을 마차 칸막이에 기대었다. 그는 슬픈 목소리로 말 했다.

"내 이름은 토마스 홉스[2]란다. 나는 아주 오랫동안 이 나라에서 살았지. 이렇게 끔찍하게 엄격한 질서가 처음부터 이 나라를 지배한 건 아니었단다. 그 당시에는 법칙도 정부도 없었어. 사람들은 그들이 원하는 것을 행했고, 그렇게 할 수 있었지."

칼레가 궁금해서 물었다.

"그렇다면 그들은 니에체 왕 때보다 더 행복했었나요?"

노인이 계속해서 말을 했다.

"그렇다고 할 수는 없단다. 사람들은 자신의 이익만을 생각했고 함께 사는 다른 사람들을 전혀 생각하지 않았으니까. 힘이 센 사람은 자신이 원하는 바를 얻었고 다른 사람들을 억압했어. 그러나 힘 있는 사람들조차도 행복하지는 않았지. 그들은 평화롭게 잠을 잘 수 없었어. 왜냐하면

---

[2] 여러 사람들이 주장하는 바에 따르면, 이 인물의 배경에는 토마스 홉스Thomas Hobbes(웨스트포트 1588~하드위크 힐 1679)가 숨어 있다. 영국 철학자이자 국가학자인 그는 홉스와 아주 비슷한 견해를 대변했다. 1651년에 나온 그의 주저인 『리바이어던』에서 그는 만인에 대한 만인의 투쟁이라는 비상 상황으로부터 국가가 기원한다고 보았다.

그들은 자는 동안 약한 자들이 자신들에게 복수를 할까 봐 늘 불안해했기 때문이야."

플라토니쿠스-칸티쿠스가 물었다.

"어떻게 니에체 왕이 나라를 지배하게 되었죠?"

홉스가 말했다.

"우리가 그를 선택했지. 그 몽매하고도 위험한 시대에 내가 왕을 선출하자는 생각을 해냈어. 나는 사람들을 불러 모아 그들을 설득하기 시작했어. 우리가 힘 있는 왕을 갖게 되면 모두에게 다 좋을 거라고. 그리고 이렇게 말했지. 모든 사람은 자연으로부터 일정한 권리와 이해 관계를 부여받았지만, 이것들은 종종 서로 충돌을 일으키니까 자발적으로 왕에게 복종하는 것이 가장 좋은 것이라고. 질서를 유지하고, 질서에 반할 때는 벌을 줄 수 있도록 하기 위해 왕이 권력을 갖도록 하자고 했지. 각자는 이러한 경우에 자신의 이해관계를 폭력적으로 관철하려는 것을 포기하게 되고 그 대신 왕의 보호를 받게 돼. 이렇게 해서 모든 사람은 이웃에 대한 불안을 떨쳐버리고 평화롭게 잠들 수 있게 되는 거야. 나는 다툼이 생기면 더 이상 서로 싸우지 않고 왕에게 가서 심판을 해달라고 할 수 있게 만들었어."

메타피지카가 의아해하며 물었다.

"그렇지만 매우 좋은 말처럼 들리는데요."

홉스가 대답했다.

"원래는 그렇지. 우리는 니에체를 왕으로 선택했어. 그리고 정말로 질서가 잡혀갔지. 그렇지만 얼마 지나지 않아 왕은 자신의 권력을 의식하게 되었고 이 권력을 점점 더 늘려갔어."

칼레가 물었다.

"오늘도 그 권력이 당신의 입을 막아버린 거군요?"

"그래. 나는 우리의 권리가 더 이상 존재하지 않는다는 것을 체험할 수밖에 없었지. 그래서 그에 반대하는 공개적인 발언을 했지. 그런 발언 때문에 체포될 것이라는 것도 알고 있었지만······.”

마차가 갑자기 멈추어 서지만 않았더라도 토마스 홉스는 틀림없이 이 이야기를 마칠 수 있었을 것이다. 문이 와락 열리고 무장한 남자들이 마차 안에 있는 사람들을 끌어내리기 시작했다. 궁전에 도착한 것이다. 그들은 뒤돌아볼 겨를도 없이 궁전으로 끌려갔다. 궁전은 성이라기보다는 차라리 요새에 가까웠다. 견고한 벽에는 창 대신에 대포가 설치되어 있는 작은 구멍이 나 있었다. 그들은 음습하고 기분 나쁜 복도를 지나 수많은 사람들이 모여 있는 커다란 홀로 끌려갔다. 도끼와 칼로 무장한 호위병들이 벽을 따라 죽 늘어서 있었다. 왕은 위압적인 왕좌에 꼿꼿이 앉아 불쾌한 듯 무리들을 바라보고 있었다. 이 위풍당당한 왕은 경외심을 자아내는 콧수염을 기르고 있었는데, 콧수염이 입 전체를 덮고 있었다. 마치 사자의 갈기 같은 머리카락 사이로 주름이 깊게 파인 이마가 드러나고 있었다. 왕좌 앞에는 한 무리의 남자들과 여자들이 머리를 숙인 채 서 있었다. 플라토니쿠스-칸티쿠스와 그의 친구들은 그들 앞으로 끌려 나갔다. 한참 후, 곱추 의전장이 등장해서 은으로 장식된 막대기로 힘차게 대리석 바닥을 내리쳤다. 그러자 모두들 침묵했다.

곱추가 외쳤다.

“니에체 전하의 판결이오!”

얌전하게 기다리고 있던 무리가 대답했다.

“말씀하십시오, 권력자시여!”

왕이 낮고도 귀에 거슬리는 목소리로 천천히 말을 하기 시작했다.

“나에게 반역을 일삼으며 항상 감사할 줄 모르는 사람들이 있다. 나는 그 커다란 불만을 확인해보고자 한다. 너희 범죄자들 중 누가 스스로를 변호하겠는가?”

토마스 홉스가 누구보다도 먼저 발언을 하기까지는 몇 초도 걸리지 않았다. 그가 말했다.

"전하! 전하도 아시다시피, 저는 전하가 왕좌에 오르는 것을 가능하게 했습니다. 우리는 폐하께서 여러 가지 폐해를 없애주신 것에 대해 감사하고 있습니다. 그러나 전하의 지배는 우리가 지적하고 싶은 수많은 불이익을 가져왔습니다. 제 생각은……."

왕의 노여운 음성이 그의 말을 중단시켰다.

"나를 비판하는 것인가! 왕을 선출할 때 왕에게 전권을 위임하자고 주장한 사람이 바로 당신 아니었던가. 그래서 내가 권력을 가진 것이 아닌가. 나는 그 권력을 사용한다. 나만 혼자. 그러므로 참견할 생각을 하지 마라!"

"그러나 전하!"

홉스가 계속 중얼거렸다.

"이제 그만하라!"

니에체 왕이 명령했다.

"너희들은 다시 서로에 대한 늑대 상태로 돌아갈 것인지, 아니면 나의 무한한 권력을 받아들일 것인지 결정하라! 그리고 당장 내 눈앞에서 저 늙은이를 끌어내라!"

플라토니쿠스-칸티쿠스가 외쳤다.

"나는 반대합니다. 노인을 그렇게 다루어서는 안 됩니다!"

모두가 그를 쳐다보았다. 니에체 왕은 그를 노려보았다. 플라토니쿠스-칸티쿠스가 분개했다.

"그것은 인간의 존엄성에 반하는 짓입니다. 그렇게 함부로 행동해서는 안 됩니다."

"왜 그렇게 하면 안 된다는 거지?"

니에체 왕이 태연하게 반박했다.

"나는 그렇게 할 수 있는 권력을 가지고 있어!"

플라토니쿠스-칸티쿠스가 대꾸했다.

"그것은 권력의 물음이 아니라 선과 악의 물음이에요! 그것은 정의의 물음이고 도덕의 물음이니까요."

"그러면 그러한 도덕은 어디에서 오는 것인가, 이 건방진 꼬마 녀석아?"

니에체 왕이 비웃었다.

"도덕이 신으로부터 온다고는 말하지 마라. 나는 초월적 존재나 그 어떠한 도덕의 명령도 믿지 않으니까. 나는 선과 악의 피안에 산다."

플라토니쿠스-칸티쿠스가 화가 나서 씨근댔다.

"도덕은 당신이 지금 전혀 가지고 있지 않은 것, 즉 이성으로부터 나오는 겁니다."

그 자리에 모여 있던 사람들이 술렁거렸다. 호위병 두 명이 플라토니쿠스-칸티쿠스에게 달려들어 그를 붙잡으려고 했다. 갑자기 니에체 왕이 그러한 행동을 제지했다.

"가만 놔두어라!"

그가 명령했다.

"꼬마가 용기가 있구나. 말도 되지 않는 소리를 지껄이고 있지만, 언젠가 그 꼬마가 필요할 때가 있을지도 모르겠다. 이 재판이 끝나면 나에게 데리고 오거라."

호위병들은 플라토니쿠스-칸티쿠스의 무릎을 강제로 꿇렸다. 니에체 왕이 거만하게 물었다.

"더 말할 사람이 있는가?"

"네, 저도 할 말이 있습니다."

젊은 사내가 단호한 어조로 말했다.

메타피지카가 자기 옆에 서 있던 여자에게 물었다.

"저 사람은 누구죠?"

여자가 속삭였다.

"자니 로크[3], 왕의 아들이지."

니에체 왕은 잠시 평정을 찾기 위해 애썼다.

"오, 내 아들 자니!"

그는 씁쓸한 듯 말했다.

"네, 아바마마."

자니 로크가 말했다.

"저는 아바마마의 지배를 비판합니다. 아바마마가 혼자 권력을 가지고 있는 것은 옳지 않다고 생각합니다. 그 권력을 나누어주실 것을 요구합니다."

왕이 아들을 향해 소리쳤다.

"권력을 나누어 달라고! 네가 지금 제 정신이냐?"

아들이 침착하게 대답했다.

"이렇게 하시면 안 됩니다. 무엇보다 아바마마가 더 이상 최상의 재판권자여서는 안 됩니다."

홀 여기저기에서 소란이 일어났다. 왕은 화가 머리끝까지 솟구쳐 소리쳤다.

"모두 물러가도록 해라! 그리고 내 아들과 플라토니쿠스-칸티쿠스 그리고 아르투르 벨트쉬메르츠[4]를 내 서재로 끌고 와라! 다른 사람들은 지하 감옥에 처넣어라!"

그는 노발대발해서 홀을 떠났다.

---

3) 〔옮긴이〕 자니 로크는 영국의 철학자 존 로크John Locke(링튼 1632~서머셋 1704)와 관련이 있다. 존 로크는 영국 경험론의 대표적 철학자이며 근대 민주주의의 대표적 사상가이다. 저서로는 『인간 오성론』(1690), 『정치론』(1690) 등이 있다.

4) 이 인물은 독일 철학자 아르투르 쇼펜하우어Arthur Schopenhauer(단찌히 1788~프랑크푸르트 1860)와 연관이 있다.

모든 일이 순식간에 일어났다. 백성들은 홀에서 쫓겨났다. 그리고 자니 로크 역시 강제로 무릎이 꿇린 채 플라토니쿠스-칸티쿠스 옆에 앉혀졌다. 다른 피고들은 호송되었다. 플라토니쿠스-칸티쿠스가 마지막으로 본 사람은 칼레였다. 칼레는 자신의 외투 속에 코기니툼을 몰래 감추고 있었다. 잠시 뒤에 플라토니쿠스-칸티쿠스와 자니 로크는 또 다른 한 사람과 함께 궁전 복도로 끌려 나갔다.

"당신이 아르투르인가요?"

플라토니쿠스-칸티쿠스가 낯선 사람에게 물었다.

"그래, 내가 바로 아르투르 벨트쉬메르츠야. '세계의 고통'이라는 뜻이지. 나는 왕의 스승이었어. 왕은 나에게서 많은 것을 배웠어. 그렇지만 그는 나를 구금했지. 왕이 의지에 관한 나의 저서를 잘못 사용했다고 내가 주장했기 때문이야."

자니 로크가 미안해하며 말했다.

"그런 일로 너무 고통스러워하지 않으셨으면 좋겠어요."

벨트쉬메르츠가 씁쓸하게 말했다.

"오, 나의 젊은 친구. 삶은 온통 고통으로 이루어져 있다네."

그가 그 말을 마치는 순간 그들은 짙은 색깔의 거대한 나무문 앞에 도달했다.

"니에체 전하!"

호위병 중 하나가 힘차게 안으로 들어가서 고했다. 잠시 후 그는 돌아와서 그들에게 문을 열어주었다.

그들이 안으로 들어섰을 때 왕은 넓고 푹신푹신한 의자에 깊숙이 몸을 묻고 앉아 있었다. 그는 평정을 되찾은 듯 차분해 보였다. 왕이 있는 공간은 더 이상 춥지도 않았고 성의 다른 부분들처럼 삭막해 보이지도 않았다. 벽난로에서는 빛과 따뜻함이 흘러나오고 있었다. 높은 벽은 차곡차곡 책으로 채워져 있었고, 수많은 귀중품들로 뒤덮여 있었다. 그럼에도 불구하고 공간은 음울하고 불쾌하게 느껴졌다. 왕은 손짓으로 그들에게 앉으라는 신호를 보냈다. 그런 후에 그는 그들을 오랫동안 따가운 시선으로 바라보았다.

한동안 침묵이 흐른 뒤 자니 로크가 물었다.

"저희를 어떻게 하시려는 거죠?"

그의 아버지는 자애로움과 노여움이 뒤섞인 목소리로 대답을 했다.

"아, 이제 말해주겠다. 나는 너희를 이곳으로 데려오도록 했다. 내가 너희를 필요로 할지도 모르기 때문이다. 현명한 사람을 자신의 신하로 갖는 것은 권력의 중요한 요소지."

그의 아들이 반박했다.

"그러나 우리가 아바마마의 권력을 거부한다는 것은 잘 아시잖습니까!"

왕은 자리에서 일어나 방을 왔다갔다하면서 말했다.

"분명히 알고 있다. 그러나 나는 너희들의 잘못된 태도를 바로잡으려고 한다. 내가 사물에 대한 나의 관점이 올바르다는 것을 너희에게 입증할 수 있다면, 너희는 나의 충실한 신하가 될 수도 있을 테니까."

플라토니쿠스-칸티쿠스가 이의를 제기했다.

"만약 입증할 수 없다면요?"

니에체 왕이 웃었다.

"너희 중 누가 시작하겠는가. 나의 잘못이 어디에 있는지 말하고, 그 잘못에 대한 근거가 어떤 것인지 말해보아라."

플라토니쿠스-칸티쿠스는 깊이 숨을 들이마셨다.

"제 친구들과 저는 전하가 이곳에서 아주 좋은 사회를 만들고자 한다는 얘기를 듣고서 이곳에 왔습니다."

왕이 대답했다.

"바로 그거야. 나는 권력을 계속해서 유지하기 위해 아주 좋은 사회를 만들어냈지."

플라토니쿠스-칸티쿠스가 이의를 제기했다.

"좋은 사회는 왕 혼자만이 좋은 것이 아니라 모든 사람들에게 좋은 것이어야 합니다."

니에체 왕이 거만하게 대답했다.

"사람들이 서로를 죽일 때보다는 지배를 받는 것이 백 번 낫지 않은가. 나를 따라와라. 보여줄 것이 있다."

그들은 방의 한쪽 구석으로 갔다. 커다란 탁자 위에 개미를 담은 커다란 상자가 놓여 있었다. 그들은 우글거리고 있는 개미 떼를 보았다. 개미들은 집을 짓기 위해 서둘러 사라졌다가 다시 나타나 여러 가지 다른 활동들을 하고는 또다시 사라졌다.

왕이 말했다.

"사람들은 보지 못하지. 그러나 이 개미의 국가에도 엄격한 질서가 지배하고 있다. 모든 것은 여왕개미와 그녀의 힘을 향하도록 질서가 잡혀 있다."

자니 로크가 뭔가 말하려 했지만 그의 아버지는 단호한 손짓으로 아들을 침묵하게 만들었다. 그는 으르렁거리며 말했다.

"여기서는 조용히 해야 돼, 아들아! 너도 보다시피, 이 개미의 국가에는 권력분립 같은 것은 없다. 그리고 이 모범적인 개미 왕국이 인간의 왕국과 다르다는 것을 네가 나에게 설명해줄 수 없는 한, 너는 침묵해야만 한다."

그는 다른 두 사람을 쳐다보았다.

"개미들은 힘이 어떠한 것인가를 보여주는 뛰어난 본보기지. 그들은 곤충들 가운데, 아니 모든 지구의 생물들 가운데 논란의 여지가 없는 지배자야. 그들을 내쫓을 수 있는 생물체는 존재하지 않아. 왜 그런지 아는가? 불굴의 의지가 그들을 몰아치기 때문이야. 힘에의 의지. 너희들은 개미들이 이렇게 열심히 일하고 있는 것을 보고 느끼는 것이 없는가?"

그들은 개미들이 쉬지 않고 부지런히 일하는 것에 놀라서 한참 동안 눈을 크게 뜨고 상자 안을 들여다보았다. 왕이 다시 한번 강조했다.

"의지가 그들을 몰아치지 않는다면, 어떠한 이유로 개미들이 이렇게 열심히 일을 할 수 있겠는가? 바로 여왕개미의 힘에 봉사하게 만드는 의지가 그렇게 만든 거지."

아르투르 벨트쉬메르츠가 용기를 내어 이의를 제기했다.

"의지는 존재합니다. 그러나 개미에게 문제가 되는 것은 힘에 대한 의지가 아닙니다. 삶과 생존에 대한 의지가 문제지요. 이 세계의 모든 존재에게는 생존하려는 의지가 주어져 있습니다. 모든 생명체는 살고 싶기 때문에 투쟁하고 일을 하지요."

왕이 웃으며 대답했다.

"그러니 우리는 의견이 같지 않소?"

아르투르 벨트쉬메르츠가 혼란스러운 듯 물었다.

"왜입니까? 나는 삶의 의지를 말했고, 전하는 힘에의 의지를 말했습니다."

왕이 설명했다.

"내 이론은 당신의 이론에서 나온 것이오. 당신의 사상에서 어떤 결론이 나올 수밖에 없는지 생각해보란 말이야."

벨트쉬메르츠가 시인했다.

"거기까지는 미처 생각하지 못했습니다."

"당신에게 설명해주겠소."

왕이 생색을 내며 말했다.

"당신의 의견에 따르면 이 세계는 하나의 의지가 지배하지. 삶의 의지 말이오. 맞소?"

"맞습니다."

니에체왕과 개미들
생곤

아르투르 벨트쉬메르츠가 동의했다.

"인간을 포함한 모든 생명체는 생존을 위해 모든 힘을 다해 투쟁하고 그들이 죽어야만 한다는 사실에 고통을 받지."

"맞습니다."

"그렇다면 바로 우리는 정확히 힘에의 의지를 말하는 것이오! 각각의 존재가 살기를 원한다면, 그 존재는 자신의 생명의 유지에 도움이 되는 모든 것을 위해 노력하오. 그 자신의 생명을 지키기 위한 완전한 수단은 힘이오. 자기와 다른 사람에 대한 힘을 가진 사람은 자신의 삶을 지킬 것이오. 의식하든지 혹은 의식하지 않든지 간에 생명체가 얻기 위해 노력하는 것은 힘이오. 그들을 몰아치는 것은 바로 이 힘에의 의지요."

아르투르 벨트쉬메르츠는 시선을 아래로 떨구었다. 왕은 의기양양해하며 눈을 번뜩였다. 자니 로크가 재빠르게 일어나서 벨트쉬메르츠에게 도움을 주려고 했다. 그가 말했다.

"제가 볼 때 아바마마의 사고에는 오류가 있습니다!"

왕이 말했다.

"그래? 어떤 오류인지 말해봐라. 아주 긴장되는데."

"힘에의 의지는 삶의 의지에서 나오거나 이 삶의 의지에 기초해 있다고 말씀하지는 않으셨지요?"

"맞다. 그렇게는 말하지 않았지."

"그렇다면 생명체가 협동할 수 있고, 서로를 복종시키려고 끊임없이 시도하지 않는다는 사실은 어떻게 된 거죠?"

니에체 왕이 웃었다.

"아주 좋은 이의 제기다! 물론 생명체는 자의적으로 협동하는 것이 아니다. 약자는 강자에게 죽임을 당할까 봐 강자의 힘에 스스로 복종하는 것이다. 힘은 오로지 강자를 위한 것이다. 약자는 강자에게 봉사하기 위한 것이다. 강자가 약자를 돌보아준다는 것은 무의미하다고 할 수 있다. 강자는 약자를 이용하기 위해서 그렇게 하는 것이다."

플라토니쿠스-칸티쿠스가 말했다.

"그렇게 된다면 약자는 스스로 권력을 손에 잡기 위해 항상 기회를 기다리지 않겠습니까?"

왕이 플라토니쿠스-칸티쿠스를 칭찬했다.

"맞는 말이다, 꼬마야. 그렇기 때문에 왕은 자신의 신하를 완전히 통제하는 것이 중요하다. 그래서 질서가 중요한 것이지. 질서가 있어야 일어나는 모든 일을 문제없이 한눈에 볼 수 있으니까."

플라토니쿠스-칸티쿠스가 물었다.

"그게 이상적인 사회인가요?"

니에체는 눈을 번뜩이며 자랑스럽게 말했다.

"성공적인 사회지. 엄격한 교육에 의해서 사회는 각 사회 구성원의 삶에의 의지를 강자의 힘에 복속시키도록 하지."

"무슨 말씀을 하시는 겁니까?"

플라토니쿠스-칸티쿠스가 깜짝 놀라 물었다.

"전쟁이 평범한 군인들에게 무엇을 뜻하는지 너희들은 생각해본 적이 없겠지? 기다려보아라. 내가 너희에게 증명해 보일 게 있다."

왕은 이렇게 말하며 웃음을 터뜨렸다. 그는 서가로 가서 실험용 유리 상자를 가지고 돌아왔다. 유리 상자에는 도마뱀이 들어 있었다. 왕은 유리 뚜껑을 열고 도마뱀을 상자 안의 개미에게 던졌다. 그러자 끔찍한 광경이 벌어졌다. 파충류는 평평한 돌 위에 자리를 잡고 욕심 사납게 근처에 있는 개미들을 꿀꺽꿀꺽 삼키기 시작했다. 도마뱀은 무방비 상태의 희생자에게 달려들어 마구 죽여버리는 용과 흡사했다. 하지만 도마뱀에 먹히기 전에 한 개미가 다른 개미들과 접촉하는 데 성공했다. 이러한 방식으로 개미들에게 비상 상황이 전달되었다. 비상 신호를 접수한 개미는 신속하게 그들의 집으로 사라졌고 얼마 지나지 않아 개미

군단이 개미굴에서 나와 도마뱀 쪽으로 신속하게 다가서더니 도마뱀을 사방에서 포위해버렸다.

도마뱀은 꿈틀거리며 다가오는 개미 떼를 보고도 처음엔 꿈쩍도 하지 않았다. 그리고 계속해서 수많은 개미들을 먹어 치웠다. 하지만 갑자기 개미들이 도마뱀의 몸을 까맣게 뒤덮어버리자 도마뱀은 꼬리를 뒤로 감추며 어쩔 줄 몰라했다. 도마뱀은 개미를 잡아먹다가 멈추고 몸에서 개미들을 떼어내기 위해 절망적인 시도를 했다. 도마뱀은 꼬리로 이리저리 힘차게 개미를 때리기도 하고, 몸을 뒤집기도 하면서 수많은 개미를 깔아뭉갰다. 하지만 개미들은 계속해서 밀려왔다. 도마뱀은 유리 상자의 벽을 기어오르기 위해 버둥댔다. 그러나 결국 도마뱀은 벽에서 떨어져 바닥에 쓰러졌다. 배를 드러낸 채 도마뱀은 더 이상 움직이지 않았다. 그리고 무수히 많은 개미한테 물어 뜯기면서 고통스럽게 죽어갔다.

니에체 왕은 흥분해서 그들을 되돌아보았다.

"신하들이 강자의 힘을 위해서 자신의 생명을 희생시킬 준비가 얼마나 잘 되어 있는지 충분히 보았을 테지? 개미들에게 다른 선택은 남아 있지 않다. 개미들은 자신을 희생하든지 아니면 차례차례 죽든지 둘 중의 하나만 선택할 수밖에 없다. 지배자는 자신의 힘을 이용해서 약자를 살인적인 투쟁에 보낼 운명을 가지고 있다. 가슴 아픈 일이지만, 그러나 세상일이란 다 그런 것이다. 세계를 지배하는 의지는 힘에의 의지이다!"

세 명의 포로들은 끔찍한 광경에 경악을 금치 못하고 침묵했다.

왕이 재촉했다.

"이제 너희들이 결정할 차례다. 이제 힘에의 의지가 성공적으로 입증된 것을 보았으면, 나에게 봉사할 것을 결심하든지 아니면 나를 거역하든지 해라."

"거역하면 어떻게 되는 겁니까?"

자니 로크가 단호한 음성으로 물었다.

니에체 왕이 슬며시 웃음을 띠며 대답했다.

"나로서도 끔찍한 결정을 내리는 것이 별로 즐겁지 않구나. 그러나 필요하다고 생각되면 그러한 결정을 내리는 것을 두려워하지 않지."

포로들은 모두 이 경고가 무엇을 뜻하는지 알아차렸다.

플라토니쿠스-칸티쿠스가 말했다.

"인간이 개미들과 똑같다고 단순하게 믿고 싶지 않습니다. 인간은 개미처럼 자신을 복종시키기 위해서 태어난 것이 아닙니다. 그러니 인간의 삶은 힘의 추구로만 이루어진 것이 아닙니다."

니에체 왕이 엄격하게 대답했다.

"인간은 개미보다 약간 복잡할 뿐이야. 인간을 지배하기 위해서는 개미보다 더 솜씨가 좋아야겠지. 폭력으로 지배하는 것은 오래 지속될 수 없어. 사람들을 복종시키기 위해서는 먹을 것, 잠, 성, 자극 등 인간의 기본욕구를 충족시켜주어야만 해. 사람들에게 빵과 놀이도 주어야 할 테고. 이것은 이미 다 알고 있는 사실이야. 자극에 관해서 말하자면 나는 매달 첫 번째 토요일에 거대한 쇼, 즉 서커스를 공연하도록 해놓았지. 그렇게 한 것은 사람들이 딴 생각을 하지 못하도록 하기 위해서야. 그렇게 해서 사람들은 자신의 힘에의 의지가 채워지지 않은 채 있다는 사실을 깨닫지 못하게 되지."

플라토니쿠스-칸티쿠스가 절망적으로 외쳤다.

"아니야, 그렇지 않단 말이에요! 그렇지 않아요! 그렇다 해도 그렇게 해서는 안 됩니다! 인간은 근본적으로 동물과 다르단 말이에요!"

니에체 왕이 위협적으로 말했다.

"그렇다면 증명해보거라. 아니면 지하 감옥으로 가든지!"

플라토니쿠스-칸티쿠스가 용기를 내어 말했다.

"나는 증명할 수가 없습니다. 준비가 아직 안 되었기 때문입니다. 하지만 당신의 행동은 사악한 것입니다. 나는 나의 양심에 따라 감옥으로 갈 준비가 되어 있습니다."

그때 그의 곁에서 누군가가 말했다. 자니 로크였다.

"나도 너와 같이 갈 거야."

왕은 그들을 아무 말 없이 노려보았다. 그는 금방 먹이를 덮치려는 야수처럼 보였다. 그가 기분 나쁜 목소리로 말했다.

"그러면 지하 감옥을 실컷 즐겨라."

그가 호위병을 큰 소리로 불렀다.

"이 세 사람을 끌고 나가라! 이 몽상가들을 감옥의 쥐들에게 소개시키거라. 거기서 그들은 그들의 이상주의가 사라질 때까지 찌는 듯한 더위에 시달리게 될 것이고 가혹한 현실을 보게 될 것이다."

포로들은 팔을 결박당한 채 끌려갔다. 그들이 문 앞에 이르렀을 때, 아르투르 벨트쉬메르츠가 다시 한번 왕을 향해 돌아섰다. 그가 말했다.

"나한테는 왜 묻지 않는 겁니까?"

왕이 으르렁거리며 대답했다.

"당신의 대답은 이미 알고 있소. 그대는 이미 오랫동안 나의 지배에 대해서 충분하게 비판하고 다녔지 않소!"

"그래도 나한테 질문하시오!"

벨트쉬메르츠가 반항했다.

"끌고 가라!"

니에체 왕이 소리쳤다.

"고통이야! 세계는 모두 고통이야!"

벨트쉬메르츠는 끌려가면서 탄식했다.

그 세 사람이 끌려 내려간 지하 감옥에는 몇 개 되지 않는 횃불만이 희미한 빛을 던지고 있었다. 계단은 컴컴한 지하실 앞에서 끝났다. 지하실은 쇠창살이 쳐진 벽에 의해 전실과 감옥 둘로 나뉘어져 있었다. 빛이 들지 않는 이 차갑고 습한 감옥에는 쥐들이 떼 지어 살며 거기에 갇힌 사람들을 괴롭히고 있었다. 플라토니쿠스-칸티쿠스가 거기에서 얻은 유일한 위안거리는 친구들을 다시 만날 수 있다는 것이었다.

"무사해서 정말 다행이야!"

메타피지카가 플라토니쿠스-칸티쿠스에게 달려들며 그를 두 팔로 안았다. 플라토니쿠스-칸티쿠스는 기분이 한결 가벼워져서 미소를 띠었다. 어떠한 상황에서도 인간이 기쁨을 찾을 수 있다는 것은 참 신기한 일이었다.

칼레가 빈정댔다.

"그래, 네가 우리와 함께 있다니 얼마나 좋냐. 우리가 함께 있는 이곳은 정말 훌륭하지?"

칼레는 그렇게 빈정댔지만 자신의 친구를 포옹하는 일만은 그만두지 않았다.

그들은 의연하게 감옥 생활을 견뎌내려 했다. 하지만 며칠이 지나면서 그들은 절망하기 시작했다. 그들은 함께 모일 때마다 어떠한 일을 시도해볼 것인지 의논하곤 했다.

자니 로크의 친한 친구처럼 보이는 활달한 사람이 말했다.

"한 가지는 분명해! 지금 이대로 있을 수는 없지."

또 다른 사람이 단호하게 말했다.

"우리에게는 탈출하든지 아니면 왕에게 복종하고 왕을 위해 살든지 하는 두 가지 가능성만이 있어."

칼레가 흥분해서 말했다.

"아니면 혁명을 선동해서 우리 스스로가 권력을 잡든지."

자니 로크가 말했다.

"그것은 나중에 생각해볼 문제야. 만약 탈출에 성공한다면, 도망칠 것인지 아니면 투쟁할 것인지 결정해야 해."

"혁명, 우리는 혁명을 원해!"

칼레가 들떠서 말했다.

메타피지카가 칼레 막스를 진정시켰다.

"제발 그만해. 이제 본론으로 돌아가자! 우리가 이곳에서 어떻게 나가야 할지 아직도 모르는 형편이란 말이야. 그런데도 너는 벌써부터 혁명만을 생각하니?"

"생각은 자유야!"

칼레는 그렇게 말하고 입을 삐죽이 내밀었다.

자니 로크의 친구가 열정적으로 말했다.

"우리는 결정해야 해. 복종하든지 아니면 탈옥을 감행하든지!"

아르투르 벨트쉬메르츠가 탄식했다.

"왕에게 복종하고 고통을 참아야만 했어. 탈옥은 불가능하지. 그리고 누가 알아, 어쩌면 왕의 견해가 옳을지도 모르잖아."

메타피지카가 그 말에 항의했다.

"왕은 옳지 않아요. 그의 행동처럼 그는 비도덕적이에요."

벨트쉬메르츠가 대답했다.

"그런 말은 도덕[5] 같은 것이 존재한다는 것을 전제로 할 때 가능하단다. 인간이 추구하는 선이라는 것이 존재하지 않는다면 어떻게 되는 거지? 우리가 정말로 힘에의 의지로만 행동해야 한다면, 우리는 적어도 여기에서 나가기 위해 이렇게 성가신 짓을 하지 않아도 되는 건데. 왕에게 복종해야만 했어."

거기에 모인 사람들이 우울해져서 입을 다물었다.

칼레가 말을 꺼냈다.

---

[5] 라틴어로 mores(풍습, 습관)이다. 긍정적 도덕으로서의 도덕은 풍습과 습관에 의해서 생겨나는 가치들과 규범들의 체계로 이해할 수 있다. 이러한 가치의 객관적 타당성과 개별적 수용과 관련한 철학적 반성은 도덕적 갈등을 야기하며 윤리학의 교의에서 다루어진다.

"저는 당신의 견해에 어느 정도까지만 찬성합니다. 아마도 도덕은 존재하지 않을 겁니다. 그러나 우리는 복종해서는 안 되고 오히려 스스로 권력을 손에 넣으려는 시도를 해야 합니다."

그때 갑자기 한 노인이 말했다. 그는 며칠 동안 말없이 구석에 앉아 있던 사람이었다.

"도덕은 허구가 아니오. 그것은 존재하는 것이오."

그의 날카로운 얼굴과 넓은 이마가 사람들의 눈에 띄었다. 그는 기다란 하얀 가운을 입고 있었다. 노인이 천천히 일어나서 그들에게 오는 동안 칼레가 대답했다.

"저는 도덕이 있다고 확신하지 못합니다. 지금까지 아무도 도덕을 입증하지 못했으니까요."

"도덕은 존재해!"

노인이 확고하게 말을 반복했다. 그는 갑자기 바닥에 있는 코기니툼을 집어들더니 모든 힘을 다해 칼레의 등을 내려쳤다. 칼레가 고통스러운지 비명을 질렀다.

"아니, 미쳤어요?"

"왜 그러느냐?"

노인이 물었고 다시 힘차게 내려쳤다.

칼레가 소리쳤다.

"정말 너무나 아프단 말이에요. 제발 그만두세요!"

"왜 내가 그래야 하지?"

노인은 차분한 음성으로 다시 물었고 또다시 내려쳤다.

칼레가 끙끙댔다.

"그런 행동이 올바르지 않으니까요. 에이, 제기랄! 나는 사람이지 샌드백이 아니란 말이에요. 아무런 이유 없이 사람을 그렇게 두들겨 패서는 안 된다고요."

노인이 말했다.

"고맙구나. 그게 내가 듣고 싶은 이야기였어."

그는 코기니툼을 다시 바닥에 내려놓고 구석 자리로 되돌아갔다.

칼레가 아픈 등을 쓰다듬으며 물었다.

"무엇을 듣고 싶었다고요?"

노인이 대답했다.

"도덕이 있다는 것을 금방 인정하지 않았느냐. 도덕이 없다면, 내가 너를 그만 때려야만 한다고 요구하는 것은 아무런 의미가 없지. 도덕이 없다면, 필요 없이 생물들을 괴롭혀서는 안 된다는 이유를 내세우는 것도 아무런 의미가 없지."

메타피지카가 말했다.

"맞는 말이야! 너는 도덕적 요구를 했잖아. 네가 생물, 즉 사람이기 때문에 너를 아프게 하는 행위를 멈추라고 요구했잖아. 인간이 서로를 생각해서 받아들일 수 있는 것 말고 어디에서 도덕이 나타날 수 있겠니?"

자니 로크가 웃었다.

"그래! 우리는 도덕이 무엇인지 모르지만, 그러나 그러한 것이 존재한다는 게 지금 이 자리에서 증명된 셈이야."

칼레가 목덜미를 쓰다듬으며 퉁명스럽게 말했다.

"아주 훌륭하군!"

플라토니쿠스-칸티쿠스가 빙그레 웃었다.

"이 물음은 이렇게 설명되었다고 할 수 있지. 인간은 도덕적 능력이 있기에 힘에의 의지로만 규정되지는 않는다고."

자니 로크의 친구가 말했다.

"내 입장은 어떠한 일이 있어도 복종해서는 안 된다는 거야. 우리는 탈출을 감행해야만 해!"

그들은 하루 종일 계획을 짜느라 분주했다. 그들은 구멍을 파서 쇠창살 하나를 빼낸 다음 벽돌 하나를 치우려고 했다. 그런 시도가 모두 허사로 돌아가고 나자, 한 가지 가능성만 남아 있다는 것이 분명해졌다. 교도관들을 제압하고 탈출하는 것이었다. 그들은 교도관들의 습관을 주도면밀하게 관찰하였다.

칼레가 제안했다.

"우리가 그들 중의 하나를 힘으로 제압할 수만 있다면, 여기서 우리 모두가 도망갈 수도 있을 텐데."

자니 로크가 이의를 제기했다.

"우리 모두가 한꺼번에 도망간다면 멀리 가지 못할 거야. 궁전을 탈출하기도 전에 잡히고 말걸."

"그들 중의 하나를 제압하는 것에 나는 찬성이야. 그렇게 해서 우리들 중 누군가 교도관의 옷을 입고 몰래 밖으로 빠져나가 원군을 데려오면 되잖아."

메타피지카가 물었다.

"좋아. 그렇지만 원군이 어디에 있는데?"

거기 모인 사람이 어깨를 으쓱 들었다 놓았다.

자니 로크가 외쳤다.

"있어! 이틀만 가면 알라피셔의 도시가 있어. 그들은 아버지의 신하였지. 그러나 그 도시에는 스스로를 욕심 없는 사람이라고 부르는 사람들이 살고 있어. 이 사람들은 아버지로부터 어떠한 활동도 강요받지 않아. 아버지 말씀이, 그들은 이용하기에는 너무나 고집이 세다고 해. 물론 그들은 아직 한 번도 아버지에 대해 반란을 일으키지 않았어. 아마도 그들이 우리 처지를 듣는다면, 우리를 도와줄지도 몰라."

칼레가 이야기를 정리했다.

"그러니까 우리들 중 누군가가 탈출에 성공해야 해. 그래서 그 사람이 욕심 없는 사람들에게 가서 구원을 요청할 수 있도록 해야 해."

교도관 한 사람을 제압하려는 계획은 신속하게 마련되었다. 이제 문제는 누가 궁전을 빠져나가는 모험을 할 것인가였다. 여러 차례 투표를 했고, 다시 토의를 거쳐 투표를 했다. 결국 두 명의 후보가 나왔다. 자니 로크와 플라토니쿠스-칸티쿠스였다. 결정적인 순간에 하얀 가운을 입은 노인이 다시 말했다. 그가 분명한 어조로 말했다.

"나는 자니 로크가 가는 것에 반대한다."

자니는 실망해서 자리를 맴돌았다.

노인이 말을 덧붙였다.

"이것은 너에 대한 사적인 판단이 아니란다. 그러나 너는 왕의 아들이지. 그리고 너에게는 우리를 이렇게 위험에 내버려두고 가거나 아니면 스스로 권력을 차지하려는 유혹이 여기 있는 사람들 중 그 누구보다 강하기 때문이야. 그래서 나는 플라토니쿠스-칸티쿠스를 택한 것이다."

노인의 이 말 한마디로 누가 탈출을 감행할 것인지 결정이 났다. 자니 로크도 플라토니쿠스-칸티쿠스를 지지했다.

"이제 네가 막중한 책임을 맡게 되었구나."

노인은 그렇게 강조하고 다시 자리에 앉았다.

탈출을 앞둔 저녁, 플라토니쿠스-칸티쿠스는 그의 가장 친한 친구들과 함께 모였다.

"도덕의 힘이 얼마나 강력한지 또다시 네가 입증해야만 하겠구나."

칼레가 신중하게 말했다.

플라토니쿠스-칸티쿠스가 물었다.

"무슨 말을 하는 거니, 칼레야?"

"뭐, 네가 자유로운 몸이 되면 소리 없이 사라져서 우리를 잊어버리게 될지도 모르잖아."

"너희를 이런 위험에 그대로 놔두지 않을 거야."

"나도 네가 우리를 놔두고 도망칠 거라고는 생각하지 않아. 그렇지만 자유의 바람이 너의 코끝을 맴돌고, 지하 감옥의 썩은 내를 더 이상 맡지 않게 되자마자 도망가고 싶은 커다란 유혹을 느끼게 될 거야."
 플라토니쿠스-칸티쿠스가 솔직하게 말했다.
 "네가 맞을지도 몰라. 그러나 내가 어떠한 수를 써서라도 너희를 이곳에서 구해내려 한다는 것만은 확신해도 좋아."
 세 친구들은 그들의 손을 서로 꼭 잡았다.
 플라토니쿠스-칸티쿠스가 말했다.
 "우리의 계획이 성공한다면, 나는 내일 이때쯤에는 욕심 없는 사람들한테 가고 있을 거야."

7장 욕심 없는 사람들에게 가다
― 통 으 로 부 터 는   어 떠 한   도 움 도   없 었 다

 다음 날 아침, 모든 계획은 차질 없이 준비되었다. 그들은 젊은 교도관을 선택했다. 그 젊은 교도관은 사랑의 아픔에 시달리고 있었다.
 그는 귀족 처녀와 사랑에 빠져 있었지만 그의 사랑이 용납되지 않을 것이라는 것을 잘 알고 있었다. 니에체 왕이 정한 사회질서에 따르면 그 젊은 숙녀는 유감스럽게도 이미 어떤 귀족과 결혼하도록 정해져 있었다. 귀족과 교도관과의 결혼은 생각할 수조차 없는 일이었다. 귀족은 귀족과 결혼해야 한다. 그것이 질서였다. 그리고 이 질서에 반하는 자는 지하 감옥으로 보내졌다.
 그의 연인인 귀족 처녀는 교도관 젊은 베르텔[1]에게 자신의 모습이 담긴 메달을 선물했었다. 교도관은 새벽 근무를 하러 올 때면 항상 말없

---

[1] 이 이름을 보고 젊은 베르테르를 떠올릴 수도 있을 것이다. 독일 시인 요한 볼프강 폰 괴테John Wolfgang von Goethe(프랑크푸르트 1749~바이마르 1832)는 『젊은 베르테르의 슬픔』이라는 소설을 쓴 적이 있다.

이 계단을 내려왔다. 계단을 내려오면서도 그의 눈은 늘 메달 속에 있는 그녀 얼굴에 고정되어 있었다. 그는 감옥 열쇠를 감옥 맞은편 벽걸이에 걸어놓고, 곧바로 쇠창살 바로 옆에 있는 탁자 앞에 앉았다. 거기서 그는 평평한 탁자 위에 메달을 놓고서 탄식을 하면서 그녀의 얼굴을 동경에 찬 눈빛으로 쳐다보곤 했다. 그러다가는 마침내 그녀에 대한 생각을 뿌리치고 일어나, 야간 근무를 마치고 구석의 선반에 누워 잠자고 있는 동료 교도관을 깨웠다. 잠을 깬 동료는 그에게 인사를 하고 떠나버렸다. 그러면 젊은 베르텔은 메달 앞으로 되돌아와서 퇴근 때까지 가슴이 찢어질 듯 계속 탄식을 하는 것이다. 이것은 시계처럼 정확하게 매일 되풀이되었고, 어느 날 아침 그의 운명을 결정짓는 계기가 되었다.

그가 볼 때, 그날도 모든 것이 정상적이었다. 포로들과 그의 동료는 깊게 잠든 것처럼 보였다. 그는 칼레가 어두컴컴한 구석의 쇠창살에 바짝 붙어 몸을 숨긴 것을 알지 못했다. 그는 이상한 낌새를 눈치채지 못했기 때문에 감옥 열쇠를 늘 놓던 자리에 걸어놓았고, 탁자 위에 연인의 사진을 놓고 탄식하기 시작했다.

그렇게 한참이 지난 다음 그는 자고 있던 동료를 깨우러 갔다. 그들 사이에 짧은 대화가 오갔고, 동료는 그에게 작별 인사를 하고 사라져버렸다. 젊은 베르텔은 기지개를 펴며 하품을 한 뒤 다시 자기의 자리로 되돌아왔다. 그 순간 그는 메달이 없어진 것을 발견했다. 너무 놀란 그는 허둥대며 자기 주변을 둘러보았다. 포로들은 곤히 잠들어 있었다. 그는 당황해서 방을 구석구석 찾아보았다. 분명 탁자 위에 놓여 있던 물건인데 없어지다니 귀신이 곡할 노릇이었다. 그가 절망에 빠져 소리를 지르려는 바로 그때, 어떤 목소리가 들려왔다.

"여기, 이것을 찾고 있는 거야?"

메타피지카였다. 그녀는 책상다리를 하고 앉아 금사슬에 매달린 메달을 이리저리 흔들고 있었다.

"창살 틈으로 내 메달을 훔쳐갔구나!"
젊은 베르텔이 소리 높여 비난했다.
공주가 웃었다.
"그래, 맞았어."
"당장 내놓지 못해!"
"아니, 그럴 생각이 없는데!"
그가 팔을 감옥 안으로 집어넣어 공주에게서 메달을 낚아챌 만도 했지만, 그는 매우 신중했다. 그가 말했다.
"다른 경비들을 부를 거야."
메타피지카가 말했다.
"네가 그렇게 할 거라고 예상했었지. 그러면 사람들이 너에게 무슨 일이냐고 묻겠지? 그리고 사람들은 네 메달을 보게 될 거고, 네가 아주 우아한 젊은 숙녀와 사랑에 빠져 있다는 걸 알게 되겠지. 더욱 불행한 일은 사람들이 그녀가 누구인가를 알게 되는 거야. 그렇게 되면 그녀는 어쩔 수 없이 다른 사람과 결혼해야 할 텐데, 정말 그러고 싶어?"
베르텔이 절망해서 탄식했다.
"정말 고약하고 잔인하구나."
메타피지카가 언성을 높였다.
"그래, 정말로 잔인하지! 하루 종일 해충이 우글거리는 어두운 지하 감옥에 갇혀서 지내는데, 우리가 그보다 더 나은 행동을 하리라고 기대했어?"
"내가 그렇게 한 것은 아니잖아. 그러니 제발 돌려줘!"
"우선 그 작은 숙녀의 눈동자 색이 어떤지 알고 싶어."
메타피지카는 그렇게 말한 다음 허리를 숙여 사진을 보았다.
"오, 갈색 눈을 가지고 있구나. 아주 아름다운 갈색 눈이야!"
"그녀의 눈은 파란색이야."

교도관이 고통을 더 이상 견디지 못하고 신음했다.
메타피지카는 상대방이 얼마나 절망을 하고 있는지를 깨닫고 잔인한 놀이를 중지했다. 그녀가 말했다.
"그래, 좋아. 자, 이제 너의 대단한 사랑을 다시 가져가."
그녀가 이 말을 하면서 메달을 쇠창살 앞에서 무릎을 꿇고 있던 젊은 베르텔 쪽으로 내던졌다. 메달은 정확하게 감옥 안의 쇠창살 바로 1미터 앞에 떨어졌다. 교도관은 쇠창살 사이로 팔을 집어넣어 손을 뻗었지만 열쇠에 닿을 듯 말 듯한 거리였다.
그가 끙끙대며 말했다.
"제발 부탁이야. 나 좀 도와줘! 도저히 잠을 수가 없어."
메타피지카가 비웃었다.
"그 대단한 사랑으로도 어쩔 수 없나 보지?"
그가 애걸했다.
"때로는 도달할 수 없는 사랑도 있다고. 그러니 제발 나에게 메달을 돌려줘."
"아니. 내가 왜 그렇게 해야 돼? 난 너무나 피곤해."
메타피지카가 그렇게 말하고 모로 누워서 이불을 덮었다.
교도관 베르텔은 절망감에 빠져 메달을 끄집어내는 데 쓸 만한 물건이 있는지 주변을 둘러보았다. 그렇지만 그는 적당한 것을 찾을 수 없었다. 갑자기 그의 시선이 커다란 열쇠 꾸러미로 향했다. 그는 포로들을 쳐다보았다. 메타피지카는 잠이 든 것 같았다. 그는 다시 열쇠꾸러미를 쳐다보았고 그런 다음 애인의 사진이 든 메달을 바라보았다.
결국 그는 자리에서 일어나 두근거리는 가슴을 안고 벽으로 재빨리 뛰어갔다. 그는 다시 포로들을 바라보았다. 아무도 움직이지 않았다. 그는 조용히 열쇠 꾸러미를 벽걸이에서 꺼내어 쇠창살 쪽으로 천천히 움직였다. 그는 무릎을 아래로 꿇고 천천히 팔을 폈다. 그리고 조심스럽게 열쇠를 든 자신의 손을 쇠창살 안으로 집어넣었다.

모든 일은 순식간에 벌어졌다. 어둠 속에 숨어 있던 칼레가 뛰어나와 베르텔의 팔을 잡아 쇠창살 쪽으로 두 번 힘차게 당긴 것이다. 교도관은 고통스러워하며 바닥에 쓰러졌다. 다른 사람들이 일어났고 모든 일은 계획대로 진행되었다.

칼레가 열쇠 꾸러미를 집어들고 문을 열었다. 교도관은 감옥 안으로 끌려 들어왔고 짚으로 만든 침대 밑에 숨겨졌다. 플라토니쿠스-칸티쿠스가 베르텔의 옷으로 갈아입은 다음 감옥을 나섰다.

"너희를 오랫동안 위험 속에 내버려두지 않을게."

플라토니쿠스-칸티쿠스는 그렇게 약속하며 침을 삼켰다.

"알고 있어."

칼레가 그렇게 말하고 그를 포옹했다.

메타피지카는 아무 말도 하지 않았다. 그 대신에 그녀는 그에게 키스를 해주었다. 플라토니쿠스-칸티쿠스는 마음이 따뜻해지는 것을 느꼈다. 잠시 후 그는 감옥을 나와 계단을 뛰어오르기 시작했다.

궁전을 빠져나가는 일은 생각했던 것보다 훨씬 쉬웠다. 그는 교도관 제복의 옷깃을 높이 세우고, 경례 구호에 어물거리며 대답하고는 궁전을 벗어났다. 몇 분 후, 그는 궁전을 떠나 시내로 들어갔다. 그는 시내를 빠져나와 강물을 따라 항구 쪽으로 달려갔다.

플라토니쿠스-칸티쿠스는 할 수 있는 한 서둘러 갔다. 그가 무역선 중 하나에 태워 달라고 부탁을 했었더라면 그는 더 빨리 도착했을 것이다. 그렇지만 그는 다른 사람과 접촉하려고 하지 않았다. 그의 여행은 신고되지 않은 여행이었기 때문이다. 만약 다른 사람과 접촉했다면 그는 의심을 받았을 것이다. 처음에 그는 밤에는 걷고 낮에는 비어 있는 배에 몸을 숨겼다. 하지만 그는 이 전략을 곧바로 포기해야만 했다. 강가를 따라 형성된 늪지대를 밤에 걷는 일은 무척 위험했다. 낮에도 그곳을 지나는 것은 쉽지 않았다. 길은 항상 강기슭으로부터 시작해서 늪지대에 가서 끝났다. 플라토니쿠스-칸티쿠스는 믿을 수 없는 늪에 빠져 자신의 생명을 맡기느니 더 멀리 돌기는 해도 수영을 해서 갈까 하고 여러 차례 망설였다. 그는 너무 지쳐서 더 이상 계속 갈 수 없을 것 같은 마음이 들 때마다 지하 감옥에 갇혀 있는 친구들을 생각하며 고비를 넘겼다. 그들은 잘 지내고 있을까?

둘째 날 아침이 되었고 이미 오래전에 날은 밝았다. 그는 거기 갇혀 있던 사람들이 젊은 베르텔을 더 이상 괴롭히지 않을 것이라는 것을 확신했다. 그래도 베르텔이 붙잡혀 있다는 사실이 발각되면 그들은 무서운 벌을 받게 될 것이다. 플라토니쿠스-칸티쿠스는 다시 벌떡 일어섰다.

"내가 어디로 도망갔는지 알아내려고 그들을 괴롭힐지도 몰라."

그때 말발굽 소리가 들렸다. 그는 곧바로 갈대 속으로 뛰어들어 몸을 숨겼다.

'그들이 이미 나를 찾고 있구나.'

플라토니쿠스-칸티쿠스는 생각했다.

'머뭇거릴 시간이 없어!'

그는 저녁때까지 강행군을 계속한 결과 드디어 알라피셔의 도시에 도착했다. 그는 어두워질 때까지 기다렸다가 도시에 잠입하기로 마음먹었다. 두 시간 정도 기다리면서 그는 도시가 활기차게 돌아가는 모습을 지켜보았다. 그는 다시 기운을 내서 욕심 없는 사람들에 관해서 알고 있던 것을 모두 기억해냈다. 자니 로크는 그에게 그 사람들에 대해서 얼마 안 되지만 아는 만큼 설명해주었었다. 이 사람들은 니에체 왕에 대한 모든 복종을 거부했다. 그러나 그들은 니에체 왕에 대해 반란을 일으킨 적도 없었다. 니에체 왕은 그들을 그의 질서 체계 안으로, 다시 말해 자기의 힘과 의지에 종속시킬 수가 없었다. 니에체 왕에 대항하여 그들이 공동적으로 거사에 참여할 수 있도록 성공시켜야만 했다. 욕심 없는 사람들의 지도자는 디오게네스[2]였다. 그를 찾는 것이 중요했다.

해가 떨어진 뒤 얼마 후 플라토니쿠스-칸티쿠스는 도시로 몰래 들어갔다. 그는 눈에 띄지 않게, 그러나 이상하게 보이지 않도록 가능한 한 당당하게 움직였다. 그렇지만 그가 디오게네스를 어디에서 찾을 수 있을 것인가? 커다란 도시는 그 시간에도 매우 바쁘게 움직이고 있었다. 배들은 닻을 내리고, 입항 신고를 한 다음 확인을 받고 화물을 부리고 있었고, 뱀장어와 다른 물고기들을 실은 다음 다시 출항 신고를 하고 나서 강물을 거꾸로 힘들게 거슬러 올라갔다.

플라토니쿠스-칸티쿠스는 절망했다. 디오게네스를 어떻게 알아볼 수 있을까? 그는 디오게네스가 어떻게 생겼는지조차 알지 못했다. 자니 로크에게 들은 것이라고는 그가 통 속에 산다는 것뿐이었다. 통을 집으로 삼을 정도로 그는 욕심이 없었다. 플라토니쿠스-칸티쿠스는 몇 시간 동안 도시를 헤맸지만 아무런 소득도 없었다. 결국 그는 누군가에게 디오게네스에 대해서 물어보기로 결심했다. 위험한 시도였다. 왜냐하면 이미 오래전에 자신에 대한 수배령이 내려졌을 것이기 때문이다.

플라토니쿠스-칸티쿠스는 결심했다.

'아이한테 물어봐야겠어. 어린아이는 그렇게 쉽게 의심하지 않을 것이고 속이기도 더 쉽겠지.'

한참이 지난 뒤에야 그는 적당한 아이를 찾아냈다. 찢어진 바지를 입은 조그만 꼬마가 집 현관 계단에 앉아서 항구를 바라보고 있었다.

플라토니쿠스-칸티쿠스가 어른처럼 말했다.

"꼬마야. 뭣 좀 물어봐도 되니?"

"네, 아저씨! 뭔데요?"

---

[2] 여기서 나오는 인물은 동일한 이름을 가진 그리스 철학자 디오게네스Diogenes(시노페 BC 412~코린토스 323)라는 것을 알 수 있다.

꼬마가 그렇게 물으면서 그를 올려다보았다.

제복을 입고 있던 플라토니쿠스-칸티쿠스는 그럴듯한 자세를 취하며 말했다.

"나는 왕궁의 특사로, 욕심 없는 사람을 찾으라는 임무를 띠고 이곳에 왔단다. 나에게 그 사람에게 가는 길을 알려줄 수 있겠니?"

"물론이에요!"

꼬마는 그렇게 대답했고 천천히 일어섰다.

"그런데 아저씨는 왜 욕심 없는 사람한테 가려고 하지요?"

플라토니쿠스-칸티쿠스는 미리 준비해둔 거짓말을 했다.

"통 안에서 사는 것을 아직 신고하지 않았거든. 이제부터 신고되지 않은 모든 것은 금지된단다."

어린 꼬마가 갑자기 웃었다.

"정말 아저씨는 거짓말에 서툴군요! 저한테 말을 건 게 정말 다행인 줄 아세요. 그렇지 않았다면 아저씨는 벌써 붙잡혔을 거예요."

플라토니쿠스-칸티쿠스는 말을 더듬거렸다.

"무슨 말을 하고 있는 거니? 나는 왕의 궁전을 지키는 경비란다."

꼬마가 말했다.

"거짓말. 아저씨는 모든 사람이 체포하려고 찾고 있는 낯선 사람이잖아요. 진짜 경비병이라면 나 같은 꼬마한테 와서 길을 묻지는 않았을 거예요. 어린아이를 더 잘 속일 수 있을 거라고 생각해서 나한테 온 거 아니에요?"

플라토니쿠스-칸티쿠스는 침을 삼켰다.

"걱정 마세요. 위험에 빠뜨리지는 않을 테니까요."

꼬마가 그를 진정시켰다.

"그러나 우리 어린이를 너무 과소평가해서는 안 된다는 것을 배웠겠죠? 우리는 누가 부자연스럽게 행동하는지 금방 알아챌 수 있어요. 다음에 어린이의 도움이 필요하게 되면, 거짓말을 하지 마시고 진실을 말하세요!"

플라토니쿠스-칸티쿠스는 어린 꼬마의 천진난만한 솔직함에 놀라서 아주 작은 목소리로 그렇게 하겠다고 말했다.

꼬마가 약속했다.

"안내해 드릴게요. 혼자 가면 바로 붙잡힐 거예요. 도시에는 당신을 찾는 순찰대가 많이 돌아다녀요. 그러니 옷을 바꿔 입으세요. 여기까지 온 것도 기적이에요. 서랍에서 제 형의 셔츠를 꺼내줄게요."

플라토니쿠스-칸티쿠스는 잠자코 집으로 이끌려 들어갔고 작은 방에서 옷을 갈아입었다.

"왜 나를 도와주는 거지?"

그는 한참 지난 후에 주저하며 물었다.

"이유는 분명해요."

꼬마는 그렇게 대답하고 색깔 있는 돌을 구석에다 던졌다. 구석에는 많은 물건들이 쌓여 있었다.

"모든 삶의 기쁨을 억압하는 일방적이고도 경직된 질서에 대항하는 일이라면, 우리 어린이들이 가장 자연스러운 동맹군일 테니까요."

플라토니쿠스-칸티쿠스는 고개를 끄덕였다.

몇 분 후에 꼬마는 좁은 골목길로 그를 안내했다. 그들은 산 쪽으로 올라갔다. 꼬마 안내자는 가급적이면 가장 짧은 시간에 커다란 대로와 넓은 광장을 지나갈 수 있도록 애를 썼다.

마침내 그들은 아주 인상적인 계단에 도착했다. 계단들은 사원을 향해 끝없이 이어졌다. 계단들 중간쯤에 있는 넓은 바닥 위에 거대한 포도주 저장통이 놓여 있었다.

꼬마가 설명했다.

"저 통 안에 디오게네스가 살아요. 그가 지금 있었으면 좋겠네요. 꼭 성공하세요!"

꼬마는 몸을 돌려 돌아가려고 했다.

"날 혼자 놔두고 갈 거니?"

플라토니쿠스-칸티쿠스가 거의 애원하듯 물었다.

"물론이죠."

벌써 좁은 골목의 어둠 속으로 사라지면서 꼬마가 대답했다.

"저 같은 어린이한테 자발적인 도움을 얻을 수는 있겠지만, 저는 세계를 개선하기 위한 어른들의 계획에 끼어들고 싶지는 않아요. 저는 아주 작은 꼬마에 불과하답니다. 좋은 밤 되세요!"

플라토니쿠스-칸티쿠스는 커다란 계단 앞에 혼자 서 있었다. 그는 빠른 걸음으로 디오게네스의 통을 향해 계단을 올랐다. 통 가까이에 도착했을 때 그는 실망하지 않을 수 없었다. 어른 키만 한 크기의 통은 단지 입을 크게 벌리고 있는 구멍처럼 보였기 때문이다.

"통이 비어 있어!"

플라토니쿠스-칸티쿠스는 실망한 나머지 소리쳤다. 절망한 그가 돌아서려고 할 때 어떤 목소리가 들려왔다.

"사람이 받게 되는 첫 번째 인상이 믿을 수 없다는 것을 깨닫기 위해 여기까지 온 건 아니겠지?"

음성은 통의 내부에서 흘러나오고 있었다. 그러더니 어두운 통 속에서 무엇인가가 움직였다. 차츰차츰 노인의 대머리가 보이기 시작했다.

노인이 물었다.

"도대체 밤의 고요를 깨우는 자가 누구인가?"

그는 자신의 거주지에서 기어 나와 희미한 달빛 아래에 섰다. 그는 아주 검소한 옷을 입고 있었고, 짙은 수염에, 코와 이마의 구분이 선명해 날카로운 인상을 자아내고 있었다.

"당신이 디오게네스인가요?"

플라토니쿠스-칸티쿠스가 물어보았다.
"그래, 맞다."
그가 미소를 지으며 대답했다.
"저는 플라토니쿠스-칸티쿠스라고 하는데, 당신의 도움이 필요해서 왔습니다."
디오게네스가 친절하게 웃었다.
"절박하겠지만, 나는 나에게 도움을 요청하는 사람에게 단지 조언을 해줄 수 있을 뿐이란다."
플라토니쿠스-칸티쿠스가 말했다.
"조언뿐만 아니라 실제적인 도움이 필요합니다. 저는 지하 감옥에서 도망쳐 나왔습니다. 거기에는 아직도 제 친구들이 잡혀 있습니다. 우리는 니에체 왕의 권력과 질서를 거역했고 그 벌로 거기에 갇혔습니다. 저는 저희를 도와줄 사람들을 찾기 위해 그곳에서 몰래 빠져나왔습니다."
"내가 너를 도와줄 수 있을 것 같지는 않구나."
디오게네스는 그렇게 대답하고 통에 등을 기댔다.
"그러나 당신과 또 다른 욕심 없는 사람들은 니에체 왕의 질서와 반대되는 행동을 했잖아요."
"그래, 맞아. 그러나 우리는 그 질서에 대항해 싸우지는 않았다. 우리는 그 질서를 회피했을 뿐이란다."
플라토니쿠스-칸티쿠스는 궁금했다.
"어떻게 그렇게 했지요?"
"우리는 그저 다른 사람들이 도달하고 싶어하는 것을 얻기 위해 안달하지 않았을 뿐이란다. 이 국가는 힘에의 의지에 의해서 움직이고 있어. 모든 사람은 권력에 참여하려고 안달을 하고, 각자는 그의 이웃이나 친구보다 더 강해지려고 노력하지. 그리고 왕의 총애를 얻지 못한 사람들은 부를 얻기 위해 노력하고, 왜냐하면 돈도 권력과 마찬가지니까. 부는 권력을 뜻하고 권력은 안전을 보장하고, 사람들은 이 안전 속에서 행복할 수 있다고 믿으니까."

"그렇게 하는 것이 잘못된 건가요?"

"아주 잘못됐지! 소유는 사람들을 행복하게 만드는 게 아니라 불행하게 만들어. 어떤 것을 소유하게 되면, 사람들은 그것을 잃어버릴까 봐 불안해하지."

플라토니쿠스-칸티쿠스는 그의 말을 이해하기 위해 한참 생각해야만 했다. 그가 오랜 생각 끝에 물었다.

"니에체 왕은 여러분들에게서 아무것도 빼앗아갈 수 없기 때문에 여러분들을 지배할 수 없었던 긴가요?"

디오게네스가 말했다.

"바로 그렇단다! 적게 소유하면 할수록, 더욱 행복해지지!"

플라토니쿠스-칸티쿠스가 계속해서 물었다.

"통에 살고 있는 당신도 행복하신가요?"

노인이 말했다.

"통에 살아도 행복하단다! 누구도 나에게서 아무것도 가져갈 수 없어. 그러므로 나는 내 자신의 주인이지. 나는 소유한 것이 없기 때문에 무엇을 잃을까 봐 걱정할 필요도 없단다. 그러므로 태연하게 미래를 기다릴 수 있지."

플라토니쿠스-칸티쿠스가 물었다.

"당신은 필요하거나 가지고 싶은 게 전혀 없다는 말씀이신가요?"

디오게네스가 대답했다.

"나는 오직 한 가지만을 원한단다. 자유롭게 되는 것! 그렇게 되기 위해서는 마음이 평온해야만 해. 그렇기 때문에 나는 가능한 한 소박하게 살고, 아무것도 그리고 아무한테도 의존하지 않으려는 거야."

플라토니쿠스-칸티쿠스는 곰곰이 생각해보았다.

디오게네스에게
도움을 청하는
플라토니쿠스 - 칸티쿠스
성곤

"그러나 사람에게는 기본적 욕구가 있잖아요. 당신도 무엇인가 먹어야만 살 수 있잖아요?"

노인이 인정했다.

"그래, 나도 먹어야 살지. 그러나 한번 생각해보거라. 네가 정말로 필요로 하는 것들이 얼마나 많고 얼마나 다양한지를. 시장이나 가게를 지나갈 때 거기에 놓인 대부분의 물건들은 나름대로 쓸모가 있겠지만, 정말 네가 필요로 하는 물건들은 얼마 없잖다."

플라토니쿠스-칸티쿠스는 그의 말에 고무되었다.

"행복해지려면 인간은 불안으로부터 해방되어야 한다는 말씀입니까?"

디오게네스는 머리를 끄덕였다.

플라토니쿠스-칸티쿠스가 물었다.

"그러나 죽음에 대해서는 어떻게 생각하세요?"

"물론 사람들은 죽음에 대해 불안을 느끼지."

노인은 설명했다.

"죽음에 대해서도 사람들은 어느 정도 무관심할 수가 있어. 죽음은 생성과 소멸로 이어지는 끝없는 사슬의 한 부분이라는 것을 아는 것으로 충분해. 그렇지만 사람들은 한 번도 만난 적이 없는 죽음에 대해 그렇게 불안해야 할 이유가 어디에 있는지 결코 묻지 않아."

"무슨 말씀이세요?"

"자, 우리는 우리가 사는 동안 세상의 사물을 경험한단다. 그러나 우리가 죽으면 우리는 더 이상 사는 것이 아니야. 그러므로 우리는 죽음을 전혀 경험하지 못한단다. 우리가 세상에 살아 있는 동안 죽음은 존재하지 않고, 죽음이 존재하면 우리는 더 이상 이 세상에 있지 않으니까."

"이제 당신의 말씀을 이해할 수 있을 것 같아요."

플라토니쿠스-칸티쿠스는 그의 말이 옳다고 인정했다.

"당신에게 죽음이 무관심한 것이라면, 당신은 사악한 왕의 처벌에 대해서 두려워하지 않겠군요. 당신은 아무것도 소유하지 않았으니까, 왕은 당신에게 아무것도 가져갈 수가 없겠죠. 그리고 당신은 죽음도 두려워하지 않잖아요."

디오게네스가 웃었다.

"맞다. 이런 이유로 니에체 왕은 나와 타협을 했지. 그는 나에게 아무 해도 끼치지 않고, 나는 그의 권력을 방해하지 않기로."

플라토니쿠스-칸티쿠스는 무욕에 대해서 많은 질문을 했다. 그들은 통 앞에 앉아서 해가 천천히 떠오를 때까지 토론을 계속했다. 처음 햇살이 통에 닿았을 때 플라토니쿠스-칸티쿠스는 갑자기 토론을 멈추었다.

"가능한 한 아무것도 가지지 않고 욕심을 내지도 않는다는 것이 당신의 목적이라고 말씀하시지 않았던가요?"

"그렇게 말했지."

노인이 대답했다.

플라토니쿠스-칸티쿠스가 집요하게 물었다.

"그러면 친구들은 어떻게 생각하세요? 친구가 한 명도 없으세요? 아니면 한 명의 친구도 갖고 싶지 않으세요?"

디오게네스가 말했다.

"나에게도 친구가 있지. 물론 우리는 서로 아무것도 요구하지 않아. 우리는 서로에게 아무것도 기대하지 않을 정도로 서로를 좋아하지."

"당신 친구 중 하나가 아파서 당신에게 도움을 청하면 어떻게 하시나요?"

"그러면 나는 그를 기꺼이 도와주지. 그렇지만 의무에서 그렇게 하는 것이 아니라 자발적으로 그렇게 한단다."

플라토니쿠스-칸티쿠스가 설명했다.

"그것 보세요. 지금 제 친구들이 곤경에 처해 있어요. 그리고 그들을 구하기 위해 저는 도움이 필요해요."

디오게네스가 무표정하게 말했다.

"그렇지만 사람을 잘못 찾아온 것 같구나. 나는 그런 문제에는 관심이 없단다."

플라토니쿠스-칸티쿠스는 갑자기 속에서부터 화가 치밀어 오르는 것을 느꼈다.

"정의롭지 못한 일이 벌어지고 있는데도 당신은 관심이 없다는 말인가요?"

"그렇지 않아. 그렇지만 나는 그것으로 인해 내 마음의 평정을 깨고 싶지 않단다. 악을 세상에서 없애기 위해 스스로 부담을 떠안고 싶지 않구나."

플라토니쿠스-칸티쿠스가 소리쳤다.

"이해할 수가 없어요. 만약 그 일이 당신의 친구와 관련된 일이라면 어떻게 하시겠어요?"

"그래도 나의 태도는 변하지 않을 거다."

플라토니쿠스-칸티쿠스가 화가 나서 외쳤다.

"그럴 수는 없어요! 어떻게 불의에 대해서 그렇게 무관심할 수 있죠?"

디오게네스는 조용하게 그의 기억을 일깨웠다.

"나의 목적은 자유롭게 되는 것이라는 것을 잊었구나. 내 친구가 나에게 너무 많은 의미를 지닌다면, 내 자유는 그로 인해 제한되겠지. 나를 협박하기 위해 내 친구를 이용할 수도 있을 테니까. 그렇게 되면 나의 자유는 제한될 거야. 그래서 나는 어느 정도를 벗어나면 친구들의 운명에 대해서도 무관심할 수밖에 없게 되는 거란다."

플라토니쿠스-칸티쿠스가 깜짝 놀라 말했다.

"그런 말을 듣게 되다니 믿을 수 없군요! 당신은 자유에 대해서 말하는 것이 아니라 자기의 관심사만 말하고 있어요. 그렇다면 자신의 친구들이나 자신의 가치들에 무관심한 사람의 삶이 어떤 의미가 있을 수 있죠?"

노인이 조용하게 말했다.

"분명 자기 자신한테도 무관심은 필요하단다."

불쾌해진 플라토니쿠스-칸티쿠스는 소리쳤다.

"듣기 거북하군요! 선과 악에 대해 생각하고 그것에 대해 무엇을 해야만 하는 의무를 느낀다고 해서 그것이 부자유만을 뜻하는 것은 아니에요. 어떤 것을 해야겠다는 계획은 그 자신의 신념으로부터 나오는 것이니까요. 비록 위험에 빠지는 한이 있더라도 자신이 부과한 의무를 행하는 것이 자유의 경험이 될 수도 있습니다. 제가 친구들을 더 이상 걱정하지 않게 된다면 제 마음은 확실히 더 자유로워질 수 있겠죠. 그러나 그렇게 되면 더 이상 아무 의미도 없겠지요. 저 자신조차 저의 친구가 될 수 없을 테니까요."

그들은 서로에게서 얼굴을 돌린 채 한참 동안 침묵했다. 플라토니쿠스-칸티쿠스는 마음을 진정시키고 나서 물었다.

"그래서 저를 도와주실 수 없다고요?"

노인이 대답했다.

"미안하지만 너를 도와줄 수 있는 방도가 없구나."

플라토니쿠스-칸티쿠스가 머리를 설레설레 저으며 말했다.

"타인의 고통에 대해 당신은 정말 무관심한 건가요?"

노인이 대답했다.

"그래. 그렇지 않다면 어떻게 내가 행복할 수 있겠니?"

플라토니쿠스-칸티쿠스는 이마를 찡그렸다. 그의 마지막 희망이 사라졌기 때문이다.

"혹시 저를 도와줄 수 있는 사람을 알고 계신가요?"

디오게네스는 자신의 대머리를 흔들었다. 하지만 그는 뜻밖에 자신의 통 속에서 무엇인가를 집어들었다.

"아마 이것이 너를 도와줄 수 있을 게다."

그가 그렇게 말하면서 금반지를 내보였다.

플라토니쿠스-칸티쿠스가 의아해하며 물었다.

"당신은 아무것도 가지지 않은 것으로 생각했는데요."

디오게네스가 웃었다.

"나는 아무것도 가지고 있지 않아. 그러나 오래전에 기게스[3]라는 이름의 목동이 나를 찾아왔다가 여기에서 반지를 잃어버리고 갔지."

플라토니쿠스-칸티쿠스가 단호하게 말했다.

"저는 그 반지를 받을 수 없습니다. 가난한 목동의 반지를 훔치기는 싫습니다."

디오게네스가 자신의 견해를 말했다.

"네가 이 반지를 받으면 그에게 좋은 일을 하는 셈이 되지. 너는 소유의 부담으로부터 그를 해방시키는 것이니까. 그리고 그 목동은 더 이상 가난하지도 않아. 기게스는 리디아라는 나라로 가는 중인데, 거기서 왕이 될 테니까."

플라토니쿠스-칸티쿠스는 반지를 손바닥 위에 놓고 이리저리 굴려보았다. 플라토니쿠스-칸티쿠스가 말했다.

"당신 말이 맞을 수도 있겠지만, 그러나 이것은 엄연히 도둑질이에요. 그리고 그 반지로 제가 무엇을 할 수 있겠어요. 반지는 지하 감옥에 있는 친구들을 해방시키는 데 아무런 도움도 줄 수 없잖아요."

디오게네스가 애매하게 대답했다.

---

[3] 플라톤의 작품 『국가』는 양치기 기게스가 어떻게 마법의 반지를 발견하고 그 반지가 가진 마술에 의해 리디아의 왕이 되는지를 보여준다.(『국가』, 2권, 359b~360d)

"혹시 모르지. 기게스는 이 반지에 마법의 힘이 있다고 말했단다."

플라토니쿠스-칸티쿠스가 반지가 지닌 힘에 대해 노인에게 물으려 할 때, 날카로운 호루라기 소리가 사방에서 들려왔다. 며칠 전부터 그는 호루라기 소리만 들어도 두려움을 느끼게 되었다. 플라토니쿠스-칸티쿠스는 안절부절못했다.

"도망쳐야겠어요!"

플라토니쿠스-칸티쿠스가 다급하게 외쳤다.

디오게네스가 별일 없다는 듯이 말했다.

"행운이 있길 빈다!"

플라토니쿠스-칸티쿠스는 난간을 힘차게 뛰어넘은 다음 자신에게 달려드는 수많은 경찰을 옆으로 밀쳐내고 계단을 달려 내려갔다. 계단은 골목과 연결되어 있었는데, 그는 추적자가 보이지 않는 그 골목을 향해 달렸다. 한 경찰이 그를 잡으려고 했다. 그렇지만 플라토니쿠스-칸티쿠스는 그를 힘껏 밀어낸 다음, 좁은 골목길로 도망갈 수 있었다. 그는 손에 쥐고 있던 기게스의 반지를 손가락에 끼고는 계속해서 골목길을 달렸다.

한 무리의 경찰이 그의 뒤를 추적했다. 그 사이에 또 다른 무리가 디오게네스의 통을 뒤집었다. 책임자가 노인에게 큰 소리로 말했다.

"수상한 자가 당신에게 원한 것이 뭐요?"

디오게네스는 솔직하게 대답했다.

"그는 자기의 친구들을 해방시키기 위해 도움을 요청했소."

책임자가 그를 추궁하듯 말했다.

"우리도 그것은 알고 있소. 그의 계획을 알고 있소?"

욕심 없는 사람이 말했다.

"그것은 나도 모르오."

책임자가 화를 내며 말했다.

"디오게네스, 당신에게 경고하겠소."

디오게네스가 태연하게 물었다.

"내가 질문해도 괜찮겠소? 나에게 무엇을 경고한다는 말이오?"

책임자가 위협조로 말했다.

"우리는 당신을 처벌할 수도 있소!"

디오게네스가 신중하게 대답했다.

"오! 당신들은 나에게서 통을 빼앗고 싶은 모양인데, 대단히 유감스러운 일이군요."

"우리는 당신을 감옥에 처넣을 수도 있단 말이야, 이 늙은이야."

제복을 입은 책임자가 씩씩대며 말했다.

디오게네스가 대답했다.

"나는 감옥 생활을 아무렇지도 않게 잘 견딜 것이오."

지휘관은 더 이상 대화를 계속할 수 없다는 것을 깨달았다. 그가 말했다.

"디오게네스, 잘 들으시오. 우리는 그 놈을 잡고 싶소. 협조하면 보상을 하겠소."

태양은 이제 중천에 떠올랐다. 디오게네스는 그의 통 옆에 무장을 하고 늘어선 사내들을 아랑곳하지 않고 미소를 지으며 말했다.

"내가 아무것도 소유하고 싶어하지 않는다는 것은 당신들도 알고 있지 않은가!"

지휘관이 마지막으로 말했다.

"당신이 정말로 그런지 나는 잘 모르오. 당신이 알아야 할 것은 모든 정보가 우리에게는 중요하다는 사실이오. 당신은 그 대가로 원하는 모든 것을 받을 수 있을 것이오. 당신이 무엇을 원하는지 말만 하시오."

노인이 조용하게 말했다.

"아, 그래요. 당신이 나를 위해서 해줄 수 있는 것이 있기는 있소."

"좋아요. 말해보시오!"
무장을 한 책임자가 말했다.
디오게네스는 부드럽게 말을 했다.
"태양을 가리지 말고 좀 비켜주겠소! 당신의 그림자 때문에 빛이 가려져 약간 춥구려."
지휘관은 노인을 한동안 기분 나쁘게 노려보았다. 결국 그는 두 손 들고 돌아갈 수밖에 없었다.
"모두 나를 따르라!"
그는 그렇게 외쳤고 사내들은 칼을 든 채 계단을 내려갔다.
뒤에 남은 디오게네스는 만족스러운 듯, 내리쬐는 햇빛이 눈부신지 눈을 깜박거리고 있었다.

8장 기게스의 반지
―동정심 이상의 것이 있다

플라토니쿠스-칸티쿠스는 추적자들을 따돌리고 좁은 골목길을 빠져나갔다. 뒤에서 추적자들이 외치는 소리가 들려왔다. 그는 생각했다.
'더 빨리! 더 빨리! 그들에게 붙잡히면 모든 희망은 사라지는 거야.'
그는 활발하게 움직이고 있는 시장의 좁은 골목 쪽으로 질주했다. 제복들의 시끄러운 호루라기 소리에도 불구하고 사람들이 그를 잡을 생각을 전혀 하지 않은 것이 이상했다. 그들은 그를 전혀 못 본 척하는 것 같았고, 정신없이 도망가는 그를 전혀 주목하지 않았다. 그가 그들 사이를 헤집고 지나가거나 허겁지겁 도망가면서 그들을 한편으로 밀쳐버리고 나면 그때서야 그들은 놀라곤 했다. 플라토니쿠스-칸티쿠스는 모퉁이를 돌다가, 층층이 쌓여 있던 야채 상자에 걸려 길 위로 넘어졌다. 그를 쫓던 추적자들이 무기를 위협적으로 흔들면서 달려오고 있었다. 플라토니쿠스-칸티쿠스는 두 손으로 머리를 감쌌다. 이제 모든 것이 끝난 것이다.

추적자들이 그에게 달려들기를 기다리며 그는 디오게네스에게 죽음뿐만 아니라 죽게 되는 것에 대해서도 물었더라면 얼마나 좋았을까 하고 생각했다.

그렇지만 갑자기 이해할 수 없는 일이 벌어졌다. 추적자들이 그를 그냥 지나쳐 가는 것이었다. 그들이 그를 보지 못했을 가능성은 없었다. 그렇지만 지금 그는 바닥에 누워 있다. 그 녀석들 중의 하나는 앞으로 달려가면서 그의 무릎에 부딪치기까지 했다.

플라토니쿠스-칸티쿠스는 정신을 가다듬고 일어난 다음 기진맥진한 몸을 벽에 기댔다. 그때 두 번째 추적자 무리가 골목길을 지나갔다. 지휘관을 앞장세운 그들은 플라토니쿠스-칸티쿠스가 전혀 보이지 않는 것처럼 그냥 지나쳐 갔다.

플라토니쿠스-칸티쿠스는 큰 소리로 중얼거렸다.

"이 모든 것을 어떻게 받아들여야 하지?"

그때 플라토니쿠스-칸티쿠스 옆을 지나쳐 가던 한 여인이 함께 가던 사람에게 물었다.

"나한테 뭐라고 했어요?"

그 사람이 말했다.

"아니, 아무 말도 안 했는데."

그 순간 플라토니쿠스-칸티쿠스는 깨달았다.

'반지야. 반지에 마법적인 힘이 있다고 했잖아. 기게스의 반지가 나를 보이지 않게 한 거야.'

그는 시험을 해보기로 결심했다. 무장을 한 두 남자가 이 가게 저 가게로 다니면서 영업 신고를 제대로 하고 장사를 하는지 살피고 있었다. 플라토니쿠스-칸티쿠스는 그들 뒤로 살며시 돌아가서 두 사람 중 더 나이가 든 사람을 있는 힘껏 발로 걷어찼다. 발로 채인 사람이 화가 나서 소리쳤다.

"무슨 짓이야?"

젊은 사람이 놀라 동료를 쳐다보았다.

"무슨 말을 하는 거예요?"

"이봐, 경고하겠는데, 그건 근무 질서를 위반하는 행위야."

그는 동료에게 그렇게 위협을 한 다음 계속 걸어갔다. 젊은 사람은 영문을 몰라 그 자리에 서 있었다.

플라토니쿠스-칸티쿠스는 웃음을 참을 수 없었다. 의심의 여지가 없었다. 기게스의 반지가 그를 보이지 않게 한 것이다.

반지의 도움을 받아 그는 도시에서 쉽게 빠져나갈 수 있었다. 도시의 모든 문을 봉쇄하라는 명령이 내려졌지만 플라토니쿠스-칸티쿠스는 보초에게 작은 쪽문을 열게 할 수 있었다. 그는 보초병이 차고 있던 칼을 뽑아 그를 이리저리 때린 다음, 놀라서 당황한 보초의 코끝에 칼을 들이밀었다.

플라토니쿠스-칸티쿠스가 명령했다.

"문 열어, 어서!"

보초는 자기 자신의 칼이 허공에서 춤추는 데다 모습 없는 목소리를 듣게 되자 무서워서 벌벌 떨었다. 그는 서둘러 성의 문을 열면서 중얼거렸다.

"날아다니는 칼도 신고해야 되는데!"

플라토니쿠스-칸티쿠스는 문을 열고 나와 강 쪽으로 달려 내려갔다. 어둑어둑해지고 난 뒤에야 그는 손가락에서 반지를 뽑았다.

잠시 휴식을 취한 그는 마법의 반지와 그의 성공적인 탈출에도 불구하고 깊은 절망감에 빠질 수밖에 없었다. 아무도 그를 도와주려고 하지 않았고, 반지만 가지고는 친구들을 해방시킬 수 없었기 때문이었다. 반지는 그가 눈에 띄지 않게 친구들에게 갈 수 있도록 도와줄 것이다. 그러나 친구 모두가 그곳에서 눈에 띄지 않게 궁전을 탈출할 수 있으려면 여러 개의 반지가 필요하다. 그러나 반지는 하나밖에 없는 것이다. 눈물이 그의 뺨을 타고 흘렀다. 자포자기 상태보다 더 나쁜 것은 없으리라. 결국 그는 보초에게서 뺏은 칼과 함께 반지를 한쪽에 놓아둔 다음 잠시 수영을 하기로 했다.

"다른 방법을 생각해내야만 해."

그는 옷을 벗고 물 속으로 들어가면서 자신을 그렇게 타일렀다. 차가운 물에 들어가자 정신이 번쩍 들었다. 그는 생각했다.

'설령 다른 사람들을 해방시킬 수 없다고 하더라도, 뭔가 해야만 해! 니에체 왕이 항상 올바를 수는 없어. 우정은 공상이 아니야.'

플라토니쿠스-칸티쿠스는 그가 이전에 애송하던 시의 한 구절을 떠올리며 용기를 북돋웠다.

"친구가 친구에게 의무를 저버린 것을 잔혹한 독재자는 좋아하지 않는다!"[1]

그러면서 그는 반지와 칼을 바라보았다. 그는 생각에 잠겨 차갑고 긴 칼을 어루만졌다.

"다른 도리가 없어. 니에체 왕을 죽여야만 해!"

그가 갑자기 말했다.

"사람을 죽이는 것은 옳지 않지만, 그런 행동이 정당화되는 상황이 있다고 믿어야 해."

이 말을 하면서 그는 옷을 입고 반지와 칼을 주워 들고 어둠 속으로 사라졌다.

니에체 왕의 궁전으로 되돌아오기까지 별다른 어려움은 없었다. 그의 생각은 독재자의 살해를 두고 끊임없이 맴돌았다. 살인은 좋은 행위일까, 아니면 모든 강요와 필요에도 불구하고 정당화될 수 없는 것인가?

---

[1] 플라토니쿠스-칸티쿠스가 절망하면서 인용했던 이 구절은 독일의 시인이자 철학자 프리드리히 쉴러Friedrich Schiller(마르바흐 1759~바이마르 1805)가 쓴 시 「시민」에 나온다.

이튿날 저녁 늦게 플라토니쿠스-칸티쿠스는 도시에 도착했다. 그는 손가락에 낀 반지를 쓰다듬은 뒤 궁전으로 이어지는 골목길로 들어섰다. 그는 아무런 어려움 없이 궁전으로 들어갈 수 있었다.

플라토니쿠스-칸티쿠스는 곰곰이 생각했다.

'이것은 어쩔 수 없는 행위야. 니에체 왕을 죽여야만 해. 불의를 그치게 하기 위해서는 이것 말고는 다른 방법이 없어.'

플라토니쿠스-칸티쿠스는 칼을 꽉 쥔 채 독재자 니에체의 침실로 살그머니 들어갔다. 넓은 덮개가 있는 커다란 침대에 누워 있는 왕은 깊게 잠든 것 같았다.

플라토니쿠스-칸티쿠스는 재빠른 걸음으로 잠자는 왕의 곁에 섰다. 그는 두 손으로 칼을 모아 쥐고 천천히 칼을 들어올렸다. 하지만 그의 칼은 공중에서 꼼짝하지 않았다. 바로 눈앞에서 왕의 가슴이 오르락내리락하고 있었다. 칼로 그의 가슴을 찌르는 것은 아주 쉬운 일이었다. 그리고 그러한 행동으로 인해 받게 될 어떠한 처벌도 플라토니쿠스-칸티쿠스는 두렵지 않았다. 그러나 그는 그렇게 할 수 없었다. 보이지 않는 무언가가 그를 제지하고 있었다. 그는 그 보이지 않는 힘을 거역하고 자신이 결심한 대로 왕을 죽이려고 했다. 그렇지만 그의 칼은 보이지 않는 힘에 의해 제지된 것처럼 또다시 허공에서 멈추었다.

아주 고통스러운 시간이 흘렀다. 결국 플라토니쿠스-칸티쿠스는 절망하며 칼을 내렸다. 그는 왕을 죽일 수 없었다. 그는 고개를 숙이고 망설이다가 침실을 떠났다.

그는 천천히 무거운 발걸음을 옮겨 궁전의 방들을 지나갔다. 그는 잘못된 방향으로 가고 있는 것을 알지만 방향을 바꾸려 하지 않는 사람처럼 그렇게 걷고 있었다. 그는 얼마 전에 니에체 왕을 만났던 알현실로 들어서면서 '포기하자'고 생각했다.

그때 갑자기 웅성거리는 소리가 들려왔다. 플라토니쿠스-칸티쿠스

당위와 도덕적 의무
사이에서 갈등하는
플라토니쿠스 - 칸티쿠스
생곤

가 그 소리에 어리둥절해하는 순간, 그를 향해 여러 개의 그물이 날아들었다. 끝에 쇠구슬이 매달려 있는 그물은 무겁게 내려앉으면서 순식간에 그의 몸을 덮쳤다.

"잡았다."

누군가 그렇게 외쳤다.

"그 놈을 잡았어."

또 다른 목소리가 의기양양하게 말했다.

플라토니쿠스-칸티쿠스는 그물에서 빠져나오기 위해 필사적으로 노력했지만 그럴수록 점점 그물 속으로 엉켜 들어갔다. 잠시 후 사람들이 사방에서 그를 덮쳤다. 거만한 목소리가 명령을 내렸다.

"언제까지 모습을 감출 테냐? 모습을 드러내라!"

플라토니쿠스-칸티쿠스는 순순히 손에서 반지를 뽑았다. 그는 무장한 사람들 가운데 있었고, 그가 모습을 드러내자 그들은 놀라움을 금치 못하고 탄성을 올렸다. 무리 중 하나가 물었다.

"어떻게 모습이 보이지 않을 수 있지?"

플라토니쿠스-칸티쿠스는 안간힘을 다해 일어난 다음 솜씨 좋게 반지를 그물코를 통해 창 밖으로 던져버리면서 이렇게 외쳤다.

"이 반지로 했지!"

플라토니쿠스-칸티쿠스는 최소한 이 보물이 적의 수중에 들어가는 것을 막으려 했다. 이렇게 던져버린 반지를 찾기 위해 많은 사람들이 주변을 샅샅이 수색했지만 기게스의 반지는 오늘날까지 발견되지 않고 있다.

한편 플라토니쿠스-칸티쿠스는 채찍으로 등을 얻어맞는 형벌을 받게 되었다.

니에체 왕이 거만한 목소리로 말했다.

"플라토니쿠스-칸티쿠스! 무척 실망스럽구나. 나는 너에게서 더 많은 용기를 기대했는데!"

경비병들이 플라토니쿠스-칸티쿠스를 이리저리 걷어찼다. 니에체 왕은 왕좌에 앉아 그 광경을 즐겼다. 그는 플라토니쿠스-칸티쿠스가 조금 전에 보았을 때와 달리 완벽하게 옷을 차려 입고 있었다.

플라토니쿠스-칸티쿠스가 탄식하며 외쳤다.

"차라리 당신을 찔러버렸어야 하는데!"

왕이 비웃었다.

"자, 말해보아라. 네가 나를 정말 찌를 수 있었겠느냐? 너에겐 나를 찌를 용기조차 없었지 않느냐. 물론 나는 미리 대비를 해두었지. 침대에는 내가 아니라 내 신하 중 한 사람이 누워 있었다. 나는 이런 방식으로 신하의 충성심 또한 시험해볼 수도 있었다."

플라토니쿠스-칸티쿠스가 물었다.

"내가 당신의 목숨을 노린다는 것을 어떻게 알았죠?"

니에체 왕이 조롱했다.

"정말 몰라서 묻는가? 그런 것은 충분히 생각할 수 있는 문제지. 우리 모두가 힘에의 의지에 의하여 움직인다고 한 것을 잊어버렸는가. 나의 힘을 끝장낼 수 있는 가장 빠른 길은 나를 살해하는 것이다. 힘에의 의지가 너를 이곳으로 이끄리라는 것을 나는 이미 알고 있었다. 그런데 네가 네 자신이 힘에의 의지에 따르지 않는 것을 보고 나는 실망하지 않을 수 없었다. 인간은 두 종류로 나눌 수 있다. 자신들이 원하는 것을 자신의 힘으로 얻어낼 수 있다고 굳게 믿고 있는 강자들과 힘이 없기 때문에 신과 피안의 심판을 희망하면서 그들의 권리를 주장하는 약자들이지. 강자들은 그러한 희망을 필요로 하지 않는다. 강자들은 그러한 생각을 극복했다. 그러기에 나는 기꺼이 초인을 말하고자 한다. 나는 네가 자신의 운명은 자신의 손에 달려 있다고 생각하는 초인에 속하기를 희망했었다."

플라토니쿠스-칸티쿠스가 소리쳤다.

"나를 당신의 침대로 이끈 것은 힘에의 추구가 아닙니다. 나는 내 친구들에 대한 책임 때문에 그렇게 한 겁니다."

"그 모든 것이 망상에 불과하다는 것을 너는 아직도 깨닫지 못하느냐?"

플라토니쿠스-칸티쿠스가 자신 있게 반박했다.

"그렇습니다."

니에체 왕은 앞으로 몸을 숙이며 말했다.

"나는 너를 도와줄 준비가 되어 있다. 나는 네가 쓸 만한 인물이란 것을 잘 안다. 그러므로 나는 네게 높은 자리를 주겠다. 그 자리에 있으면 네가 원하는 모든 것을 얻을 수 있다."

"다른 사람들은 어떻게 되는 거죠?"

왕의 눈이 사악하게 반짝였다.

"그들은 잊어버려라! 그들은 너와 권력 사이에 있다. 너는 지하 감옥이든지 풍요롭고 권력을 가진 삶이든지 둘 중의 하나만을 선택할 수 있다."

플라토니쿠스-칸티쿠스가 결의에 찬 어조로 대답했다.

"지하 감옥을 택하겠습니다."

니에체 왕은 치미는 화를 이기지 못하고 자리에서 벌떡 일어났다. 그가 소리쳤다.

"이상적 몽상에 빠진 멍청한 놈이구나!"

왕은 플라토니쿠스-칸티쿠스를 끌고 나가라고 경비들에게 손짓했다. 니에체 왕은 알현실을 떠났고, 플라토니쿠스-칸티쿠스는 지하 감옥으로 끌려 내려갔다.

그가 지하 감옥에 도달했을 때 다른 사람들은 이미 깨어나 있었다. 위에서 벌어진 소란 탓에 잠을 깬 그들은 무엇인가 심상치 않은 일이 벌어지고 있다는 것을 짐작하고 있었다. 플라토니쿠스-칸티쿠스는 감옥에 다시 갇히게 되었다. 그의 동료들이 그를 반갑게 맞아주었다. 그들은 그가 입은 여러 가지 마음의 상처와 몸에 난 상처를 정성껏 돌보아주었다. 그렇지만 그의 친구들 역시 많은 고통을 겪었던 것처럼 보였다. 그가 탈출한 것이 발각되자마자, 그 벌로 일일 식사 배급량이 반으로 줄어버렸다. 칼레 막스조차 몰골이 비참해 보였다. 그렇지만 그의 작고 둥그런 배는 여전히 그의 셔츠를 뚫고 편안하게 앞으로 튀어나와 있었다.

플라토니쿠스-칸티쿠스는 자신이 겪었던 일을 말해주면서 욕심 없는 사람들에게서는 어떠한 도움도 기대할 수 없을 거라는 사실을 알려주었다. 기게스의 반지와 니에체의 왕을 살해하려 했던 것에 대해서도 이야기해주었다.

플라토니쿠스-칸티쿠스는 답답한 마음을 고백했다.

"왜 그랬는지 모르겠어. 그렇지만 그를 죽일 수가 없었어."

메티피지카가 말했다.

"네가 그렇게 하지 못한 것은 처벌을 받을까 봐 겁이 나서가 아니야. 너는 눈에 띄지 않게 그 자리에서 도망칠 수도 있었으니까. 그렇지 않아?"

칼레가 자리에서 일어나서 플라토니쿠스-칸티쿠스의 어깨를 툭툭 치며 말했다.

"나는 정말 너한테 아무런 유감이 없어. 그렇지만 너는 때때로 너무 마음씨가 좋은 게 탈이야. 그 늙은 독재자를 양심의 가책을 느끼지 않고 제거해버릴 수도 있었을 텐데. 사람이 자신이 속한 계급의 적을 제대로 알지 못하면, 언젠가는 좋은 일도 다 망쳐버리게 돼."

메티피지카가 플라토니쿠스-칸티쿠스를 변호했다.

"그러나 아무리 독재자라고 해도 아무런 가책도 없이 한 인간을 죽여버릴 수는 없어."

자니 로크가 물었다.

"왜 죽일 수 없지? 독재자는 선량한 많은 사람들의 행복과 삶을 방해하잖아. 양심의 가책을 받기야 하겠지만, 그것은 필요한 일일 수도 있어."

플라토니쿠스-칸티쿠스가 말을 했다.

"그 점에 대해서는 나도 생각을 해봤어. 하지만 그의 침대 옆에 섰을 때 나의 양심이 나를 만류했어."

자니 로크가 흥분해서 말했다.

"그게 이유야? 살인하지 못하게 할 도덕적 논증 같은 것은 없단 말이야."

플라토니쿠스-칸티쿠스가 투덜거렸다.

"제발 나를 비웃지 마. 그러나 나는 의무 때문에 죽일 수 없었다고 믿어. 비록 죽이고 싶도록 독재자를 증오하긴 하지만, 희생자 역시 인간으로 존중해야 한다는 의무감을 느꼈어. 자신의 목적을 위해서 인간을 이용하거나 더욱이 죽여서는 안 된다고 하는 도덕적 의무 같은 것이 있는지도 몰라."

"그런 의무는 없어! 엄격한 의미에서 도덕은 존재하지 않기 때문에 그런 의무도 존재하지 않는 거야!"

흥분한 목소리가 들려왔다. 그 목소리의 주인공은 아르투르 벨트쉬메르츠였다. 그는 자리에서 일어나더니 감옥 안을 이리저리 걸어다니면서 강의하듯 말했다.

"도덕적 의식이라는 것은 존재하지 않아! 도덕은 동정심의 물음이지."

플라토니쿠스-칸티쿠스가 물었다.

"그러나 니에체 왕에게 제가 어떻게 동정심 같은 것을 가질 수 있겠습니까?"

대답이 되돌아왔다.

"유감스럽게도 너는 왕에게서 너 자신을 인식했다."

"저를 모독하는 말씀입니다. 바로 해명해주세요!"

아르투르 벨트쉬메르츠는 침착하게 말을 이어나갔다.

"모든 세계가 고통이라는 것을 기억하나? 인간은 모두 계속 살고 싶어하지만 우리는 죽어야만 하고, 그것 때문에 고통을 받고 있다네. 그렇지만 우리는 고통을 느끼기 때문에 다른 사람의 고통을 지각할 수 있고, 그들과 연대감도 느끼게 되는 거야. 그러므로 우리의 내면에서는 가능한 한 모든 사람을 도와주고 해를 덜 끼치려 하는 바람이 생겨나게 되지. 그러나 이것은 의무나 신념이 아니라 감정에 불과해. 우리가 동정심을 갖고 있든지 안 갖고 있든지 둘 중의 하나지."

메타피지카가 이의를 제기했다.

"그러나 의무가 없고 도덕적 행위가 동정심에 의존하는 것이라고 하면 다른 사람들이 선하게 행동할 것이라고 기대할 수 없잖습니까. 그렇다면 우리는 니에체 왕에게 우리를 풀어 달라고 요구할 수도 없겠죠. 당신의 말에 따르면, 우리는 우리를 인간답게 취급해 달라고 요구할 수 없고 단지 그의 동점심에만 호소해야 하니까요."

벨트쉬메르츠가 말했다.

"바로 그거야."

플라토니쿠스-칸티쿠스가 말했다.

"저는 당신의 말을 쉽게 믿고 싶지 않습니다. 제가 보기에 인간은 스스로에게 도덕적 의무를 부과하는 자유로운 존재입니다."

칼레가 물었다.

"그 말을 내가 어떻게 이해해야만 하지?"

플라토니쿠스-칸티쿠스가 설명했다.

"잘 봐. 인간은 어떠한 상태가 좋은지 나쁜지 판단할 능력을 가지고 있어. 어떤 사실이나 행위가 나쁘다고 생각하면 우리는 그것을 바꾸어야 한다고 요구하지."

다른 사람들이 고개를 끄덕였다.

"우리는 이러한 '당연한 요구'를 명령이라고 부르지. 우리는 바로 이 요구들을 따라야만 하기 때문에 그 요구들로부터 의무를 갖게 된다고 나는 생각해."

벨트쉬메르츠가 말했다.

"그러나 그러한 당연한 요구는 아주 상대적인 거야. 어떤 사람은 이것이 당연한 요구라고 하고 또 다른 사람은 다른 것이 당연한 요구라고 하니까. 니에체 왕은 자신의 권력을 넘보지 못하게 하는 요구를 하고, 그의 아들 자니 로크는 시민들에게 더 많은 권리를 줄 것을 계속 요구하지. 각자 자신이 원하는 것을 요구한다면, 도덕은 각 개인의 일이지. 그러나 윤리나 정말 설득력 있는 도덕이라면 때와 장소에 상관없이 모든 사람에게 의무적이 되어야만 하잖아!"

플라토니쿠스-칸티쿠스가 강조했다.

"그 점에 대해서는 당신과 의견이 같습니다. 그래도 저는 제 견해를 굽히지 않겠습니다."

칼레 막스가 잠시 생각하더니 말했다.

"보편타당한 도덕의 요구에 대한 너의 확신을 입증하기 위해서는 두 가지가 필요해. 그 도덕은 모든 사람에게 타당해야 하고, 그 자체로 선해야 하지. 이 두 가지가 있어야만 모든 사람은 그들의 의무가 무엇인지 알 수 있을 것이고, 그럴 때에만 모든 인간은 그것에 따라 판단을 할 수 있게 되니까."

플라토니쿠스-칸티쿠스가 큰 소리로 말했다.

"그래, 그러한 것은 존재해! 모든 인간은 이성을 가지고 있어. 실천 이성은 인간으로 하여금 그들의 도덕적 의무를 알게 해줘. 그리고 그러한 의무를 행하려는 인간적 의지도 존재한다고. 나는 이 세계 안에서 그리고 이 세계의 바깥에서조차 완전한 한 가지 것만을 충분히 생각할 수 있어. 그것은 선한 의지야. 우리가 잘못해서 다른 사람의 발을 밟고 나서 '미안합니다! 고의가 아니었습니다'라고 말하면, 발을 밟힌 사람은 대개 화를 내지 않잖아."

메타피지카가 이마를 찡그렸다.

"모든 인간이 이성의 도움을 받아 보편타당한 요구나 정언명령[2]을 발견할 수 있다는 걸 말하려는 거야?"

플라토니쿠스-칸티쿠스가 대답했다.

"그래."

"그렇다면 정언명령이란 도대체 어떤 거지?"

플라토니쿠스-칸티쿠스가 대답했다.

"그런 도덕법칙을 다음과 같이 정리하면 어떨까? 너의 행위를 규정하는 의지가 언제나 보편적 법칙으로 사용될 수 있도록 그렇게 행위하라."

"설명을 좀 더 해봐!"

메타피지카가 부탁했다.

"이런 의미야. 사람들은 행위할 때 항상 스스로에게 물어야만 해. 자기 자신의 행위가 모든 다른 사람들이 동의할 수 있을 만큼 그렇게 선한 것인가."

아르투르 벨트쉬메르츠가 크게 비웃었고 이죽거리며 말했다.

"그것은 천사에게나 해당되는 도덕이지!"

메타피지카가 자기의 의견을 말했다.

"'모든 사람을 돕고 아무에게도 해를 끼쳐서는 안 된다'는 당신의 요구는 플라토니쿠스-칸티쿠스의 주장과 본질적으로 다른 게 아니잖아요."

벨트쉬메르츠가 웃었다.

---

[2] 이 개념은 임마누엘 칸트에 의해서 정식화된, 무제한적으로 타당한 도덕법칙이다. 가장 유명한 정식들 중의 하나이다. "네가 그에 따라서 행할 수 있는 의지의 준칙이 동시에 마치 보편적 법칙이 되는 것처럼 그렇게 행위하라!"(『도덕 형이상학 원론』, 1785)

"아마도 그렇겠지. 그러나 나에게서 중요한 것은 이성의 통찰이 아니라 동정심이라는 감정이야."

칼레가 플라토니쿠스-칸티쿠스에게 말했다.

"그가 옳아. 인간은 여러 가지 다른 사회적 관계 속에서 살고 있고 상이한 계급에 속해 있는데, 어떻게 모든 인간이 도덕법칙을 자신이 가진 이성에 의해 발전시킬 수 있겠어?"

"나는 모든 사람이 그렇게 행한다고 말하지는 않았어. 그러나 모든 사람들은 그렇게 할 수 있다는 거야. 정언명령은 아무 곳에나 존재하는 의식이 아니라, 인간이 자신의 행위를 판단하는 데 요구되는 척도야."

칼레가 물었다.

"좋아. 그렇다면 어떠한 방식으로 그러한 척도가 이성으로부터 나오게 되지?"

플라토니쿠스-칸티쿠스가 대답했다.

"다른 보편타당한 도덕을 원할 것인가 아니면 그러한 것을 생각하지 말 것인가 하는 통찰에 의해서야."

칼레가 말했다.

"그것에 대해 좀 더 설명해줘."

플라토니쿠스-칸티쿠스는 숨을 깊게 들이마셨다.

"네가 다른 사람의 구두가 너무 마음에 들은 나머지 훔쳤다고 한번 상상해봐. 그런 행위가 도덕적으로 정당화될 수 있는지 아닌지 네가 알고 싶을 때, 너는 정언명령을 이용할 수 있어. 너는 이렇게 물어야만 해. 구두가 맘에 든다고 해서 다른 사람의 구두를 훔치는 행위에 모든 사람이 동의할 수 있는가 하고. 만약 네가 동의한다면, 다른 사람이 네 구두를 훔쳐가도 너는 아무 말도 할 수 없을 거야. 네가 그런 행위에 동의했기 때문이지. 그러나 모두가 모두에 대해 구두를 훔쳐가는 그러한 사회를 상상해봐. 그런 사회는 생각해볼 수 없잖아. 그리고 그러한 사회를 원할 수도 없고."

모두가 침묵했고 생각에 잠겼다.

드디어 자니 로크가 입을 열었다.

"네가 옳을지도 몰라. 정언명령은 정말로 모든 인간이 이성을 가지고 추론해볼 수 있는 보편타당한 도덕법칙이지. 하지만 나는 그것도 많은 문제를 갖고 있다고 생각해. 더 심각한 사태를 막기 위해 내가 나쁜 짓을 해야 하는 어떤 상황에 처했을 때는 어떻게 해야 하지? 독재자를 살해하는 것을 어떻게 생각해야 하지? 독재자를 포함해서 모든 인간의 존엄성은 건드릴 수 없는 것이라고 생각해야만 하는지, 아니면 가능한 한 최대 다수의 최대 행복을 이루는 것이 타당한지 생각해봐야 해."

그러나 그는 플라토니쿠스-칸티쿠스의 대답을 더 이상 들을 수 없었다. 플라토니쿠스-칸티쿠스는 이미 지쳐서 잠이 들어버렸기 때문이었다. 그의 머리가 공주의 어깨 위로 미끄러졌고, 코 고는 소리가 나지막하게 들려왔다. 칼레와 메타피지카는 그를 짚단에 옮겨 눕혔다. 그런 다음 그들은 자니 로크와 그의 힘센 친구와 함께 다수의 행복을 위해 한 사람이 희생되어도 좋은가 하는 문제를 가지고 한참이나 더 토론했다. 그들은 밤이 깊도록 이야기를 나누었으며, 그 과정에서 보다 더 중요한 물음을 발견했다. 도덕적 주장에는 동의를 하면서도 완전히 의식적으로 악을 행하는 그러한 사람의 경우는 어떠한가?

다음 날 아침이 되어서도 토론의 열기는 식지 않았다. 메타피지카가 한참 만에 말문을 열었다.

"인간의 참다운 의도라고 할 수 있는 '소망'에 대한 물음은 아주 완전히 다른 근거에서 중요해."

"무슨 말이야?"

플라토니쿠스-칸티쿠스가 물었다.

"한 인간을 그가 행한 결과를 가지고 판단하는 것과 그가 의욕했던 것을 가지고 판단하는 것은 아주 다른 문제야. 휠체어에 탄 어떤 사람이 인간을 도와주는 것이 자기의 의무라고 여기는데, 물에 빠져 죽는 사람을 보고도 구하지 못했다고 생각해봐. 그리고 수영 선수가 신문에서 칭찬받기 위해서 물에 빠져 죽는 사람을 구해주었다고 생각해봐. 그래도 휠체어에 탄 사람이 수영 선수보다 더 '나은' 사람이 될 수도 있잖아."

자니 로크가 말했다.

"그래! 어떤 행위의 도덕적 가치가 그 행위의 결과에 의존하는 것 같지는 않아. 플라토니쿠스-칸티쿠스가 비록 성공하지는 못했지만 우리를 해방시키기 위해 모든 시도를 아끼지 않은 데에 대해 우리는 고마워해야 해."

9장 생사를 건 싸움

— 자 유 의   경 험

"내가 엿들은 대로라면, 아직도 너희는 너희의 이상주의를 극복하지 못했구나."

지하 감옥을 내려오던 니에체 왕이 그렇게 말하며 웃음을 터뜨렸다.

자니 로크가 불손하게 말했다.

"그래요! 하지만 우리는 아바마마의 행위가 나쁘다는 것을 증명하는 데 필요한 많은 논증들을 발견했습니다."

"헛수고하지 마라!"

왕이 그의 말을 가로막았다.

"나는 어제 저녁에 너희들이 말하는 것을 모두 다 들었다. 하지만 내가 엿들은 것 가운데 나를 설득할 수 있는 논증은 전혀 없었다."

"왜 그렇지요?"

"나는 너희들의 기본 생각을 인정하지 않기 때문이지. 너희들은 선과 악이 존재하며 인간은 그 둘 중의 하나를 선택해야만 한다는 점에서 출발하지. 그러나 나는 너희들과 생각이 전혀 달라."

"선과 악이 존재하지 않는다고 말씀하시려는 건가요?"

"바로 그렇다! 너희들 자신도 어제 저녁에 그렇게 말하지 않았느냐. 인간이 자발적으로 그렇게 행위하려고 할 때 행위는 선하거나 나쁘게 되는 것이라고."

"그런 결과에 도달했었던 건 사실이에요."

메타피지카가 인정했고 창살 쪽으로 갔다.

왕이 웃었다.

"그것 봐라. 그러나 나는 인간이 그렇게 자유로운 결정을 내릴 수 있는지 의문을 갖지 않을 수 없구나. 자유라는 것은 없다. 실제로 모든 것은 자연법칙에 따라 움직이는 것에 불과하다. 우리는 우리가 물려받은 것, 우리의 소질, 우리의 유전자에 의해서 결정된다. 힘에의 의지 역시 이런 방식으로 우리에게 부여된 것이다. 우리가 자유롭게 무언가를 결정한다고 하는 것은 망상에 불과해. 실제로 모든 것은 자연법칙에 의해서 규정되지. 모든 것이 자연법칙에 의해서 규정된다고 한다면, 거기에는 자유도 없어. 그리고 결정의 자유가 없다면 도덕은 생각하기 힘들게 돼."

칼레는 며칠 전에 노인에게서 등을 얻어맞으면서 배웠던 교훈을 생각해내고 이렇게 말했다.

"당신은 우리를 혼란스럽게 만드는군요. 우리는 얼마 전에 도덕이 존재한다는 사실을 발견했어요. 그리고 오늘 밤에는 거의 도덕법칙을 정식화할 뻔했어요."

"그러나 그러기 위해서 너희는 자유가 필요할 텐데."

니에체 왕이 분명하게 말했다.

"그래요."

자니 로크가 인정했다.

"그러나 자유가 없다면 어떻게 되는 거지?"

왕이 비웃었다.

"그렇지만 자유는 있어요."

플라토니쿠스-칸티쿠스가 반박하면서 자신의 자리에서 힘겹게 일어났다.

니에체 왕이 소리쳤다.

"그렇다면 증명해보거라!"

"예를 들자면 방금 나는 자발적으로 일어났습니다. 마찬가지로 나는 자리에 그냥 누워 있을 수도 있었어요. 어떠한 자연법칙도 나를 일어서도록 강요하지는 않았어요."

니에체 왕이 목소리를 높여 말했다.

"지금 너는 우리의 세계는 자연법칙에 의해서 규정되지 않는다고 말하고 싶겠지?"

"아뇨. 자연법칙이 세계를 규정하지요."

니에체 왕이 물었다.

"그래. 그렇다면 너의 자유는 어디에서 오는 것이냐? 우리가 살고 있는 세계 바깥에서라도 오는 것이냐?"

플라토니쿠스-칸티쿠스가 말했다.

"전혀 그렇지 않습니다. 세계가 자연법칙에 의해서 규정된다고 할지라도 자유는 우리 인간의 의지 속에 자리 잡고 있어요. 자연적으로 주어진 것들이 나의 계획을 실현하는 데 방해가 된다고 할지라도, 나는 무엇인가를 행할 수 있기를 원합니다. 휠체어에 탄 사람을 생각해보세요!"

니에체 왕이 분명하게 말했다.

"그러나 의지는 자유가 아니라 힘에의 충동에 의해 결정되지."

메타피지카가 말했다.

"대화가 원을 그리듯이 자꾸 겉도는 것 같아 걱정스럽군요. 플라토니쿠스-칸티쿠스는 인간의 의지는 자유롭다고 주장했어요. 그리고 당신은 삶의 모든 영역이 자연법칙, 생존 충동, 힘에의 충동에 의해서 지배된다고 생각하지요."

니에체 왕이 사악하게 말했다.

"그래, 맞아. 귀여운 아가씨. 대화가 겉돌지 않도록 어디 한번 해보시지."

"어떻게 하면 그렇게 할 수 있나요?"

니에체 왕이 외쳤다.

"한 가지만 증명하면 돼! 나는 자유와 도덕이 단지 상상에 불과하다는 것을 증명할 것이다."

"어쨌든 무척 흥미롭군요!"

니에체 왕이 으르렁거리며 말했다.

"귀여운 아가씨, 나도 마찬가지야. 나도 마찬가지라고. 플라토니쿠스-칸티쿠스! 너는 인간의 의지가 자유롭다는 것을 주장하지 않았느냐?"

"네, 그렇습니다."

플라토니쿠스-칸티쿠스가 대답했다.

"그리고 내 아들 자니 로크, 너도 그와 같은 견해를 갖고 있지 않느냐?"

"네, 그렇습니다."

자니 로크가 분명하게 말했다.

"그래, 좋아. 너희들이 도덕이라고 부르는 것은 단지 사치에 불과하다는 것을 보여주겠다. 사람들은 자신의 목숨과 권력이 보호받을 때 그러한 사치를 부리지."

자니가 비웃었다.

"무척 흥미로운 말씀이군요!"

니에체 왕의 눈이 벌겋게 달아 오른 석탄처럼 이글거렸다.

"아주 흥미로울 거야. 알다시피, 내일은 일요일이다. 내가 백성들에게 볼거리를 제공해야 하는 날이지. 이번에는 아주 특별한 일이 벌어지게 될 거야. 내 아들아, 나는 너와 네 친구 플라토니쿠스-칸티쿠스가 서로 싸울 것을 명한다. 원형경기장에는 너희 둘만이 있게 되겠지. 그리고 너희 둘은 생사를 건 싸움을 벌이게 될 테고. 수천의 관중들은 너희들이 도덕도 땅바닥에 내팽개쳐버린 채 제 살길만 생각하는 것을 보게 될 거다. 자연법칙이 도덕에 대해 승리를 거두게 될 것이다!"

자니 로크가 단호하게 말했다.

"관중들은 무척이나 심심해하게 될 겁니다. 저는 제 친구에 대항해서 싸우지 않을 거니까요. 우리는 경기장 바닥에 앉아서 대화를 나눌 겁니다."

니에체 왕이 콧방귀를 뀌며 말했다.

"그렇게는 할 수 없을걸. 싸우지 않는다면 너희 둘 다 죽어야 하니까. 너희들은 사자밥이 될 것이다. 어차피 백성은 볼거리를 요구할 테니까. 그러므로 둘 다 죽느냐 아니면 너희 둘 중 하나는 살아남을 것인가를 너희 둘이 스스로 결정할 수 있겠지. 나는 싸움에서 이기는 사람에게는 상으로 자유를 줄 것이다."

니에체 왕은 말을 마친 뒤 등을 돌려 나가려고 했다.

메타피지카는 화를 이기지 못하고 감옥 창살을 마구 흔들어댔다. 그녀가 소리쳤다.

"당신은 정말 어쩔 수 없는 사악한 인간이야!"

"나는 현실주의자야, 귀여운 아가씨. 너희들도 곧 그렇게 되겠지. 너희들 모두 내일 아침 그 광경을 보게 될 거다. 그러고 나면 내가 너희들을 확실하게 설득할 수 있게 되겠지."

왕은 그렇게 말하며 교활하게 웃었다.

내일은 그들이 지금까지 경험했던 날 가운데 가장 슬픈 날이 될 것이다. 모두가 왕의 끔찍한 계획에서 벗어날 수 있는 방법을 궁리했다. 몇 사람은 그것은 단지 협박에 불과할 것이라고 주장함으로써 분위기를 바꾸어보려고 했다. 그렇지만 진짜로 그렇게 믿는 사람은 아무도 없었다. 그들 모두는 니에체 왕이 정말로 그렇게 할 거라는 사실을 알고 있었다. 그들은 아무 말도 하지 않고 함께 앉아 있었다. 그러는 동안에도 시간은 끊임없이 흘러갔다.

자니 로크와 플라토니쿠스-칸티쿠스만이 매우 오랫동안 조용하게 서로 대화를 나누었다. 왕이 감옥을 떠나자, 그들은 구석에 자리를 잡고 누웠다. 그들은 대화를 나누면서 자신들이 얼마나 절망적인 상태에 처했는가를 확인할 수 있었다.

자니 로크가 냉정한 목소리로 말했다.

"내가 설령 이긴다고 해도 나는 내 행동을 늘 증오하게 될 거야. 그 사실을 네가 알아줬으면 좋겠어."

플라토니쿠스-칸티쿠스가 낮은 목소리로 중얼거렸다.

"생각하기도 싫어. 나는 너를 인간으로서 존중하고 내 친구로 여겨. 내가 승리하는 경우에 나 역시 내 행동을 결코 용서하지 못할 거야."

자니가 물었다.

"정말 이 불쾌한 투쟁을 피할 수 없는 걸까? 동전을 던져 결정하면 어떨까?"

플라토니쿠스-칸티쿠스는 그를 다정하게 쳐다보며 말했다.

"우리가 정말 솔직하다면, 어떠한 해결책도 있을 수 없다는 것을 인정해야겠지. 내기에서 지는 사람은 어떻게 되는 거지? 그는 목숨이 아까워서 어떻게 해서든지 살려고 아등바등하거나, 아니면 조용히 죽어야 할 거야."

"네가 옳아. 우리가 아직 할 수 있는 유일한 것은 서로에게 정직해지는 거야. 우리는 아주 평범한 인간이야. 우리 둘은 싸우게 되겠지."

"그렇다면 도덕이 없다는 것을 너의 아버지는 증명하는 셈이고, 우리는 지는 셈이 되겠지?"

플라토니쿠스-칸티쿠스가 우울해하며 물었다.

자니 로크가 분명하게 말했다.

"아니, 그렇지 않아! 우리가 어쩔 수 없이 싸움을 하게 됐다고 해서 도덕이 없어지는 것이 아니야! 인간이 도덕적으로 행위하기에는 너무나 힘든 상황이 있다는 것만을 증명할 뿐이야. 그러나 소망, 당위로서의 도덕은 계속 존재해. 도덕이 외치는 소리를 못 들은 척할 수도 없잖아."

플라토니쿠스-칸티쿠스가 맞장구를 쳤다.

"맞았어. 도덕적으로 함께 살기 위해서는 확실한 전제들이 필요하지. 이 기본 전제들이 주어지지 않는다면 인간은 일종의 자연 상태[1]로 떨어지거나 충동에 의해 이끌려 다니겠지."

"이제 그만 자자. 내일은 우리에게 가장 힘든 날이 될 거야."

자니 로크는 그렇게 말하더니 미소를 지으려고 애썼다.

그들은 자기 전에 서로 악수를 나누었다.

"나는 너를 항상 존경할 거야."

플라토니쿠스-칸티쿠스가 약속했다.

자니는 아무 말 없이 고개만 끄덕였다.

다음 날 아침 플라토니쿠스-칸티쿠스와 자니 로크는 아침 일찍 감옥에서 끌려 나왔다. 친구들에게 제대로 작별 인사를 할 시간조차 없을 정도로 급히 끌려 나갔다. 감옥에 남은 친구들이 할 수 있는 일이란, 병사들에게 심한 욕을 퍼붓는 것 말고 없었다. 물론 그런 일에는 칼레가 가장 뛰어난 자질을 가지고 있었다.

---

1) 자연 상태는 사회적 혹은 국가적 제도 이전에 존재하는 인간적 공동체에 대한 철학적 이념을 나타낸다. 각 해석자에 따르면 이 상황은 평화로운 고독의 상태(루소)로 또는 만인에 대한 만인의 투쟁(홉스)으로 이해된다.

몇 시간이 지난 뒤 이번에는 나머지 포로들이 감옥에서 끌려 나왔다. 그들은 밧줄에 묶여 호송 마차에 태워졌다. 잠시 후 마차 문이 열렸고, 그들은 거대한 원형경기장 앞에 와 있다는 것을 알았다. 원형경기장은 빈자리 없이 사람들로 꽉 차 있었다. 경비는 한눈에 경기장 전체가 내려다보이는 특별한 관중석으로 그들을 데리고 갔다. 그들은 묶인 채 나란히 서서, 기대에 부풀어 구경거리를 기다리고 있는 관중들을 불안한 시선으로 바라보았다. 왕좌에 앉은 니에체 왕이 관중들을 향해 거만하게 고개를 끄덕였다. 잠시 후 왕이 점잔을 빼면서 일어났다. 순식간에 원형경기장이 조용해졌다. 그러나 니에체 왕이 어떠한 볼거리가 펼쳐질 것인지 선포하자 군중들은 웅성거리기 시작했다.

한 병사가 동료에게 말했다.

"정말 끔찍한 광경을 보게 되겠군."

다른 병사가 맞장구를 쳤다.

"그래. 대단히 흥미롭긴 하겠지만 얼마나 처참할까!"

두 사람의 대화를 듣고 있던 메타피지카가 두 병사에게 간청했다.

"그렇다면 그 일에 반대하세요!"

병사 중 하나가 웃었다.

"우리가 뭘 할 수 있겠어?"

"그 싸움을 못하게 막으세요!"

"그럴 힘이 우리에게는 없어. 그럼 우리가 저 두 사람 대신에 경기장에 서게 될 거야."

메타피지카가 물었다.

"당신들은 두 친구가 서로를 죽이는 것을 그냥 지켜보겠다는 건가요?"

"다른 방법이 없잖아? 때로는 그냥 못 본 척할 필요도 있지."

"저주받을 기회주의자들!"[2)]

메타피지카가 욕을 해댔다.

"기회주의자가 뭔데?"

병사 중 한 명이 물었다. 그러더니 험상궂은 표정으로 그녀에게 다가섰다.

"항상 자기 자신의 이익만을 미리 생각하고 힘 있는 사람에게 붙어 다니는 인간을 기회주의자라고 하지."

칼레가 그렇게 대답을 하고 메타피지카를 보호하기 위해 얼른 그녀 앞을 막아섰다.

그러나 두 번째 병사가 투덜대면서 동료를 슬쩍 뒤로 잡아당겼다.

"그래. 그렇다면 아마도 우리가 그런 종류의 사람일지도 모르지. 그러나 어떤 결과가 일어날지를 생각해보고 난 다음에 행위해야 하는 거야."

메타피지카가 씁쓸하게 대답했다.

"그럴지도 모르죠. 하지만 그런 기회주의적인 생각만 한다면, 세상에서 벌어지는 끔찍한 일들은 결코 개선되지 않을 겁니다."

바로 그때 플라토니쿠스-칸티쿠스와 자니 로크가 서로 다른 출구를 통해 경기장 안으로 들어왔다. 두 사람은 그물과 방망이로 무장하고 있었다. 자니 로크는 몽둥이 같은 것을 들었고, 플라토니쿠스-칸티쿠스는 마법의 지팡이 코기니툼을 들고 있었다.

그들이 경기장 안에 들어오는 것을 본 니에체 왕이 일어나서 커다란 목소리로 지금부터 생사를 건 싸움이 시작될 거라고 선언했다.

"정말 끔찍한 일이야. 무섭도록 끔찍한 일이야. 모자 좀 벗어주세요. 어쨌든 하나도 빠짐없이 보고 싶으니까요."

뚱뚱한 아줌마가 그녀 앞에 앉아 있는 어떤 남자에게 속삭였다. 그 남자 역시 경기장에서 벌어지는 일에 대해 경멸의 뜻을 표시했지만 머리

---

2) 기회주의는 윤리적 통찰에 따라서가 아니라 자신의 목적과 자신의 개인적 관심에 따라 움직이는 기본적 태도를 말한다.

에서 모자를 벗었다. 팡파레가 싸움의 시작을 알렸다. 관중들은 호기심에 몸을 앞으로 내밀며, 구경거리를 하나도 놓치지 않으려고 했다.

그때 의외의 상황이 벌어졌다. 두 전사가 무기를 바닥에 내려놓고 가까이 다가서더니 서로 포옹을 한 것이다. 두 사람은 잠시 후 떨어져서 자신의 무기가 있는 곳으로 되돌아갔다.

드디어 싸움이 시작되었다. 두 전사는 그물을 던져 서로를 잡으려고 했다. 플라토니쿠스-칸티쿠스가 거의 자니를 잡을 뻔했다. 그렇지만 자니는 미꾸라지처럼 용케 빠져나갔다. 그는 플라토니쿠스-칸티쿠스의 그물을 붙잡았다. 자니 로크의 차례였다. 그는 방망이로 내려치는 것처럼 플라토니쿠스-칸티쿠스를 속인 다음 다른 손에 들고 있던 그물을 던졌다. 하지만 플라토니쿠스-칸티쿠스는 잽싸게 자니의 정강이를 걷어차서 그를 바닥에 넘어뜨렸다. 자니가 비틀거리며 일어나는 동안 플라토니쿠스-칸티쿠스는 코기니툼으로 그물을 찢을 수 있었다. 두 전사는 다시 서로를 마주 보고 섰다.

"도대체 선이라는 것이 있는 거야? 정말로 모르겠어."

군중 속에서 누군가 큰 목소리로 외쳤다. 그러나 아무도 그를 주목하지 않았다. 모든 사람들은 홀린 듯 경기장에서 일어나는 일에만 관심을 두고 있었다. 이제 플라토니쿠스-칸티쿠스가 주도권을 쥐고 있었다. 그는 자니를 계속 공격해 궁지에 몰아넣었고, 자니는 여러 번 세차게 얻어맞았다. 자니는 젖 먹던 힘까지 짜내어 자신을 방어하다가 플라토니쿠스-칸티쿠스의 머리를 겨냥해 공격했다. 플라토니쿠스-칸티쿠스는 바닥에 쓰러졌고 자니의 공격에 무방비 상태가 되었다. 만약 플라토니쿠스-칸티쿠스가 재빠르게 옆으로 굴러 자니의 공격을 피하지 않았다면 싸움은 진작에 끝났을 것이다.

칼레가 고함을 질렀다. 메타피지카는 칼레의 손을 꽉 쥐었다. 다시 플라토니쿠스-칸티쿠스가 공격을 시작했다. 그렇지만 두 전사는 완전히 지쳤고 많은 상처를 입었다. 코기니툼과 자니 로크의 방망이가 격렬하게 충돌했다. 갑자기 자니 로크가 끝장을 보려는 듯 맹렬히 공격을 해왔다. 드디어 그는 플라토니쿠스-칸티쿠스를 바닥에 넘어뜨리는 데 성공했다. 플라토니쿠스-칸티쿠스는 물 밖으로 나온 물고기처럼 헐떡거리며 경기장 바닥에 누워 있었다. 방망이를 높이 치켜든 자니가 눈물을 흘리면서 그에게 다가왔다.

칼레와 메타피지카는 눈을 감았다. 그 순간 플라토니쿠스-칸티쿠스는 마지막 힘을 다해 자니에게 코기니툼을 던졌다. 코기니툼은 자니의 턱을 강타했고, 자니는 바닥에 쓰러졌다. 플라토니쿠스-칸티쿠스는 힘겹게 몸을 일으켜 자니 쪽으로 천천히 걸어갔다. 그는 그를 일으켜 세우고 무릎을 꿇린 뒤 그의 목덜미에 코기니툼을 갖다 댔다. 이제 그는 지팡이에 힘을 주고 누르기만 하면 되는 것이다.

갑자기 관중석은 찬물을 끼얹은 듯 조용해졌다.

칼레가 속삭이듯 말했다.

"그러면 안 돼."

전사들은 오랫동안 움직이지 않고 있었다. 자니는 무기력하게 무릎을 꿇고 있었고, 플라토니쿠스-칸티쿠스는 그의 뒤에서 지팡이로 친구의 목덜미를 누르고 있었다. 플라토니쿠스-칸티쿠스가 지팡이에 힘만 주면 그는 자유의 몸이 될 것이다. 그렇게 하지 않으면, 그가 죽어야 한다. 그러나 그는 그렇게 하지 않았다. 플라토니쿠스-칸티쿠스는 자유에 대한 훌륭한 경험을 한 것이다!

"왕은 보시오."

그는 왕이 앉아 있는 자리를 향해 외쳤다. 그의 목소리가 원형경기장에 울려 퍼졌다.

"모든 것은 자연법칙뿐이기 때문에 자유가 없다고 아직도 주장할 셈이오? 여기에 그에 대한 반증이 있소! 당신은 우리의 자유를 너무나 많이 빼앗았소. 그러나 이 순간 나는 완전히 자유롭소. 설령 내가 죽는다고 하더라도 나는 이 사람을 죽이는 것을 거부할 수 있기 때문이오. 가장 강력한 자연적 본능 중의 하나인 자기 보존 욕구에 반하는 결정을 할 수 있는 것도 내가 항상 자유롭기 때문이오. 이제는 나 스스로가 결정하기 때문에 나는 완전히 자유롭소. 도덕적 판단을 내리면서 우리는 자유를 경험하기 때문이오!"

관중석 여기저기에서 환호성이 터져 나왔다. 화가 치민 니에체 왕이 자리에서 벌떡 일어나 팔을 마구 휘저으며 조용히 하라고 고함을 질렀다. 왕이 명령을 내렸다.

"그들을 묶고 사자를 경기장에 풀어놓아라."

"안 돼!"

갑자기 누군가 큰 소리로 외쳤다.

"차라리 왕을 묶고 두 사람을 풀어주자!"

"옳소! 왕을 타도하자!"

"그래, 왕을 타도하자!"

사방에서 함성이 들려왔다. 당황한 왕이 비명을 질렀다.

"반역이다!"

칼레가 흥분해서 소리쳤다.

"혁명이야!"

걷잡을 수 없는 혼란이 일어났다. 관중들이 경기장 안으로 뛰어들었고, 플라토니쿠스-칸티쿠스와 자니를 묶으러 갔던 병사들은 바닥에 쓰러져 제압을 당했다. 병사들은 소요를 진정시키려고 했다. 그러나 다른 병사들은 자신들의 제복을 찢어버리고 백성의 편에 섰다.

"왕을 타도하자!"

메타피지카 곁에 섰던 병사가 그렇게 외치더니 칼레와 메타피지카를 묶은 밧줄을 풀어주었다.

자유 의지의 승리
성은

"혁명이다, 혁명!"

칼레가 눈을 번쩍이며 외쳤다. 그리고 누가 부르기라도 한 것처럼 급히 뛰어나갔다. 메타피지카는 힘겹게 인파를 헤치고 경기장 안으로 들어갔다. 그녀는 그들을 보자마자 물었다.

"너희들 괜찮니?"

두 사람은 팔을 잡고 있었고 아무 말 없이 고개를 끄덕였다. 메타피지카는 그들이 벽에 등을 기댈 수 있도록 도와주었다. 그리고 그녀는 플라토니쿠스-칸티쿠스에게 입맞춤을 한 뒤 코기니툼을 들고 가장 큰 혼란이 벌어지고 있는 곳에 몸을 던졌다. 자니와 플라토니쿠스-칸티쿠스는 기진맥진한 채 뒤에 남아 있었다. 그들의 눈앞에서는 격렬한 싸움이 벌어졌고, 싸움은 곧 도시 전체로 번져나갔다. 변변한 무기 하나 갖추지 못한 혁명군은 중무장한 왕의 심복들에 대항해 당당히 맞섰다. 여러 차례의 격전을 치르고 난 뒤 혁명군은 기선을 잡았다. 가장 격렬한 전투가 벌어지는 곳에는 항상 메타피지카와 칼레가 있었다. 칼레는 항상 "혁명, 혁명!"이라고 외치고 다녔다. 칼레 막스는 물 만난 고기나 다름 없었다. 저녁이 되자 왕과 그의 부하들은 궁전 앞까지 후퇴했다. 궁전을 공격하는 데는 자니와 플라토니쿠스-칸티쿠스도 합류했다. 메타피지카와 칼레가 앞장서서 전투를 지휘했다. 그들의 기세는 단숨에 성을 함락시킬 정도였다. 알현실에서 또 한 번의 격전이 벌어졌다.

왕의 가장 충실한 부하들이 왕을 호위하고 있었다. 전투는 한 시간 넘게 계속되었고, 성은 여기저기 화염에 휩싸였다. 메타피지카가 최후의 일격을 가해 왕을 굴복시키려는 순간, 그녀의 눈에 적에게 얻어맞고 있는 칼레의 모습이 들어왔다. 놀란 그녀가 칼레에게 다가가려는 순간, 갑자기 지붕의 대들보가 굉음을 내며 사람들 머리 위로 무너져 내렸다.

"오, 안 돼!"

메타피지카가 눈물을 흘리며 외쳤다. 그녀는 니에체의 멱살을 잡았다.

"이제는 당신이 대가를 치를 차례야."

그때 플라토니쿠스-칸티쿠스가 일행들과 함께 걸어와 왕 앞에 섰다. 그가 단호한 목소리로 말했다.

"나는 당신을 경멸해. 당신이 말한 상자 안의 개미가 적절한 예가 아니라는 것을 이제는 확실히 알겠지? 개미들이 자신의 국가를 위해서 희생을 한다고 해서 개미를 영웅으로 볼 수는 없어. 사람만이 영웅이 될 수 있지. 개미들은 자신의 본성이 시키는 대로 할 뿐이야. 인간만이 자유로운 존재야. 자유로운 결정이 인간을 영웅으로 만들거나 범죄자로 만들 수 있어. 개미는 선택의 여지가 없어. 개미는 자신의 행위를 결코 의식하지 못하고 따라서 자신의 행위에 대해 어떠한 죄책감도 갖지 않아. 그러나 인간은 자유롭기에 항상 자신의 행동에 대해 책임질 수 있어."

성을 공략할 때 옆에서 도왔던 자니 로크의 힘센 친구가 물었다.

"이제 왕을 어떻게 해야 하지?"

자니가 단호하게 말했다.

"아무 짓도 해서는 안 돼! 우리가 이전처럼 잔인한 방식으로 그를 처형한다면, 우리는 왕보다 나을 것이 하나도 없게 돼."

그렇게 말하고 그는 아버지에게로 다가갔다.

"떠나세요. 그리고 돌아오지 마세요. 힘에의 의지에 대해 더 생각해 보시고, 자기 자신을 다스릴 줄 아는 힘을 가진 그리운 사람들을 만나세요! 자기 자신을 다스릴 줄 아는 힘이 자유예요. 다른 사람들이 자기 자신을 다스릴 줄 아는 힘을 더 이상 억압해서는 안 됩니다."

니에체 왕은 일어나서 한마디 말도 하지 않고 성을 떠났다.

"현명한 결정이야."

그들 뒤에서 낯익은 목소리가 들려왔다. 온통 재투성이가 된 칼레가 그들 쪽으로 절뚝거리며 걸어오고 있었다.

"칼레야!"

플라토니쿠스-칸티쿠스와 메타피지카가 동시에 외쳤다. 그리고는 얼른 달려가서 그를 얼싸안았다.

"죽은 줄 알았잖아!"

칼레가 거드름을 피우며 말했다.

"내가 그깟 불 때문에, 또 그깟 싸움 때문에 죽을 사람이야? 너희들은 벌써 잊어버렸니, 내가 직업적인 혁명가[3]라는 것을!"

자니가 우려 섞인 목소리로 대화를 중단시켰다.

"이루 말할 수 없을 정도로 기쁜 마음인 건 알겠는데, 지금은 무엇보다 먼저 도시를 돌보아야만 해."

그가 옳았다. 왜냐하면 궁전뿐만 아니라 도시 여러 곳이 불타고 있었기 때문이다. 그들은 밤늦게까지 부지런히 불을 끄러 다녔다. 불길을 잡는 데에도 꽤 많은 시간이 걸렸다. 많은 건물들이 완전히 파괴되었다.

"피해가 어느 정도인지는 날이 밝아야 알 수 있을 거야."

메타피지카가 말했다. 그녀는 완전히 지쳐버렸고, 칼레와 플라토니쿠스-칸티쿠스와 함께 밤을 새울 만한 곳을 찾아 발걸음을 옮겼다.

---

[3] 맑스-레닌주의의 전통에 있어 직업 혁명가는 공산주의적 혁명을 준비하고 실행하는 것에 헌신하는 당 관료를 뜻한다.

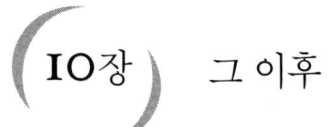# 10장 그 이후

―정의로운 국가에 대한 물음

해가 뜨자 전체적인 피해 상황이 드러났다.

도로 곳곳에 잔해가 널려 있었고, 폐허로 변해버린 도시 곳곳에서 연기가 계속 피어오르고 있었다. 자니 로크는 시민 광장에 모든 시민을 불러 모았다. 광장에서는 앞으로 어떤 공동체를 이루며 살 것인지에 대한 토론이 벌어지고 있었다. 정의로운 국가를 만드는 것이 중요했다.

메타피지카는 생각했다.

'훌륭한 국가를 어떻게 만들 수 있는가는 쉽게 대답할 수 있는 문제가 아닌데.'

많은 사람들이 광장으로 모여들었고, 앉든 서든 간에 자리를 차지하기 위해 서로 다투고들 있었다. 사람들이 조용해지자 자니 로크가 말을 시작했다.

"어제 얼마나 큰일이 일어났는가를 여러분에게 상기시킬 필요는 없을 것입니다. 이제 많은 것이 바뀌었습니다. 우리 앞에는 엄청난 노력을 기울여 해결해야 할 일들이 놓여 있습니다. 국가를 파괴하는 일보다 국가를 건설하고 유지하는 것이 훨씬 어렵습니다. 따라서 제가 여러분들을 이 자리에 모이라고 한 것은 어떻게 정의로운 새 국가를 만들 수 있을까 하는 것을 함께 의논하기 위해서입니다."

"그것은 아주 간단한 일이잖아."

늙은 여자가 그렇게 말하고 힘겹게 자리에서 일어섰다.

"당신은 왕의 아들이야. 따라서 합법적인 후계자라고 할 수 있지. 당신 아버지는 나쁜 왕이었지만, 당신은 좋은 왕이 될 수 있겠지. 그러면 우리 모두가 만족하지 않겠소?"

자니 로크가 반박했다.

"그것이 해결책이라고는 생각하지 않습니다. 출생에 의해서 권력을 가질 권리는 누구에게도 없습니다. 제가 좋은 왕이 될 수 있다고 하더라도, 나의 자식들도 과연 그럴까요? 내게 못된 딸이 있다고 합시다. 그녀가 내 딸이라는 이유만으로 통치를 하게 된다면 어떻게 되겠습니까?"

메타피지카가 말했다.

"저도 비슷하게 생각합니다! 저는 여러분의 일에 쓸데없이 간섭하고 싶지는 않습니다. 왜냐하면 제 친구들과 저는 이제 떠나야 하기 때문입니다. 그렇지만 저는 여러분에게 왕정 폐지를 제안하고 싶습니다."

"자, 왕정을 폐지하는 데 찬성하는 사람은 손을 들어주십시오."

자니가 큰 소리로 말했다.

압도적으로 많은 사람들이 그 결정에 찬성했다. 투표권 행사를 보류했던 한 소녀가 웃으며 말했다.

"제가 볼 때 여러분은 훌륭한 정치가처럼 보여요. 그렇지만 여러분은 어떤 것을 없애버리는 것만 알았지 그 다음에 무엇을 해야 할 것인지에 대해서는 모르잖아요."

한 남자가 큰 소리로 외쳤다.

"소녀의 말이 맞소. 우리는 국가를 만들 때 어떠한 국가를 세울 것인가에 대해서 분명히 해야만 하오."

"아마 그 점에 있어서는 제가 조금이나마 도움이 될지 모르겠습니다."

플라토니쿠스-칸티쿠스가 말하며 앞으로 나왔다.

"저의 외삼촌인 라세 아리스토텔은 매우 오랫동안 국가와 국가의 정체政體에 대해서 연구를 해왔습니다. 외삼촌의 견해에 따르면, 어떤 때는 부정적으로 어떤 때는 긍정적으로 발전될 수 있는 세 가지 사회적 형태가 있습니다. 이 가운데 첫 번째 것은 왕정입니다. 좋은 왕이 통치를 한다면, 백성과 왕 사이의 관계는 마치 인자한 아버지와 자식들 간의 관계와 같겠지요. 그러나 왕정이 변질되면 전제주의가 될 것이고, 백성과 왕과의 관계는 주인과 노예의 관계가 될 겁니다."

무리 속에서 누군가 외쳤다.

"그런 경험은 이미 충분히 했소. 우리에게 왕정 말고 다른 정체에 대해서도 설명을 해보시오."

"외삼촌은 그 다음의 긍정적인 정체를 귀족제[1]라고 불렀지요. 그는 귀족제가 부정적으로 발전되면, 과두정치[2]가 된다고 말했지요."

"너만 알아들을 수 있는 말로 하지 말고 설명을 좀 자세히 해봐."

"미안합니다! 우리는 귀족제를 몇몇 소수가 대다수의 주민을 지배하는 것으로 이해할 수 있습니다. 저의 외삼촌은 이것을 훌륭한 부부 생활을 하는 남편과 아내와의 관계로 비유했습니다. 남편이 주권을 갖지

---

1) 그리스어로는 신분에 의한 지배를 뜻한다. 출생에 의해서 정당화된 소수 그룹의 지배를 말하는데, 이 소수는 이론적으로 만인의 복지를 위해 통치해야만 한다. 그러나 귀족제에 의한 통치 권력은 국민의 관심을 향한 것이 아니라 지배자의 사욕을 향하며, 귀족제는 과두정치로 바뀐다.
2) 그리스어로 소수의 지배를 의미한다. 소수의 사람들이 출신, 부 또는 지식에 의해서 얻게 된 권력을 가지고 지배하는 정치 체제이다. 고대 그리스에 있어 아리스토텔레스 이래의 정치 이론가들은 귀족제의 변종된 형태로 이 개념을 사용하였다.

만 아내의 권리와 요구를 존중할 줄 아는 것이지요. 과두정치에 있어서는 소수의 권력자가 권한을 넘어서 권력을 행사하게 됩니다. 남편이 부인을 억압하거나 부인이 남편을 지배하게 되는 것과 마찬가지죠. 물론 저의 외삼촌의 견해에 따르면, 후자는 어떠한 경우에도 용납될 수 없습니다."

메타피지카는 플라토니쿠스-칸티쿠스의 말을 듣고 너무 웃다가 눈물을 흘리기까지 했다. 그녀가 숨을 몰아쉬며 말했다.

"소수의 지배와 관련한 일은 나에게도 무엇인가 떠오르게 했어. 그렇지만 그것을 부부 관계와 비교하는 것은 너무나 뻔뻔스러운 짓이야."

"네 외삼촌은 한 번도 증명하지 않았으면서 여자들은 통치할 능력이 없다고만 말하잖아."

플라토니쿠스-칸티쿠스가 인정했다.

"그래. 외삼촌은 정말 부정적인 여성관을 갖고 있어."

메타피지카가 즐겁게 외쳤다.

"네 외삼촌은 어쩔 수 없는 여성의 적이라구!"

"세 번째 국가형태는 어떻게 된 거야?"

자니가 원래 대화를 상기시키느라 물었다.

플라토니쿠스-칸티쿠스가 대답했다.

"세 번째 정체를 저의 외삼촌은 민주주의[3]라고 불렀지요. 이 국가형태는 자유, 평등 그리고 박애가 지배합니다. 민주주의는 민중의 지배를 의미합니다. 그것은 모든 권력은 백성으로부터 나온다는 것을 뜻합니다. 물론 여기에는 각자가 자기 자신의 이득만을 쫓는 그러한 금권정치[4]로 빠질 수 있는 위험도 있습니다."

---

3) 일반적으로 선거를 통한 권력분립에 의해서 성립하며, 동등한 권리를 가진 국민 전체에 의한 지배를 뜻한다.
4) 시민의 정치적 권리가 수입의 정도에 따라 차별화되는 국가 제도.

누군가 외쳤다.

"네 외삼촌은 좋은 왕정을 최상의 해결책으로 여기는 것처럼 들리는데!"

플라토니쿠스-칸티쿠스가 대답했다.

"물론 그럴 수 있습니다."

"그렇다면 우리는 왕정을 지속시켜야만 하는 것 아냐?"

무리 중에서 어떤 사람이 말했다.

이때 자니 로크의 힘센 친구가 앞으로 나서며 말했다.

"안 됩니다! 나를 아직 알지 못하는 사람들을 위해서 나를 소개하겠소. 나는 칼 코퍼[5]라고 합니다. 그리고 나는 민주주의의 단호한 대변자이지요. 완전한 왕정에 대한 생각은 자기 기만이라고 나는 믿고 있소. 그것은 이론상 설득력이 있지만 실제로는 쓸모가 없습니다."

이 말을 하면서 그는 플라토니쿠스-칸티쿠스를 쳐다보았다.

"내가 알고 있는 한, 여기 우리 친구의 어머니는 완전한 국가의 모델을 기획한 바가 있습니다. 우리가 통일된 견해를 갖기 위해서는 이 모델도 연구해야만 할지 모릅니다."

칼 코퍼는 옆으로 물러났고, 자리를 플라토니쿠스-칸티쿠스에게 넘겨주었다. 플라토니쿠스-칸티쿠스가 말하기 시작했다.

"좋습니다! 저의 어머니는 이상적 국가를 인간의 신체에다 비유하셨지요. 어머니는 각자가 자신의 역할을 행하는 것이 매우 중요하다고 생각하셨습니다. 유기적으로 움직이는 신체에서 다리가 생각하는 기능을 떠맡아서는 안 되고, 머리가 팔의 노동을 대신해서도 안 된다고 하셨지요."

군중들이 여기저기에서 동의하는 소리가 들렸다.

---

[5] 이 인물에게서 우리는 오스트리아 출신의 철학자 칼 포퍼Karl S. Popper(빈 1902~런던 1994)를 발견할 수 있다. 1945년에 그는 『열린사회와 그 적들』이라는 책을 썼다.

플라토니쿠스-칸티쿠스가 계속해서 말했다.

"국가의 각 부분은 신체의 각 부분에 비교될 수 있습니다. 수공업자, 농부, 상인 그리고 노동자는 신체의 다리와 비슷한데, 국가는 그 위에 서 있고 그들 없이는 앞으로 나아갈 수 없습니다. 용기 있는 자, 즉 전사들은 신체의 가슴에 해당합니다. 머리는 국가의 현명한 지도자들로 구성되죠. 이 현자들은 특별한 교육을 받습니다. 그들은 정의를 사랑하고 다른 모든 사람들보다 정의에 대해서 더 잘 알고 있습니다. 현자들은 다른 무엇보다 정의를 사랑하기 때문에 정의롭게 행동하고 지배합니다. 그들은 결코 권력을 좋아하지 않습니다. 그들은 차라리 정의에 대한 대화로 시간을 보내고 싶어합니다. 이러한 이유로 해서 그들은 자발적으로 통치를 떠맡으려 하지 않고, 통치를 받는 사람들이 권해서 마지못해 통치하게 됩니다."

군중 가운데 한 여자가 외쳤다.

"아주 좋은 소리처럼 들리는군요."

자니 로크가 신중하게 말했다.

"그런 정부 모델은 이상적인 상황을 그리고 있습니다. 우리가 나라를 다스릴 수 있는 그 이상적인 현자를 어디에서 데려올 수 있겠습니까?"

아무도 대답하지 못했다.

칼 코퍼가 강조했다.

"더 많은 어려움도 있습니다. 각자가 자신의 것을 행해야만 한다면, 그렇다면 사회는 영원히 세 그룹으로 나누어지게 됩니다. 그렇다면 우리가 도달하고자 하는 평등은 어떻게 되는 것일까요?"

메타피지카가 보충했다.

"저 역시 의문스럽습니다. 그것이 실제로 이상적 국가라고 한다면, 그 국가는 더 이상 변호할 필요가 없습니다. 사회는 시민의 일반적 의지[6]를 행해야만 한다고 저는 믿습니다. 저의 선생님 가운데 한 분인 로스하우트[7]씨는 이것을 '일반의지'라고 불렀지요. 현자가 항상 일반의지를 인식하고 그것에 따라 나라를 이끌어간다고 생각해서는 안 됩니다. 국가의 조직이 일반의지와 일치할 때에서야 비로소 시민의 자유는 실현되는 것입니다."

한 노인이 물었다.

"그러나 우리가 이 일반의지를 경험할 수 있겠소?"

메타피지카가 대답했다.

"저는 민주적 다수결에서 그 가능성을 보고 있습니다. 모든 시민들이 자유롭게 투표하는 것이 허용된다면, 이미 그 결과는 일반의지에 매우 가까운 것이라고 할 수 있습니다."

자니 로크가 고무된 표정을 지었다.

"맞습니다! 저 또한 국민이 정부를 선택할 수 있고 통제할 수 있어야 한다고 생각합니다. 자연 상태에 있어서 모든 사람은 똑같이 자유롭고 똑같이 소유했었습니다. 정부의 과제는 각 개인의 자유와 소유를 보호하는 것입니다. 무엇보다 중요한 것은 모든 권력이 한 사람에게 집중되어서는 안 된다는 것이겠지요. 모든 권력은 여러 집단으로 분할되어야 하고, 그 집단들에게는 서로를 견제하는 과제가 부과되어야 합니다. 최고 재판소는 정부도 심판할 수 있는 독립적인 법정이 되어야만 합니다."

칼 코퍼가 말했다.

"나는 권력을 더 나누어야 한다고 생각합니다. 저는 국민이 의회를 선택하고, 그 의회에 의해서 정부가 구성되어야 한다고 생각합니다. 의

---

6) 프랑스의 철학자 장-자크 루소Jean-Jacques Rousseau(제네바 1712~에르므농빌 1778)에 의해서 만들어진 이 개념은 정부의 형태로 표현되어야만 하는 국민의 일반적 의지를 나타난다.

7) 이 인물의 배후에 항상 프랑스 철학자 장-자크 루소가 있다고 믿게 하는 몇 가지 점들이 있다.

회의 다수만이 법률을 제정할 수 있도록 해야 합니다. 정부는 이 법률을 실행하고 보증하기만 하면 됩니다."

자니가 소리쳤다.

"훌륭해요. 그렇다면 우리는 국민 모두가 서로 의존하며 서로를 통제할 수 있는 세 가지 권력을 가졌다고 할 수 있습니다. 사법, 입법, 행정, 즉 삼권분립이 이루어지는 셈입니다."

플라토니쿠스-칸티쿠스가 조심스럽게 말했다.

"우리는 여기서 더 나아가 제4의 권력 같은 것을 도입해야 할지도 모릅니다. 제 아버지는 훌륭한 국가를 만드는 데 있어 결정적인 것은 각자가 생각하는 것을 말하고 쓸 수 있는 것이라고 했습니다. 자유로운 여론이나 언론의 자유는 통치하는 사람들을 통제하고 통치받는 사람에게 정보를 제공할 수 있습니다. 언론의 자유와 자유로운 여론에 대한 권리가 제한되지 않는 한, 국가가 필요로 하는 모든 변화들은 평화롭게 달성될 수 있을 겁니다. 그러한 것이 금지된다면 사회는 다시 자연 상태로 떨어질 것입니다. 그리고 국민은 저항권을 가져야 합니다."

이러한 생각들은 상당한 지지를 얻었다. 몇몇 사람들이 민주주의를 해보자고 시끄럽게 외쳐댔다. 칼레는 그때까지 생각에 잠긴 채 아무 말도 하지 않고 있었다. 드디어 그가 일어나서 입을 열었다.

"플라토니쿠스-칸티쿠스의 어머니가 그렸던 국가의 모델이 정말로 현대화할 수 없는 것인지에 대해 한 번 더 생각해보아야 합니다. 제가 인정할 수 없는 것은 사회 계급의 지속입니다. 저는 더 이상 개선되지 않아도 될 정도로 완전한 사회에 대한 이념에 대단한 흥미를 가지고 있습니다. 우리는 사유재산제를 폐지하고 모든 사람이 사회의 부를 똑같이 나누어 가질 수 있도록 할 수 있습니다. 통치자는 통치를 받는 백성보다 오랫동안 그 자리에 있어야만 합니다. 그래서 모든 사람이 무엇이 필요한가를 오랫동안 살펴서 그들을 위한 복지를 잘 실행할 수가 있을 것입니다. 정부는 모든 사람을 위한 선이 무엇인지 가장 잘 아는 사람들에 의해서 구성될 수도 있을 것입니다. 이상적 사회가 한번 궤도에 오르기만 한다면 정부는 완전히 해체될 것입니다. 왜냐하면 모든 사람들은 충분히 갖게 되고 다른 사람을 더 이상 통치하기를 원하지 않기 때문입니다."

자니 로크가 말했다.

"다 좋은 소리처럼 들리는군요! 그러나 우리가 이전에 말하던 문제는 어떻게 된 거죠? 아무런 사심 없이 백성을 완전한 사회로 이끌어갈 훌륭한 통치자들을 어디에서 구할 수 있을까요?"

칼 코퍼가 말했다.

"그뿐만 아니라 그 이상적 사회는 민주주의에 대한 진정한 대답이 될 수 없다고 나는 믿고 있습니다. 내가 생각할 때, 플라토니쿠스-칸티쿠스의 어머니가 그려놓은 사회 모델은 닫힌 사회라는 것이 가장 큰 단점이지요. 이 사회는 이중적으로 닫힌 사회입니다. 우선 각자는 자신의 것만 행해야 합니다. 그것이 뜻하는 것은, 사람들은 자신이 사회에서 배정받은 자리에 항상 머물러 있어야만 한다는 것입니다. 상승이나 하강, 이쪽이나 저쪽으로 가는 것이 불가능합니다. 이 사회는 그 종말에 도달했습니다. 완전성의 상태에 도달했다고 믿는 사람은 개선하려는 노력이나 의지가 전혀 없기 때문에 폐쇄적이 되지요. 모든 변화는 바로 후퇴를 뜻하니까요. 또한 이러한 사회는 새로운 것은 무조건 받아들이려고 하지 않습니다. 제가 우려하는 것은, 그렇게 되면 사회는 점점 폐쇄적으로 변하면서 남을 이해하려 하지 않고 심지어는 억압하려고 할지도 모른다는 점입니다."

칼레 막스가 이의를 제기했다.

"그것은 잘못되었을 때만 그런 것입니다!"

칼 코퍼가 대답했다.

"옳습니다! 그렇지만 우리들은 아마도 그 모델이 충분히 선량하지 못하다는 것을 보았습니다. 이러한 탓에 나는 열린사회를 옹호합니다. 사회의 구성원들에게 자기의 가능성에 따라 변화하고 발전해갈 수 있는 가능성을 허락해주는 사회, 새롭고, 긍정적인 변화를 수용할 수 있는 사회가 바로 열린사회입니다."

자니 로크가 말했다.

"나도 생각이 같습니다. 그렇기 때문에 나는 권력분립과 국민주권, 즉 민주주의에 찬성하는 바입니다."

이야기를 듣고 있던 대다수의 사람들이 일어나서 박수를 보냈다. 이날 의지의 강가에 있는 도시는 민주주의를 도입하기로 결정했다. 시민의 권리와 의무 그리고 권력의 권리와 의무를 분명하게 규정한 헌법 초안을 마련하도록 위임받은 의회가 구성되었다. 이 헌법의 초안에 따라 자유로운 투표가 행해질 것이고, 이 투표에는 모든 여자, 남자와 어린이까지도 참여하게 될 것이다. 그렇게 선택된 의회로부터 국민에 의해 통제되는 최초의 정부가 탄생하게 될 것이다.

저녁 때 자니 로크가 자신의 친구들과 함께 모닥불 주위에 앉아서 말했다.

"길고도 험한 길이 될 거야."

메타피지카가 말했다.

"그래. 더 이상 도와줄 수 없어 미안해. 우리는 계속 가야만 해."

 11장　기쁨의 오아시스
　　　　　　　　　—오늘 꿈을 꾸셨나요?

　다음 날 낮 메타피지카와 칼레 막스 그리고 플라토니쿠스-칸티쿠스는 의지의 강가에 있는 도시를 떠났다. 자니 로크와 칼 코퍼가 그들을 도시의 관문까지 배웅해주었다. 헤어지기 전에 자니가 물었다.
　"이제 어디로 갈 생각이니?"
　플라토니쿠스-칸티쿠스가 대답했다.
　"아직 확실하지 않아. 어젯밤에 우리는 행복을 찾아 나서기로 의견을 모았을 뿐이야. 우리가 최근에 겪은 사건은, 행복에 대한 추구가 인간의 삶에 있어서 중요한 역할을 한다는 것을 깨닫게 해주었어. 아마 사람은 비도덕적 삶이 자신을 불행하게 만든다는 사실을 깨달은 다음에야 비로소 도덕적으로 행동하는지도 몰라."
　메타피지카가 이어 말했다.
　"다른 사람이 행복을 추구하는 것을 시기할 때 우리는 그러한 행위를 나쁜 것이라고 부를 수도 있겠지."
　칼레가 끼어들었다.

"간단하게 말하면, 우리는 행복이 무엇인지 발견해내려고 해."

자니가 분명하게 말했다.

"그렇다면 내가 너희에게 아주 좋은 조언을 해줄 수 있지! 오래전부터 우리 도시에는 비타[1]의 바다 어딘가에 행복의 섬이 있다는 이야기가 전해져 내려왔어."

칼레가 궁금해서 물었다.

"그 섬에 어떻게 갈 수 있지?"

"폭풍이나 해일을 피하기 좋은 안전한 만灣에 프린치피아[2]라는 항구가 있어. 거기서 배를 타면 거칠고 위험한 비타의 바다를 항해하는 것이 가능할 거야."

공주가 물었다.

"그 섬에 가본 사람이 있었니?"

자니가 대답했다.

"잘 모르겠어. 하지만 그 섬을 둘러싼 이야기나 전설들이 어디에서 나왔겠어?"

플라토니쿠스-칸티쿠스가 신중하게 말했다.

"그렇다면 우리가 프린치피아 항구를 어떻게 찾아갈 수 있을까?"

칼 코퍼가 말했다.

"그 물음에 대해서는 내가 너희를 계속 도와줄 수 있지. 항구는 커다란 사막의 뒤편에 있어. 사막은 여기서 오른쪽으로 가야 해. 목적지까지 도달하려면 며칠 동안 여행을 하면서 수많은 곤경을 겪어야 할 거야."

칼레가 누구나 들을 정도로 크게 한숨을 쉬며 말했다.

"우리에게는 쉬운 일이란 게 없구나."

[1] 비타Vita라는 라틴어는 삶, 생명, 인생을 뜻한다.
[2] 원리를 뜻한다. 원리는 논리학에 있어서 공리Axiom이다. 윤리학에 있어서는 행위 규범이나 일반적, 근본적 규칙을 뜻한다.

메타피지카가 말했다.

"가자! 프린치피아 항구로 가기 위해 사막을 건너야 한다면, 지금 바로 출발하는 것이 좋겠어!"

그들은 무척 아쉬워하며 작별 인사를 나누었다. 자니가 말했다.

"너희들이 행복의 섬을 발견하기를 정말 바란다."

메타피지카가 말했다.

"열린사회를 성공적으로 실현하기를 바래."

칼 코퍼가 말했다.

"우리 역시 그렇게 되기를 희망해. 아직도 극복해야 할 어려움들이 많이 있고 우리의 적들이 우리를 항상 방해하려 들겠지만 말이야."

플라토니쿠스-칸티쿠스가 말했다.

"우리가 우리의 문제를 성공적으로 해결하면 너희를 한 번 더 방문할 수 있을 거야. 그러면 우리는 열린사회와 그 적들이 어떻게 되었는지 알 수 있겠지."

그렇게 세 친구들은 두 사람과 작별을 하고 사막을 지나는 힘겨운 여행을 시작했다.

세 친구들은 아주 천천히 앞으로 나아갔다. 하루 종일 그들은 뜨거운 사막의 모래 위를 힘겹게 걸어야만 했다. 태양은 무자비하게 불타고 있었고, 물은 어디에도 보이지 않았다. 포로 생활과 혁명을 거치는 동안 누적된 피로로 쇠약해진 것도 그들을 지치게 하는 데 한몫했다. 그들의 머릿속에서는 필로조피카의 나라에 들어선 이래 일어났던 모든 일들이 끊임없이 맴돌았다.

사막에 들어선 지 나흘째 되던 날 마침내 메타피지카가 모래 위로 쓰러졌다. 그녀가 한숨을 쉬며 말했다.

"며칠 더 머문 다음에 떠났어야 했는데. 나는 우리가 겪었던 모험을 아직도 다 소화하지 못했어."

칼레도 솔직하게 말했다.

"그건 나도 마찬가지야. 내 머릿속도 아주 혼란스러워. 그리고 우리가 가야 할 길에 신경을 집중할 수가 없어. 너희들은 오늘 우리가 같은 자리를 계속 맴돈 걸 알고 있니?"

플라토니쿠스-칸티쿠스가 메타피지카 옆의 뜨거운 모래 위로 쓰러지며 말했다.

"그래, 나 역시 그런 느낌이 들었어. 새로운 것을 만난다는 기분에 들떠 우리의 몸을 더 이상 혹사시켜서는 안 돼."

"쉴 만한 곳을 찾아야 할 것 같아. 여기서 앉아 있는 것은 어쨌든 해결책이 아니야. 자, 가자!"

메타피지카가 그렇게 말하고 일어섰다.

그들은 최선을 다했으나, 상황은 시간이 지날수록 더 나빠지기만 했다. 칼레가 다음 날 저녁에 무엇인가를 발견하지 못했더라면 그들 모두는 커다란 위험에 처했을 것이다. 그가 외쳤다.

"저기를 봐! 저쪽에 오아시스가 있는 게 틀림없어!"

플라토니쿠스-칸티쿠스가 너무나 행복해하면서 웃었다.

"그래, 정말이야. 호수 그리고 야자수와 오렌지나무."

그들은 젖 먹던 힘까지 내서 시원한 나무 그늘 밑으로 갔다. 나무 아래에는 한 남자가 있었다. 그는 그들의 비참한 상황을 알아채고 그들을 향해 달려왔던 것이다. 그가 소리쳤다.

"하느님 맙소사! 기다려, 도와줄게! 빨리 물 좀 마시렴. 무엇보다 너희들에게는 잠이 필요하겠어. 오늘 꿈을 꾸기나 했니?"

칼레가 신음하듯 말했다.

"지금 제가 꿈을 꾸는지 깨어 있는지 분간할 수 없을 정도로 탈진했습니다."

"그래, 사람이 자기의 의식을 과도하게 요구할 때 그렇게 되지. 내가 도와주마."

그 사람은 그렇게 말하고 칼레를 부축했다.

"우리는 지금 어디에 와 있는 거죠. 그리고 당신은 누구십니까?"

플라토니쿠스-칸티쿠스가 고마워하면서 물었다.

"여기는 기쁨이란 뜻을 가진 프로이데의 오아시스지. 그리고 나는 이 오아시스를 지키는 사람이야. 내 이름은 지그문트3)야."

세 친구들은 지그문트를 따라 키가 큰 야자수들로 둘러싸여 있는 호숫가의 시원한 테라스로 갔다. 그곳에 도착하자마자 그는 그들의 갈증을 달래줄 음료수를 건네주었다. 그런 다음에 그는 그들을 호수의 시원한 물결에 몸을 담그게 했다. 그들이 수영을 하는 동안 저녁이 찾아왔고 날씨는 선선해졌다. 그들이 물에서 나왔을 때 지그문트는 그들에게 깨끗한 수건을 건네주었다. 게다가 테라스에는 고맙게도 그들이 따로따로 몸을 눕힐 수 있는 넓은 소파가 마련되어 있었다.

지그문트가 권했다.

"이제 자는 것이 어때? 너희들은 매우 많은 것을 체험했고 또 그러한 체험 때문에 강박 증세를 보이는 것 같은데. 아무튼 푹 자거라."

그의 권유를 사양하기에는 친구들은 너무나 지쳐 있었다. 그들이 그날 밤 마지막으로 보았던 것은 오렌지나무 숲을 거닐면서 두꺼운 시가에 불을 붙이고 있던 지그문트였다.

플라토니쿠스-칸티쿠스가 다음 날 아침 일어나서 제일 먼저 본 것은 메타피지카였다. 그녀는 약간 떨어진 곳에서 머리를 빗질하고 있었다.

---

3) 프로이데의 오아시스에 사는 지그문트는 오스트리아 출신의 정신분석학의 창시자인 지그문트 프로이트Sigmund Freud(프리보르 1856~런던 1939)일 것이다. 만약 그가 살아 있었더라면, 그는 분명 자신의 이름을 훼손하는 것에 대해 강력하게 항의했을 것이다. [지은이는 프로이트의 이름을 독일어로 기쁨을 뜻하는 비슷한 발음의 프로이데Freude로 패러디해서 오아시스의 이름으로 사용하고 있다.]

그는 가뿐하게 소파에서 내려와 씻기 시작했다. 그는 한결 가벼워진 목소리로 메타피지카를 불렀다.
"어젯밤에 이상한 꿈을 꾸었어."
그녀가 말했다.
"나도 그랬는데!"
그 순간 칼레와 지그문트가 풍성한 아침을 가져왔다. 그들은 소파에 둘러앉아 맛있게 아침을 먹었다. 그들은 무엇보다 신선한 오렌지를 실컷 먹었다. 사막에서 오랜 시간을 보냈던 그들에게 오렌지가 특별한 기쁨을 주는 것은 당연했다. 그들은 서로 말도 하지 않고 열심히 식사를 했다.
칼레가 물었다.
"이곳을 왜 프로이데의 오아시스라고 부르는 거죠?"
지그문트가 설명했다.
"내가 여기서 삶의 기쁨을 잃어버린 사람들을 치료하기 때문에 그런 이름이 붙게 되었지."
"인간의 영혼 혹은 정신[4]이 균형을 잃게 되면 인간은 항상 불행해하거나 우울해하고, 공격적으로 변한단다. 더 나아가서는 병이 들게 되지."
"그렇다면 당신은 인간의 영혼이 어떻게 구성되어 있는지 알고 있겠네요."
메타피지카가 궁금해서 물었다.
"당신은 어떤 능력을 가지고 있습니까?"
지그문트가 말했다.
"나는 인간의 영혼 또는 내 용어로 말하자면 인간 정신의 모델을 발전시켰지. 이 모델에 따라서 나는 인간의 문제가 어떻게, 그리고 어디

[4] 그리스어 정신Psyche은 영혼을 뜻하며, 인간의 정신과 정서에 있어 본질적인 부분이다.

에서 생기는가를 인식할 수 있단다."

플라토니쿠스-칸티쿠스가 물었다.

"그 모델은 이해하기가 어려운가요?"

지그문트가 대답했다.

"그렇지 않아. 내 이론에 따르면 인간 정신은 세 부분으로 구성되어 있어. 자아, 이드 그리고 초자아지. 이드는 인간의 욕구, 충동과 숨겨진 소망으로 구성되어 있어. 자아는 이드의 요구들을 충족시킬 수 있는 일종의 재판소 같은 거야. 그러나 자아는 주변 세계를 고려해. 만약 예를 들어서 이드가 아름다운 여자에게 키스하기를 원한다면, 자아는 그녀의 친구가 그녀 옆에 위협적으로 버티고 서 있지 않는 바로 그 순간에만 그러한 충동을 허용하게 되는 거지."

칼레가 자신의 생각을 말했다.

"그러나 여자가 혼자 있고 저항을 하지 않는다 해도, 우리는 그녀의 동의를 얻은 다음에 키스를 하잖아요!"

플라토니쿠스-칸티쿠스가 지그문트의 말에 동의했다.

"맞아요. 아마 그 사람은 그렇게 하고 싶어도 그렇게 하지 못할 겁니다. 양심이 그를 말리니까요."

지그문트가 웃었다.

"바로 그거야! 양심의 심판을 나는 초자아라고 부르지. 불쌍한 자아는 따라서 이드의 충동에 따르려고 시도할 뿐만 아니라 초자아의 도덕적 요구 앞에서 항상 자신을 정당화해야만 하지."

"그렇다면 이 모든 것이 모든 사람의 내면에서 일어나나요?"

메타피지카가 흥미를 느끼며 물었다.

"그렇단다."

지그문트가 대답했다.

칼레가 외쳤다.

"정말 대단히 흥미롭군요!"

지그문트가 조용히 웃었다.

"왜 흥미롭지 않겠어?"

"자아, 이드 그리고 초자아는 사람이 태어날 때부터 갖고 있는 것인가요?"

지그문트가 설명했다.

"아니. 아기는 우선 이드로만 구성되어 있지. 먹을 것, 따스함 그리고 보호에 대한 충동으로 구성되어 있어. 아이는 점차적으로 자신의 자아를 발견하게 되고, 자신의 팔이 자신에 속해 있지만 그가 누워 자는 침대는 자신에게 속해 있지 않다는 것을 인식하기도 해. 그리고 그는 또한 자신의 의지가 자기의 아버지나 어머니의 의지와 다른 것이라는 것을 틀림없이 인식하게 돼."

"그렇다면 양심, 즉 초자아는 어디에서 오나요?"

칼레가 궁금해서 물었다.

지그문트가 계속해서 설명을 이어나갔다.

"초자아는 외부에서 우리 정신 안으로 밀고 들어오지. 그것은 어린아이가 밖에 있는 것을 자신 안으로 받아들여 생긴 것이라 할 수 있어. 우선 초자아는 어린아이의 밖에 있는데, 보통 나쁜 행위와 좋은 행위를 알려주는 부모로 나타나지. 어린아이는 점차 자라면서 그의 부모의 가치관뿐만 아니라 그의 학교, 친구들, 사회의 가치관도 받아들이게 되지."

메타피지카가 말했다.

"그가 가치관을 받아들인다면, 그는 확실히 자기 자신과 자신의 행위를 평가하고 있는 셈이겠죠?"

지그문트가 대답했다.

"정확히 바로 그거야."

"그럼 정신적 고통을 치유하기 위해서는 어떤 것을 시도하시나요?"

플라토니쿠스-칸티쿠스가 궁금증을 이기지 못하고 물었다.

"이드와 초자아가 너무 강하게 형성되었거나 또는 거의 고려되지 않았다는 점으로부터 시작해. 이 경우 자아는 그 둘 사이에서 건강한 균형을 이룰 수 없지."

"예를 들어 설명해주시겠어요?"

플라토니쿠스-칸티쿠스가 계속해서 물었다.

지그문트가 대답했다.

"물론. 매우 빈번하게 나타나는 병은 문화의 불안이라고 말할 수 있지."

"문화의 불안."

메타피지카가 미소를 지으며 그 말을 반복했다.

"그 말이 무엇을 뜻하는지 잘 이해가 안 되는데요."

프로이데의 오아시스에 사는 지그문트가 헛기침을 한 다음 말을 하기 시작했다.

"나는 그 병을 문화의 불안이라 부르지. 그 병은 문명사회에서만 나타나기 때문이야. 석기시대의 인간들은 이드의 요구에 따라 사는 것이 훨씬 더 쉬웠다고 생각해볼 수 있어."

칼레가 빙긋이 웃으며 말했다.

"맞아요. 사회적 규범들, 즉 초자아 역시 본질적으로 훨씬 더 자유분방했을 테니까요."

지그문트가 강조했다.

"바로 그거야. 많은 문명사회에서 초자아는 너무 엄격하기만 해. 예컨대 옛날에는 아주 자명한 것으로 여겨졌던 나체를 문명사회의 대부분의 사람들은 매우 부끄러운 일로 여기고 있지."

"그러면 그러한 문명사회가 개별적인 사람에게 어떻게 영향을 끼치나요?"

"그렇게 사람의 이드는 점차적으로 억압되게 되고, 억제된 충동은 좌절감을 느끼게 하지. 그러나 그는 초자아를 자신 안에 수용했기 때문에 자신의 충동이나 바람을 스스로 부끄럽게 느끼게 돼. 불만족스런 충동의 중압감은 점점 더 커지고, 그에 따라 초자아의 비난도 점점 더 커지게 되는 거지. 이런 불가피한 상황에서 사람은 초자아가 받아들일 수 있는 대리 만족을 추구하는 거야."

"대리 만족이라뇨?"

"어떤 여자가 낯선 남자와의 섹스를 원한다고 생각해봐. 그러나 초자아는 그러한 것을 허락하지 않기 때문에, 그녀는 섹스와는 다른 어떤 적극적인 느낌을 받기 위해 아이스크림을 사게 되는 거지."

메타피지카가 웃었다.

"아이스크림은 전혀 대리 만족이 될 수 없을걸요."

지그문트가 동의했다.

"맞아. 이드의 섹스 충동은 그런 것으로 만족될 수 없어. 그래서 그 결과로 좌절감이 생기게 되는 거지. 억압이 생기는 거야. 충동은 더욱 강해지고 초자아의 비난 역시 강해져. 악순환이 생기고 문명사회의 인간에게는 전체적인 불안이 생겨나게 돼."

플라토니쿠스-칸티쿠스가 물었다.

"그렇다면 그러한 것을 어떻게 막을 수 있나요?"

지그문트가 설명했다.

"사람들이 초자아를 약화시키고 충동을 그들의 존재의 자연적 구성 요소로 받아들일 수 있도록 도와주는 것이지."

칼레가 신중하게 물었다.

"사회의 지배적인 초자아를 완화시키는 것이 가치 없는 일은 아니겠죠? 예를 들어 우리는 부모에게 이렇게 말할 수 있겠죠. 당신의 자식들이 그들의 생식기를 가지고 노는 것을 금하지 말라고. 왜냐하면 아이들은 그렇지 않으면 생식기와 관련해서 항상 더러운 어떤 것을 행한다는 느낌을 갖게 되니까요."

메타피지카가 살며시 웃었다. 그녀는 머리를 흔들며 플라토니쿠스-칸티쿠스에게 눈짓을 했다. 그녀가 킥킥대며 말했다.

"아이스크림 하나!"

플라토니쿠스-칸티쿠스는 핵심을 파악하고자 했다. 그가 말했다.

"한 인간이 지닌 이드, 자아 그리고 초자아의 균형이 어떻게 방해를 받게 되는지 이해하기가 무척 어려운데요."

지그문트가 말했다.

"쉬운 일은 아니야. 대부분의 사람들이 자기의 문제가 어디에 있는지 모른다는 것이 가장 큰 어려움이야. 아마 그들은 끔찍스런 체험을 했거나 부당한 대우를 받았을지도 모르지. 유감스럽게도 그들은 그것을 말할 수 없어. 왜냐하면 그들은 그것을 잊어버렸거나 잊어버리기를 원했기 때문이야."

칼레가 물었다.

"그러나 그들이 잊어버렸다면, 그들은 당신에게 아무것도 설명해줄 수가 없잖아요. 그렇게 되면 당신은 그들을 도와줄 수가 없고요."

지그문트가 대답했다.

"그들이 정말로 항상 잊어버렸다면, 네 말이 옳다고 할 수 있지."

"그렇다면 그들은 잊지 않고 있나요?"

지그문트가 설명했다.

"그래. 인간은 자기가 경험한 것에 대해서 결코 잊지 않는다는 점으로부터 나는 출발해."

메타피지카가 요청했다.

"설명 좀 해주세요. 강박은 무엇을 말하는 건가요?"

"강박은 불쾌한 생각 혹은 끔찍한 경험을 의식 아래로 밀어 넣는 것을 뜻한단다."

칼레가 다시 물었다.

"다시 설명해주세요. 무의식, 어쩌면 의식을 초월해 있는 것이 존재할지도 모르잖아요?"

지그문트가 대답했다.

"아니야. 의식과 무의식만이 있단다. 의식은 우리가 항상 다시 불러올 수 있는 모든 생각과 앎으로 구성되어 있어. 무의식에는 우리가 잊어버렸거나 무의식에다 억지로 밀어 넣었던 생각과 기억들이 존재하고 있고."

"자아는 왜 무의식에다 무엇인가를 억지로 밀어 넣는 거지요?"

메타피지카는 알고 싶었다.

지그문트가 대답했다.

"어떠한 사건에 대한 생각이 너무나 큰 고통을 주는 것이 그 이유가 될 수 있지."

"예를 들어 설명해주세요, 네?"

"물론 예를 들 수 있지."

지그문트가 그렇게 말하고 시가에 불을 붙였다.

"몇 주 전, 개에 대해 커다란 문제를 가진 어떤 사람이 나와 함께 지낸 일이 있단다. 그는 개를 볼 때마다 항상 이마에 식은땀이 흐르고 자신이 비참해지는 것을 느꼈어. 그의 문제는 시간이 지나면서 더욱 더 커졌지. 언제부터인가 '개'라는 소리를 듣기만 해도 이러한 느낌이 저절로 들게 된 거야. 대화를 통해서 나는 그의 문제가 강박된 체험의 표현이라는 것을 알게 되었단다. 이 체험은 항상 의식을 통해서 '옷'을 입은 채 나타났지. 그 사람은 어렸을 때 해수욕장에서 휴가를 보낸 적이 있었는데, 그때 자기 동생의 개를 맡아주기로 한 적이 있었어. 동생은 개를 무척 사랑했기 때문에 외출할 때는 개를 줄에 매서 다니라고 특별히 그에게 부탁했지. 왜냐하면 그 개는 물에 대한 경험이 아직 없었기 때문이야. 하지만 그는 개가 자유롭게 돌아다니도록 내버려두었지. 그는 개를 이용해서 예쁜 소녀들한테 접근할 수가 있었거든. 유감스럽게도 개는 물에 빠져 죽고 말았지. 그 일 때문에 그 사람의 초자아가 자아에게 견딜 수 없는 비난을 했어. 그 사람은 생활을 하기 위해서는 그때 바닷가에서 보냈던 휴가에 대한 기억이 떠오르지 않도록 억누를 수밖에 없었지. 그렇지만 무의식으로 밀어 넣어진 모든 것은 의식으로 떠오르기만을 항상 기다리고 있어. 그렇기 때문에 그 사람은 개를 보면 전혀 생각하지 않았던 고통을 받게 되는 거야."

칼레가 물었다.

"당신이 그러한 사실을 끄집어냈을 때, 그는 다시 좋아졌나요?"

지그문트가 웃었다.

"그래. 그는 개를 쓰다듬을 수도 있게 되었지. 사람들이 자신의 문제가 어디서 오는지 인식한다면, 일반적으로 목적은 달성되었다고 볼 수 있어."

플라토니쿠스-칸티쿠스가 말했다.

"당신은 어떻게 인간의 심리적 문제의 원인을 발견해낼 수 있었죠? 인간은 아무것도 잊어버리지 않고 단지 무의식 속에 눌러놓았을 수 있어요. 그리고 당신도 인간의 무의식을 들여다볼 수는 없잖아요."

지그문트가 미소를 띠면서 설명했다.

"나는 확실한 방식으로 그렇게 할 수 있지. 인간의 꿈이 많은 것을 말해준다는 것을 너희들도 알아야만 해."

"왜요? 꿈속에서 무의식은 살아 있나요?"

지그문트가 대답을 했다.

"아마도 그렇게 말할 수 있겠지. 너희들은 현실에서는 완전히 불가능한 것을 꿈속에서 해본 적이 있지 않니?"

메타피지카가 빙그레 웃으며 대답했다.
"그런 꿈을 꾸어본 것은 확실해요."
플라토니쿠스-칸티쿠스는 아무 말도 하지 않았다. 그는 입술을 깨물었는데, 얼굴이 빨개질 정도로 부끄러움을 느꼈다.
지그문트가 빙그레 웃으며 말했다.
"그때 너희들은 그것을 보았지. 꿈속에서는 우리가 소원했던 것이 충족되지. 여기서 이드의 충동은 초자아를 더 이상 허용하지 않게 돼. 깨어 있는 상태에 있어서는 전혀 용납되지 않는 부정적 경험들도 꿈은 허용하지. 이러한 이유에서 꿈을 꾸는 것은 매우 중요해. 꿈은 정신이 균형을 잡을 수 있도록 도와주니까."
칼레가 물었다.
"그렇다면 초자아가 잠을 잡니까?"
지그문트가 설명을 했다.
"완전히 그런 것은 아니란다. 초자아가 잠들지 않았기 때문에 많은 꿈들은 해를 끼치지 않는 형상들과 상징들 뒤에 본래의 의미를 숨겨놓지."
플라토니쿠스-칸티쿠스가 물었다.
"그러니까 꿈의 형상을 발견해내는 것이 중요하겠군요."
지그문트가 시가를 입에 문 채 말했다.
"바로 그거야. 나에게 오는 사람들은 그들의 꿈에 대해서 나에게 말해. 그리고 우리는 그 꿈 뒤에 무엇이 숨어 있는가를 끄집어내려고 함께 노력하지. 이렇게 우리가 의식되지 않은 것을 의식 속으로 꺼내와 그것을 이해하게 되면 일은 성공하는 셈이지."
칼레는 플라토니쿠스-칸티쿠스의 어깨를 만족한 듯 툭툭 쳤다. 그가 입을 삐죽이며 말했다.
"꿈의 해석에는 산파의 노동도 어느 정도 필요해. 새로운 것은 없어. 우리는 이미 아는 것을 새롭게 조명할 뿐이야."

칼레가 말하는 것을 듣고, 플라토니쿠스-칸티쿠스는 칼레가 이념의 직관에 대해 글라우콘과 나눈 대화를 풍자하는 것을 알았다.

플라토니쿠스-칸티쿠스가 외쳤다.

"그래. 꿈의 해석은 호수의 낚시꾼과 같은 거야. 낚시에 걸린 고기는 꿈이지. 그러나 고기는 깊은 곳, 즉 의식 아래에서 수영을 해. 우리가 고기를 수면으로, 즉 의식으로 끌어올린 다음에야 무엇이 낚시줄을 잡아당겼는가를 비로소 알게 될 수 있는 거야."

그들은 웃었다. 지그문트는 담배 연기를 앞으로 뿜어냈다.

메타피지카가 자기의 의견을 말했다.

"어쨌든 저는 인간 정신에 관한 이론에 공감해요. 이드는 충동을 위해 초자아는 양심을 위해 있지요. 자아는 이 둘의 균형을 잡으려고 노력해요. 이 둘 사이의 균형이 깨지면 정신적 장애가 일어나죠. 자아가 더 이상 알 수 없을 때, 자아는 결정적인 경험을 의식 아래로 밀어 누르죠. 그때 사람은 잊게 되는 것이 아니라 그러한 경험을 강제적으로 눌러놓고 있는 셈이고요. 그러다 어느 때인가 그러한 경험들이 다시 나타나곤 하는데, 여기서 중요한 역할을 하는 것은 꿈이에요. 꿈은 무의식 속에서 처리되지 않은 채 잠자고 있는 문제들에 대한 정보를 제공해주는 거죠. 그렇게 해서 꿈은 자아가 이드의 충동을 적어도 그려볼 수 있도록 도와주게 되죠."

지그문트가 칭찬했다.

"아주 열심히 들었구나."

칼레가 물었다.

"그러면 이제 우리는 그러한 사실을 어떻게 받아들여야 하는 거죠? 우리가 그것을 산파와 낚시에 비유한 것은 그렇게 나쁘지 않았죠?"

지그문트가 인정했다.

"물론이야. 비유가 아주 좋았어."

칼레가 과장된 진지함으로 말했다.

"제안을 하고 싶습니다. 저의 쾌락 충동은 수영을 하라는 강력한 요구를 하고 있습니다. 우리가 호수에 몸을 던질 것을 제안하고 싶습니다. 내가 지금 여기서 벌어지는 대화를 중단하고 수영을 가고 싶다고 해서 저를 나무라지 마시기 바랍니다. 그렇지 않다면 저는 매우 불만족을 느끼게 될 테니까요. 이러한 충동이 해소되지 않으면 내 안에서 심리적 불만족이 발생하는 것을 이미 아시잖아요."

"이 교활한 광대야!"

플라토니쿠스-칸티쿠스가 웃음을 터뜨리며 칼레를 물 속에 빠뜨리기 위해 달려들었다.

지그문트가 빠르게 외쳤다.

"아직 인간의 충동에 대해서 너희에게 더 설명할 것이 있단다. 단순히 말해 인간은 두 개의 충동에 의해 지배되지. 모든 것을 보존하고, 함께 묶어주고 보호하려는 리비도 충동[5] 혹은 에로스 충동[6]이지. 그리고 모든 것을 해체하고 파괴시키려고 시도하는 죽음에의 충동, 파괴 충동 혹은 타나토스 충동[7]이 있어. 이 두 충동은 영원한 거인들의 싸움처럼 서로를 향해 마주 서 있단다."

플라토니쿠스-칸티쿠스와 칼레가 잠깐 뒤돌아서서 지그문트를 보았다. 그러나 그들이 더 이상 대화를 계속하고 싶어하지 않는 것은 분명했다. 하지만 지그문트는 강의를 계속했다.

---

[5] 프로이트의 이론에 있어 리비도는 긍정적 삶의 에너지를 뜻한다. 이 에너지는 무엇보다 성에 의해서 요구되며 동시에 이 성에 의해서 획득될 수 있다.
[6] 프로이트가 에로스로 특징지은 이 충동은 세계와의 친밀한 일치를 위한 긍정적 충동을 뜻한다.
[7] 파괴 본능, 타나토스 혹은 죽음의 본능은 에로스 충동의 반대개념이다. 이 개념은 고유한 자기와 주변 세계의 파괴를 지향하고 있다.

"인간의 행위는 두 충동으로 이루어져 있어. 이 두 충동이 혼합되거나 충돌하면서 수많은 흥미로운 형태가 생기게 되는 거야. 예를 들자면 성욕은 파괴 본능의 공격성으로부터 나온 것이라 볼 수 있지."

플라토니쿠스-칸티쿠스가 말했다.

"너무 화내지 마세요, 지그문트! 그러나 우리는 이제 수영하러 가고 싶어요."

지그문트가 자기의 청중들을 말리기 위해 급히 설명했다.

"너희들 모두가 어린 시절에 아버지를 죽이고 싶어했었다는 것에 대해서 듣고 싶지 않니?"

"아뇨!"

세 명은 그렇게 외치고 물로 뛰어들었다.

그 뒤 며칠 동안 그들은 이렇다 할 만한 대화를 나누지 않았다. 그들은 휴식을 취하고 충분히 잠을 자는 것으로 시간을 보냈다.

어느 날 밤 메타피지카는 꿈을 꾸다가 깨어났다. 놀란 그녀의 가슴이 쿵쿵 뛰고 있었다. 그녀는 쉽게 잠자리에 들지 못했다. 그래서 그녀는 작은 호수 주변을 산책하기로 했다. 그녀는 한참 동안 오렌지나무 사이를 거닐었다. 그러다가 그녀는 얼마 떨어지지 않은 곳에서 지그문트의 시가 끝에서 빨갛게 타오르다가 사그라지는 불씨를 보았다. 그녀는 그가 있는 쪽으로 걸음을 옮겼고, 나무 밑둥에 걸터앉아 있는 그의 곁에 앉았다.

지그문트가 물었다.

"나쁜 꿈을 꾸었나 보구나?"

메타피지카가 망설이듯 말했다.

"아뇨. 꿈은 그렇게 나쁘지 않았어요 단지 혼란스러울 뿐이에요. 플라토니쿠스-칸티쿠스 꿈을 꾸었거든요. 그가 제가 갖고 싶어하는 꽃을 숨겨버렸어요. 그는 망설이면서 그 꽃을 저에게 보여주려고 하지 않았어요. 드디어 그가 부끄러움을 무릅쓰고 그 꽃을 저에게 주려는 찰나에 잠을 깨고 말았어요."

지그문트가 메타피지카를 보면서 미소를 지었다.

"정말로 그 꿈에 대한 해석이 필요하다고 생각하니?"

메타피지카가 알았다는 듯이 대답했다.

"아뇨! 저는 꽃이라는 것이 무엇을 뜻하는지 제 자신에게 묻는 중이에요. 플라토니쿠스-칸티쿠스와 저와의 관계에 있어서 제 자아가 초자아를 속일 필요는 없거든요."

지그문트가 웃었다.

"아마도 네가 꾼 꿈의 형상은 네가 아니라 네 친구의 장애와 관련이 있는 것 같구나."

메타피지카가 한숨을 내쉬었다.

"저도 그렇게 생각해요."

그들은 한참 동안 앉아 함께 밤의 정적을 즐겼다.

메타피지카가 드디어 말문을 열었다.

"왜 주무시지 않고 아직도 깨어 있으세요? 나쁜 꿈이라도 꾸셨나요?"

지그문트가 한숨을 내쉬며 슬프게 말했다.

"그렇단다. 몇 해 전부터 나는 똑같은 꿈을 꾸곤 했지. 때로는 몇 달 동안 그 꿈을 계속 꾼 적도 있었단다. 그리고 며칠 동안 ㄱ 꿈을 이어서 꾸기도 했지."

공주가 물었다.

"그 꿈에 대해 말씀해주세요, 네?"

지그문트가 낮은 목소리로 말했다.

"그 꿈에 대해 말하는 것이 그리 쉽지는 않구나. 그 꿈은 나의 삶에 있어서 매우 중요한 일부분이 되었지. 그래서 나는 그 꿈에다가 엘렉트라콤플렉스[8]라는 이름을 붙였단다."

메타피지카가 조용하게 말했다.
"그 꿈을 조금만 설명해주세요!"
지그문트가 망설이다가 입을 열었다.
"그 꿈은 항상 똑같아. 나는 여러 명의 젊은 여자들에 대한 꿈을 꾸곤 했지. 여자들은 오아시스에 있는 나에게로 와서 그들이 어려서 그들의 아저씨에게 맞을 때 사용되었던 채찍을 나에게 보여주곤 했어. 나는 그 여자들에게서 채찍을 받아 들고 아저씨를 감옥에 보내겠다는 약속을 했지. 그런데 나는 아저씨와 그의 친구들을 보고 겁을 잔뜩 집어먹은 채 약속을 어겼어. 나는 채찍을 두 동강 내버렸어. 나는 부러진 한쪽으로는 아저씨를 위한 후광을 만들었고, 다른 한쪽으로는 젊은 여자들을 붙잡아 맬 수 있는 고리를 만들었어."
메타피지카가 계속해서 물어보았다.
"그 꿈을 왜 엘렉트라콤플렉스라고 부르세요?"
지그문트가 나지막하게 말했다.
"나는 꿈속에서 여자들이 엘렉트라라는 글자가 써 있는 방패를 손에 들고 있는 것을 보았거든."
공주가 물었다.
"그게 도대체 무슨 말씀이세요?"
"그 꿈은 내가 경력을 중요하게 여겼기 때문에 젊은 여자들을 무조건 적으로 거부했었다는 것을 뜻한단다."
그는 자리에서 일어나서 말없이 어둠 속으로 들어갔고, 빨갛게 달아 오른 그의 시가 끝만이 어둠 속에서 오랫동안 반짝이고 있었다.

8) 프로이트는 이 개념을 오이디푸스콤플렉스와 반대되는 개념으로 만들어냈다. 딸이 자기 어머니에게 반감을 갖고 아버지에게 특별한 애착심을 갖는 콤플렉스 개념이다. 프로이트는 엘렉트라콤플렉스를 다루는 가운데 어린 소녀에 대한 성적인 공격에 관한 보고들을 순수하게 공상적인 이야기로 처리했다.

메타피지카는 그의 뒤를 따라가지 않았다. 그녀는 그의 꿈을 이해했다고 믿었다. 그리고 그녀는 지그문트를 위로할 생각이 없었다.

그날 밤 이래 지그문트와 메타피지카는 서로를 피했다. 그들은 서로에게 불친절하지 않았지만 어딘가 모르게 어색해했다. 그래서 메타피지카는 칼레와 플라토니쿠스-칸티쿠스에게 다시 떠나자고 설득을 했다. 그들이 도착한 지 8일째 되던 날 그들은 프로이데의 오아시스를 떠났다. 그들은 충분히 휴식을 취한 덕분에 몸과 마음이 최상의 상태에 있었다. 그들은 시원한 밤 시간대를 이용해 여행을 떠나기로 했다.

지그문트는 그들이 처음 만났던 곳까지 세 사람을 배웅해주었다. 그는 그들이 행복을 찾을 수 있도록 행운을 빌어주었다. 그런 후에 그는 오아시스로 되돌아갔고, 지난날의 인상들을 꿈속에서 작업하기 위해 잠을 자기로 결심했다.

 ## 12장 프린치피아 항구

— 중 용 의 배

사막을 지나는 동안 세 사람의 기분은 날아갈 듯 가벼웠다. 하늘에는 별이 총총 빛나고 있었고, 시원한 바람이 그들을 부드럽게 간지럽히고 있었다.

플라토니쿠스-칸티쿠스가 말했다.

"만약 지그문트가 옳다면, 내일 아침해가 뜰 때쯤이면 프린치피아 항구가 보일 거야."

칼레가 자신의 생각을 말했다.

"우리가 찾는 행복이 이렇게 애쓸 만한 가치가 있을까 싶어."

메타피지카가 웃었다.

"이봐, 칼레! 네가 생각하는 행복이란 도대체 뭐야?"

칼레가 단언했다.

"그야 물론 집단의 행복이지."

"이 바보야!"

공주가 웃으면서 칼레를 확 밀었다. 플라토니쿠스-칸티쿠스는 한참 만에 둘을 떼어놓을 수 있었다. 칼레가 그렇게 오랫동안 메타피지카와 함께 법석을 떠는 모양이 그의 마음을 불편하게 만들었다. 그래서 그는 다시 이야기를 시작했다. 그가 말했다.

"행복은 정말로 중요한 문제야. 라세 외삼촌은 행복이 인간의 삶에 있어서 최상의 선이라고 말씀하셨어."

메타피지카는 머리를 흔들어 모래를 털어내면서 말했다.

"바로 나도 똑같은 생각을 했었어. 그 밖에 너의 외삼촌이 더 말씀하신 것은 없니?"

플라토니쿠스-칸티쿠스가 솔직하게 말했다.

"외삼촌이 무엇을 말씀하시는 건지 정확하게는 잘 몰라. 외삼촌은 모든 행위에는 하나의 목적, 의도, 즉 어떠한 선에 대한 추구가 있다고 생각해. 그러나 모든 선은 같은 것이 아니고, 거기에도 위계질서가 있어. 이러한 이유에서 우리에게 다른 것보다 더 중요한 어떤 것들이 있게 되고, 우리는 어떤 것을 얻기 위해 다른 어떤 것을 포기하는 거야."

칼레가 물었다.

"그리고 행복은 이러한 선 중에서 가장 중요한 것이라는 거지?"

그렇게 대화를 나누면서 그들은 계속해서 길을 걸었다.

플라토니쿠스-칸티쿠스가 기억을 더듬으며 말했다.

"외삼촌도 그렇게 생각했을 거야. 행복은 최상의 선이지. 행복 말고 인간이 추구해야 할 더 높은 가치는 생각할 수 없거든."

세 친구들은 메타피지카가 침묵을 깨기 전까지 한참을 말없이 걸었다. 그녀가 친구들에게 말했다.

"한번 곰곰이 생각해보자. 행복이 정말로 인간의 삶에 있어 최고선으로 여겨질 수 있으려면, 그것은 일정한 요구들을 충족시켜야만 해. 그러한 요구들은 세 가지야. 첫째, 정말로 최고의 선이라면 그것은 최상의 목적이라고 할 수 있지. 그렇다면 그 최상의 목적 안에는 다른 모든 추구할 만한 가치가 들어 있어야만 해. 둘째, 이 최고의 선은 그 자체로 추구할 만한 가치가 있는 것이어야만 해. 그것은 어떤 것에 도달하기 위한 수단이 아니라 추구하는 모든 것의 목적이 되어야 한다는 것이지. 그리고 셋째, 최고선은 모든 부분들의 합 이상의 것이야. 결국 내 말의 요지는 이거야. 모든 부분들을 합해놓는다 해도 우리는 최고선에 도달할 수 없다는 것이지."

칼레가 인정했다.

"그것은 아주 중요한 생각인데. 물론 내가 믿기에 행복은 그 기준들을 충족시킬 수 있어야 해."

플라토니쿠스-칸티쿠스가 대답했다.

"나도 그렇게 생각해. 우리는 이미 행복이 인간의 최상의 목적으로 여겨질 수 있다는 것을 이해하고 있잖아. 행복보다 더 귀중한 것은 아무것도 존재하지 않는 것 같으니까. 이 밖에도 완전한 행복은 모든 다른 추구할 만한 가치들을 자기 안에서 일치시켜야만 하지. 행복은 자신과 구분되는 어떤 것에 도달하기 위한 수단이 아니야. 행복은 모든 인간이 노력해서 도달하고자 하는 자기 목적이지."

공주가 동의했다.

"네 말이 옳아. 내가 볼 때 행복은 부분들의 합 이상인 것처럼 보여. 어쨌든 인간을 반쯤 행복하게 만들어주거나 완전히 행복하게 만들어주는 것은 없으니까."

그녀의 말을 끊고 칼레가 말했다.

"어쨌든 좋아. 행복은 실제로 최고의 선이라고 한번 가정해보자. 그러한 경우에 우리는 최고선이 좋은 행위 혹은 좋은 삶을 뜻하는 것인지 물어볼 수 있겠지."

플라토니쿠스-칸티쿠스가 진지하게 말했다.

"나는 그것이 둘 다 뜻한다고 믿어. 라세 외삼촌은 진정 좋은 삶이란 풍요롭거나 안락하거나 편안한 삶이 아니라고 했지. 좋은 삶이란 좋은 행위를 하는 삶이야. 물론 훌륭하게 행위할 수 있기 위해서는 훌륭하게 사는 것이 필요해."

이번에는 메타피지카가 그의 말을 끊고 이야기했다.

"아직도 모든 것이 나한테는 정확하지 않아. 우리는 우선 먼저 그러한 행복의 본질이 무엇인지 파악해야만 해. 최상의 선이 가진 본성을 좀 더 자세하게 알아보도록 하자."

칼레가 외쳤다.

"나는 찬성이야! 행복이 높은 가치를 갖는다는 것을 우리는 이제 알게 됐잖아."

바로 그 순간에 태양이 선홍빛 색채를 띠며 공처럼 지평선 위로 튕겨 올랐다.

플라토니쿠스-칸티쿠스가 말했다.

"더 이상 이야기할 시간이 없어. 저 아래에 항구가 있어."

그들은 높은 언덕에 올라 끝까지 걸어갔다. 그리고 그곳에서 발 아래에 펼쳐진 가파른 암벽들이 빚어내는 아름다운 풍경을 보았다. 얼마 떨어지지 않은 곳에서 그 풍경은 해안선에 의해서 육지와 바다로 나뉘어지고 있었다. 낭떠러지 뒤로는 끝없이 드넓은 바다가 펼쳐져 있었다. 겁을 먹고 움츠린 것처럼 보이는 산을 파도가 계속 몰아대고 있었다. 만을 둘러싸고 있는 높은 암벽들 사이로 매우 좁은 길이 나 있었다. 가느다란 강이 만으로 흘러드는 그곳에 조그만 항구 도시가 있었다.

칼레가 외쳤다.

"가자! 저기가 프린치피아 항구여야 할 텐데."

그들이 별로 볼거리가 없는 항구에 도착했을 때는 오후였다. 항구에는 짙은 색의 단단한 목재로 만들어진 많은 보트와 배만이 출렁이고 있었다.

"실례합니다."

플라토니쿠스-칸티쿠스가 한 선원에게 물었다.

"행복의 섬으로 데려다줄 배를 찾고 있는데요."

선원이 웃었다.

"그곳에 가고 싶어하는 사람들은 너희들만이 아니란다! 여기에 있는 모든 사람들이 행복의 섬으로 가려고 하지."

칼레가 물었다.

"그곳으로 가려면 어떻게 해야 하나요?"

선원이 말했다.

"아주 간단해. 배편을 찾아서 그 배의 선장과 이야기를 하면 돼. 돈을 낼 테니까 그곳으로 데려다 달라고 해."

칼레가 계속해서 물었다.

"모든 배가 행복의 섬으로 가나요?"

선원이 대답했다.

"모든 배가 그곳으로 가려고 하지. 그렇기 때문에 선장과 이야기를 하는 것이 도움이 될 거야. 배들은 각각 자기의 항로를 따라 자기 방식대로 섬에 도달하려고 하니까."

"여기서의 생활은 모두 그 행복의 섬을 중심으로 해서 돌아가는 것처럼 들리네요."

"그래. 도시에 있는 모든 사람들은 선원이거나 섬에 가려고 하는 사람들이야."

공주가 물었다.

"예전에 그 섬에 가는 데 성공한 사람이 있나요?"

선원이 말했다.

"그 섬에 가본 사람들이 간혹 있긴 했지. 하지만 유감스럽게도 어떠한 방식으로 그 섬에 도달할 수 있는지 말해주는 사람은 없었어. 그 섬에 갔던 사람들은 아예 되돌아오지 않았으니까. 그들은 익사했거나 또는 영원히 그 섬에 남아 있을지도 몰라."

그렇게 말하면서 선원은 돌아서려고 했다.

"마지막으로 하나만 더요!"

플라토니쿠스-칸티쿠스가 다급하게 외쳤다.

"이 항구를 왜 프린치피아 항구라고 부르는 겁니까?"

선원은 이상하다는 듯이 그들을 쳐다보았다.

"너희가 갖고 있는 지팡이와 같은 나무로 배들이 건조되었기 때문이지."

그는 그렇게 설명하면서 바로 그때 메타피지카가 짚고 서 있던 코기니툼을 가리켰다.

"이 항구의 모든 배들은 프린치피아 나무에서 나온 목재로 만들어졌어. 비타의 바다는 파도가 매우 사납고 거칠단다. 그래서 난파당하지 않으려면 배들이 반드시 매우 견고한 목재로 만들어져야 해. 프린치피아 나무는 필로조피카의 나라에서 가장 단단한 목재란다."

메타피지카가 선원에게 상냥하게 말했다.

"대단히 고마웠습니다. 우리가 타고 갈 배를 근본적으로 생각해봐야겠네요."

선원은 고맙다는 말에 용기를 얻었는지 그들 쪽으로 다시 다가왔다. 그는 그들을 잠시 둘러보더니 귓속말로 속삭였다.

"드로게[1]라는 이름의 배에는 절대 타지 마라. 선장 이름은 콤메르츠[2]인데 항상 손님들을 행복의 섬으로 데려다준다고 주장하지만 실제로는 손님을 매우 엉뚱한 무인도에 내려놓거나 그냥 바다로 던져버리기도 하지."

1) 〔옮긴이〕 마약.
2) 〔옮긴이〕 독일어로 콤메르츠Kommerz는 상업, 거래를 뜻한다.

메타피지카가 놀라서 외쳤다.
"정말 이곳은 거친 곳이군요!"
칼레가 매우 심각한 표정을 지었다. 그는 선원한테 다가가서 그의 어깨에 팔을 얹고는 격식을 차려 말했다.
"고맙소, 동지! 당신이 착취자로부터 우리를 지켜준 것에 대해 감사하오."
칼레가 그의 두 뺨에 키스를 하려고 하자 선원은 욕설을 내뱉으며 버럭 화를 냈다.
"도대체 왜 이러는 거야! 부디 나를 좀 가만히 내버려둬!"
그는 칼레를 밀쳐냈고 큰 소리로 투덜대면서 골목으로 사라졌다.
실망한 칼레는 친구들에게로 몸을 돌렸다.
메타피지카와 플라토니쿠스-칸티쿠스는 터져 나오는 웃음을 참지 못했다. 그들은 서로 쳐다보며 박장대소를 했다.
칼레는 상처를 받았는지 낮은 목소리로 대꾸했다.
"그렇게 고소해? 선원들은 계급의식을 가지고 있지. 언젠가는 중요한 혁명이 그들로부터 시작될 거야."
그 말을 마치자 그는 불쾌한 듯 등을 돌려 계속 걸어갔다.
플라토니쿠스-칸티쿠스와 메타피지카는 간신히 웃음을 진정시키고 칼레를 뒤쫓아 갔지만, 방파제 근처에서야 칼레를 따라잡을 수 있었다.
거기서 그들은 줄 지어 정박해 있는 거대한 배들을 보고 놀라서 멈춰 섰다. 모든 배들은 안전해 보였다. 그 배들이라면 어느 배를 타더라도 비타의 바다를 지나갈 수 있을 것 같은 생각이 들었다. 그들은 타고 갈 배를 하나씩 꼼꼼하게 살펴보았다. 그들은 어떤 배를 타고 행복의 섬으로 가야 하는지를 놓고 열띤 논쟁을 벌였다.
그들은 세 개의 돛이 달린 드로게호는 무시하고 지나갔다. 그들은 그 배의 오색영롱한 색깔에 눈길조차 주지 않았다. 물론 그들은 그 배를 지나쳐 가면서 그 배의 바닥이 다른 배들보다 훨씬 얇다는 것을 알아차렸다. 여러 번 방파제를 오르락내리락한 후에야 그들은 최종적으로 네 개의 배로 선택의 범위를 좁힐 수 있었다. 그 배들의 뱃머리에는 각자 황금색으로 권력, 무관심, 쾌락 그리고 중도라는 이름이 휘황찬란하게 쓰여져 있었다.

메타피지카가 의견을 말했다.

"권력의 배를 타고서는 행복의 섬에 도달할 수 있을 것 같지 않아."

칼레가 물었다.

"왜 그렇지? 권력은 그 자체로 나쁜 것이 아니야. 권력은 그것을 어떻게 사용하느냐에 따라서 나쁠 수도 좋을 수도 있어."

공주가 솔직하게 말했다.

"지금 네가 하는 말이 옳을 수도 있어. 그렇지만 우리가 니에체 왕 때문에 겪었던 모든 일을 생각해봐. 정말로 권력의 배를 타고 험난한 비타의 바다를 헤쳐나가고 싶니?"

칼레가 대답했다.

"아마 그렇게 안 하는 것이 낫겠지. 그 배에서의 생활은 매우 고독할 거라는 생각이 들어."

그들은 무관심호까지 계속 걸어갔다.

플라토니쿠스-칸티쿠스가 투덜거렸다.

"여기서 멈출 필요는 없어. 내가 욕심 없는 사람들에게 갔다 왔던 때부터 나는 무관심에 대해서 아주 복잡한 생각을 가지게 되었어."

메타피지카가 웃었다.

"나는 성급하게 판단을 내리고 싶지 않아. 비타의 바다가 정말로 그렇게 위험하다면, 파도가 몰아치는 것을 무관심한 마음으로 바라보는 것이 이점이 될 수도 있어."

플라토니쿠스-칸티쿠스가 자신의 견해를 말했다.

"다 좋아. 내적인 견고에 기초한 외적인 태연함에 반대하는 것은 아니야. 그렇지만 이 배의 이름은 무관심이야. 그러나 정말로 무관심하려고 하는 사람은 다른 사람의 고통에 대해서도 무관심하지. 네가 잘되거나 잘못되든지 간에 칼레와 내가 너한테 무관심해지기를 바라니?"

메타피지카가 고개를 가로저었다. 그러자 플라토니쿠스-칸티쿠스는 무관심호를 지나 쾌락호로 갔다. 쾌락호는 무관심호 바로 옆에 닻을 내리고 있었다.

그는 플래카드 앞에 서서 쾌락호 선주의 광고 문안을 큰 소리로 읽었다.

"하루 종일 계속되는 대단한 센세이션, 기쁨, 즐거움과 왁자지껄한 파티를 기대하시라!"

메타피지카가 웃으며 말했다.

"네가 지금 쾌락호의 선전을 하다니 전혀 뜻밖인데!"

플라토니쿠스-칸티쿠스가 변명했다.

"나에게는 항상 쾌락이 행복과 어떤 관련을 가지고 있는 것처럼 보여."

칼레가 말했다.

"나는 잘 모르겠어. 프로이데의 오아시스에서 정신의 균형에 대해서 배운 것을 아직 잊지 않고 있겠지? 쾌락호는 이드의 충동에 절대적인 무게를 둔다는 인상이 들어. 그러나 지그문트가 말했잖아. 인간은 정신이 균형을 이룰 때에만 행복해진다고."

플라토니쿠스-칸티쿠스가 동의했다.

"아마 네가 옳을지도 몰라. 사람이 진정으로 행복해지기 위해서는 단순히 즐기는 것 이상의 것이 필요할지 몰라."

메타피지카가 매우 자신 있게 말했다.

"인간은 빵과 쾌락만으로는 살 수 없지. 진정한 행복을 위해서는 정의와 진실도 필요해."

칼레가 확신에 찬 듯 말했다.

"그렇다면 이제 우리에게 남아 있는 배는 중도호뿐이야."

그들은 중도라고 쓰여져 있는, 폭이 넓은 회색빛 거룻배를 향해 갔다. 그때 마침 난간에서 밖을 내다보고 있던 선장이 외쳤다.

"어서 와, 환영해! 내 이름은 비더마이어[3]야. 이 배의 선장이지. 너희들은 올바른 선택을 한 거야. 중도호는 아마 가장 아름답거나 가장 빠른 배는 아닐지도 몰라. 그렇지만 모든 배 중에서 가장 안전한 배지."

세 친구들은 망설였다. 그들은 아직도 올바른 배를 찾았다는 느낌을 갖지 못했다.

메타피지카가 선장을 향해 큰 소리로 물었다.

"어떻게 행복의 섬에 가려고 하는지 우리에게 조금만 설명해주실 수 있나요?"

비더마이어가 말했다.

"우리의 방법은 아주 간단해. 우리는 너무 많은 돛을 세우지도 않고 너무 많은 짐을 싣지도 않아. 그러나 무엇보다 우리는 항상 지배적인 조류에 배를 맡기지. 커다란 힘에 맞서서 싸우는 것보다는 항상 그것에 적응하는 것이 중요하니까. 눈에 띄지만 않게 하라. 이것이 우리의 구호야."

메타피지카가 물었다.

"지금 말씀하신 것은 조류가 잘못된 방향으로 배를 이끌어갈 때도 해당되나요?"

---

[3] 비더마이어는 우직하고, 속물 근성이 있고 위에서 시키는 대로 복종을 하는 인간형을 나타낸다. 특히 독일과 오스트리아에서 이 개념은 낭만주의가 끝나고 사실주의가 나타나기 전(대략 1815~1860년 사이)까지 정체되어 있었던 시기를 나타낸다. 이러한 것에 대한 표현을 그림, 문학, 음악 그리고 정치적 태도에서도 찾아볼 수 있다.

비더마이어가 대답했다.

"그런 일은 일어나지 않아. 지배적인 조류에 의해 결정되는 진로는 항상 올바르니까."

"그렇다면 도대체 어떻게 행복의 섬에 도달하려는 겁니까?"

선장이 대답했다.

"우리보다 더욱 강력한 조류와 싸우기 위해 우리의 힘을 사용하는 방식으로는 그곳에 갈 생각이 없어."

세 친구들은 서로를 쳐다보았다. 메타피지카가 자신의 입장을 밝혔다.

"너희들이 이 배를 탄다면, 나는 같이 가지 않을 거야! 이 중도호는 다른 형태의 무관심이야. 나는 내 의지가 어쩔 수 없어 포기할 때까지 끝까지 싸울 거야."

칼레가 동의했다.

"네가 옳아. 그러나 우리가 타고 갈 배를 찾아야 하는 문제는 그대로 남아 있어."

플라토니쿠스-칸티쿠스가 자신의 의견을 말했다.

"메타피지카, 나도 네 생각이 옳다고 생각해. 중도호는 우리를 위한 배가 아니야! 예전에 나는 중도와 다른 중용의 이념에 대해 들은 적이 있어. 중용이라는 올바른 척도가 무엇인지 아는 것이 중요해."

그때 그들 곁에 서서 그들의 대화를 듣고 있던 한 노인이 끼어들었다.

"방해해서 미안하구나. 그렇지만 내 배가 바로 너희들이 찾고 있는 배 같구나."

세 친구들이 그를 둘러쌌다. 메타피지카가 상냥하게 물었다.

"어떤 배죠?"

노인이 대답했다.

"중용의 배지."

칼레가 눈을 크게 뜨며 말했다.

"대단히 고맙습니다. 할아버지. 그렇지만 우리는 중도에 반대하는 결정을 조금 전에 내렸습니다."

노인이 웃었다.

"올바른 결정을 했구나. 나도 그 회색의 화물선에는 결코 타지 않을 거야. 중용과 중도는 매우 다르니까."

칼레가 그의 친구들을 돌아보며 말했다.

"배를 한번 보는 것도 나쁘지 않겠지?"

그들은 방파제를 따라 노인의 뒤를 쫓아갔다. 노인 옆에 서서 걸어가는 동안 메타피지카가 물었다.

"할아버지는 성함이 어떻게 되세요?"

노인이 대답했다.

"나는 니코마코스[4]라고 하지. 그러는 너희들은 누구냐?"

공주가 자기와 자신의 친구들을 소개했다.

"저는 훅슬리 왕가 출신의 메타피지카 공주입니다. 그리고 이쪽은 제 친구들인 플라토니쿠스-칸티쿠스와 칼레 막스입니다."

니코마코스는 천천히 고개를 끄덕였다.

칼레가 물었다.

"행복의 섬에 가보신 적이 있나요?"

노인이 대답했다.

"그래. 그 섬에 한 번 가본 적이 있단다. 이미 여러 해 전 일이지. 우리는 중용호를 건조하고 나서 바로 갔었어."

플라토니쿠스-칸티쿠스가 다시 물었다.

---

[4] 이 노인은 라세 아리스토텔과 아주 친한 친구 사이였다. 라세 아리스토텔은 니코마코스와 그의 배 "중용"에게 책 전체를 바쳤다. 여기서도 또한 그리스 철학자 아리스토텔레스를 떠올릴 수 있을 것이다. 아리스토텔레스는 윤리학에 관한 자신의 주저인 『니코마코스 윤리학』을 자기의 아들인 니코마코스에게 헌정했다.

"우리라고 하시는데 또 누가 있었나요? 또 다른 사람이 중용호를 함께 건조했나요?"

니코마코스가 웃었다.

"그래, 그래! 나는 배를 라세 아리스토텔과 함께 설계했지. 그리고 그와 함께 행복의 섬으로 배를 타고 갔었단다."

플라토니쿠스-칸티쿠스가 외쳤다.

"그렇다면 저의 외삼촌을 아시는군요! 저는 라세 아리스토텔의 조캅니다."

니코마코스가 말했다.

"나도 그럴 것이라고 생각했단다. 그렇지 않다면 너희들이 어떻게 코기니툼을 갖고 다닐 수 있겠니."

그가 이렇게 말하고 칼레의 배낭에 든 코기니툼을 꺼냈다.

"안녕! 니코마코스!"

코기니툼이 그렇게 말하고 헛기침을 했다.

"더 일찍이 인사를 하고 싶었지만, 자네도 알다시피 이 젊은 친구들이 나를 배낭 깊숙이 처박아놓았단 말이야. 이 친구들은 내가 도와주지 않는데도 지금까지 아주 훌륭하게 필로조피카를 잘 헤쳐나왔어. 다급할 경우에만 나를 불러냈지."

니코마코스가 웃으며 물었다.

"라세는 어떻게 지내나?"

지팡이가 대답했다.

"이미 알고 있겠지만, 그는 자기의 행복을 발견했어! 물론 그의 오래된 복통은 거의 그칠 날이 없네."

"하필이면 의사의 아들에게 그러한 일이 벌어져야 하다니."

니코마코스는 그렇게 말하고 고개를 저었다.

둘이 계속 잡담을 나누는 동안 그들은 포구의 끝에 도달했다. 눈에 잘 띄지 않는 구석에 오랫동안 손을 보지 않아 낡은 배가 정박해 있었다. 오랫동안 아무도 이 배를 타지 않은 것처럼 보였다. 삭구는 물에 젖어 더러웠고 뱃전에는 조개무덤이 가득 쌓여 있었다. 그리고 배에 매달린 밧줄에는 온통 미역이 달라붙어 있었다. 코기니툼이 탄식을 내뱉었다.

"오, 맙소사! 중용호의 그 훌륭했던 모습이 아직도 기억에 선한데."

니코마코스가 대답했다.

"중용호가 훌륭했던 건 사실이야. 그러나 중용호는 이제 잊혀졌지. 라세 아리스토텔이 이곳을 떠난 다음에는 아무도 우리가 행복의 섬에 갔다 왔다는 것을 믿으려 하지 않았다네. 그리고 아무도 더 이상 나의 배를 타고 그 섬으로 가려고 하지 않았어. 오히려 사람들은 근사한 이름을 가진 새로운 배들로 발길을 돌렸지. 그렇게 해서 그 훌륭했던 옛날의 중용호는 잊혀졌고, 더 이상의 항해는 없었다네."

플라토니쿠스-칸티쿠스가 실망해서 물었다.

"이 낡아 빠진 배를 어떻게 해야 하죠?"

노인이 웃으며 말했다.

"앞으로 정비를 해야지! 사람들이 중용호에 더 이상 관심을 두지 않는다고 해서 이 배를 바다에 다시 띄우지 말라는 법은 없잖은가. 중용호는 매우 안전하고 뛰어난 성능을 가진 배야."

세 친구는 서로를 쳐다보았다.

메타피지카가 물었다.

"배 정비에 참여하기 전에 먼저 중용호가 왜 안전한지 그 이유를 듣고 싶은데요."

칼레가 장단을 맞췄다.

"바로 그거야! 무엇보다도 나는 중용과 중도 사이에 어떠한 차이가 있는지 알고 싶어."

플라토니쿠스-칸티쿠스가 노인에게 대답을 요구했다.

"니코마코스! 이 중용호의 원리를 설명해주세요."

니코마코스는 밧줄 더미에 앉았다. 그리고 그는 말을 하기 시작했다.

"라세 아리스토텔과 내가 이 배를 오래전에 설계했을 때, 우리는 세계의 모든 것은 너무 많거나 너무 적거나 해서 망가지고 있다는 점에서 출발했지."

메타피지카가 말했다.

"무슨 뜻인지 알 것 같아요. 어느 정도의 분량을 주느냐에 따라 모든 것은 독이 될 수도 있다, 이런 격언과 비슷한 것 아닌가요?"

노인이 대답했다.

"그래, 바로 그런 이야기야. 어떤 것이 너무 많거나 너무 적거나 하지 않고 올바른 균형을 취할 때 우리는 그것을 아름답다 혹은 건강하다 혹은 정의롭다고 하지. 우리는 분명히 비겁함을 높게 평가하지 않아. 그러나 만용 역시 추구할 만한 가치가 없지. 그 두 중간, 즉 중용의 덕이라 볼 수 있는 용감이라는 것이 있지. 라세와 나는 인간이 가진 모든 긍정적 성격은 그러한 중용을 나타낸다는 데 견해를 같이했지. 이 긍정적 속성을 우리는 덕이라고 불렀어. 좋은 삶을 사는 것이 대부분 인간의 목적이라고 가정해도 좋아. 이 말은 특히 우리가 행복을 추구할 때 해당되는데, 인간이 자신의 덕성을 발전시키는 가운데, 다시 말해 인간이 훌륭하게 존재하거나 훌륭하게 행위하는 가운데 훌륭한 삶 및 행복한 삶이 존재하게 된다는 것을 의미해. 그러나 덕이 중용으로부터 나온다면, 훌륭한 삶과 행복한 삶을 추구하는 인간은 중용을 얻고 그것을 지키기 위해 노력을 해야만 한다는 것이 논리적으로 보이지."

세 친구는 아직도 결심을 하지 못하고 있었다. 메타피지카가 말했다.

"중도호보다 훨씬 더 나은 것 같기는 한데, 저희에게 본질적인 차이를 한 번 더 설명해주시겠어요?"

니코마코스가 슬쩍 웃었다. 그가 대답했다.

"둘 사이의 차이는 아주 분명해."

"중도의 원리는 한 사회의 무리 속에 자신을 숨기려고 해. 우리는 우리를 어디로 데리고 가는지 묻지 않은 채 조류에 몸을 맡기고 수영을 할 수 있지. 거기에는 긍정적인 것도 부정적인 것도 나타나지 않아. 자신의 삶 전체를 사회의 규칙에만 맞추려고 하는 사람을 우리는 타협주의자[5]라고 부른단다."

칼레가 물었다.

"그러면 중용의 원리를 지향하는 사람을 타협주의자라고 불러야 하나요?"

니코마코스가 설명했다.

"아니야. 중용의 원리는 사회의 규정을 향하는 것이 아니라 오히려 사물 자체의 올바른 척도를 탐구하려고 해. 내가 구두쇠들이 사는 사회에 산다고 할지라도 나는 인색과 사치 사이의 올바른 척도는 절제라는 결론에 이를 수 있어. 각자가 스스로 생각해서 결론을 내려야 하는 것이 중용의 문제야. 중용은 성공적인 삶을 살도록 도와줄 수 있을 거야. 왜냐하면 중용은 결국 내적인 조화를 산출하는 것이니까."

플라토니쿠스-칸티쿠스가 이의를 제기했다.

"그러나 때로는 긴장을 풀고 조화롭게 반응하는 것보다는 흥분하는 것이 보다 올바를 수 있잖아요."

"물론 그렇지!"

니코마코스가 말했다.

"그러나 그것은 중용의 원리에 반하는 것이 아니야. 중용을 두 극 사이의 산술적인 중간으로 이해해서는 안 돼. 오히려 그것은 인간이 윤리

---

[5] 타협이란 아무런 비판 없이 자신을 둘러싼 지배적인 가치관를 추구하는 그러한 태도를 말한다.

적으로, 다시 말해 도덕적으로 행위할 때 인정해야만 하는 균형을 의미해. 윤리적 인간은 바로 올바른 사고와 행위에 의해서 훌륭해질 수 있어. 정당한 도덕적 분노를 일으키지 않는다면 그것은 인간의 중용을 방해한다고 말할 수 있겠지."

그들은 노인의 말에 감동받아 침묵했다. 칼레가 한참 만에 말했다.

"너희들이 어떻게 생각하는지 모르겠지만, 나는 다른 배들이 제의했던 조건들보다 중용의 원리가 훨씬 더 설득력이 있다고 생각해."

"그렇다면 무엇을 더 기다리니?"

플라토니쿠스-칸티쿠스가 웃었다.

"우리가 이 낡은 배를 다시 바다에 띄워보자. 배가 비타의 바다의 풍랑을 헤쳐갈 수 있는지 보자. 우리는 정말 이 배를 타고 행복의 섬에 갈 수 있을지도 몰라."

니코마코스가 흥분해서 말했다.

"우리가 해야 할 일이 너무 많구나. 삭구를 새롭게 정비해야 하고 배 전체를 시대에 맞게 새롭게 색칠해야 하니까. 이틀 후 항구 문이 열리고 모든 배가 다시 먼 여행을 떠날 테니 서둘러야 할 거야."

이틀이 쏜살처럼 지나갔다. 그들은 아침부터 저녁까지 일했다. 갑판을 박박 문질러 닦고 새 돛대를 세웠고 배 전체를 다시 칠했다. 일은 고되었다. 그렇지만 그들은 자신들의 노동을 통해 중용호가 옛날의 위세를 되찾는 것을 보는 기쁨을 누릴 수 있었다.

그들이 낑낑대며 새로운 중심 돛대를 세우는 동안 칼레가 플라토니쿠스-칸티쿠스에게 눈짓을 했다. 칼레가 숨을 몰아쉬며 말했다.

"너의 외삼촌에게는 노동이 절대적인 의미를 갖고 있지 않다는 것을 알고 있어. 그러나 수공업적인 노동이 고유한 중용을 발견하는 것에 기여할 수 있다고 나는 확신해. 사람은 자신의 손으로 무엇인가를 만들어낼 때 자신을 자신의 행동과 일치시킬 수 있어."

"네가 옳아."

플라토니쿠스-칸티쿠스가 대답했다.

"사람이 자기 자신을 위해 일할 때 그러한 감정이 특히 강해지지. 그렇기 때문에 나는 우리가 다른 사람을 위해 노동해야 할 때에는 노동에 대한 즐거움을 가지지 않는다고 믿어."

일을 다 끝마친 후 칼레는 플라토니쿠스-칸티쿠스의 어깨를 두드리며 말했다.

"노동이 우리가 하고 싶어하는 일과 다르다면, 그것은 더욱 나빠. 어떤 목적을 위한 노동인지 더 이상 알 수 없는 상태에서 사람들이 그러한 노동 중 아주 작은 부분을 맡아서 한다고 생각해봐. 대규모의 공장에서 일하는 사람들은 노동 과정을 통해서 마지막 제품이 어떻게 나오는지 보지도 못한 채 항상 새로운 기계 부품의 나사를 조이는 것으로 그들의 일생을 보내게 될 거야."

"우리의 상태가 훨씬 낫다니 얼마나 좋아!"

플라토니쿠스-칸티쿠스가 말하면서 이마의 땀을 닦았다.

그들은 웃으면서 갑판 밑으로 내려갔다. 배는 그들의 손과 노동에 의해서 다시 옛날 모습을 되찾았다. 모든 것이 다 준비되었다.

다음 날 아침 모든 배들이 돛을 올렸다. 그러자 항구의 문이 열렸고 배들은 하나씩 비타의 거친 바다를 향해서 나아갔다. 풍랑이 거세게 몰아쳤고, 몇 척은 아예 부두에서 떠나지도 못하고 있었다. 햄릿이라는 이름의 요트는 정박했던 자리 쪽으로 강하게 떠밀렸다. 선원들이 닻조차 올리지 못했기 때문이다.

드로게호가 처음으로 항구를 떠났다. 승객들의 요란한 환호성 속에서 그 배는 육지를 도저히 찾을 수 없는 방향 쪽으로 물살을 가르며 앞으로 나아갔다. 승객들이 그러한 사실을 알아야 할 텐데⋯⋯.

그 다음에 권력호가 앞으로 나서 다른 배들을 이끌어갔다. 처음에 이 배는 훌륭하게 앞으로 나아갔다. 그리고 이 배의 선원들도 거친 파도를 잘 헤쳐나갔다. 그렇지만 사나운 폭풍이 몰아치는 가운데 출항한 지 3일째 되는 날 그 배는 비극적으로 침몰하였다. 그 배에 탄 사람들은 권력이 왜 성난 파도의 희생양이 되어야 하는지에 대해서 전혀 알지 못했다.

많은 사람들은 모든 일이 처음에는 아주 잘 진행되었다고 주장한다. 선원들은 모두 엄격한 선장에 대한 두려움을 가지고 있었고, 그렇기 때문에 선장에게 잘 보이기 위해서 노력했기 때문이다. 그런데 얼마 지나지 않아 선상 반란이 일어났다고 한다. 새로운 선장이 임명되었다. 그러나 이 선장 역시 자기의 자리를 오랫동안 지킬 수가 없었다. 결국 모두가 자신이 최고의 선장이라고 주장을 했고, 갑판 위에서 끼리끼리 싸움을 벌였다. 이렇게 싸우다 보니 선원들이 자기의 자리를 지킬 수 없었고 그 바람에 배는 바다가 삼키기 전까지 파도에 의해서 이리저리 심하게 요동쳤다고 한다.

다른 이야기에 의하면 권력호는 선장이 바다를 너무 과소평가했기 때문에 침몰했다고도 한다. 그러나 그만이 결정할 수 있는 권한을 가졌기 때문에, 또 항해사도 키잡이도 선장에 반대하지 않았기 때문에 배는 요동을 치다 침몰하게 되었다고 한다.

쾌락호도 비슷한 운명을 밟았다. 여행의 초반에 그 배는 다른 배와 보조를 맞추었다. 그렇지만 점차 떠들썩한 분위기에 휩싸이면서 그 배에 탄 사람들은 배가 흔들릴 때마다 이리저리 쏠리는 것을 즐기기 위해 점점 더 속도를 올렸다. 성난 파도를 헤쳐나가는 목숨을 건 항해가 시작되었다. 그러나 이것도 더 이상 만족스럽지 않자, 사람들은 더욱 더 흥미로운 사건을 만들어 즐기기 위해 키를 갑판에 내동댕이쳐버렸다. 그 결과 쾌락호는 다른 배들의 시선에서 사라졌고, 바다 한가운데서 맴을 돌았다.

쾌락호는 다시 항구로 돌아오지 않았다. 쾌락호는 비타의 바다 위에

중용의 배를 타고
비타의 바다를
건너다
생존

서 영원히 파도에 휩쓸리면서 계속해서 떠돌아다니는 저주를 받았다고 한다.

이렇게 배들이 서로 뿔뿔이 흩어진 다음, 중도호에도 커다란 위기가 닥쳤다. 중도호에는 노를 저어 앞으로 나아가게 할 수 있는 지도부가 없었다. 당황한 선원은 이제 모두 독자적인 결정을 내리는 일이 필요하다고 말했다. 그렇지만 이 배에 탄 사람들은 애당초 자신들의 입장이 없는 사람들이었다. 그러기에 그들은 자기 스스로 결정하지 못하고 그냥 항구로 되돌아가기로 했다. 그렇지만 그 배에 탄 사람들은 돌아간다고 해서 불행해하지 않았다. 언제나 그렇듯이 익사한 사람도 없었고, 폭풍우치는 바다를 거쳐 행복의 섬을 찾는 일보다는 안전한 항구가 훨씬 더 편안하다고 생각했기 때문이다.

이제 중용호만이 성난 바다 위에 홀로 남아 있었다. 플라토니쿠스-칸티쿠스와 그의 친구들은 악천후를 벗어나지 못했다. 배에서는 무섭게 삐걱대는 소리가 그치지 않았고 그들은 돛대가 부러질까 봐 끊임없이 걱정해야 했다. 그럼에도 불구하고 그들은 내적인 평정을 잃지 않기 위해 노력했다. 종종 그들은 갑판 위에 수시로 모여 성난 파도를 헤치고 나아가기 위해서는 얼마나 많은 돛을 올려야 하는지 그리고 어떤 항로로 배를 조종해가야 하는지 의논했다. 그들이 비타의 바다를 계속 항해하려면 올바른 정도를 찾는 것이 중요했다.

그들의 노력은 헛되지 않았다. 여러 날 동안 계속된 폭풍우가 지나갔을 때 망루에 올라가 있던 메타피지카가 아래를 향해 소리쳤다.

"육지다!"

그녀가 소리쳤다. 그리고 다시 한번 있는 힘껏 소리를 쳤다.

"육지가 보인다! 저 앞에 섬이 있어!"

# 13장　행복과 변증법의 섬
— 우 정 과 　사 랑 에 　대 하 여

"그래, 바로 저 섬이야! 행복의 섬이라고!"

니코마코스가 들떠서 외쳤다. 그들 모두는 뱃머리로 달려갔다. 칼레가 실망한 듯 말했다.

"그렇지만 우리를 전혀 환영하는 분위기가 아닌데요. 보이는 것이라곤 가파르고 아주 거친 암벽뿐이에요."

니코마코스가 말했다.

"바로 거기에 저 섬의 비밀이 있지. 모두 섬을 향해 진격! 믿음을 가져. 이 섬이 바로 행복의 섬이야."

메타피지카가 돛대 위에서 아래로 내려왔다. 중용호의 모든 돛이 다시 한번 올려졌다. 섬에 도착한 그들이 가파른 낭떠러지에 막혀 바람이 불지 않는 곳으로 들어가기까지는 얼마 걸리지 않았다. 오른편에 우뚝 솟은 암벽의 모습에 모든 사람들은 압도당했다.

공주가 니코마코스에게 물었다.

"여기가 정말 행복의 섬이 맞나요?"

"나는 이 섬을 구석구석 돌아다녀본 적이 있어. 너희들이 암벽의 반대편에 있는 계곡을 보기 전에는 이 섬에 대해 섣불리 판단하지 말았으면 한다."

플라토니쿠스-칸티쿠스가 말했다.

"여기까지 왔는데 이제 망설일 이유가 없잖아요. 닻을 내리고 육지로 가요."

잠시 후 그들은 배를 가능한 한 기슭 가까이 몰고 갔고, 거기서 니코마코스는 그들을 위해 보트를 내려주었다.

칼레가 물었다.

"우리와 함께 가시지 않나요?"

노인이 대답했다.

"아니. 여러 해 전에 나는 이미 나의 행복을 발견했어. 내가 너희들을 안내하는 것은 바람직하지 않단다. 너희는 곧 행복에 대해서 스스로 경험하게 될 거야. 나는 섬 반대편에서 너희들을 기다리고 있겠다."

아무도 반대하지 않았다. 그들은 보트로 갈아타고 기슭까지 노를 저어 나갔다.

그들은 험준한 암벽을 타기 시작했다. 암벽은 젖어 있었고, 아주 차갑고 미끄러웠다. 앞서가는 사람이 발을 헛디딜 때마다 돌이 떨어져 아랫사람을 때리곤 했다. 그들은 저녁이 되도록 암벽의 반 정도밖에 오르지 못했다. 그들은 머리 위로 위협적으로 높이 솟아 있는 암벽들을 바라보면서 서서히 절망하기 시작했다.

플라토니쿠스-칸티쿠스가 침통하게 말했다.

"정말 다시 돌아가고 싶어."

메타피지카가 말했다.

"너도 잘 알다시피 우리는 이제 돌아갈 수 없어. 그 이유는, 첫째 배가 이미 떠나버렸고, 둘째 섬의 다른쪽을 보지 못한다면 너는 네 자신을 용서하지 못할 테니까."

잠이 들기 전에 플라토니쿠스-칸티쿠스가 중얼거렸다.

"네가 옳을지도 몰라. 다른쪽에 대한 동경만이 우리를 앞으로 전진하게 만든다고 믿어야 하겠지."

그들은 거기서 하룻밤을 지낸 뒤 다음 날 다시 길을 떠났다. 다시 가파른 산을 올랐고 그들은 기진맥진한 상태였다. 그렇지만 그들은 일몰 직전에 산등성이에 오를 수 있었다.

그들의 발 아래로 행복의 계곡이 펼쳐져 있었다.

행복의 계곡은 형언할 수 없이 아름다웠다. 어떤 인간의 상상력으로도 이 계곡보다 더 화려하고 더 인상 깊고 감동적인 계곡을 그려낼 수 없을 것이다. 눈앞에 펼쳐져 있는 장관은 이루 말할 수 없을 정도로 아름다웠다. 화려한 색깔은 그들의 눈을 즐겁게 해주었고, 기분 좋은 냄새와 조화로운 소리는 코와 귀를 흡족하게 해주었다. 각자는 자기 방식대로 행복을 경험하였다. 메타피지카는 플라토니쿠스-칸티쿠스가 보는 것과 다른 방식으로 계곡을 바라보았고, 플라토니쿠스-칸티쿠스는 칼레와 다른 방식으로 계곡에서 숭고한 감정을 느꼈다. 그러나 그들이 공통적으로 느낀 것은 엄청난 기쁨이었다.

그들은 소리 내어 웃으며, 또 노래를 부르고 춤을 추면서 푸른 계곡을 향해 내려갔다. 그렇게 한 것은 어떤 곳에 도달했다는 기쁨 때문이 아니라 그냥 그렇게 하고 싶은 마음이 들었기 때문이다. 그들은 춤추고 싶어 춤을 추었고, 노래를 부르고 싶어 노래를 불렀다. 한참이 지난 뒤, 그들은 마음을 진정시키고 나무에서 탐스럽게 생긴 과일을 따 맛있게 먹었다.

플라토니쿠스-칸티쿠스가 웃었다.

"분명해. 여기가 행복의 섬이야."

칼레가 말했다.

"맞아. 한 번도 이렇게 행복한 적이 없었어."

메타피지카도 고백했다.

"할 말을 잃었어. 설명할 수는 없지만 모든 것이 올바르고 훌륭하고 완전하게만 보여."

플라토니쿠스-칸티쿠스가 잠시 생각해보고 말했다.

"아마도 이곳은 우리가 영혼 윤회를 하는 동안에 보았던 원형을 우리에게 기억시켜주는지도 몰라. 아니면 이곳은 우리 속에 있는 인식의 불씨를 환하게 밝혀주는 것일까? 아마도 원형에 대한 재인식의 순간이 우리를 이렇게 행복하게 만드는지도 몰라."

칼레가 물었다.

"이곳이 좋은 장소의 이념에 일치하기 때문에 우리에게 행복을 준다고 말하는 거야?"

플라토니쿠스-칸티쿠스가 대답했다.

"그렇게 말할 수도 있지. 이곳에서 우리가 미와 선의 이념과 유사한 것을 인식하기 때문에 행복한 거잖아."

메타피지카가 웃으며 재주를 넘었다.

"자, 이제 내 차례야. 그런데 무엇이 이곳을 이렇게 아름답게 만드는 걸까?"

칼레가 말하며 부드러운 풀 위에 누웠다.

"이곳에서는 모든 것이 자신의 본질을 가능한 한 실현하고 있기 때문이 아닐까?"

플라토니쿠스-칸티쿠스가 물었다.

"그게 무슨 말이야? 나는 하찮은 풀줄기부터 인간이나 고래에 이르기까지 모든 존재는 어떻게 해서든 가능한 한 자신의 소질을 발전시키기 위해 노력한다고 믿어. 모든 풀줄기의 세포는 그들의 전체적 에너지를 물과 빛을 저장하기 위해 사용해. 그렇게 해서 그들은 가능한 한 강하고 완전한 줄기를 만드는 거지. 그와 마찬가지로 쥐도 쥐가 되기 위해 노력을 하고, 인간도 인간으로서의 자신의 본질을 실현하기 위해 노력해."

메타피지카가 물었다. 그리고 무수히 피어 있는 형형색색의 꽃들을 손으로 어루만졌다.

"이 꽃들이 행복하다는 뜻이야? 꽃들도 행복할 수 있을까?"

"아마도 그럴 수는 없을걸!"

그렇게 말하고 칼레가 웃었다.

"모든 사물은 무의식적으로 완전해지기 위해 노력하지. 식물은 다만 그것을 느끼지 못할 뿐이야. 식물은 인간이나 동물과 다르니까."

플라토니쿠스-칸티쿠스가 곰곰이 생각하며 말했다.

"우리 인간은 사고하고 느껴. 그러기에 우리는 세계와 우리 자신에 대한 의식을 가질 수 있지. 모든 존재가 자신이 가진 소질을 실현해서 완전해지려고 하는 것이 행복이라면, 또한 이 말이 맞다면, 그것은 행복한 삶이 무엇인지 알 수 있는 열쇠가 될 수도 있어."

메타피지카가 말했다.

"조금 더 설명해봐."

플라토니쿠스-칸티쿠스가 반문했다.

"자신의 소질을 가능한 한 훌륭하게 실현하려는 의식이 바로 행복이 아닐까, 그렇게 생각하지 않아?"

공주가 조금 전에 했던 이야기를 잊지 않고 말했다.

"그것은 이미 말했잖아. 그리고 우리 인간은 그러한 의식을 발전시킬 수 있다고. 아무튼 맞는 말이야."

메타피지카가 동의했다.

플라토니쿠스-칸티쿠스가 계속해서 설명했다.

"만약 그렇다고 하면, 논리적으로 볼 때 성공하거나 행복한 사람이란 자신의 소질을 가능한 한 훌륭하게 실현하려는 의식을 가지고 사는 사람이겠지."

그들은 서로 마주 보며 웃었다. 올바른 길을 찾았다는 느낌이 들었다. 칼레가 한참 동안 생각한 다음에 말했다.

"그러나 사람이 자신의 모든 소질을 실현하는 것은 불가능해."

공주가 말했다.

"맞아. 앞으로의 문제는 우리가 인간으로서 가지고 있는 본질적 재능들을 확장하는 것이 될 거야."

칼레는 그 말의 의미를 알고 싶어했다.

"무슨 뜻으로 하는 말이야?"

메타피지카가 계속 말을 이어 나갔다.

"자, 각 존재는 자신 안에 하나의 소질을 지니고 있어. 그 소질을 통해서 각 존재는 자신의 특별한 성질을 발전시킬 수 있지. 치타는 특별히 빨리 달릴 수 있어. 만약 독수리가 하늘에서 그렇게 위엄 있게 날 수 없다면 더 이상 독수리가 아닐 거야. 치타가 붙잡혀서 더 이상 달릴 수 없게 되고, 치타 안에 빨리 달릴 수 있는 재능이 계속 잠잔다고 할지라도, 우리는 치타를 치타라고는 말할 수 있을 거야."

칼레가 말했다.

"이제 이해할 수 있어. 네가 말하려는 것은, 각 존재는 자신에게 부여된 자신의 속성을 실현하는 것이 중요하다는 거지? 물론 우리는 코끼리에게 물구나무를 서도록 강요할 수는 있겠지. 그러나 코끼리가 물구나무를 서는 것은 너무나 비극적이고 불쌍한 일이야. 이에 반해 코끼리가 코로 나팔을 불면서 광활한 초원을 빨리 달려가는 것을 보면 정말 경이로워. 이러한 상태에 있는 코끼리는 자신의 적성에 따르고 있다고 볼 수 있어."

플라토니쿠스-칸티쿠스가 웃었다.

"우리가 한 말이 옳다면, 우리는 이제 인간이 가진 가장 중요한 재능이 무엇인지 찾아내야 할 거야. 이러한 재능을 실현하는 일은 성공적인 삶을 수행할 수 있다는 것을 의미하니까."

칼레가 물었다.

"그러나 무엇이 인간을 인간으로 만들지? 특히 어느 점에서 인간은 자신의 뛰어난 능력을 발휘하지? 인간에게 고유한 재능이란 도대체 무얼까?"

플라토니쿠스-칸티쿠스가 말했다.

"맞아. 그것은 생각할 수 있는 힘, 즉 사유밖에 없어. 우리가 아는 한 우리 인간은 분명 이성을 소유하고 있어. 우리의 본질적 재능은 개념적으로 사유할 수 있다는 점에 있어."

메타피지카가 외쳤다.

"그럴 수 있어! 그렇게 보면, 인간은 자기의 이성을 사용할 때에만 행복한 삶을 살 수 있어."

칼레가 물었다.

"그렇지만 어딘가 너무 단순하지 않니? 내가 나의 이성을 한 번 사용하면, 그러면 내가 평생 행복하다고."

플라토니쿠스-칸티쿠스가 설명했다.

"그런 말이 아니라니까. 제비 한 마리가 여름을 몰고 오지는 않아. 신중하게 생각을 한번 해보는 것만으로는 충분하지 않아. 합리적 숙고와 신중한 생각은 일생 동안 습관적으로 행해져야만 하는 거야."

칼레가 비아냥거렸다.

"그렇게 하는 것이 나를 행복하게 만들 수 있다고 보니? 일생 동안 그렇게 한다는 것은 내게 대단히 힘든 일이야."

메타피지카가 다시 문제를 환기시켰다.

"지금 우리의 문제는 행복한 삶이지 쾌감이 아니라는 것을 잊지 마. 내적인 중용을 발견하고 그것에 따른 내적인 조화 속에서 살 수 있기 위해서는 우리가 가진 본질적 소질들을 펼치는 것이 중요해. 이렇게 하기 위해서는 사유 능력이 전제되어야만 한다고 나는 생각해. 예를 들어서 사람이 최고의 지식과 양심에 따라 철저하게 생각한 다음 비로소 결정을 내릴 때, 사유 능력은 그 사람에게 안전한 결정을 내릴 수 있도록 해주지."

플라토니쿠스-칸티쿠스가 미소를 지으며 메타피지카의 말을 보충 설명하였다.

"이 이론은 우리가 오로지 생각만 해야 한다는 것을 뜻하지는 않아. 우리가 깊은 생각을 하기 위해 많은 시간을 사용할 수 있으려면 어느 정도 생활 수준이 보장되어야만 할 거야."

이 말을 들은 친구들은 동의한다는 듯 고개를 끄덕였다. 메타피지카가 자부심에 차서 말했다.

"아마도 우리는 정말 충족된 삶을 위한 열쇠를 발견했는지도 몰라!"

그들은 아름다운 계곡에서 하루 더 머물면서 그들을 둘러싸고 있는 모든 아름다움을 즐겼다. 그들은 엄청난 종류의 식물과 동물을 보고 놀랐고, 그것들이 지닌 아름다움에 넋을 잃었다. 그들은 수많은 사물들의 아름다움을 발견하기 위해서는 깊은 생각이 확실한 도움이 된다는 것을 또 한 번 깨달았다.

"생명이 어떻게 세상에 태어나게 되었는지 한 번도 생각해보지 않은 사람은 우리가 지금 느끼는 것을 역시 이해할 수 없으리라!"

메타피지카가 웃었다.

"나는 어떻게 표현해야 할지 모르겠어. 그렇지만 내가 예감했던, 모든 생명체 뒤에 숨어 있는 환상적이고도 경이로운 세계와 똑같아."

그들은 자신들의 생각이 분명해지는 것에 큰 기쁨을 느꼈다. 조화는 지속되었고, 그들은 조화가 자신들이 가진 인간성에서 빼놓을 수 없는 요소라는 것을 알았다. 그렇지만 주변 세계의 자극은 점점 시들해져갔다. 계곡은 항상 아름다웠지만, 점차 그들은 그러한 광경에 익숙해졌다. 아름다움은 그들이 첫날 느꼈던 흥분을 더 이상 자아내지 못했다.

새로운 것을 시작할 때가 되었다. 플라토니쿠스-칸티쿠스가 친구들을 일깨웠다.

"이제는 계속 길을 가는 것이 좋겠어. 섬의 나머지 부분들도 탐사해야 하잖아."

칼레가 분명하게 말했다.

"나도 동감이야. 여기서 나는 의식적 삶에 머물러 있는 행복에 대해서 너무 많이 배웠어. 그러나 인간이 느낄 수 있는 우발적인 행복감에 대해서는 설명이 없어."

메타피지카가 강조했다.

"우발적인 행복도 중요하다고 생각해. 나는 행복이 우리의 사유 능력에 달려 있다고 하는 것에 몇 가지 문제가 있다고 생각해."

"왜 그렇지?"

플라토니쿠스-칸티쿠스가 물어보았다.

메타피지카가 물었다.

"합리적 사유를 위한 결정적인 소질을 가지지 못한 사람은 어떻게 해야 하지? 정신적으로 장애가 있는 사람들을 생각해봐. 그들은 이 소질을 전혀 실현시킬 수가 없잖아. 그렇다면 그들은 인간인가, 아니면 가치가 떨어지는 인간인가?"

플라토니쿠스-칸티쿠스가 강조했다.

"절대 그렇지 않아. 그렇게 이야기하는 사람은 내가 말하는 이론을 제대로 이해하지 못한 거야. 정신적으로 장애가 있는 사람은 행복해질 수 있는 가능성을 더 적게 가졌다고 말할 수 있지 않을까. 왜냐하면 그들은 합리적인 중용을 생각할 수 있는 능력이 결여되어 있으니까. 그렇게 보면 그들은 결코 가치가 떨어지는 인간이 아니야."

메타피지카가 말했다.

"좋아. 나는 그 해석에 무조건적으로 찬성하지는 않아. 그래도 나는 행복에 대해 더 많이 듣고 싶어. 나는 사유 능력을 발전시키는 것이 추구할 만한 가치가 크다고 생각해. 그래도 행복에는 또 다른 형태가 틀림없이 있을 거야. 계속 길을 가보자!"

그들은 함께 계곡의 끝까지 걸어갔다. 그들 앞에는 세 갈래의 길이 나타났다. 그 세 갈래의 길에 대해서는 니코마코스가 이미 알려주었고, 그는 행복에 대해 가능한 한 많은 경험을 하려면 세 가지 길을 다 가보라고 권했었다.

길은 서로 매우 달라 보였다. 첫 번째 길은 계곡의 연장처럼 보일 정도로 넓었다. 이 길의 양옆에는 그들이 이미 알고 있는 보기 좋은 풀들이 똑같이 무성하게 자라나 있었다. 다른 두 길은 첫 번째 길의 왼편과 오른편으로 나누어져 산 쪽으로 가파르게 이어지고 있었고, 각 길의 이정표에는 이름이 붙여져 있었다. 그 두 길 중 첫 번째 길의 이정표에는 변증법이라는 말이 쓰여 있었고, 두 번째 길에는 에로스라는 말이 쓰여 있었다.

플라토니쿠스-칸티쿠스가 물었다.

"이 말들은 무엇을 뜻하지?"

말을 하기 위해 오랫동안 기회를 엿보고 있었던 코기니툼이 말했다.

"변증법이라는 말은 교호 작용을 뜻해. 에로스는 사랑의 신이야. 프로이데의 오아시스를 기억해봐. 지그문트가 우리에게 파괴 본능과 에로스 본능에 대해서 설명을 해줬잖아. 그는 이 신의 이름을 따서 에로스 본능이라는 용어를 만든 거야."

칼레가 물었다.

"이 길들은 어디로 이어지는 거지?"

코기니툼이 말했다.

"이 길들은 모두 다음번 행복의 계곡을 향하고 있지. 암벽을 등반하는 동안 섬의 모든 부분들이 사람을 행복하게 만드는 것이 아니라는 것을 너희들은 확실히 느꼈을 거야. 몇 개의 계곡은 중대한 의미를 지니는 길과 서로 얽혀 있어. 행복의 계곡을 경험하는 방식은 이전에 어떠한 길을 밟았는가에 따라 결정돼."

메타피지카가 대담하게 말했다.

"그렇다면 우리가 헤어져서 각기 다른 한 길씩 선택해서 가보면 어떨까. 그리고 다음번 계곡에서 만나기로 하자."

칼레가 재빨리 말했다.

"너희들이 괜찮다면, 나는 기꺼이 가운데 길을 선택하고 싶어. 그 길은 정말 아주 편안하게 보여. 그리고 나에게 산을 오르라는 요구는 정말 하지 말아줘."

메타피지카가 외쳤다.

"그래, 좋아! 그렇다면 나는 에로스의 길을 따라 올라가고 싶어. 아마도 나는 거기서 아까 내가 질문했던 행복의 또다른 형태들을 경험하게 되겠지."

플라토니쿠스-칸티쿠스가 마음이 내키지 않은 듯 말했다.

"변증법의 길을 갈 수밖에 없게 되었지만 할 수 없지 뭐. 그래도 나는 네가 혼자서 에로스의 길을 등반하는 것은 별로 좋지 않다고 생각해. 에로스의 신을 만나면 어떻게 하려고 그래?"

"길의 이름이 그런 거지, 저 위에 진짜로 사랑의 신이 산다고 나는 믿지 않아."

공주가 그렇게 말하고 한바탕 웃은 다음, 자신의 배낭을 어깨에 멨다.

플라토니쿠스-칸티쿠스가 투덜댔다.

"만약 살고 있으면?"

"그렇다면 나는 신에 대한 체험을 확실히 하게 되겠지."

메타피지카가 그렇게 말하고 미소를 지었다. 그녀는 그에게 윙크를 한 뒤 그곳을 떠났다. 칼레와 플라토니쿠스-칸티쿠스는 당황한 채 뒤에 남아 있게 되었다.

칼레가 거기서 무슨 말을 해야 했을까? 그도 안됐다는 듯 플라토니쿠스-칸티쿠스의 어깨를 두드려주고는 길을 떠났다. 플라토니쿠스-칸티쿠스는 공주의 고집에 잠시 투덜거리다가 변증법의 길을 향해 내키지 않는 걸음을 떼었다.

세 사람은 다음 날 매우 서로 다른 경험을 했다.

칼레는 조용한 시간을 가졌다. 그는 쾌적한 길을 따라 거닐었고 흡족해하며 자신의 주변을 바라보았다. 아무것도 변하지 않았다. 그는 행복의 계곡을 떠나고 싶지 않았다. 계곡에서 다른 계곡으로 넘어가는 것만이 문제였다. 비록 주변 환경의 변화는 없었지만 칼레는 자신의 내면에서 무언가가 변화하고 있다는 느낌을 받았다. 처음에는 확실하지 않았지만 그를 둘러싼 화려한 색깔이 퇴색하는 것이 분명해졌다. 물론 실제로 색깔은 변하지 않았지만 그 색깔들은 그가 계곡에 도착했을 때 받았던 그러한 자극을 더 이상 주지 못했다.

칼레가 곰곰이 생각해보았다.

'그래, 좋아! 행복한 느낌이 유감스럽게도 사라지는구나. 그렇지만 나는 지금 나를 둘러싸고 있는 것만으로도 매우 만족할 수 있어. 이제 마지막 계곡이야.'

행복한 느낌은 점차 만족한 상태로 바뀌어갔다. 칼레는 생각했다.

'유감이야. 만족한 상태는 행복과는 다른 어떤 것이야. 만족한 상태가 결여하고 있는 것은 이 특별한 무엇이야.'

여행을 시작한 지 3일째 되던 날, 칼레는 다른 행복의 골짜기에 도착했지만 이전의 감격은 전혀 느낄 수 없었다. 만족한 상태에는 약간의 지루함마저 배어 있었다. 칼레는 화려한 계곡의 아름다운 곳에 앉아 친구들을 기다렸다. 기다려야만 한다는 것이 반드시 나쁜 것만은 아니었다. 그렇게 그는 행복의 계곡에 있었다. 그러나 화려한 색채는 점점 더 빠르게 빛을 잃었고, 칼레가 느끼는 지루함은 점차 불만족으로 바뀌어갔다.

만약 칼레가 플라토니쿠스-칸티쿠스가 길에서 어떠한 일을 겪고 있는지 알았다면, 그는 자기의 처지에 대해 덜 불만족스러워했을지도 모른다. 그러나 그가 그것을 알았다면 그는 자신의 친구가 걸었던 길과 자신의 길을 바꾸려 했을지도 모른다.

어쨌든 플라토니쿠스-칸티쿠스의 여행은 처음부터 어려운 것이었다. 그는 돌로 이루어진 황량한 사막을 지나가야 하는 것을 알고 행복의 계곡을 좀처럼 떠나고 싶지 않았다. 아름다운 행복의 계곡을 떠나자 행복의 느낌은 손바닥을 뒤짚듯이 가볍게 사라져버렸다. 플라토니쿠스-칸티쿠스는 황량한 고원에 무자비하게 불어대는 차갑고 매서운 바람을 헤치고 나아가기 위해 외투를 단단히 여몄다. 사람은 보이지 않았고, 살벌한 풍경만이 그를 둘러쌌다. 그리고 그는 길을 잃지 않기 위해 무척 애를 써야만 했다.

그의 동반자는 고독뿐이었다. 코기니툼도 그의 곁에 없었다. 코기니툼은 칼레의 배낭에 들어 있었다. 플라토니쿠스-칸티쿠스는 완전히 혼자였다. 밤에는 멀리에서부터 다가와서 그를 스쳐 지나가는 끔찍한 바람 소리가 그를 점점 더 견딜 수 없게 만들었다. 바람 소리는 산에 부딪쳐 다시 소름끼치는 메아리로 되돌아왔다. 마치 고독이 소리를 지르는 것 같았다.

플라토니쿠스-칸티쿠스는 두려움을 쫓기 위해 노력했다. 그는 행복의 계곡에서 친구들과 보냈던 행복한 때를 기억하려고 했다. 그렇지만 그가 행복한 때를 점점 더 생생하게 기억하면 할수록, 그는 더욱더 불행하고 고독하다는 느낌을 지울 수가 없었다. 밤이 되어도 그는 잠을 잘 수가 없었다. 그는 깜짝 놀라서 깨기 일쑤였고, 그를 둘러싸고 있는 어둠 속에서 섬뜩함을 느꼈다. 불안은 끔찍한 느낌이었다. 불안은 무거운 이불처럼 그를 답답하게 짓누르고 있었으며 모든 긍정적인 기억을 사라져버리게 만들었다.

낮에도 그는 낙담한 채 계속 길을 걸었다. 그는 속으로 다짐했다.

'해내야만 해. 내가 친구들을 찾지 못하면, 나는 고독하게 죽게 될 거야.'

다음 날 밤 플라토니쿠스-칸티쿠스는 메타피지카에 대한 생각을 하면서 자신을 위로했다. 그렇지만 이 생각도 그에게 별 도움이 되지 않았다. 그러한 생각은 그의 고통을 또 다른 번민, 즉 동경으로 더 악화시켰다. 그렇다. 그는 그의 친구들이 몹시 그리웠고, 특히 메타피지카가 그리웠다. 이틀 전에 그들과 함께 행복을 맛보았던 만큼 그는 이제 그만한 불행을 맛보고 있었다.

특히 메타피지카에 대한 생각이 그를 고통스럽게 했다. 그녀가 에로스의 신을 만나 지금쯤 그의 품에 안겨 있을 것이라고 상상했기 때문이다.

'그녀가 더 이상 나를 생각하지 않을 것은 분명해.'

플라토니쿠스-칸티쿠스는 그렇게 생각하면서 괴로워했다. 그는 깊은 불행의 수렁에 빠졌다.

눈발이 퍼붓기 시작했고, 발이 눈 속에 푹푹 빠지면서 플라토니쿠스-칸티쿠스는 여행을 포기하고 싶은 유혹을 느꼈다. 하지만 그는 계속 앞으로 걸어갔다. 그는 불행 외에도 다른 것이 존재한다는 것을 알았다. 그는 저 앞 어딘가에 새로운 행복의 계곡이 있을 것이라고 생각했다. 그는 불행을 느끼면 느끼는 만큼, 앞으로 더욱더 힘차게 걸어나갔다. 드디어 희망이 생기기 시작했다.

5일째가 되던 날, 튀어나온 암벽을 돌아서는 순간 플라토니쿠스-칸티쿠스는 자신의 발밑으로 웅장함을 자랑하는 또 다른 행복의 계곡이 펼쳐져 있는 것을 보았다.

행복이 밀물처럼 그에게 밀려들었다. 그는 칼레가 보았던 것과 똑같은 계곡을 보았다. 그러나 그는 그것을 다르게 느꼈다. 그는 아름다움과 화려한 색깔 때문에 눈을 제대로 뜰 수가 없었다. 그리고 그는 기쁨에 겨워 눈물을 흘렸다. 플라토니쿠스-칸티쿠스는 여러 가지 감정이 교차하는 것을 느꼈다. 그가 얼마 전까지 느꼈던 불행의 강도만큼 강한 행복이 그에게 밀려들었다.

그렇기 때문에 그가 환호성을 지르며 계곡으로 뛰어 내려간 것은 놀랄 일이 아니었다. 그는 춤을 추며 웃었고, 소리를 지르며 기쁨의 눈물을 흘렸다. 그는 아름다운 계곡을 걸어 다니며 마음껏 그 아름다움을 즐겼다. 그가 친구들을 생각해내고 그들을 찾아 나서기까지는 한참이 걸렸다. 그는 칼레가 지루하다 못해 짜증이 난 표정으로 돌 위에 앉아 있는 것을 발견하고 매우 놀랐다. 플라토니쿠스-칸티쿠스가 소리쳤다.

"안녕, 칼레야! 어떻게 된 거야? 그런 표정은 이 행복의 계곡에 정말 어울리지 않는데."

플라토니쿠스-칸티쿠스를 보자마자 칼레의 표정이 밝아졌다. 그는 얼굴 가득 함박웃음을 지으며 플라토니쿠스-칸티쿠스에게 달려가 얼싸안았다. 그가 소리쳤다.

"맙소사, 내가 너를 얼마나 그리워했다고!"

그들이 반가워서 껑충껑충 뛰자, 주변의 색깔은 칼레를 위해 옛날의 광채를 다시 띠기 시작했다. 마침내 마음을 진정시킨 칼레가 말했다.

"앉아! 다 이야기해봐."

그들은 오랫동안 함께 이야기했다. 칼레는 자신이 느낀 행복의 느낌이 시간이 지나면서 퇴색하게 되었다고 말했다. 그래서 지루하기만 한 만족 상태를 피하고 싶었다고 했다. 플라토니쿠스-칸티쿠스는 그가 느꼈던 고통과 불행에 대해서 모두 이야기했고, 계곡 앞에서 그가 얼마나 큰 행복을 느꼈는지를 말해주었다. 플라토니쿠스-칸티쿠스가 말했다.

"대단해. 고통과 불행을 맛보았던 것만큼, 그만한 행복과 기쁨이 나에게 밀려들었지. 그것은 말로 표현하기 어려운 교호 작용이야."

칼레가 물었다.

"그것이 네가 걸었던 길의 이름이잖아? 변증법은 교호 작용을 의미하기도 하니까."

플라토니쿠스-칸티쿠스가 외쳤다.

"바로 그거야! 아마도 인간이 행복을 완전히 경험할 수 있기 위해서는 이러한 교호 작용을 필요로 하는 것 같아. 인간은 행복을 영원한 지속 상태로 체험할 수 없을 것 같아. 만약 그렇다면, 불행과 고통을 맛본 사람이 행복을 가장 강하게 체험할 수 있다고 할 수 있지."

칼레가 곰곰이 생각해보고 말했다.

"그래. 나에게서 왜 행복이 점점 더 퇴색했는지 이유를 이제야 알 것 같아. 교호 작용이 없었던 거야. 지속적 행복은 언젠가 만족의 상태에 빠져버리고 말지."

플라토니쿠스-칸티쿠스가 말했다.

"그걸 보면 인간은 변증법적 존재라 할 수 있어. 인간은 어둠을 알 때에만 빛이 고맙다는 것도 알 수 있지."

한편 그들이 그렇게 이야기를 나누고 있는 동안, 메타피지카 공주는 자신이 선택한 길을 가고 있었다. 처음 산행을 시작할 때 그녀는 매우 화가 나 있었다. 그녀는 플라토니쿠스-칸티쿠스를 생각하며 투덜댔다.

"바보 같으니라구, 왜 내 뒤를 따라오지 않는 거지?"

그녀가 에로스 신을 만나도 좋다고 한 것은 사실은 플라토니쿠스-칸티쿠스가 질투를 느껴 그녀 뒤를 따라왔으면 해서 한 이야기였다. 그녀는 정말로 그를 좋아하고 있었다. 그에게 용기가 있었다면 그녀를 뒤따라왔을 것이고, 그랬다면 그녀는 플라토니쿠스-칸티쿠스에게 함께 에로스의 길을 걸어가자고 말했을 텐데.

"변증법의 길을 걷든 말든 내가 무슨 상관이람!"

메타피지카가 완고한 어조로 혼잣말을 했다.

"그래, 좋아! 그 촌놈은 내가 항상 자기랑 함께 있고 싶어하는지도 모르는데 뭐."

그녀는 에로스의 길을 따라 산 속 깊숙이 들어갔다. 공기는 후텁지근했고, 붉은 꽃은 어지러운 향기를 토해내고 있었다. 공주는 웃옷을 허리 위까지 걷어 올리면서 혼잣말을 했다.

"왜 이렇게 덥지? 꼭 이 근처 어디에서 화산이 부글부글 끓고 있는 것 같아."

많은 사람들이 에로스의 길을 걷고 있었다. 서로 다른 피부색을 가진 여러 문화권의 남녀노소가 길을 걷고 있었다. 몇몇 사람들은 뚱뚱했고, 어떤 사람들은 말랐으며, 또 다른 몇몇 사람들은 화려하게 치장했고, 다른 사람들은 반대로 수수했다. 모든 사람들이 쉬지 않고 걷고 있었다. 아무도 한 곳에 오래 머물러 있지 않았다. 메타피지카 역시 계속 걸어나갔다. 그녀는 간혹 길에서 아름다운 청년을 만나면 길동무가 되어 함께 걷기도 했다. 그녀는 젊은 육체의 유연한 운동을 관찰하는 즐거움과 생각을 나눌 수 있는 즐거움을 가졌다. 그렇게 길에서 만났던 젊은 사람들 중 한 사람이 메타피지카에게 여관에 묵도록 권유했다. 그 청년이 말했다.

"나의 삼촌이 여관 주인이야. 이름은 아리스토파네스[1]라고 하는데, 삼촌이 오늘 저녁에 어마어마한 향연을 열 거야. 그리고 사랑에 대해 강연을 할 거야."

메타피지카는 그의 말에 설득되어 여관에 머물기로 했다. 그녀는 너

---

[1] 이 인물은 플라톤의 대화편 중 『향연』에 나온다.

무나 오랫동안 충분하게 음식을 먹어보지 못했고, 편안한 잠자리에서 잠을 자보지 못했다. 저녁이 되자 그녀는 몇 벌 가지고 있지 않은 옷 중에서 가장 좋은 옷을 꺼내 입고 향연이 벌어지는 곳으로 갔다.

엄청나게 커다란 직사각형 식탁 위에는 음식이 풍성하게 차려져 있었다. 많은 사람들이 식탁에 둘러앉아 있었다. 한참 지난 후 다른 사람들에 비해 나이가 꽤 들어 보이는 남자가 주빈석에서 일어났다. 청년이 메타피지카에게 속삭였다.

"저 분이 나의 삼촌 아리스토파네스야."

"에로스의 길을 여행하는 여러분들을 환영합니다."

아리스토파네스가 큰 소리로 말했다. 그 순간 주변이 조용해졌다.

"이 향연이 앞으로 남은 여러분의 여행에 약간이나마 도움이 되기를 희망합니다."

거기 모인 몇몇 사람이 박수를 쳤다. 아리스토파네스가 엄숙하게 향연의 의의를 설명했다.

"그렇지만 여러분에게 알려주고 싶은 것이 있습니다! 저는 여러분 모두가 이 길에서 왜 그렇게 쉬지도 못하고 계속해서 걸어야 하는지 그 비밀을 밝히고자 합니다."

무리 중에서 누군가 외쳤다.

"빨리 설명해주시게, 아리스토파네스!"

"자, 좋습니다."

아리스토파네스는 자기도취에 빠진 듯 말을 하기 시작했다.

"우리 모두는 사랑을 추구합니다. 우리는 완전성을 향해 노력하기 때문입니다. 인간은 오래전에는 다른 형태와 본성을 지니고 있었습니다. 인간은 네 발과 네 팔과 두 얼굴을 지닌 공처럼 둥그런 존재였습니다. 이때 인간은 남성적 특징과 여성적 특징을 한꺼번에 가지고 있었지요."

메타피지카는 황당해서 킥킥거리고 웃을 수밖에 없었다. 아리스토파네스는 그런 것에 개의치 않고 계속해서 말했다.
"이 둥그런 인간존재는 아주 행복했습니다. 이 인간은 자신을 사랑했고 거기다가 힘도 엄청 셌지요."
식탁의 다른쪽 끝에 있던 손님이 물었다.
"그 인간들한테 무슨 일이 일어난 겁니까?"
"이 둥그런 인간들은 신들과 전쟁을 벌였습니다."
"그들은 신들을 이길 수 있다고 믿었습니다. 신들의 아버지 제우스는 벌로 인간을 두 부분으로 나누어버렸죠. 그때 아폴로 신은 제우스를 도왔는데, 그는 갈라진 피부를 오늘날 배꼽이 있는 자리에 다시 묶어버렸죠."
메타피지카가 물었다.
"그렇게 해서 남자와 여자가 생긴 겁니까?"
아리스토파네스가 대답했다.
"바로 그렇게 된 것은 아닙니다. 우선 나뉘어진 반쪽은 어떠한 성性도 가지고 있지 않았습니다. 그러나 그들은 형언하기 어려울 정도로 그들이 가졌던 옛날의 완전함을 동경했죠. 그래서 그들은 그들의 반쪽을 끊임없이 찾아다녔습니다. 그들은 서로를 찾으면, 서로를 팔로 껴안고 그들이 굶어 죽을 때까지 그렇게 끌어안고 있었습니다. 제우스는 인간이 그렇게 죽어가는 것을 보자 연민을 느끼게 되었죠. 그래서 제우스는 인간들의 생식기 부분을 바깥으로 향하게 해서 남자와 여자를 만들어냈습니다. 그래서 두 반쪽에게는 적어도 잠시 동안 옛날의 완전성을 위해 자신을 일치시키는 것이 허락된 거죠. 그러한 일치 후에 그들은 다시 살아갈 수 있도록 충분한 힘과 위안을 얻을 수 있었습니다. 이렇게 해서 오늘날까지 인간은 잃어버린 반쪽을 찾기 위해 자신의 삶을 바치고 있는 겁니다. 이것이 모든 사람들이 에로스의 길에서 방황하게 되는 이유인 셈이죠."
메타피지카가 생각에 잠겨 물었다.

"그러므로 여자는 자신에게 맞는 남자 반쪽을 찾아야 하나요?"

아리스토파네스가 웃었다.

"그래요. 하지만 다른 반쪽이 반드시 다른 성이어야만 할 필요는 없습니다. 제우스가 둥그런 인간으로부터 하나의 남자와 하나의 여자를 창조해낸 것은 아니니까요. 사람들이 완전성에 도달하기 위해 찾고 있는 자신의 반쪽은 철저하게 똑같은 성을 가진 것일 수도 있죠."

그의 일장 연설이 끝나고 회중은 마음껏 맛있는 음식을 즐겼다. 시간이 흘렀고 메타피지카의 옆에 있던 청년이 일어났다. 그는 그녀에게 속삭이며 그녀의 머리를 쓰다듬었다.

"지금 내 방으로 가려던 참인데, 안 갈래? 내 방은 복도 끝에 있어."

공주는 한참을 더 앉아 있었다. 그녀는 망설이면서 의자에서 앉았다 일어났다 하기를 반복했다. 그녀 옆에 있는 아주머니가 불쑥 물었다.

"왜 그러지, 젊은 숙녀? 잘생긴 청년을 놓치고 싶지 않아서 그래요?"

메타피지카가 솔직하게 말했다.

"그가 정말로 내가 잃어버린 반쪽인지 확신할 수 없어서요."

아주머니가 웃었다.

"그게 그렇게 나쁜가? 항상 완전할 필요는 없지."

그녀는 아주 사랑스러운 표정으로 메타피지카에게 미소를 지으며 유쾌한 듯 윙크를 했다.

메타피지카가 물어보았다.

"성함이 어떻게 되세요?"

아주머니가 대답을 했다.

"내 이름은 디오티마[2]란다."

---

[2] 디오티마Diotima 역시 플라톤의 『향연』에 나온다. 그녀는 소크라테스에게 사랑의 본질을 가르쳐주었다.

"저는 메타피지카예요. 제가 그 방으로 가야 하는지 말아야 하는지 정말로 모르겠어요."

공주는 그 아주머니에게 믿음이 갔다.

디오티마가 말했다.

"확실하지 않다면 가지 않는 게 좋아! 기쁨을 누리는 것은 좋아. 하지만 의혹에 시달리면서까지 그럴 필요는 없단다."

메타피지카가 고백했다.

"아마도 저는 인간이 나뉘게 된 전설을 너무 깊이 생각했던 것 같아요."

"그래? 그 노인네 말을 너무 진지하게 듣지 마라!"

디오티마가 웃으며 말했다. 그리고 건너편에 있는 아리스토파네스를 향해 고개를 끄덕였다.

"나는 인간이 그렇게 나누어졌다는 이야기를 동화로 생각해. 그 이야기 속에서 한 가지 옳은 것은 인간은 완전성을 추구하고 행복을 추구한다는 거야. 우리는 선과 아름다움을 추구해. 우리는 그것들을 소유하고 싶어하고 또한 그런 가운데 어떤 것을 낳길 원하지."

메타피지카는 웃을 수밖에 없었다. 그리고 농담으로 말했다.

"그렇다면 선과 아름다움을 항상 가지고 있으면 큰일나겠네요. 어떤 것을 낳게 되니까요."

디오티마가 말했다.

"맞았어! 참된 사랑이 문제가 될 때, 우리는 육체적으로만 무엇을 낳는 것이 아니라 다른 사람의 영혼 속에서도 무엇인가를 낳지. 우리는 다른 사람의 영혼 속에서 그리고 우리의 영혼 속에서 지속적으로 아름답고 선한 사상을 발전시키지."

메타피지카가 이의를 제기했다.

"꼭 우정을 말씀하시는 것처럼 들리는데요."

디오티마가 설명했다.

"우정과 사랑은 서로 구별하기가 힘들어. 그러나 사랑에 관해서 말하면, 사랑은 단계별로 상승되지. 그래도 여러 단계에서 사랑과 우정을 구별하기는 정말 힘들단다."

메타피지카가 진지하게 물었다.

"사랑은 성적 관계가 없이도 이루어질 수 있다는 것을 말씀하시려는 건가요?"

그 아주머니가 대답했다.

"물론이야. 성적 관계는 사랑의 가장 낮은 단계지."

"좀 더 설명해주세요. 당신이 말씀하시는 단계가 어떠한 단계죠?"

메타피지카가 요청했다.

디오티마가 말했다.

"그래, 좋아. 사랑은 선과 아름다움을 추구하는 것이라는 점에 동의할 수 있겠니?"

"네."

메타피지카가 말했다.

"그렇다고 한다면, 사랑의 질은 단계별로 지속적으로 상승해가지. 인간은 맨 처음에 아름다운 육체를 추구해. 왜냐하면 인간은 그 육체에서 아름다움을 발견하기 때문이야. 그런 다음에 그는 수많은 육체들이 아름답다는 것을 확실하게 발견하게 될 거야. 그리고 그는 모든 아름다운 육체를 소유하고 싶어해. 사람은 소년기에 이러한 방식으로 사랑의 열병을 앓게 되지만, 다른 한편으로 우리 인간은 지속적인 발전을 해가는 도중에 어느 국면에 도달해 영혼 속에 든 아름다움을 발견하게 되고 그것을 사랑하게 돼."

메타피지카가 말을 끊었다.

"잠깐만 정리 좀 하고요. 영혼 속에 깃든 아름다움을 볼 수 있는 사람은 더 많은 아름다운 영혼이 있다는 것도 알게 되겠죠. 그리고 모든 아름다운 영혼을 소유하고 싶어하겠죠."

디오티마가 칭찬했다.

"바로 맞았어. 그렇다면 우리는 수많은 영혼의 아름다움이 표현되는 것을 어디에서 볼 수 있을까?"

메타피지카가 솔직하게 대답했다.

"모르겠어요. 아마도 영혼들이 서로 함께 모이게 되는 방식으로 그리고 그 영혼들이 생각하는 형식을 통해서가 아닐까요."

디오티마가 웃었다.

"정확히 그러한 태도를 취하지. 영혼의 아름다움이 법칙과 학문에서 표현된다는 것을 인간은 알기 때문에 인간은 훌륭한 법칙과 학문의 애호자가 되고 싶어하는 거야."

메타피지카가 외쳤다.

"그러한 사상을 알고 있어요. 인간은 인간을 인간답게 만들어준 그러한 소질, 즉 합리적 사유를 그러한 방식으로 실현해요."

디오티마가 무관심하게 자신의 의견을 말했다.

"내가 볼 때, 행복의 최상의 단계는 정의 자체를 바라보는 그러한 경우를 의미해. 정의의 이념에 가까이 가는 것."

"사람이 그러한 높은 단계에 올라가면 성은 불필요해지나요?"

메타피지카가 물었다.

디오티마가 웃었다.

"사람이 그 단계에서도 성에 의존하게 되는지 그것은 확실하지 않아. 사람은 어떻든 간에 성을 즐길 수 있겠지."

"좋은 말씀을 들려주셔서 대단히 고맙습니다."

메타피지카는 그렇게 말하고 나서 일어섰다.

'그녀의 말은 아리스토파네스가 빠뜨린 것을 보충해줬어. 내가 지금

어느 단계에 있는지 모르지만, 나는 이제 내 자신의 감정을 평가할 수 있게 됐어.'

공주는 디오티마에게 깊이 고개 숙여 인사했다. 그런 다음 등을 돌려 향연장을 떠났다.

디오티마가 그녀의 등뒤에 대고 호의적으로 외쳤다.

"행운이 함께하기를 빈다!"

메타피지카는 힘차게 계단을 뛰어올라 방으로 올라갔다.

그녀가 거기서 예상 밖으로 그녀의 길동무를 만났을 때, 그녀는 이렇게 외쳤다.

"길 좀 비켜줄래! 유감스럽게도 너는 나의 잃어버린 반쪽이 아니야. 그리고 지금은 너의 육체의 아름다움이나 너의 영혼의 아름다움을 따져볼 시간이 없어."

이 말이 끝나자마자 그녀는 자신의 배낭을 들고 방을 떠났다.

공주는 밤새도록 걸었다. 그녀는 그녀에게 무엇이 좋은가를 이제야 깨달았다. 그리고 그녀는 그것을 얻기 위해 모든 것을 걸기로 했다.

그녀가 스스로에게 말했다.

"사랑, 행복, 아름다움. 우리는 그것에 참여하기 위해 그러한 것을 추구하는 것이지 그러한 것을 먼 곳에서 바라보기 위해 추구하는 게 아니야.

다음 날 오후, 그녀는 행복의 계곡에 도착했다. 메타피지카는 망설이지 않고 곧바로 친구들을 찾아 나섰다. 얼마 지나지 않아 그녀는 친구들의 음성을 들을 수 있었다.

"그에 따르면 사람은 변증법적 존재라고 할 수 있어."

플라토니쿠스-칸티쿠스의 목소리였다.

"안녕, 친구들!"

메타피지카는 멀리서부터 소리를 지르며 친구들에게 곧장 달려왔다.

"메타피지카!"

그렇게 말하는 플라토니쿠스-칸티쿠스의 눈이 빛났다. 칼레는 그녀에게 달려가 그녀를 포옹했다.

"맙소사!"

칼레가 그녀의 표정을 보더니 탄식했다. 칼레는 웃으며 그녀의 이마에 입맞춤하며 말했다.

"이제 내가 좋은 친구가 되어야지. 내일 아침까지 자리를 피해줄게."

메타피지카가 말했다.

"정말 그렇게 해주면 좋은 친구지!"

칼레가 사라지자 공주가 플라토니쿠스-칸티쿠스에게로 갔다.

"네가 나의 잃어버린 반쪽인지 아닌지 나는 아직도 확신할 수가 없어."

그녀는 그렇게 말하고 플라토니쿠스-칸티쿠스를 풀밭 위로 밀어 넘어뜨렸다.

"그러나 어쨌든 너는 내가 기꺼이 함께 나누고 싶은 아름다움을 가지고 있지."

플라토니쿠스-칸티쿠스는 잠시 어리둥절해서 말을 더듬었다.

"기꺼이 나도 너랑 아름다움을 나누고 싶어."

칼레는 약속한 대로 다음 날 아침에 돌아왔다. 니코마코스가 중용호의 닻을 내리고 계곡의 다른쪽에서 기다리고 있다고 칼레가 알려주었다. 칼레는 이미 지난 밤을 배의 갑판에서 보냈기 때문에 앞장서서 친구들을 안내했다. 니코마코스가 그들을 위해 풍성한 아침을 준비해놓고 있었다. 메타피지카와 플라토니쿠스-칸티쿠스는 서로를 사랑에 가득 찬 눈빛으로 바라보았고, 그들의 물건을 챙긴 다음 칼레를 따라나섰다.

햇살이 가득한 만에 중용호가 있었다. 갑판에서 아침을 먹는 동안 그들은 니코마코스에게 자신들이 겪었던 모험에 대해 이야기했다. 각자의 이야기 속에는 서로 경험하지 못했던 것들이 많이 있었다.

"자, 이제 너희들은 행복을 어떻게 생각하니?"

니코마코스는 그렇게 물으며 하나도 빠뜨리지 말고 이야기해보라고 말했다.

플라토니쿠스-칸티쿠스가 말했다.

"우선 저는 모든 인간이 행복을 추구한다고 생각합니다. 모든 인간은 완전성을 추구합니다. 이 완전한 상태에의 도달이 바로 행복이에요."

메타피지카가 보충했다.

"이러한 이유에서 사람들이 지속적 상태로서 나타낼 수 있는 행복은 한 가지 형태만 있어요. 이 지속적 행복은 인간이 자기의 본질적인 소질을 형성함으로써 얻게 되는 중용 이외에 다른 것이 아니죠. 이것에 도달하기 위해 인간이 지녀야 할 결정적인 능력은 합리적인 사유예요. 인간은 자신의 사유를 통해 무엇이 선한 것인지를 인식할 수 있고, 이렇게 자신의 인식에 따라 살 수 있는 가능성도 갖게 되죠. 사람이 평생 동안 지속적으로 훈련을 통해서 얻을 수 있는 중용 혹은 내적인 조화가 행복입니다."

칼레가 말했다.

"내적인 조화는 우연히 짧은 순간에 집중적으로 우리가 갖게 되는 행복의 느낌과 다른 성질을 갖고 있습니다. 이 집중적인 행복은 잠시 지속될 뿐이에요. 사람이 온갖 수단을 다 써서 행복의 상태를 지속시키고자 해도 행복은 퇴색해버리고 금세 만족의 상태로 바뀌어버리죠."

플라토니쿠스-칸티쿠스가 계속해서 말했다.

"우발적이고 짧은 순간의 행복은 우리 인간이 변화에 의존하고 있다는 것을 확실하게 말해줍니다. 인간은 변증법적 존재예요. 인간은 불행을 경험했을 때 행복을 또한 가장 강하게 느낍니다."

"사랑도 똑같은 형태의 행복이에요."

메타피지카가 덧붙여 말하면서 플라토니쿠스-칸티쿠스에게 살짝 미

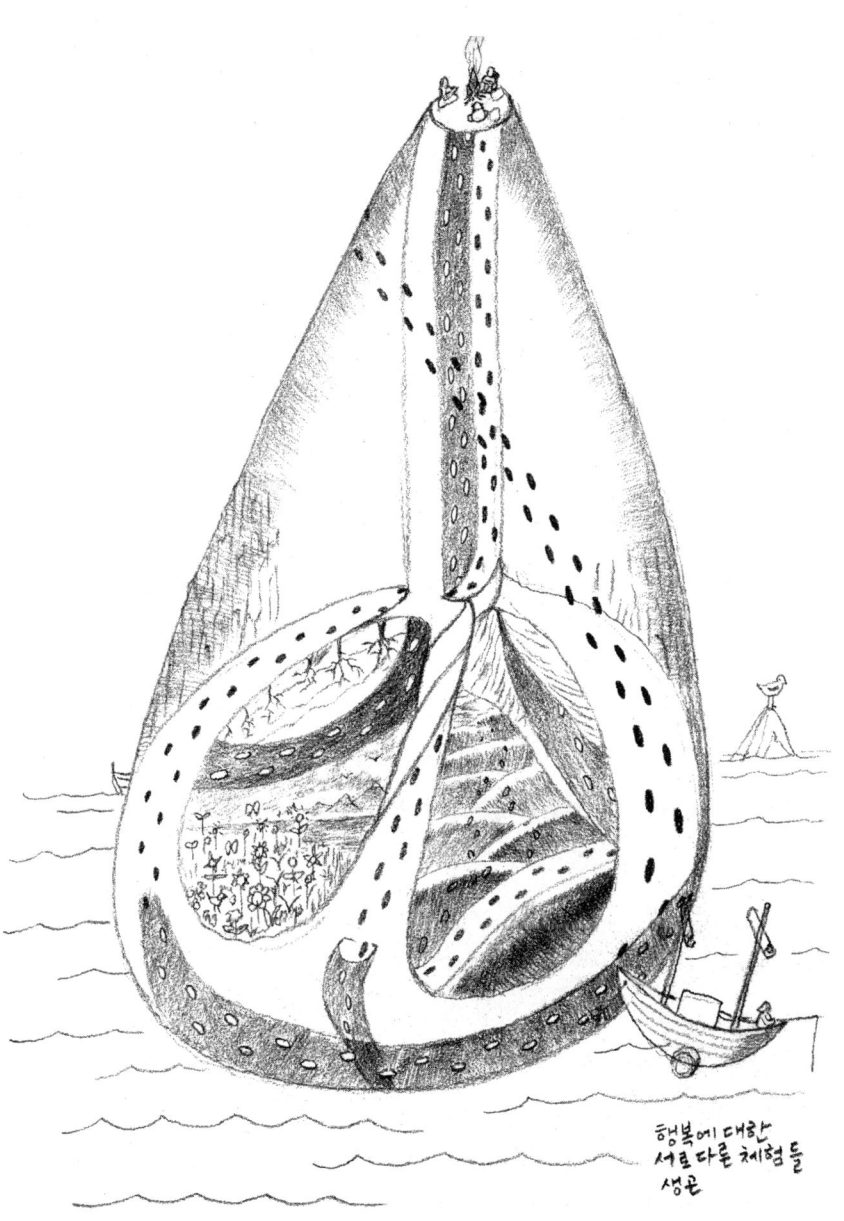

소를 띠어 보였다.

"인간이 다른 사람의 육체뿐만 아니라 영혼마저 사랑할 때 참다운 행복이 오는 것입니다."

그들은 한참 동안 침묵했고 멀리 바다를 바라보았다.

"우리가 잊고 있는 또 다른 행복의 현상이 있어요."

플라토니쿠스-칸티쿠스가 갑자기 생각난 듯 말하고 칼레의 어깨에 팔을 걸쳤다.

"바로 우정이에요."

칼레는 부끄러운 듯 바닥을 내려보았다.

"그래, 우정은 중요한 개념이야."

니코마코스가 강조했다.

"그러나 네가 말하는 우정은 어떤 우정이지? 우정에도 여러 가지 종류가 있는데. 많은 사람들은 다른 사람으로부터 이득을 얻을 수 있기 때문에 서로 간에 친구 관계를 맺지. 이 우정은 사업을 하는 사람들 사이에 널리 퍼져 있어. 그렇지만 사업상의 친구들이 서로의 관계에서 더 이상 이득을 얻을 수 없게 되면 곧바로 관계를 끊어버리는 일도 드물지 않아. 더 나아가서 쾌락의 획득에 기초한 우정도 있지. 나를 요란한 파티에 초대하거나 혹은 내가 갖고 싶어하는 것들을 선사하는 한에서 다른 사람은 나의 친구가 되기도 하지."

플라토니쿠스-칸티쿠스가 대답했다.

"제가 말하는 우정은 그러한 종류의 것이 아니에요. 저는 사람이 다른 사람에 대해 느끼는 참다운 우정을 말하는 겁니다. 왜냐하면 사람은 다른 어떤 것을 위해 존재하는 것이 아니라, 그 자체로 존재하기 때문입니다. 우정은 그 사람이 가진 다른 것을 목적으로 해서 생기는 것이 아니라, 그 사람 자체 때문에 생긴다고 봅니다. 그러므로 저는 우정은 우정 자체를 위한 것이라고 생각합니다."

니코마코스가 물었다.

"그러한 우정이 도대체 있을 수 있나?"

메타피지카가 외쳤다.

"물론이죠. 그 남자가 혹은 그 여자가 좋은 사람이라는 단순한 이유만으로 저는 그 사람과 친구 관계를 맺을 수 있어요. 그렇지만 사람은 기꺼이 도덕적으로 훌륭한 인간들과 친구 관계를 맺고자 하지요. 그렇게 도덕적으로 훌륭한 인간들은 다른 사람에게서 어떠한 것을 바라지 않으면서 사람들에게 충분한 공감을 얻고 있으니까요."

니코마코스가 곰곰이 생각해보고 말했다.

"이러한 가치를 인식하기 위해 물론 우리 자신이 좋은 인간이 되어야겠지. 그렇지 않고서 우리는 친구의 도덕적 성질을 평가할 수가 없을 테니까."

칼레가 말했다.

"그 말씀이 옳은 것 같아요. 참된 우정은 오로지 도덕적으로 선한 사람들 사이에서만 지속되는 것 같습니다. 그러나 친구가 우리를 악용하지 않으려 한다거나 자기 외에 다른 사람을 배려할 줄 안다는 것을 알고 난 다음에야 친구와의 참다운 우정에 대해 말하는 것도 문제가 있을 수 있죠?"

메타피지카가 확증했다.

"옳아. 진정한 친구는 제2의 나와 같은 거야. 자기 자신에 대한 우정과 같은 어떤 것이 존재하지. 내가 도덕적 의식을 가지고 있다면, 내가 내 자신 혹은 내 친구와의 지속적인 우정 관계를 유지하며 살기 위해 훌륭하게 행위를 하는 것은 더욱 중요하다고 할 수 있지."

플라토니쿠스-칸티쿠스가 물었다.

"알고 있니? 자기 자신과 다른 사람을 위한 참다운 우정은 중용과 같다는 생각이 들어. 참다운 우정은 머물러 있는 행복이며 내적인 조화를 지속시키는 데 기여해."
"중용, 행복, 사랑 그리고 우정을 위해!"
메타피지카가 그렇게 외치고 잔을 높이 들었다.
"우리에게 성공적인 삶을 허락하소서!"
그들은 서로 잔을 부딪쳤다. 그런 다음에 그들은 돛을 올리고 비타의 넓은 바다로 나아갔다.

4

나는 무엇을 희망해도 좋은가?

14장 선禪의 고양이
— 거 기 에 는   사 유   이 상 의   것 이   있 다

니코마코스가 다음 날 아침에 물었다.
"여러분의 여행의 다음 목적은 무엇이지?"
플라토니쿠스-칸티쿠스가 솔직하게 대답했다.
"거기까지는 아직 생각해보지 못했습니다. 저희가 필로조피카에 발을 디딘 이래 여행의 목적이 무엇인지를 잊어버릴 정도로 너무 많은 일들이 있었거든요."
칼레가 여행의 목적을 분명하게 말했다.
"그래도 우리가 했던 모든 모험은 쓸모없는 것이 아니었어요! 우리는 인간에 대해 알고자 이 나라에 왔습니다. 우리는 인간이 무엇을 알 수 있는지, 인간이 무엇을 해야만 하는지 그리고 인간이 무엇을 희망해도 좋은지에 대해서 스스로 물어왔습니다."
플라토니쿠스-칸티쿠스가 말했다.
"그렇습니다. 여행을 하면서 우리는 이러한 물음들 중 몇 개에 대해 훌륭한 근거가 제시된 대답을 할 수 있게 되었습니다. 감성의 사바나에서 그리고 인식의 산에서 우리는 인간이 무엇을 알 수 있는지에 대해 탐구했습니다."

칼레가 보충해 말했다.

"또한 니에체 왕과의 싸움은 우리가 계속 여행할 필요를 만들어주었죠. 니에체 왕은 우리에게 인간이 해서는 안 될 것을 보여주었고, 그것과 함께 도덕의 문제에 대해 다시 깊이 생각할 수 있는 계기를 마련해주었습니다."

메타피지카가 그때 일을 기억하며 말했다.

"우리는 게다가 혁명 이후에 도덕이 정의로운 국가에 어떻게 영향을 주어야만 하는가의 문제로 바빴어요. 그러한 문제와 함께 우리는 국가 구성원 각자가 무엇을 해야 하는가 하는 물음뿐만 아니라 정의로운 공동체를 어떻게 이룰까 하는 문제에 대해서도 토론했어요."

플라토니쿠스-칸티쿠스가 강조했다.

"그리고 그것만으로는 충분하지 않아서 우리는 계속 여행했고, 마지막으로 겪었던 모험을 통해서 우리는 인간이 어째서 도덕적으로 행위해야만 하는가 하는 것을 알게 됐습니다. 프로이데의 오아시스에서 만난 지그문트가 옳다면, 비도덕적 행위는 심리적 균형을 위협하고 억압 과정을 유발하며 콤플렉스를 생겨나게 합니다."

메타피지카가 자신의 의견을 말했다.

"이러한 이유에서 행복하면서도 성공적인 삶을 살려면 중용의 원리를 지향해야 한다고 생각해요. 그렇지만 중용은 도덕 없이는 생각할 수 없어요."

세 친구들은 이제까지 자신들이 겪었던 모험을 점검해보면서 흡족한 웃음을 띠었다.

니코마코스가 말했다.

"그러나 한 가지 물음에 대해서는 아직도 너희들은 대답을 발견하지 못했지. 그것은 다음과 같은 문제야. '나는 무엇을 희망해도 좋은가?'"
 플라토니쿠스-칸티쿠스가 말했다.
 "맞아요. 솔직히 말해 우리는 그러한 물음이 있었는지조차 까맣게 잊어버리고 있었어요."
 칼레가 화가 나서 소리쳤다.
 "그것을 잊어버리고 있었다고? 그 물음 때문에 내가 거의 죽을 뻔했는데도? 내가 북쪽 사제단의 대주교를 모욕했다고 해서 헤로 폰 도트 기사가 내 머리통을 날려버리려고 했던 것을 벌써 잊었단 말이야?"
 "그러고 보니 이제 기억이 난다."
 그렇게 말하고 플라토니쿠스-칸티쿠스가 킥킥댔다.
 "나도 기억이 나는군."
 코기니툼이 그렇게 말하며 헛기침을 했다.
 "그때 내가 기사의 검을 막아냈잖아."
 "영원히 너를 고맙게 생각할 거야."
 칼레가 대답하며 지팡이의 머리를 쓰다듬었다.
 플라토니쿠스-칸티쿠스가 곰곰이 생각한 다음 말했다.
 "물론 '무엇을 희망해도 좋은가?' 하는 물음은 우리가 이제까지 겪었던 모험들 속에서 충분히 생각해볼 수 있는 것이었지. 특히 행복에 대한 추구와 관련해서도 그러한 물음을 생각해볼 수 있었어. 인간이 행복한 동시에 만족한 삶에 도달할 수 있는가 하는 물음은 항상 희망의 영역과 만나게 되니까. 그렇다면 우리는 그러한 문제를 오랫동안 잊고 있던 셈이야. 그러나 우리는 이제 희망이 공헌한 것을 과소평가해서는 안 돼."
 메타피지카가 말했다.
 "어쨌든 이 세 번째 물음은 어느 정도 종교와 관련이 있어. 예전에 북쪽 사제단의 대주교는 모든 결정을 신의 손에 맡기라는 맹목적 신앙을 강요했잖아. 그는 그때 어떤 신이 존재하는지 혹은 이 신이 우리가 그에게 모든 결정을 떠넘기는 것을 원하는지에 대해서 생각하지 못했어."

"따라서 우리는 다음번에는 인간이 희망해도 좋은 것이 무엇인가 하는 물음을 다루어야만 하겠지."

플라토니쿠스-칸티쿠스가 그렇게 결론을 이끌어냈다.

메타피지카가 물었다.

"그렇다면 이제 우리가 어디로 가야 하지? 내가 알고 있는 사람 중에는 자신이 신앙과 희망에 관한 전문가라고 주장하는 사람은 없어."

니코마쿠스가 말했다.

"그런 거라면 내가 너희들을 더 도와줄 수 있겠구나. 너희들을 피안의 해안가에 내려주마."

이러한 주제에 대해 극도의 불신감을 나타내고 있던 칼레가 물었다.

"그 해안가는 어떤 곳이죠?"

니코마쿠스가 설명을 해주었다.

"피안의 해안가는 비타의 바다 너머에 있기 때문에 그러한 이름을 얻게 되었단다. 사제와 수도원의 수녀들과 수도사들이 항상 그곳을 향해 떠났지. 왜냐하면 그들은 행복의 섬은 비타의 바다에 있는 것이 아니라 오히려 피안의 해안가 어딘가에 있다고 생각했기 때문이야."

플라토니쿠스-칸티쿠스가 물었다.

"이전에 거기를 갔다온 사람이 있었나요?"

니코마쿠스가 웃었다.

"그래. 분명 있었지. 아주 적은 수의 사람이 그곳에서 돌아오는 길에 비타의 바다 중간에 있는 이 행복의 섬도 발견한 것이니까."

메타피지카가 계속 물었다.

"돌아오지 않은 사람들은 어떻게 되었나요?"

"그들 중의 몇 사람은 내륙으로 깊숙이 들어가서 비타의 바다를 완전히 잊어버리고 나머지 삶을 피안에 대한 생각으로 보냈지. 그리고 다른 사람들은 돌아왔어. 돌아온 사람들은 그 피안의 해안가에 대해 실망한 사람들이거나 아니면 피안의 해안가가 행복의 섬보다 아름답다고 설교하는 사람들이었지."

"어째서 저희가 그곳으로 가야만 하나요?"

메타피지카가 계속 물었다.

"그곳에는 두 명의 현자가 살고 있는데, 사람들은 그들이 신앙의 물음에 대해 아주 정통하다고 해. 그들은 분명 너희들의 질문에 대답해줄 수 있을 거야."

공주가 재촉했다.

"그 두 현자에 대해서 좀 더 설명해주세요."

니코마코스가 코를 훔치고 나서 말했다.

"그래, 좋아. 이 믿음의 현자들은 신의 존재를 증명할 수 있는 늙은 사람들이야. 그들은 사람들이 온톨로기아[1]라고 부르는 동굴에 살고 있단다."

신존재증명에 관한 대화에 대해 별로 달갑게 생각하지 않는 칼레가 불쾌해하며 말했다.

"어떤 것이 증명되면, 그것을 아는 것에 그치지 그것을 믿게 되는 것은 아니잖아요."

니코마코스가 설명했다.

"바로 그게 현자들이 다루는 문제 중의 하나란다. 두 명의 늙은 현자는 서로 다른 신을 증명해냈어."

플라토니쿠스-칸티쿠스가 웃었다.

"하느님 맙소사! 그렇다면 그들은 각자 자신의 신만이 타당하다고 생각할 것이고, 다른 신은 상상의 산물이라고 주장할 것은 뻔하지 않습니까."

---

[1] 온톨로기아Ontologia 및 온톨로기Ontologie는 존재에 관한 이론을 말한다.

"바로 그렇단다."
니코마코스가 대답하며 고개를 설레설레 흔들었다.
"그들은 방해받지 않고 그 문제를 두고 서로 다투기 위해서 동굴로 되돌아갔어."
메타피지카 쿡쿡 웃으며 말했다.
"마치 미친 사람들 같네요. 우리는 제일 먼저 그 두 사람을 그 작은 전쟁으로부터 떼어내서 우리들의 물음에 대답하도록 만들어야겠군요."
그때 니코마코스가 말했다.
"그렇지만 더 어려운 것은 그 동굴 속으로 들어가는 일이야."
"무슨 말씀이세요?"
"사람들 말에 의하면, 괴물이 그 동굴 앞을 지키고 있다고 해."
"괴물이요?"
"그래. 두 현자는 이 괴물로 하여금 동굴 앞을 지키게 했어. 그래서 아무도 그 두 사람의 싸움을 중단시킬 수 없었던 거야. 괴물이 어떻게 생겼는지는 몰라. 끔찍하다고만 들었을 뿐이다."
칼레가 친구들에게 물었다.
"피안이라는 이렇게 불편한 주제를 그냥 놔두고 가면 안 될까?"
메타피지카가 단호하게 말했다.
"절대로 안 돼. 우리는 가능한 한 많이 인간에 대해서 듣기 위해 필로조피카에 왔어. 나는 신앙은 인간에게 매우 중요한 역할을 한다고 굳게 믿고 있어."
칼레가 신중하게 말했다.
"그러나 피안이나 내세나 신은 허구에 불과해. 만약 거기에 아무것도 없다면 사람이 믿어야 할 게 뭐가 있겠어?"
메타피지카가 반박했다.
"그렇지 않아! 중요한 것은 인간은 항상 신적인 어떤 것에 대한 동경을 갖고 있고 그것에 의해 영향을 받고 있다는 점이야. 그리고 이러한 욕구가 존재하다면, 그러한 문제를 탐구해보는 것도 충분히 의미가 있어."

그들은 진로를 바꾸어 피안의 해안가로 향하기로 결정했다.

항해는 비교적 순조롭게 진행되었다. 그리고 그들은 며칠 밤을 푹신푹신한 선실의 침대에서 보냈다. 다섯째 날 아침에 그들은 중용호에서 내려 니코마코스와 작별하고 육지로 향했다.

세 친구 앞에 펼쳐진 풍경은 경이로웠다. 모든 것이 보통의 것보다 훨씬 커 보였다. 나무들은 위압적으로 높이 솟아 있었고 돌들 또한 엄청나게 컸다.

플라토니쿠스-칸티쿠스가 말했다.

"사람이 이런 곳에 오게 되면 자신을 아주 왜소하게 여기거나 아무것도 아닌 존재라고 생각하게 될 거야."

얼마 걷지 않아 그들은 도시에 도착할 수 있었다. 그 도시에는 제의에 이용되는 것이 분명한 수많은 건물들이 솟아 있었다. 돌계단에 흑인이 앉아 흥겹게 노래를 부르고 있었다.

메타피지카가 말했다.

"실례합니다! 온톨로기아의 동굴을 찾는데요."

흑인은 고개를 들어 그들을 쳐다보았다. 그리고 딱하다는 표정을 지었다. 그가 물었다.

"정말로 그곳으로 가려고 그러니? 그 동굴은 괴물이 지키고 있는데!"

플라토니쿠스-칸티쿠스가 대답했다.

"알고 있어요. 그러나 어쨌든 믿음의 현자들에게 몇 가지 물어볼 게 있어서요."

"그렇다면 너희들에게 조심하라는 소리밖에는 더 해줄 것이 없구나."

그 사람은 그렇게 말하고 그들에게 길을 가르쳐주었다.

그리 오래 걸리지 않아 동굴을 찾을 수 있었다. 동굴은 암벽 사이에 있었다. 그들은 어두컴컴하고 마치 위협하듯이 입을 벌리고 있는 동굴의 입구를 멀리에서 알아볼 수가 있었다. 그들은 조심스럽게 접근해갔다. 그들이 마침내 동굴 앞에 도착했을 때, 그들은 깜짝 놀라지 않을 수 없었다. 입구 바로 앞에 엄청나게 큰 들쥐가 코를 드르렁 골면서 자고 있었던 것이다. 세 친구들은 놀라서 뒤로 물러났다.

플라토니쿠스-칸티쿠스가 말했다.

"엄청난 괴물이야! 들쥐가 적어도 사냥개만큼 큰 것 같아."

칼레가 말했다.

"어쨌든 한 가지는 분명해. 무기 없이 그 괴물을 상대할 수는 없어."

"나를 무기로 삼을 생각은 말아주었으면 좋겠어."

코기니툼이 입장을 확실히 했다.

"나를 가지고 들쥐를 때려잡는 것은 나의 존엄을 무시하는 처사야."

메타피지카도 자신의 의견을 말했다.

"어찌 되었든 간에 우리는 너를 무기로 사용해도 들쥐를 잡을 수 없을 거야. 쥐를 잡기 위해 무기를 사용하는 것은 적절하지 못해. 쥐를 잡으려면 고양이가 필요하지."

플라토니쿠스-칸티쿠스가 웃었다.

"아주 좋은 생각이야. 이렇게 커다란 들쥐를 잡을 수 있는 고양이가 있다면 좀 보여줘봐."

공주가 말했다.

"누가 알아? 여기에 이렇게 큰 들쥐가 있다면, 이 나라에는 아주 특별한 고양이가 살고 있을지도 모르잖아. 도시로 돌아가서 도움을 청해보자."

그들이 도시로 되돌아왔을 때에도 흑인은 계단 위에 앉아서 계속 노래를 부르고 있었다. 그가 물었다.

"자, 이제 다른 방법을 생각해보았니?"

플라토니쿠스-칸티쿠스가 분명하게 말했다.

"아뇨. 온톨로기아의 동굴로 들어가고 싶은 마음은 변하지 않았어요. 지금은 우리에게 도움을 줄 수 있는 고양이를 찾고 있어요."

"그렇다면 선사禪師가 사는 사원으로 가는 것이 좋을 거야."

그가 그들에게 조언을 해주었다.

"그 사원에는 강한 기를 지닌 고양이들이 많이 살고 있단다."

칼레가 물었다.

"선사가 무엇이고 기가 무엇입니까?"

그 사람이 솔직하게 말했다.

"나도 확실하게는 잘 몰라. 선禪은 명상의 한 형식이야. 대개 선은 앉아서 하는 형식을 띠지. 그것을 사람들은 좌선坐禪이라고 부른단다. 기는 자연 전체에 흐르고 있고 인간에게서도 볼 수 있는 에너지야. 강력한 기를 갖는다는 것은 그러한 에너지를 사용할 수 있다는 것을 뜻해."

메타피지카가 외쳤다.

"훌륭해요! 바로 그런 것을 찾아야 해요! 그 사원에는 어떻게 가죠?"

그 사람은 이번에도 친절하게 길을 가르쳐주었다. 그들은 그에게 다시 인사를 하고 사원으로 향했다.

그들은 커다란 나무문을 지나 사원 안으로 들어갔다. 정말 수많은 고양이들이 사원의 뜰에 무리 지어 있었다. 안마당에서는 여러 마리의 고양이들이 짝을 지어 대련에 열중하고 있었다. 그들은 쉬지 않고 발톱으로 나무 말뚝을 번개처럼 내려치고 있었고, 상대를 이리저리 피하면서 송판을 물어뜯고 위로 높게 뛰어오르기도 했다. 거기에 있는 고양이들은 보통 고양이보다 훨씬 컸다. 그러나 그 고양이들 중 어떤 고양이도 거대한 들쥐를 상대할 만하다는 인상을 주지는 못했다.

세 친구는 작은 연못가에 앉아 깊은 명상에 빠져 있는 선사를 찾았다. 그들은 선사가 그들을 알아볼 때까지 공손하게 기다렸다.

마침내 그가 부드러운 목소리로 물었다.

"무엇 때문에 왔는고?"

"저희는 대단히 어려운 부탁을 드리려고 합니다. 저희가 온톨로기아의 동굴로 들어갈 수 있게 도와줄 고양이 한 마리만 빌려주실 수 있는지요?"

플라토니쿠스-칸티쿠스가 간청했다.

"아, 그 들쥐가 문제지."

선사가 웃었다.

칼레가 다시 물었다.

"선사께서 갖고 계신 고양이들 중 한 마리만 저희에게 빌려주실 수 있습니까?"

선사가 대답했다.

"나는 고양이들의 주인이 아니란다. 그 고양이들은 스스로가 주인이지. 고양이들에게 물어보는 것은 너희들 자유야. 이 나라의 고양이들은 인간하고 말을 할 수 있단다."

플라토니쿠스-칸티쿠스가 놀라운 듯 물었다.

"그러나 어떤 고양이한테 말을 해야 하죠? 들쥐를 이길 수 있는 능력을 가진 고양이는 어떤 고양이입니까?"

"그 고양이를 찾는 것은 너희의 일이란다."

선사가 보일 듯 말 듯 엷은 미소를 지으며 계속 말했다.

"내가 너희들에게 조언을 해주는 것은 옳지 않아. 너희가 오로지 나의 지시에 따라 움직인다면 너희는 스스로 내릴 수 있는 직관적인 결단을 사용하지 않게 될 테니까."

"이 직관적 결단의 체득이 이 사원에서 선사께서 명상을 통해 추구하고자 하는 것인가요?"

메타피지카가 놀라워하며 물었다.

"그래. 바로 그것이다."
선사가 대답했다.
"직접적인 직관적인 경험을 하는 것이 중요하지. 모든 것이 하나라는 것을 경험하기 위해 자아를 해체하는 것이 목적이지."
칼레가 물었다.
"그러나 어째서 제가 저의 자아를 해체하기 위해 그렇게 애를 써야만 합니까?"
"직관적 경험은 너와 진리의 인식 사이에 있기 때문이다."
선사가 그렇게 대답했다.
"너희는 자아와 오성이 감옥일 수 있다는 것에 대해서는 생각해본 적이 없을 테지?"
"그렇지 않습니다!"
플라토니쿠스-칸티쿠스가 큰 소리로 말했다.
"저희는 감성의 사바나에서 그러한 경험을 한 적이 있습니다. 우리는 사물이 정말로 시간과 공간 안에서 틀림없이 존재하는가 하는 사실은 경험하지 못했지만, 우리가 지각하는 모든 것이 시간과 공간 안에서 일어난다는 것을 경험했지요. 우리가 원하든 원하지 않든 간에 오성은 똑같이 감각의 인상들을 일정한 범주들에 따라 정리하지요."
선사는 웃으며 말했다.
"자, 생각해보자. 그렇기 때문에 우리는 우리의 사원에서 오성의 독점을 피하려고 시도하며 세계의 진리를 직접적 경험으로 인식하고자 하는 것이다."
"다 좋은데, 도대체 어디서 고양이를 구할 수 있는 거죠?"
칼레가 노골적인 불쾌감을 나타내며 말했다.
선사가 미소를 지으며 그들에게 고양이를 자유롭게 골라보라는 손짓을 했다. 세 친구는 안마당으로 가서 훈련 중인 고양이들을 관찰했다.

드디어 그들은 각자가 고양이 한 마리씩을 골라서 도움을 청해보자는 데 의견을 모았다.

플라토니쿠스-칸티쿠스는 매우 강해 보이는 등을 가진 하얀 수코양이를 선택했다. 그 고양이는 매우 빠르고 노련하게 움직이면서 강력한 발톱으로 나무 막대를 격파하고 있었다.

칼레는 호랑이처럼 생긴 고양이에게 도움을 요청했다. 그 고양이에게는 강한 에너지가 흐르고 있는 것처럼 보였으며, 대단한 투쟁 정신 또한 느낄 수 있었다.

메타피지카가 하루 종일 피곤한 듯 반쯤 눈을 감고 벽을 응시하고 있는 매우 늙은 고양이에게 도움을 요청하자 친구들은 너무나 놀랐다. 이 불쌍한 고양이의 몸에는 이미 털이 듬성듬성 빠져 있었다.

세 고양이는 모두 도움을 주겠다고 허락했고, 그들을 따라 들쥐가 있는 동굴로 갔다. 가는 도중 플라토니쿠스-칸티쿠스가 메타피지카의 귀에 대고 작은 목소리로 속삭였다.

"저 불쌍한 고양이를 가지고 어떻게 하려고 그래?"

"나도 잘 모르겠어."

메타피지카가 나지막하게 말하며 어깨를 으쓱해 보였다.

"나는 거기까지는 미처 생각하지 못했어. 하지만 내가 올바른 선택을 했다고 믿게 만드는 그 무엇이 저 고양이에게 있었어."

플라토니쿠스-칸티쿠스가 제안했다.

"어쨌든 젊은 고양이들을 먼저 내보내는 것이 좋겠어. 늙은 고양이가 거대한 들쥐에게 잡아먹히는 것은 생각만 해도 끔찍하니까."

그러나 플라토니쿠스-칸티쿠스는 메타피지카를 공개적으로 비웃지 않았다. 왜냐하면 그는 두 젊은 고양이가 그 늙은 고양이에 대해서 존경심 같은 것을 드러내고 있다는 것을 깨달았기 때문이다.

그들이 동굴에 도착했을 때, 하얀 수코양이는 오래 망설이지 않고 제일 먼저 들쥐에게 달려들었다. 들쥐는 공중으로 치솟아 오른 다음 고양이를 무섭게 계속 물고 늘어지면서 공격에 맞섰다. 하얀 수코양이는 실컷 얻어맞고 나서야 꼬리를 내리고 달아났다. 그는 온몸에 상처를 입고 자신의 동료들에게 되돌아왔다.

그 뒤를 이어 호랑이를 닮은 고양이가 괴물에게 접근했다. 들쥐는 위협적으로 고양이를 노려보았다. 고양이는 커다란 들쥐의 주위를 여러 번이나 맴돌았다. 들쥐는 꼼짝하지 않고 고양이의 움직임을 응시했다. 세 사람은 고양이가 들쥐를 죽이기 위해 정신을 집중하고 있는 것을 분명히 느낄 수 있었다. 마침내 고양이는 결심한 듯 튀어올랐다. 싸움이 점점 격렬해졌다. 두 동물은 서로 깊은 상처를 입혔다. 그럼에도 불구하고 들쥐가 우세해 보였고, 호랑이를 닮은 고양이는 살기 위해 그 자리에서 도망쳐야만 했다.

마침내 늙은 회색 고양이가 일어나 조용한 발걸음으로 느릿느릿하게 동굴 앞으로 걸어갔다. 들쥐는 위협적인 소리를 내뱉었다. 그렇지만 늙은 고양이는 그 소리에 개의치 않고 가만히 앉아 있기만 했다. 그러자 들쥐는 불안해하기 시작했다.

들쥐는 날카로운 이빨을 드러내며 위협적인 몸짓을 여러 번 하더니 조심스럽게 회색 고양이에게 접근했다. 그러나 회색 고양이는 미동도 하지 않고 있었다. 그 고양이는 들쥐가 오는 것을 전혀 모르는 것처럼 보였다. 그 고양이는 그냥 거기에 앉아 있었고 반쯤 감은 눈으로 긴장을 푼 채 숨쉬고 있었다. 그것이 들쥐를 혼란스럽게 만든 것 같았다. 들쥐가 아주 조심스럽게 몇 걸음 더 가까이 다가왔다. 그때 갑자기 늙은 고양이가 섬광처럼 위로 튀어올랐다. 그 고양이는 들쥐의 목을 잡고서 단 한 번에 들쥐를 물어 죽였다. 그런 다음 고양이는 자신의 포획물을 동굴 앞에서 질질 끌고갔다.

플라토니쿠스-칸티쿠스가 놀라서 외쳤다.

"너희들도 봤지!"

"그래. 봤어."

하얀 고양이가 대답하면서 자기의 상처를 핥았다.

"저 늙은 고양이야말로 정말로 쥐를 잡는 기술에 있어서는 우리 고양이들의 스승이라 할 수 있어. 저 고양이한테 어떤 능력을 가지고 있는지 물어보고 한 수 배워야겠어."

늙은 회색 고양이가 되돌아오자, 다른 고양이들은 그를 둘러싸고 매우 존경스러운 눈빛으로 가르침을 부탁했다.

하얀 수코양이가 말했다.

"저는 매우 강합니다. 저는 쥐를 잡는 많은 기술들을 습득했습니다. 제 발톱은 매우 훌륭하고, 저의 도약은 힘찹니다. 그럼에도 불구하고 저는 들쥐를 이길 수가 없었습니다."

늙은 고양이가 슬쩍 웃으며 말했다.

"너의 힘과 기술은 들쥐의 힘과 기술을 능가하지 못했지. 기술을 습득하는 것만으로는 충분하지 않아."

수코양이가 자신의 생각을 말했다.

"그러나 저는 제 에너지, 즉 기를 훈련해왔습니다. 저는 힘과 기술 이외에 저의 기를 사용했음에도 불구하고 들쥐에게 졌습니다."

늙은 고양이가 설명했다.

"들쥐의 기가 너의 기를 능가했기 때문이다. 그래서 너는 적에게 무릎을 끓고 만 거야. 너는 너의 기를 무척 신뢰했지만 기를 공허한 힘으로 만들어버렸다. 너의 기가 한꺼번에 사용되어 짧은 순간 동안밖에 지속될 수 없다면, 그것은 단순한 열정이라고밖에 할 수 없다. 너의 기는 짧은 순간에 내리는 폭우와 같다고 말할 수 있다. 그러나 들쥐의 에너지는 항상 지속적인 강에 비유할 수 있지. 비록 네가 많은 에너지를 소유했다고 할지라도, 네가 열정의 노예가 되는 한 너의 기는 약해질 수

禪僧의 고양이에게
다가가는
거대한 들쥐
생쥐

밖에 없어."

하얀 수코양이는 가르침에 대해서 고마움을 표시한 다음 침묵했다.

호랑이를 닮은 고양이가 물었다.

"저는 왜 실패한 겁니까? 저는 오랫동안 저의 힘과 기술을 개선시켜 왔습니다. 그런 다음 저는 기를 향상시키기 시작했지요. 오래전부터 저는 매 단계를 거치면서 적절한 때를 위해 저의 정신을 훈련하고자 노력을 기울여왔습니다."

회색 고양이는 고개를 끄덕끄덕하고 나서 말했다.

"너는 매우 영리하고 강하다. 그렇지만 너는 들쥐를 이길 수가 없었다. 왜냐하면 너는 목적을 가지고 있기 때문이지! 들쥐를 죽여야겠다는 너의 희망은 새장처럼 너의 의식을 꼭 붙잡고 있었고, 그러한 의식이 본능적으로 공격해야 할 결정적인 순간에 너를 방해한 거야. 네가 싸움터로 나섰을 때, 들쥐는 너의 상태를 곧바로 꿰뚫어 보았지. 그렇기 때문에 너는 이길 수가 없었던 것이다. 너는 너의 힘, 기술 그리고 너의 행위하는 의식을 조화시키는 것이 불가능했다. 그것들은 서로 융합되기보다는 서로 분리되어 있으니 말이다."

호랑이를 닮은 고양이가 머리를 숙이고 아무 말도 하지 않았다.

메타피지카가 감명받은 듯 물었다.

"그런데 당신은 어떻게 해서 그 커다란 들쥐를 이길 수 있었죠?"

"나는 나의 본능대로 움직였을 뿐이야. 단 한순간에 나의 모든 능력을 무의식적으로, 자동적으로 그리고 자연적으로 사용했을 뿐이야."

늙은 회색 고양이가 그렇게 설명하고 햇살을 받으며 몸을 긁었다.

칼레가 존경하는 마음으로 말했다.

"당신은 확실히 세계에서 가장 강한 고양이입니다."

고양이가 웃었다.

"아니. 아주 가까운 이웃 마을에 나보다 훨씬 강한 회색 고양이가 살고 있어. 그 고양이는 매우 늙어서 털가죽이 뻣뻣하지. 나는 그 고양이를 한 번 만나본 적이 있어. 그 고양이는 아주 평범한 인상을 가지고 있었어. 그 고양이는 하루 종일 졸기만 하고 먹는 것도 아주 조금만 먹지. 그 고양이는 일생 동안 쥐를 잡아본 적이 없어. 그렇지만 모든 쥐는 그 고양이를 매우 두려워해서 그 고양이가 가까이 오기만 해도 바로 도망쳐버려. 그렇기 때문에 그 고양이는 쥐를 잡을 수 있는 기회가 한 번도 없었던 거야! 언젠가 그 고양이가 쥐들이 우글거리는 집에 들어간 적이 있었는데, 그때 모든 쥐가 황급히 그 집을 떠나 새로운 장소를 찾아야만 했지. 그 늙은 고양이는 자면서도 쥐들을 쫓을 수 있어. 이 고양이는 정말로 신비스럽고 강해. 나도 그 고양이처럼 되는 게 소원이야. 그 고양이는 고양이가 취해야 할 안정된 자세나 호흡 그리고 의식 그런 것들을 초월해 살고 있지."

플라토니쿠스-칸티쿠스가 말했다.

"우리가 의식을 배제한다면 목적 설정에 커다란 어려움을 갖게 되나요?"

"반드시 그런 것은 아니야."

그 늙은 고양이는 분명하게 대답을 하면서 부드럽게 웃었다.

"부자연스러운 의식적 반성이 직관에 따라 행하는 올바른 행위를 방해하지 않는 것이 중요해. 꽃병이 바닥으로 떨어질 때, 꽃병이 떨어져 깨지기 전에 재빨리 그것을 잡으려고 하는 것은 올바른 반응이야. 의식적 행위는 여기서 무익할 뿐이야. 정신은 물과 같아. 정신이 모든 곳으로 흘러갈 수 있게 하기 위해서는 정신을 좁은 생각으로부터 해방시켜야 해."

칼레가 의견을 말했다.

"그래도 저는 매우 회의적입니다. 그런 이야기는 별다르지 않아요. 특히 이때까지 선禪의 이념에 대해 경험을 하지 못한 사람에게는."

늙은 고양이가 웃었다.

"그러나 곰곰이 한번 생각을 해보게. 인간들도 논리적 추론이나 반성만 하며 사는 것은 아니잖은가."

메타피지카가 말했다.

"분명 그렇지 않지요. 인간은 감정, 의지와 환상을 가지고 있어요."

고양이가 물었다.

"자, 한번 생각해보게. 이 모든 것이 인간을 만드는 것이라면, 인간이 성공적인 삶을 살기 위해서는 인간은 반성의 힘보다 더 많은 것을 훈련할 필요가 있다는 것은 자명하지 않은가? 내가 자네들에게 말하는 것은 단순한 사유 이상의 것이 있다는 점이야."

이 말을 하고 나서 고양이는 그들에게 작별 인사를 하고 사라졌다. 두 마리의 젊은 고양이도 그 늙은 고양이의 뒤를 따랐다.

플라토니쿠스-칸티쿠스와 메타피지카 그리고 칼레 막스는 그들의 뒷모습을 오랫동안 지켜보았다.

"늙은 고양이가 옳을지도 몰라."

플라토니쿠스-칸티쿠스가 생각에 잠겨 말했다. 마치 연극 배우를 흉내내듯 말했다.

"우리가 학교에서 배운 지식들이 잠들어 있을 때에도 하늘과 땅에는 수많은 것들이 있네."

그들은 서로를 향해 고개를 끄덕이고 온톨로기아의 동굴로 들어갔다.

 15장 서로 싸우는 현자들
— 세 가지 커다란 모욕

그들이 동굴 안으로 들어간 지 얼마 되지 않았을 때 성난 목소리가 들려왔다. 분명 그것은 서로 격렬하게 싸우는 두 남자의 목소리였다.

메타피지카가 외쳤다.

"계속 가보자! 두 명의 현자가 틀림없어."

그들은 호기심에 가득 차 조심스럽게 앞으로 나아갔다. 길모퉁이를 돌자 그들 앞에 기묘한 광경이 펼쳐졌다. 넓은 동굴에는 서로를 향해 세워놓은 두 개의 바리케이드가 있었다. 그 사이에는 작고 큰 돌들이 수없이 놓여 있었다. 바리케이드 뒤로 두 명의 싸움닭은 번갈아 가며 몸을 숨기고 있었다. 그들은 두 사람 중 한 사람의 머리가 대머리라는 것과, 다른 사람은 긴 수염을 기르고 있다는 것을 알아차렸다. 두 사람은 서로 심하게 욕을 해대며 상대방에게 던질 돌을 계속해서 집어들고 있었다.

"너, 신성모독자!"

대머리 노인이 소리치며 수염을 기른 사람의 바리케이드를 향해 돌을 던졌다.

"악마 숭배자!"

반대편에 있는 긴 수염 노인이 으르렁거리며 힘껏 돌을 던지는 것으로 공격에 응답했다.

"실례합니다!"

메타피지카가 할 수 있는 한 크게 외쳤다.

"우리는 당신들께 묻고 싶은 것이 있어 여기에 왔습니다. 믿음의 물음에 대해서 여러분의 조언이 필요합니다."

두 믿음의 현자는 싸움을 중지한 채 그들을 놀라운 듯 쳐다보았다. 그런 다음 그들은 서로를 멍하니 쳐다보았다.

"도대체 이게 뭔가?"

긴 수염 노인이 대머리 노인에게 드디어 물었다.

대머리 노인이 중얼거렸다.

"나도 잘 모르겠는데. 그러나 나는 이들이 어린 양이라는 생각이 들어."

"어린 양?"

긴 수염 노인이 말했다.

"사람이란 뜻이야! 우리가 싸움을 끝냈을 때 돌보아야 할 존재라는 것을 알고 있잖아."

"그래, 맞았어!"

긴 수염 노인이 놀라워했다.

"어린 양. 그러나 그들은 너무 일찍 왔구나. 우리의 불화를 오랫동안 견딜 수 없었던 모양이군. 우선 나는 너를 배제해야만 해. 그런 다음에 사람을 위할 시간도 가질 수 있지."

이 말과 함께 그는 몸을 굽히고 다시 대머리 노인을 향해 돌을 던졌다. 돌이 거의 대머리 노인의 귀를 스칠 뻔했다.

"이 신성모독자여, 곧 복수를 해주마!"

대머리 노인이 소리치며 곧장 긴 수염 노인을 향해 돌을 잔뜩 집어던 졌다.

칼레가 화가 나서 소리쳤다.

"두 분 가운데 저희를 위해 시간을 내주실 수 있는 분은 안 계신가 요?"

"미안하지만, 나는 세계를 악으로부터 지켜야만 해!"

긴 수염의 노인이 새롭게 돌을 모으면서 외쳤다.

"나 역시 시간이 없어. 나는 지금 선을 지키고 있으니까."

대머리 노인 또한 그렇게 외치고 상대방을 겨냥해 돌 세례를 퍼부었 다. 그렇게 믿음의 두 현자는 세 사람을 아랑곳하지 않고 싸우는 일에 만 전념했다. 소리를 쳐봐도, 간청을 해봐도 소용이 없었다. 두 명의 노 인은 자기 일로 너무나 바빴다.

"더 이상 어떻게 해볼 수가 없어!"

메타피지카가 화를 참으며 한숨을 내쉬었다.

"우리가 뒤로 몰래 돌아가 그 두 사람을 제압한 다음 대화를 하도록 강요하면 어떨까?"

칼레가 웃었다.

"아주 좋은 생각이야! 나에게는 그런 것이 즐거운 일이지. 내가 긴 수 염 노인을 맡을게. 너희는 대머리 노인을 잡아. 그리고 동굴의 가운데 서 만나자. 거기서 두 사람이 대화하도록 만들어보자고."

그들은 계획대로 실행했다. 두 노인을 제압하는 것은 손쉬운 일이었 다. 두 노인은 서로에게 돌을 던지는 데 열중한 나머지 침입자들이 그 들의 요새로 숨어 들어온 것을 전혀 눈치 채지 못하였다. 메타피지카와 플라토니쿠스-칸티쿠스는 대머리 노인의 팔과 다리를 붙잡았고 동굴 의 가운데로 끌고 갔다. 바로 이어서 칼레가 긴 수염 노인과 함께 나타났다. 그는 즐거운 듯 입을 실룩거리며 자신의 포로의 겨드랑이를 껴안고 있었다.

서로 싸움을 벌였던 두 현자는 플라토니쿠스-칸티쿠스가 한쪽으로 쌓아 올린 돌무더기에 순순히 앉을 정도로 어리둥절해 있었다. 노인이 새로운 상황에 적응을 하는 동안 메타피지카가 말했다.

"저희의 무례한 행동을 용서하세요. 저희가 가진 물음에 대한 두 분의 대답이 매우 중요해서 어쩔 수 없었습니다."

드디어 긴 수염 노인이 마지못해 물었다.

"도대체 어떤 물음인데?"

"인간은 무엇을 희망해도 좋은가 하는 물음입니다."

대머리 노인이 자신의 의견을 말했다.

"어렵지 않지. 인간은 희망할 뿐만 아니라 믿어야만 해."

긴 수염 노인이 자랑스럽게 보충했다.

"게다가 인간은 인식할 수 있어. 우리는 신의 존재를 증명해야만 하네."

메타피지카가 물었다.

"증명하는 것이 정말로 가능합니까? 그렇다면 대단한 일이지요."

"그래. 그렇단다."

두 노인이 동시에 인정했다.

"그렇다면 왜 서로 싸움을 하시나요?"

"이 대머리가 잘못된 신을 증명했기 때문이지!"

긴 수염 노인이 욕을 해댔다.

대머리 노인이 투덜거리며 말했다.

"그건 사실이 아니야. 너는 신을 날조해 만들어냈잖아."

플라토니쿠스-칸티쿠스가 궁금해하며 물었다.

"그렇다면 두 분이 주장하는 신들의 차이가 무엇입니까?"

대머리 노인이 말했다.

"나의 신은 필연이고, 흑백의 체스판 무늬이지."

긴 수염 노인이 말했다.

"나의 신은 완전이야. 그리고 백색과 흑색의 다이아몬드 무늬로 되어 있지."

그 세 친구들은 놀라운 듯 서로를 쳐다보았다.

"이것이 두 분이 주장하는 신들 사이의 차이인가요?"

칼레가 의심스러운 듯 물어보았다.

"물론 아니야!"

대머리 노인이 말했다.

"나의 신은 평화의 신이야. 이 신은 자신의 이름으로 인간들이 서로 사랑하기를 원하고 있어."

"그렇다면 어르신의 신은 어떤가요?"

메타피지카가 긴 수염 노인을 돌아보며 물었다.

"나의 신은 사랑의 신이지. 그는 자신의 이름으로 인간들이 평화롭게 살기를 원하고 있지."

플라토니쿠스-칸티쿠스가 흥분한 듯 큰 소리로 말했다.

"그렇다면 두 분의 신은 똑같은 것을 원하는 거잖아요. 사랑과 평화 그리고 평화와 사랑은 차이가 없으니까요."

두 노인은 얼른 대답을 하지 못했고, 불쾌해하며 침묵했다. 마침내 긴 수염 노인이 시인했다.

"목적으로 보자면 너희들의 생각이 맞을지도 몰라. 그러나 나의 신은 이것이 그의 이름으로 행해지기를 원하고, 그의 신은 그의 신의 이름으로 실행되기를 원해."

대머리 노인이 한결 기분이 가벼워져 외쳤다.

"그래! 우리는 계속 적으로 남아 있을 수 있어. 우리의 신들은 같은 것을 원할지도 모르지만, 그러한 것이 자신의 이름으로 일어나기를 원해. 그러나 그의 신은 완전이고 나의 신의 이름은 필연이야. 그러므로 우리는 계속 싸워야만 해."

"이제 제발 좀 그만하세요!"

플라토니쿠스-칸티쿠스가 목소리를 높였다.

"두 분이 주장하는 신들은 사랑과 평화 모두를 원하고 있어요. 그러나 두 분은 서로의 신이 서로 다른 이름을 갖고 있다는 이유로 증오하며 싸우고 계신 거예요."

긴 수염 노인이 의기소침해서 물었다.

"그것 이외에 다른 방도가 있겠는가?"

"같은 신에 대해 두 이름이 붙여질 수도 있다는 것을 아직 한 번도 생각해보시지 않으셨나요? 우리가 대상에 대해 다른 이름을 부여한다고 할지라도 대상은 항상 있는 그대로 존재합니다. 삼각형은 삼각형이에요. 어떤 사람이 삼각형을 원이라 부르고 다른 사람은 그것을 사각형이라고 말하더라도 그들이 말하는 대상이 변하는 것이 결코 아니잖아요!"

"대단히 과감한 생각이야."

대머리 노인이 조심스럽게 말하며 코를 문질렀다.

"과감한 생각이 아니라 논리적 생각이지요."

메타피지카가 강조했다.

"그러나 저는 두 분에 대해 또 다른 생각을 하고 있어요. 두 분의 신이 무엇을 보다 더 중요하게 여기는가를 한번 생각해보신 적이 있는지요? 신이 원하는 바대로 사는 것이 중요한지 아니면 그것을 그의 이름으로 행하는 것이 중요한지요?"

두 현자는 서로 눈을 꿈뻑거리며 마녀의 화형에 대해서 무엇인가를 중얼거렸다.

"잠깐만요!"

칼레가 그들의 말을 제지했다.

"저희의 이야기는 아직 끝나지 않았어요! 도대체 신이 존재하기나 하는 겁니까? 아마도 두 분은 신을 멋대로 상상하고 그런 말도 안 되는 생각으로 세계를 독재적으로 지배하는 게 아닌가요?"

긴 수염 노인이 큰 소리로 부정했다.

"그렇지 않아. 신은 있어. 있다는 것을 우리가 증명했지!"

메타피지카가 요청했다.

"그렇다면 신존재증명에 대해서 말씀 좀 해주세요."

대머리 노인이 말할 자세를 취했다.

"내가 시작할까, 아니면 그대가 먼저 시작하겠는가?"

그는 긴 수염 노인에게 정중하게 물었다.

긴 수염 노인이 대답했다.

"오, 아닐세, 자네가 먼저 시작하게. 그대의 증명은 아주 훌륭해. 그대가 그대의 증명을 가지고 잘못된 신을 증명하는 것이 유감스러울 뿐이네!"

"그렇다면 내가 먼저 시작하지."

대머리 노인이 그렇게 운을 뗐다.

"나의 신은 필연이라고 하지. 그는 최상의 필연적인 존재이기 때문이야."[1]

칼레가 물었다.

"어르신은 신을 필연성으로 증명했다고 말씀하시려는 것입니까?"

"그래."

---

1) 신을 완전Perfectico과 필연Necessario으로 각자 다르게 주장하는 두 현자는 사기꾼이다. 이 두 증명은 르네 데카르트에서 유래한다. 데카르트는 존재론적 신존재증명을 통해 신을 신의 개념으로부터 입증하고자 했다. 그는 신을 필연적 존재ens necessario와 완전한 존재ens perfectico로 나타냈다.

대머리 노인이 흥분한 듯 음성을 높였다.

"신은 필연적인 방식으로 존재해. 그가 존재한다는 것에 대한 두 가지 명백한 증거가 있어. 첫 번째 증거는 인간의 세계 인식이지. 그 자신은 끊임없이 변화해가는 세계에 속해 있지 않으면서도 모든 것의 근원이 되는 최상의 존재가 존재하지 않는다고 하면 인간은 세계를 인식할 수 없게 될 거야. 변화하지 않는 어떤 것이 존재하지 않는다면, 모든 것이 다 변할 텐데 어떻게 인간이 확실한 앎에 도달할 수 있겠는가? 신은 스스로 변화하지는 않지만 모든 사물의 시작이자 모든 변화의 원인이라네. 그는 자신은 움직이지 않으면서 남을 움직이게 만드는 부동의 원동자이지! 이 확실한 출발점이 없다면 인간은 세계를 인식하는 것이 불가능하게 돼."

대머리 노인은 스스로 만족한 듯 입을 다물었다. 긴 수염 노인이 칭찬하듯 그의 어깨를 두드렸다.

"그러나 우리 인간이 참다운 세계 인식에 도달해야만 한다고 하는 것은 누가 말했나요?"

메타피지카가 태연하게 물어보았다.

"어르신이 저희에게 설명해준 것은 어떠한 논리적 타당성도 갖고 있지 않아요."

대머리 노인이 씩씩대며 말했다.

"무슨 말을 하려는 거야?"

메타피지카가 웃으며 말했다.

"어르신의 증명은 증명이 아니라는 것을 말하고 싶었어요. 말씀하시는 모든 것을 정리해보면 다음과 같습니다. '인간이 세계 인식에 도달할 수 있기 위해서는 신은 필연적으로 존재해야 한다.' 맞는 말처럼 들리지만, 그러나 인간이 세계 인식에 반드시 도달해야 할 필요도 없지요. 그렇지만 인간의 불완전함도 완전한 존재의 존재를 증명하는 것은 아니에요."

대머리 노인은 화가 나서 얼굴이 빨갛게 되었다. 그가 나지막하게 대답했다.

"너희의 무신론을 도저히 들어줄 수가 없구나. 그렇지만 나는 너희들이 부인할 수 없게 신을 또 다른 방식으로 증명할 수 있지."

칼레가 도전적으로 말했다.

"저는 그러한 증명이 있다고 전혀 기대하지 않습니다!"

대머리 노인은 숨을 깊이 들이마신 다음 말했다.

"'신'이라는 개념으로부터 신의 존재를 증명하는 것이 가능하지."

"그러한 것이 어떻게 가능하죠?"

칼레가 물었다.

"단어, 즉 '신'이라는 개념이 존재한다는 것은 너희들도 충분히 인정할 수 있겠지?"

대머리 현자가 물었다.

"인정합니다!"

칼레가 대답했다.

노인이 설명을 계속했다.

"'신'의 개념은 무한한 힘을 가진 존재를 묘사해. 그러나 우리는 전지전능한 존재가 존재할 때만 그 존재를 생각할 수 있어. 모든 힘을 가진 존재는 자기 자신의 전지전능한 힘에 의해서 필연적인 방식으로 존재하는 거야."

대머리 노인은 의기양양해서 고개를 뒤로 젖혔다.

"브라보. 잘했어. 브라보!"

긴 수염 노인이 축하해주었다.

플라토니쿠스-칸티쿠스가 말했다.

"죄송하지만 그것도 저한테는 아무런 증명이 되지 않아요. 어르신은 개념의 존재로부터 단순하게 어떤 존재가 있다는 것을 추론해낼 수는 없습니다. 유니콘의 개념이 그것의 실존을 곧바로 증명하는 것은 아니죠."

긴 수염 노인이 갑자기 버럭 소리를 질렀다.

"조용히 해! 네가 신을 더 모독하기 전에, 내가 증명을 통해 신의 존재에 대한 모든 의심을 떨쳐버리겠다."

메타피지카가 말했다.

"네, 좋아요."

긴 수염 노인이 말하기 시작했다.

"내 대머리 동료의 증명은 옳아! 그는 단지 실수를 했을 뿐이야. 신의 이름은 필연이 아니라 완전이지. 신은 완전이라고 불려. 신은 최상의 완전이고 최상의 완전한 존재이기 때문이야. '신'이라는 단어가 완전한 존재를 나타낸다는 것에는 동의할 수 있겠지?"

세 친구들은 조용히 머리를 끄덕였다.

긴 수염 노인이 계속해서 말했다.

"다시 말해 신은 완전한 존재야. 완전한 존재는 완전함의 모든 속성을 갖고 있어. 그렇지 않으면 그 존재는 완전하지 않으니까. 존재하는 것은 완전함에 속해 있는 속성들 중 하나지. 이것으로부터 추론해보면, 신은 존재한다고 볼 수 있지."

대머리 노인이 자신의 의견을 말했다.

"탁월해. 정말로 탁월해! 이것으로 볼일은 충분히 다 해결이 되었을 거야. 이제 다시 우리는 신의 이름을 둘러싼 우리의 싸움으로 되돌아갈 수 있겠지?"

플라토니쿠스-칸티쿠스가 그의 말을 끊었다.

"저는 다르게 생각합니다. 아직도 확실하지 않아요."

"우리의 증명을 의심한다는 말인가?"

두 노인이 성이 나서 외쳤다.

플라토니쿠스-칸티쿠스가 침착하게 말했다.
"바로 그렇습니다. 이 증명은 아주 결정적인 오류를 범하고 있습니다. 두 분은 개념의 속성으로부터 한 존재의 존재를 도출해냈죠. 그러나 이것은 허용될 수 없습니다. 개념이 사물의 속성들을 재현할 수는 있겠지만 모든 개념에 존재하는 사물이 일치하는 것은 아니니까요. 우리는 우리의 환상 속에만 있는 많은 사물들에 대한 단어들을 가지고 있습니다. '신'의 개념은 완전하고 전능한 존재에 대한 관념이 있다는 것을 증명할 뿐입니다. 그러나 이것은 그러한 존재가 존재한다는 것을 증명하지는 못하지요. 아까 말씀하신 유니콘을 생각해보세요!"
두 노인의 얼굴에 불쾌한 표정이 역력히 드러났다.
긴 수염 노인이 떨리는 목소리로 주장했다.
"개념은 무로부터 나오는 것이 아니야. 예를 들면 유니콘의 개념은 두 가지 경험을 합친 것이야. 말의 관념과 뿔의 관념을 합친 것이지. 그러나 그러한 두 관념은 경험에 기초하고 있어. 그렇지만 완전함은 인간의 경험의 범위를 벗어난 것이야. 따라서 이 완전함이 속해 있는 어떤 것이 존재해야만 한다는 것은 확실해."
플라토니쿠스-칸티쿠스가 대답했다.
"유감스럽게도 그러한 이의를 저는 받아들일 수 없습니다. 저는 모든 개념에는 최소한의 경험이 기초를 이루고 있다는 점과 완전함은 인간의 속성이 아니라고 하는 점에 대해서는 어르신과 의견이 같습니다. 하지만 유감스럽게도 그러한 것으로부터 완전한 존재가 존재해야만 한다는 사실이 도출되지는 않습니다. 오히려 인간은 이 개념과 함께 그것과는 정반대의 것을 더 잘 도출해낼 수도 있지요. 인간은 불완전하기에 이 결함으로부터 완전함에 대한 불명료한 관념을 발전시켜왔습니다. 만약 제가 세상에서 가장 큰 사람이라고 할지라도, 저는 존재하지 않지만 저보다 더 큰 어떤 사람을 생각해볼 수는 있잖아요. 불완전한 존재는 완전한 존재에 대한 희망을 발전시킬 수 있지요. 그렇지만 이 완전한 존재가 실존하는가는 아직 증명되지 않았습니다."

두 현자의 낯빛이 파래졌다. 긴 수염 노인이 크게 화를 내며 말했다.

"이렇게 뻔뻔할 수가 있나?"

플라토니쿠스-칸티쿠스가 재빠르게 말했다.

"저를 오해하지 마십시오. 두 분의 신을 모욕하려고 하는 것은 아니니까요. 아마도 신은 존재할지도 모릅니다. 다만 사람이 그 신을 증명할 수 없을 뿐이지요."

두 노인은 떨떠름한 표정으로 머리를 흔들었다.

플라토니쿠스-칸티쿠스가 계속해서 말했다.

"제가 말씀드리려고 하는 것은 두 분이 두 개의 차원을 섞어놓았다는 것입니다. 순수하게 개념적인 또는 관념적인 존재가 있거나 사물, 대상 또는 존재자처럼 공간을 점하는 존재가 있지요. 거의 대부분의 사물이 이름을 갖지만, 모든 개념에 사물이 상응하는 것은 아니지요. 그렇기 때문에 개념의 실존으로부터 사물 혹은 존재자의 실존을 도출해낼 수 없다는 것입니다."

급기야 두 노인은 플라토니쿠스-칸티쿠스를 무시해버렸기 때문에, 플라토니쿠스-칸티쿠스는 화가 나 한 걸음 더 나아가기로 결심했다. 그가 말했다.

"두 분은 모욕을 당할 필요조차 없군요! 저는 신을 증명하는 것은 원칙적으로 불가능하다는 것을 주장합니다."

믿음의 두 현자는 자신들의 귀를 막으려 했다. 그렇지만 칼레가 그렇게 하지 못하게 했다.

"계속해! 네가 하는 말을 명석하고도 판명하게 들을 수 있을 거야."

칼레가 플라토니쿠스-칸티쿠스에게 말했다. 플라토니쿠스-칸티쿠스가 계속해서 말했다.

"인간은 신을 증명할 수 없다는 견해를 가지고 있습니다. 인간은 불완전합니다. 따라서 인간의 행위와 사유는 완전하지 않습니다. 그러나 인간은 그의 사유에 의해서만 증명할 수 있어요. 그러나 인간이 불완전한 것, 즉 인간적 사유로부터 어떻게 신적인 존재와 같은 완전한 것을 추론할 수 있겠습니까. 저의 아버지라면 제한된 것으로부터 무한한 것을 도출할 수는 없다고 말씀하셨을 겁니다."

믿음의 두 현자는 입을 벌린 채 나란히 앉아 있었다. 대머리 노인이 애통해하며 말했다.

"그런 말은 신에 대한 아주 지독한 모독이야!"

긴 수염 노인이 큰 소리로 말했다.

"이들은 비열한 수작을 벌이고 있어. 이 무신론자들을 그냥 무시해버리는 게 좋겠어. 그리고 그들이 우리를 방해하지 않게 새로운 장소를 찾자."

대머리 노인이 대답했다.

"그래. 새로운 시대, 뉴 에이지[2]를 시작하고 그들의 잘못된 합리적 생각들을 무시해버리자고."

메타피지카가 노인들을 달랬다.

"그렇게 금방 가버리시면 안 돼요. 정말로 두 분을 모욕하려는 마음은 없었어요. 저희는 계속되는 물음을 멈출 수도, 그렇게 하고 싶지도 않기 때문에 아주 오랫동안 필로조피카를 돌아다닌 거예요."

긴 수염 노인이 말했다.

"그렇지만 너희는 너무 어린 것 같구나."

대머리 노인이 관대한 목소리로 말했다.

---

[2] 뉴 에이지New Age. 합리적이고 과학적으로 각인된 지배적인 세계상에 대항하는 반대 운동이다. 뉴 에이지 운동은 무엇보다도 여러 가지 방식(정신공학, 명상, 마약)으로 도달할 수 있는 의식의 확장을 목표로 한다.

"우리가 너희를 용서하마."

"그래! 우리가 너희를 용서하마!"

그들은 잘난 체하며 함께 같은 말을 되풀이했다.

긴 수염 노인이 인자하게 약속했다.

"너희가 갈 길에 대해 몇 가지 조언을 해주겠다. 신의 의지에 따라 살도록 하라. 너희는 신의 형상을 닮았으니까."

플라토니쿠스-칸티쿠스가 괴로운 듯 말했다.

"그렇지만 우리는 신이 도대체 존재하는지 그렇지 않은지 알지 못하잖아요."

대머리 노인이 그의 말을 가로막았다.

"물론 너희는 그것을 알고 있다! 인간 자신이 신의 존재를 위한 최상의 증명이지. 자신의 형상에 따라 인간을 창조한 신이 존재한다는 것에 의해서 인간의 삶은 모두 설명될 수 있어. 그렇지 않으면 인간이 창조의 가장 중요한 부분이라는 것을 이해할 수 없을 거야. 모든 것은 인간을 중심으로 해서 돌아가고 있어. 지구는 인간에게 정복되기 위해 창조되었어. 더욱이 전체 우주는 신을 닮은 형상인 인간들이 거주하는 지구를 중심으로 해서 돌아가지. 이것이 태양이 지구를 중심으로 해서 도는 까닭을 설명해주는 이유야."

이 말이 끝나자 잠시 침묵이 흘렀다. 세 친구는 놀라서 서로를 쳐다보았다.

플라토니쿠스-칸티쿠스가 조심스럽게 물었다.

"얼마나 오랫동안 이 동굴 안에 계셨던 겁니까?"

긴 수염 노인이 대답했다.

"아주 오래전부터 있었지. 왜 그걸 묻지?"

플라토니쿠스-칸티쿠스가 빙긋이 웃었다.

"코페르니쿠스 또는 갈릴레이[3)]에 대해서 한 번이라도 들어보신 적이 있으세요?"

노인들이 물었다.

"아니. 그 사람들이 누구지?"

"그들은 태양이 지구 둘레를 도는 것이 아니라는 것을 증명했어요. 정반대로 지구가 태양의 둘레를 돌고 있는 겁니다. 두 분께서도 그것을 아셔야 해요."

두 현자의 낯빛이 하얗게 질렸다. 대머리 노인이 놀라서 물었다.

"정말 확실한 거냐?"

플라토니쿠스-칸티쿠스가 대답했다.

"물론입니다. 저는 코페르니쿠스와 갈릴레이의 이론을 잘 알고 있습니다. 코페르니쿠스는 저의 아버지에게 있어 본받아야 할 모범이었으니까요."

대머리 노인이 신음하듯 말했다.

"그것은 창조가 인간을 중심으로 해서 돌아가는 것이 아니라는 말도 되잖아."

"바로 그래요."

플라토니쿠스-칸티쿠스가 확실하게 말했다.

"너희들은 지금 우리를 얼마나 심하게 모독하고 있는지 몰라."

긴 수염 노인이 중얼거렸다.

"인간이 창조의 절정이 아니라는 것을 받아들이기가 쉽지는 않으실 거예요."

메타피지카가 위로했다.

3) 니콜라우스 코페르니쿠스Nikolaus Kopernikus(토른 1473~프라우엔부르크 1543)는 천체의 주기를 연구했다. 가톨릭 교회에 반대해서 지구가 태양의 주위를 돈다는 견해를 제시했다. 갈릴레오 갈릴레이Galileo Galilei(피사 1564~아르체트리 1642)가 그의 주장을 경험적으로 입증했다.

대머리 노인이 욕설을 내뱉었다.

"아니. 아니, 정말 아니야. 설령 지구가 운동한다는 것이 진리일지라도 인간은 신의 모사이고 또 그렇게 남아 있어야만 해. 신은 모든 것을 만들었으니까. 신은 자신의 창조에 왕관을 씌우기 위해 마지막으로 인간을 만들었어. 인간은 신의 형상을 닮았어!"

"그렇다면 신은 원숭이와 같은 어떤 것을 가지고 있는 건가요?"

칼레가 그렇게 말하고 심술궂게 킥킥대며 웃었다.

"도대체 무슨 말이야?"

긴 수염 노인이 소리쳤다.

칼레가 즐겁게 웃었다.

"찰스 다윈[4]에 대해서 전혀 들어보지 못하셨나요? 이 사람은 생명의 발전에 대해 매우 흥미로운 이론을 내세웠습니다. 개별적 생명체는 조상들이 오랜 세월을 거치면서 변화된 생활 조건에 적응하면서 생겨나게 된 거라구요. 이 이론에 따르면 인간은 신의 창조물이 아니라, 원숭이와 유사한 존재로부터 발전되어나온 것에 불과합니다."

대머리 노인이 절망적으로 소리쳤다.

"인간이 원숭이로부터 유래했다는 말인가?"

칼레가 심술궂은 웃음을 거두지 않은 채 말했다.

"꼭 그런 것만은 아니에요. 하지만 인간과 원숭이는 공통의 조상을 가지고 있어요. 원숭이와 인간은 여러 가지 방식으로 적응해가면서 자신을 발전시켰죠. 이러한 적응은 유전적인 변화에 의해서 촉진됩니다. 후손은 우연적으로 부모와 약간 다른 속성을 갖게 됩니다. 이것을 돌연변

---

[4] 영국의 자연과학자 찰스 로버트 다윈Charles Robert Darwin(셔우스베리 1809~다운하우스 1882)은 여러 차례에 걸쳐 세계를 항해하는 동안 하나의 이론을 발전시켰다. 이 이론에 따르면 기존의 종들은 오늘날의 형태로 창조된 것이 아니라, 변이와 적응을 통해서 새로운 주변 환경에 적응한 것이다.

이라고 하지요. 이 속성이 생존에 긍정적으로 반응하게 되면 돌연변이는 계속해서 성공적으로 지속되고, 그렇지 않다면 사라지게 되는 거죠."

대머리 노인이 말했다.

"아주 끔찍하군! 인간이 우연의 산물이라니, 돌연변이라니!"

긴 수염 노인이 말했다.

"점점 더 나쁘게 되어가는군. 인간의 모습이 신을 닮은 게 아니라면, 인간은 더 이상 창조의 주인이 아니지. 그렇다면 인간은 다른 피조물보다 더 높은 지위를 갖지 못한다는 말 아닌가?"

칼레가 웃었다.

"아주 감동적인 이론이지요, 그렇지 않습니까? 저는 찰스 다윈을 존경합니다. 언젠가 책을 쓰게 되면, 그에게 그 책을 헌사해도 되는지 물어볼 작정입니다."

"지금 들은 말은 아까 들었던 것들보다 더 견디기 힘든 모독이야."

대머리 노인이 중얼거렸다.

"포기하지 말자고."

긴 수염 노인이 그렇게 말하면서 그의 어깨를 두드렸다.

"인간은 창조의 꽃이고 그렇게 남아 있어야 해. 아마도 창조자는 몇 가지 우회적인 방법을 택했는지도 몰라. 그러나 창조자는 인간을 자신의 형상에 따라 창조했어. 지구는 인간에게 정복당하기 위해서 준비된 거야."

메타피지카는 왜 그렇게 말하는지 궁금했다.

"어떻게 그러한 주장을 하실 수 있지요?"

긴 수염 노인이 분명하게 말했다.

"아주 간단해. 인간은 자신의 이성에 의해서 자신을 인도할 수 있는 유일한 존재니까. 동물은 충동에 사로잡혀 있고, 인간만이 자기 생각과 행위의 주인이야. 이러한 이유로 볼 때 인간은 창조물을 지배하도록 결정되어 있는 거야."

메타피지카가 이의를 제기했다.

"그것 역시 맞는 말이 아니라고 한다면 확실히 두 분의 가슴을 아프게 만들겠지요? 인간은 일반적으로 생각하는 것보다 훨씬 더 강하게 충동에 의해서 인도됩니다. 프로이데의 오아시스에 사는 지그문트는 인간 정신의 중요한 부분은 이드, 소위 충동에 의해서만 구성되어 있다는 것을 발견해냈습니다. 이드는 인간의 사고와 행위에 강력하게 영향을 미치는데, 예를 들면 갓 태어난 아기는 완전히 충동에 따라 움직이지요."

긴 수염 노인이 당황해서 물었다.

"인간은 결코 자기 자신의 주인이 아니라는 것을 말하려는 건가?"

메타피지카가 대답했다.

"그렇게 표현할 수도 있겠지요."

믿음의 두 현자는 서로 손을 마주 잡은 채 침몰하는 배를 바라보는 사람처럼 먼 곳을 응시했다.

"이게 무슨 모욕이람!"

대머리 노인이 계속해서 중얼거렸다.

그들은 자리에서 일어나 함께 동굴 뒤편으로 향했다. 가는 도중에 긴 수염 노인이 씩씩대며 말했다.

"아마의 짓이야."

대머리 노인이 원망스럽게 말했다.

"바로 그거야! 항상 신의 적들이 문제라니까. 지옥불에나 빠져버려라!"

그가 돌 하나를 집어 들면서 그렇게 외쳤다.

긴 수염 노인이 소리를 지르며 첫 번째 돌을 날렸다.

"그래. 꺼져버려, 이 사악한 합리주의자들아! 너희들은 지금 자신이 어떤 일을 저지르는지조차 모르고 있어! 너희는 신을 죽였어."

메타피지카가 소리쳤다.

"잠깐, 잠깐만 멈추세요. 우리는 두 분의 믿음에 반대하려는 것이 아니에요. 신을 인간의 행위를 판단하기 위한 척도로만 삼아서는 안 됩니다."

그들의 노력은 허사였다. 계속해서 돌이 그들의 귓가를 스쳐 지나가고 있었다.

"꺼져버려. 이 신을 죽인 놈들아!"

두 노인은 고래고래 소리치며 손에 잡히는 대로 돌을 집어던졌다.

칼레가 웃음을 참지 못하고 말했다.

"여길 떠나자! 이렇게 환대를 하는 동굴을 이제는 떠나야겠어."

그 말과 함께 그는 돌아섰고 친구들을 놔두고 먼저 가버렸다.

그들이 밝은 햇빛 아래로 나왔을 때, 칼레는 시끄럽게 휘파람을 불고 콧노래를 하며 어슬렁거리고 있었다. 그는 분명 그들의 마지막 모험에 매우 만족한 것 같았다. 메타피지카와 플라토니쿠스-칸티쿠스만이 실망한 채 동굴의 입구 앞에 서 있었다.

플라토니쿠스-칸티쿠스가 슬픈 표정으로 물었다.

"우리가 정말로 신을 죽인 것일까?"

메타피지카가 대답했다.

"물론 아니지. 우리는 신을 증명할 수 없다는 사실을 보여주었을 뿐이야. 그리고 인간은 정말로 존재하는지조차 모르는 것을 향해 자신의 삶을 바칠 수 없다는 것을 이야기했을 뿐이야."

플라토니쿠스-칸티쿠스가 곰곰이 생각해보고 말했다.

"그렇다면 이제 무엇이 남은 거지? 만약 신이 인간을 위해 어떠한 의미도 갖지 않는다고 생각한다면, 신이 존재한다고 할지라도 그가 어떠한 의미를 우리한테 가질 수 있지?"

공주가 대답했다.

"그러나 우리는 그렇게 생각하지 않잖아. 우리가 요구하는 것은 인간이 서로에게 무엇을 요구하기 위해 신에게 의존해서는 안 된다는 것이야. 그렇기 때문에 신은 우리의 삶으로부터 사라져서는 안 돼. 인간은 계속해서 그를 믿을 수 있고 신의 말씀에 따라 살 수 있을 거야. 그렇지만 아무도 그렇게 살라고 다른 사람에게 요구하거나 강요할 권리는 없어."

플라토니쿠스-칸티쿠스가 동의했다.

"그래, 네 말이 옳아. 우리는 신을 믿을 수 있어. 그러나 우리는 다른 사람에게 어떤 것을 강요하기 위해 그를 이용해서는 안 되지. 신은 각자가 스스로 평가를 해야만 하는 믿음의 심판자야. 그러나 그는 공개적인 심판을 위한 논거가 될 수 없지. 우리는 그가 존재하는 것을 증명할 수도 없고 그가 우리에게 요구하는 것도 증명할 수가 없어."

메타피지카가 웃었다.

"이것이 바로 우리의 물음이 아니었니? 우리는 인간이 무엇을 희망해도 좋은가 하고 물었었잖아."

"바로 그거야."

플라토니쿠스-칸티쿠스가 말했다.

"너는 모든 것을 희망해도 좋지만, 너는 아는 것이 없을 뿐이지."

5

이 모든 것은 무엇을 위한 것인가?

16장 거울로의 귀환

— 나 비 의   수 수 께 끼 [1]

공주가 다음 날 아침 두 친구에게 말했다.
"우리가 이제 여행을 마칠 때가 된 것 같다는 생각이 들어."
칼레가 물었다.
"우리가 이제 돌아가야만 한다는 뜻이니?"
"아마도!"
"그러나 우리는 아직 인간에 관한 모든 것을 듣지 못했잖아!"
공주가 대답했다.
"그 말이 맞을지도 몰라. 아무튼 필로조피카를 여행하면서 인간에 관한 모든 이론을 탐구한다는 것은 불가능한 일이라는 생각이 들어."
칼레가 기지개를 켜면서 자리에서 힘겹게 일어났다.
"나는 너희들에게 우리가 왜 여행을 왔는지 생각해보라고 말하고 싶

---

[1] 플라토니쿠스-칸티쿠스와 그의 친구들이 나눈 나비의 이야기는 분명 중국에서 잘 알려져 있다. 이른바 나비의 꿈[胡蝶夢]은 중국 철학에 있어 중요한 부분이기 때문이다. 『장자』의 호접몽으로 잘 알려져 있다.

어. 나의 아버지가 계획하는 행복주가 어떤 것인지 알 수 있기 위해 우리는 이곳으로 왔어. 나 개인적으로는 행복주가 어떤 것인지 알 수 있을 정도로 충분히 경험을 했다고 생각해."

메타피지카가 이렇게 말할 때, 플라토니쿠스-칸티쿠스는 자신의 침낭에서 빠져나오고 있었다.

칼레가 그들이 여행을 떠날 때 처음 가졌던 물음들을 되새겨보았다.

"나는 무엇을 알 수 있는가? 나는 무엇을 해야만 하는가? 나는 무엇을 희망해도 좋은가? 인간이란 무엇인가?' 아마 네가 옳을지 몰라. 돌아가면, 우리는 행복주를 마신 사람들이 어떻게 되었는지 보게 될 거야. 나는 그것을 보고 난 다음에 행복주에 대한 판단을 내리고 싶어."

"그러면 이제 우리가 우선 필로조피카를 떠나야 한다는 것에 모두 동의하는 거니?"

메타피지카가 물었다.

친구들은 고개를 끄덕였다.

플라토니쿠스-칸티쿠스가 곰곰이 생각해본 다음 말했다.

"과연 우리가 필로조피카를 떠날 수 있을지 잘 모르겠어. 아마도 우리는 우리가 왔던 길을 그대로 되돌아가야만 할지도 몰라."

뒷머리를 긁고 있던 칼레에게 갑자기 어떤 생각이 떠올랐다. 그는 배낭으로 달려가서 배낭에서 코기니툼을 끄집어냈다.

"코기니툼!"

그가 코기니툼을 불러낸 다음 말을 했다.

"우리는 너의 조언이 필요해! 우리가 어떻게 이 나라를 다시 떠날 수 있지?"

"너희들이 감성의 사바나로 다시 돌아갈 필요는 없어."

코기니툼이 투덜대며 말했다. 지팡이는 친구들이 자기를 잊고 있어서 약간 기분이 상해 있었다.

지팡이가 설명했다.

"아무 곳에서나 필로조피카를 들어오고 떠나는 것이 가능해. 너희가 이 나라를 떠나기로 결정했다면, 헤매지 말고 한 방향으로만 계속 가. 그렇게 가기만 하면 출구를 찾을 수 있을 거야. 그 이전에 필로조피카에서 경험했던 것을 다시 생각해보는 것도 물론 도움이 되겠지. 자신이 어디에 서 있는지 아는 사람은 자신이 어디로 가야 하는지 더 잘 판단할 수 있을 테니까."

"정말 고마워."

칼레가 그렇게 말한 다음 코기니툼을 다시 배낭 안에 집어넣었다.

그런 다음에 세 친구는 길을 떠났다. 그들은 완전히 말라버린 강바닥을 지나서 작은 언덕에 올랐다. 그 언덕에서 그들은 이제까지 헤매지 않고 잘 걸어왔는지 꼼꼼하게 살펴보았다. 풍경은 부드러운 윤곽을 그리고 있었다. 풍경은 마치 비단 위에 그려놓은 그림 같았다.

플라토니쿠스-칸티쿠스가 갑자기 소리를 질렀다.

"저기 저쪽에 출구가 있어!"

얼마 떨어지지 않은 곳에 어린 버드나무와 갈라진 암벽 사이에 끼어 있는 거대한 거울이 보였다. 그들은 거울을 감시하는 게 틀림없는 한 남자를 보고 당황했다. 그는 값비싼 비단옷을 걸치고 있었고, 머리는 틀어올려 묶고 있었다. 그리고 그의 손에는 휘어진 기다란 칼이 들려 있었다.

그들이 올바로 찾아온 것은 분명했다. 왜냐하면 거울의 틀에는 다음과 같은 글귀가 새겨져 있었기 때문이다.

"사페레 아우데! Sapere Aude!"

플라토니쿠스-칸티쿠스가 친구들에게 말했다.

"저 거울을 지나가야만 해."

"저 녀석이 우리를 그냥 지나가도록 내버려둘 것 같지 않은데."

그들이 거울로 다가가자, 검객이 거울 앞을 막아섰다.

그가 물었다.

"무엇하러 여기에 왔느냐?"

칼레가 대답했다.

"우리는 필로조피카를 떠나고 싶습니다. 옆으로 좀 비켜주시면 대단히 고맙겠는데요."

그 낯선 사람이 말했다.

"기꺼이 그렇게 해주지. 그러나 우선 내가 알고 싶은 것은 무엇 때문에 너희가 필로조피카에 왔었는가 하는 점이다. 그리고 너희가 이곳에서 어떤 경험을 했는지에 대해서도 알고 싶다."

메타피지카가 설명을 했다.

"우리는 인간에 대해 알고 싶어서 이 나라에 왔습니다. 우리가 문제 삼은 것은 인간의 인식능력, 인간의 도덕적 능력과 인간의 희망이었죠."

그 검객이 말했다.

"한번 들어보고 싶구나. 너희들은 무엇을 배웠지?"

플라토니쿠스-칸티쿠스가 설명했다.

"모든 것을 이야기하려면 정말 오랜 시간이 걸릴 겁니다. 그러니 그만하시고 지나가게 해주세요."

낯선 사람은 거울 바로 앞을 가로막더니 위협적으로 칼을 뽑았다.

그가 큰 소리로 말했다.

"미안하구나. 이 거울을 통해 필로조피카를 떠나려 하는 사람들이 가진 모든 앎을 점검해보는 것이 오래전부터 내가 맡아온 임무이다. 너희가 자발적으로 보고하지 않겠다면, 내가 너희에게 수수께끼를 하나 내겠다."

칼레가 자신 있게 대답했다.

"좋으실 대로 하세요!"

낯선 사람이 말하기 시작했다.

"오래전부터 내가 품어왔던 물음이 하나 있다. 날씨가 화창한 날 사과나무 밑에서 꿈을 꾸는데, 그 꿈속에서 너희가 나비가 되었다고 상상해봐. 그러면 너희에게 이런 두 가지 물음이 생기게 될 거야. 그 하나는, 내가 깨어 있는지 아니면 꿈을 꾸고 있는지 하는 물음이고, 다른 하나는 내가 나비를 꿈꾸고 있는 사람인가 아니면 나는 나무 밑에서 자면서 꿈을 꾸는 인간이라고 믿고 있는 나비인가 하는 물음이지."

칼레가 큰 소리로 말했다.

"당신은 정말 이상한 사람이군요! 말도 안 되는 질문이잖아요!"

검객이 기분이 상한 듯 말했다.

"내가 너희가 이곳을 지나갈 수 있게 해주느냐 마느냐는 이 말도 안되는 물음에 달려 있다. 너희는 인간에 대해서 어떤 것을 안다고 주장했었다. 그렇다면 너희들이 인간과 나비를 구별할 수 있어야만 하고, 지금 너희들이 꿈을 꾸고 있는지 아니면 깨어 있는지 알아야만 해."

말을 마치자마자 검객은 침묵을 지켰다. 그러자 친구들은 검객이 제기한 물음에 대해 열심히 여러 가지 해결책을 찾아보았고, 그에 대해 토론을 벌였다.

제일 먼저 아름다운 갈색 머리를 가진 소녀 메타피지카가 앞으로 나섰다. 그녀는 시바나에 대해서 그리고 반드시 시간과 공간에 의해서 결정되는 인간의 지각에 대해서 말했다. 그녀는 지각이 정리되는 범주들에 대해서도 이야기했다. 공주는 꿈속에서만은 자연법칙이 더 이상 통용될 수 없을 거라는 말로 끝을 맺었다.

그 다음으로는 약간 튀어나온 배와 행복한 얼굴을 한 칼레가 말했다. 그는 인간을 이성적 재능이 있는 존재로 정의했다. 그는 수수께끼에 몰두할 수 있는 존재는 인간밖에 없다고 주장했다. 나비의 문제와 관련해서는 자신은 확실히 잘 모르겠다고 했다. 그런 다음에 칼레는 경험에

나비의
수수께끼
생은

중요한 가치를 부여한다고 강조했다. 그는 이 경험은 우리를 기만할 수 있지만, 그래도 높은 의의를 갖고 있다고 강조했다.

"사람이 자기 자신을 인간으로서 느끼고 다른 사람들에 의해서 인간으로서 취급될 때, 그가 인간이라는 개연성은 더욱 높아지지요."

칼레는 이렇게 말하고 인간과 밀접한 관련을 갖고 살고 있는 나비는 정말 신기할 수밖에 없다고 말하기도 했다.

플라토니쿠스-칸티쿠스의 진술이 논증 고리의 정점에 올랐다. 그는 사람이 지금 깨어 있는지 꿈을 꾸고 있는지 결코 확실하게 알 수 없다고 주장했다. 그는 사람이 나비가 될 수 있다는 것을 확실하게 배제할 수 없다는 견해를 보였다.

"우리가 알고 있는 유일한 것은 우리가 존재한다는 것입니다. 우리는 생각합니다. 그러므로 존재합니다. 우리는 생각하는 존재입니다. 나비가 우리와 마찬가지로 반성할 수 있다고 한다면, 우리도 나비일 수 있습니다."

"그런 말로는 만족할 수 없다."

낯선 사람이 큰 소리로 말하며 자신의 칼을 쓰다듬었다.

"너희는 수수께끼에 대해 대답을 하지 못했다. 너희는 사실을 더 복잡하게 만들어놓았을 뿐이야!"

메타피지카가 물었다.

"그것이 답이 아닐까요? 종종 사물들은 보이는 것보다 더 판단하기 어려울 때가 있지요. 이러한 것을 아는 것도 커다란 가치가 있어요."

검객이 비웃었다.

"핑계. 모든 것이 핑계야."

플라토니쿠스-칸티쿠스가 말했다.

"들어보세요! 당신이 수수께끼에 대한 우리의 대답에 만족하지 못했다면, 우리가 당신에게 한 가지 물음을 제기하는 것도 옳다고 봅니다."

낯선 사람은 아무 말도 하지 않았다. 결국 그가 동의했다.
"그럼 어디 해보거라."
플라토니쿠스-칸티쿠스가 물었다.
"사람이 생각하는 사람인지 또는 생각하는 나비인가 하는 문제를 아는 것이 어째서 그렇게 중요합니까?"
검객이 놀란 듯 그를 쳐다보았다.
플라토니쿠스-칸티쿠스가 계속해서 물었다.
"내가 생각하는 존재인 한, 내가 깨어 있는지 꿈을 꾸는지, 내가 인간인지 나비인지 하는 물음에 전혀 무관심할 수가 없죠? 그렇지만 한 가지는 분명합니다. 내가 존재한다는 것. 그러나 내가 존재한다면 나의 존재는 나 자신에게나 다른 사람에게나 일관된 연속성을 갖지요. 내가 나를 의식하는 한, 그리고 그러한 경우 나는 책임을 느낍니다."
메타피지카가 웃었다.
"그래요. 나는 다른 사람에 대해서 도덕적인 태도를 취할 수 있어요. 도덕적 요구는 내가 나비이든 인간이든 변하지 않아요. 내 자신에 관해서 말하자면 나는 행복을 추구하죠. 그러나 대부분 행복은 자기의 본질적인 소질을 실현시키는 것에 있어요. 우리가 보았던 것처럼, 우리는 우리의 결정적인 능력을 사용할 수 있어요. 그 능력은 사유입니다. 그러므로 우리의 합리적 소질을 실현시키는 것이 중요합니다."
낯선 사람이 당황한 듯 물었다.
"너희는 인간인지 나비인지 전혀 구분할 수 없다고 말하는 것이냐?"
플라토니쿠스-칸티쿠스가 친절하게 대답했다.
"아뇨. 그렇지만 그러한 것을 결정적으로 증명할 수 없다는 겁니다. 우리가 생각하는 존재라는 것만은 확실합니다. 그러므로 우리의 삶을 이성에 따라 사는 것이 의미 있는 것이라고 여겨집니다."
칼레가 웃었다.

"우리가 인간인지, 아니면 나비인지 하는 그러한 문제는 모두 말장난에 불과하다는 것을 알아야 합니다. 한 가지 분명한 것은 설령 우리가 마지막까지 증명을 하지 못한다고 해도 우리 모두는 우리가 인간이라는 것을 안다는 점입니다. 우리는 배가 고픈 것으로부터 우리가 인간이라는 것을 느낍니다. 모든 사유가 확실한 것이 아니란 것은 당신도 알고 있지 않습니까. 사유 이상의 것도 있습니다."

낯선 사람은 혼란스러워했다. 그는 칼을 옆으로 내려놓고 돌 위에 앉아 이마를 훔쳤다.

메타피지카가 물었다.

"그를 여기에 이렇게 내버려두고 떠나도 될까?"

플라토니쿠스-칸티쿠스가 말했다.

"왜 놔두고 가면 안 되지? 그는 다른 것을 원하는 게 아니야. 그리고 그를 걱정해야 할 이유도 없어. 이렇게 몽상에 잠겨 있는 사람에게 필로조피카만큼 더 좋은 장소는 없다고 생각해."

칼레가 말했다.

"자, 그러면 거울 속으로 뛰어들자!"

그들은 서로의 손을 잡았다. 검객은 더 이상 그들에게 신경 쓰지 않았다. 그는 골똘히 생각하면서 바위에 앉아 있었다.

떠나기 전에 칼레가 소리쳤다.

"우리는 호기심 때문에 이곳에 왔다!"

거울 바로 앞에서, 플라토니쿠스-칸티쿠스가 웃으며 말했다.

"인간, 지식, 도덕과 희망에 대한 관심 때문에!"

그들이 거울 속으로 뛰어들기 전에 메타피지카가 소리쳤다.

"지혜에 대한 사랑 때문에!"

 17장 고통스런 귀환
 ―존재와 당위 사이의 구별

"아야, 누가 그랬어?"

칼레가 도착하는 순간 소리를 질렀다.

다른 친구들도 심한 고통에 신음 소리를 냈다.

"게리 매터스트가 거울 앞에 깔아놓은 매트리스를 누가 치워버렸지?"

플라토니쿠스-칸티쿠스가 그렇게 말하며 자신의 등을 문질렀다.

그들은 여행을 처음 시작했던 성의 다락방에 다시 도착했다. 물론 모든 것이 더 황폐해 보였다. 밖에서는 햇볕이 쨍쨍 내리쬐고 있었지만, 창에는 한 줄기 빛조차 들어오지 못할 정도로 잔뜩 먼지가 끼어 있었다. 다락방에는 수많은 물건들이 옮겨져 있었다. 누군가가 거울 바로 앞에 의도적으로 많은 상자를 쌓아놓았던 것이다. 그리고 바로 이 상자 위로 세 친구들이 떨어진 것이었다.

메타피지카가 어둠 속에서 뭐라고 중얼거렸다.

"여기서 나갈 수 있도록 도와줘!"

칼레가 소리쳤다.

"어디에 있니?"

"여기 있어. 낡은 깃발 뒤, 여기."

플라토니쿠스-칸티쿠스와 칼레는 공주를 찾아 다락방을 샅샅이 뒤지기 시작했다. 얼마 지나지 않아 그들은 메타피지카를 찾을 수 있었다. 그녀는 묶어놓은 거대한 두 무더기의 책 속에 끼어 있었다. 그녀가 거울에서 떨어질 때 책 무더기의 한 부분이 무너지면서 책이 그녀를 덮쳤던 것이다. 곤경에 처한 공주를 구해내던 두 사람은 웃지 않을 수 없었다.

"야비해!"

메타피지카가 일어서서 주변에 널린 책을 보고는 욕을 해댔다. 그녀는 재빨리 책을 한 권 집어 올렸고, 그런 다음 다른 책을 연거푸 집어 들었다. 그들은 모든 책의 종이가 까맣게 변색된 것을 보고 놀라지 않을 수 없었다. 나중에 책에 찍어놓은 것이 틀림없는 빨갛고 진한 도장이 책의 첫 장에 분명하게 새겨져 있었다.

"불행한 종말."

플라토니쿠스-칸티쿠스도 책을 보면서 마찬가지로 욕을 했다.

"도저히 이해할 수 없어. 비극적 종말을 가진 모든 책들을 없애버린 것 같아. 이 책들은 비극 중에서 가장 좋은 책들이었는데."

칼레가 말했다.

"이 책들을 없애려고 한 것 같아. 물론 왜 그랬는지 이유는 이해할 수 없지만."

메타피지카가 소리쳤다.

"행복주! 너희들도 알잖아. 아버지가 모든 인간들을 행복하게 만들려고 한다는 것을. 그리고 비극적 종말로 끝나는 소설들은 분명 아버지의 계획에 어긋나는 것이었을 테지."

칼레가 잠시 생각하다가 말했다.

"그럴 수 있겠구나."

플라토니쿠스-칸티쿠스가 말했다.

"떠나는 게 좋겠어. 오늘 우리가 본 이런 놀라운 일이 이번 한 번으로 끝날 것 같지 않은 불길한 예감이 들어."

칼레가 동의했다.

"그래, 그럴 것 같아. 그렇지만 우리는 이 거울을 안전한 곳으로 옮겨 다놓아야 해. 거울이 어떻게 될까 봐 걱정돼."

메타피지카가 말했다.

"그래, 그렇게 하자. 물론 나는 누구도 거울을 파괴할 수 없다고 생각해. 거울은 너무나 견고하니까. 우리가 항상 필로조피카로 가려면 이 거울을 이렇게 숨겨놓아야만 하겠지."

그들은 거울을 커다란 낡은 장롱 뒤에 숨긴 다음 하얀 천을 덮었다. 그런 다음에 그들은 컴컴한 다락방을 조심스럽게 지나 공주의 방으로 연결되는 비밀 통로로 내려왔다. 플라토니쿠스-칸티쿠스와 메타피지카가 그 뒤를 따라 나란히 내려왔고 그들은 설레임을 느꼈다. 그러나 그들이 공주의 방에 도착했을 때, 그들 앞에는 나쁜 일이 기다리고 있었다.

"내 책! 내 책이 모두 어디로 갔지?"

공주가 당황해하며 외쳤다.

공주의 방에 있던 책들은 모두 사라져버렸고, 화려한 책장은 텅 비어 있었던 것이다. 벽은 황량한 모습을 드러내고 있었다. 벽에는 그림 한 점 걸려 있지 않았다. 모든 것이 사라져버렸다. 유리창을 통해서 햇살만이 끊임없이 방으로 들어오고 있을 뿐이었다.

메타피지카의 볼에 눈물이 흘러내렸다. 그녀는 흐느껴 울었다.

"아버지가 이럴 수는 없어! 내가 이 책들을 얼마나 좋아했는데. 그 책들 중 몇 권은 내가 세 번씩이나 읽었던 것들인데. 마치 내 친구들처럼 그 책 속에 나오는 인물들과 그들의 생각을 잘 알고 있었는데. 나는 그들과 함께 웃고 함께 슬퍼했어. 나는 그들이 내가 용납할 수 없는 행위를 하려고 시도하면 화를 내기도 했단 말이야."

플라토니쿠스-칸티쿠스가 메타피지카를 감싸 안았다. 이 순간에 그가 메타피지카에게 해줄 수 있는 유일한 위로였다.

"앞으로는 네가 참아야 할 일이 더 많이 벌어질 거야."

칼레가 잠긴 목소리로 말했다. 그는 커다란 창문에 기대 서서 주먹을 꽉 쥔 채 아랫입술을 깨물었다.

한편 메타피지카와 플라토니쿠스-칸티쿠스는 칼레 곁으로 가서 창밖을 내다보았을 때, 크게 놀라지 않을 수 없었다. 그들이 마지막으로 보았던 풍경은 사라지고 없었다. 창가 바로 앞에 서 있던 아름드리 나무들은 잘려나가 온데간데없었다. 듬성듬성 남은 그루터기만이 흉한 모습을 드러내고 있을 뿐이었다. 회색빛의 넓은 길들이 풍경을 망치고 있었다. 엄청난 크기의 공장들이 여기저기에 들어차 있었고, 사람들은 마치 개미처럼 부지런히 공장을 드나들고 있었다. 공장 건물들 사이에는 커다란 야외 식당이 있었다. 요리사들이 분명 행복주로 여겨지는 음료수를 따르고 있었다.

그들은 그 광경을 보고 놀라지 않을 수 없었다. 플라토니쿠스-칸티쿠스는 니에체 왕의 궁전에서 보았던 개미들을 금세 떠올렸다. 거기에 있는 모든 사람들은 모두 매우 만족스러워 보였다. 그들은 넋이 나간 듯 멍해 보였지만, 그것 때문에 고통을 느끼는 것 같지는 않았다. 그들은 끊임없이 돌아가는 컨베이어 벨트 옆에 앉아 일을 했고 아무도 그것을 불평하지 않았다.

플라토니쿠스-칸티쿠스가 탄식하며 말했다.

"저 사람들이 숲을 없애버렸나 봐. 어떻게 닥치는 대로 자연을 파괴할 수 있었을까?"

친구들 중 누구도 대답하지 않았다. 그들은 놀라움에 몸을 떨면서도 그들 앞에 펼쳐지고 있는 모습을 주시했다. 바로 그때에 그들의 혐오감을 더욱 자극하는 일이 벌어졌다. 벌목꾼 중 하나가 사고를 당한 것이다. 웃고 있던 그는 실수로 자신의 발을 도끼로 내려쳤다. 그는 미친 듯 소리를 질렀으나 아무도 그를 도와주러 오지 않았다. 모든 사람들은 냉담하게 계속 자기 일만 하고 있었다.

칼레가 화가 잔뜩 나 말했다.

"저 불쌍한 사람을 도와주어야 하잖아."

벌목꾼 가까이 있던 한 여자가 일을 중지하고 불안하게 부상자를 쳐다보기까지는 꽤 오랜 시간이 걸렸다.

그런 다음에야 비로소 두 남자가 들것을 가지고 달려와 부상자를 실어 날랐다. 반면에 모든 사람들은 이전의 만족스러운 상태로 돌아가 단조로운 활동을 다시 계속했다. 메타피지카와 플라토니쿠스-칸티쿠스 그리고 칼레는 벌목꾼의 운명을 계속 주시했다.

두 남자는 벌목꾼을 병원으로 데리고 가지 않았다. 그들은 암벽 뒤로 가더니 들것 위에 누워 있던 부상자를 암벽 아래로 던져버리고는 그곳을 떠났다. 이렇게 그곳에 버려진 사람들은 그만이 아니었다. 암벽 뒤에 펼쳐져 있는 작은 늪지대에는 버려진 것이 틀림없는 여러 명의 사람들이 있었다.

세 친구들은 오랫동안 아무 말 없이 창문 앞에 서 있었다. 밤이 찾아오고 사람들이 일을 마친 다음 야외 식당에서 술을 마실 때까지도 그들은 그대로 서 있었다.

세 친구들은 사람들이 전혀 대화를 나누지 않는다는 것을 발견했다. 사람들은 각자 만족함을 느끼며 조그만 유리창을 보면서 앉아 있었다. 그들은 마치 동굴에서 보았던 포로들처럼 유리창에 번갈아 나타나는 오색영롱한 색깔의 놀이를 보면서 때때로 병에 담긴 무언가를 마시고 있었다. 남녀가 애정을 표현하고 있어도 다른 사람들은 전혀 신경 쓰지 않았다. 그렇지만 두 사람의 행위도 엄밀하게 말하면 애정에 의해서라고 말할 수는 없었다. 모든 것은 기계적으로 일어났고 어디에서도 열정은 찾아볼 수 없었다.

메타피지카의 얼굴이 굳어지고 찌푸려지는가 싶더니 눈에서 또다시 눈물 방울이 수없이 흘러내렸다.

"사람들이 어째서 저런 행동을 하는지 도저히 이해할 수가 없어. 니에체 왕도 저 정도로 심하지는 않았을 거야."

플라토니쿠스-칸티쿠스가 마침내 창문에서 등을 돌리면서 말했다.

"그들은 지금 자신들이 무슨 일을 하고 있는지 파악하지 못하고 있어."

칼레가 그렇게 말하면서 쌓아놓은 방석 위로 풀썩 주저앉았다.

"네 아버지가 행복주를 나누어주는 데 성공한 거야. 피착취자가 자신이 수탈당한다는 것에 대해 더 이상 모르게 될 때, 착취자에게 이상적인 상황이 오게 되지."

플라토니쿠스-칸티쿠스가 큰 소리로 물었다.

"그건 그렇고, 그들이 어떻게 이 멋있는 나무들을 잘라버릴 생각을 할 수 있었을까?"

칼레가 대답했다.

"아주 간단해. 지금 사람들이 처해 있는 이러한 만족한 상태가 사람들로 하여금 비할 데 없이 아름다운 자연을 보지 못하게 만드니까."

"그렇지만 그들은 그들 자신의 안식처를 파괴해버렸잖아!"

칼레가 대답했다.

"맞아. 그러나 그들은 그들 자신의 본래적 욕구를 전혀 느끼지 못하고 있어."

"그렇다면 부상자는 어떻게 된 거야? 어째서 아무도 그를 돌보아주지 않는 거지?"

불행을 낳는
행복주
생손

메타피지카가 드디어 창문에서 떨어져 나오면서 물었다.
"아, 그 부상자."
칼레가 말을 이어나갔다.
"인간은 다른 사람들의 고통에 대해 무관심해진 거야. 남들을 돌봐야만 한다면, 그들이 느끼는 완전한 만족이 흔들리게 될 테니까. 그렇기 때문에 그들은 서로에게 더 이상 관심을 두지 않는 거야."
플라토니쿠스-칸티쿠스가 이의를 제기했다.
"그러나 그 여자는 벌목꾼을 도와주었다고 볼 수 있어. 그렇기 때문에 두 남자가 들것을 들고 곧바로 달려왔잖아."
칼레가 설명했다.
"만약 그 여자가 정말 벌목꾼을 돌보아준 것이라면, 그녀는 그의 고통을 올바르게 파악했을 거야. 그랬다면 그 여자는 더 이상 행복하거나 만족스러운 상태에 있을 수 없지. 그녀가 만족스러운 상태에 있지 않다면 그녀는 왜 그런가 하고 깊이 생각하게 될 테지. 그리고 그렇게 생각을 할 수 있다면 그녀는 사회의 체계 전체를 문제 삼을 수 있을 거야."
플라토니쿠스-칸티쿠스가 이의를 제기했다.
"바로 그거야. 그렇게 제거된 사람은 그 벌목꾼 한 명만이 아닐 거야. 만족스럽지 않은 사람은 사회를 방해하게 되고, 그러니까 추방되는 거지."
"그러나 우리 모두 이것이 성의롭지 못한 일이라는 걸 알고 있잖아."
메타피지카가 한탄했다.
칼레가 냉철하게 말했다.
"이미 이렇게 된 상황을 우리가 어떻게 할 수는 없어."
플라토니쿠스-칸티쿠스가 소리쳤다.
"그러나 그렇게 내버려두어서는 안 돼."
"맞아."
메타피지카가 따라 말하며, 손을 허리에 짚었다. 그리고는 공주는 힘차게 방문 쪽으로 걸어갔다.
플라토니쿠스-칸티쿠스와 칼레가 뒤에서 그녀를 불렀다.
"어디로 가려는 거야?"
"아버지한테."
그녀가 말하며 문을 열었다.
"지금이 적절한 때라고 확신하니?"
플라토니쿠스-칸티쿠스가 그녀를 말리며 물었다.
메타피지카가 머리끝까지 화가 나서 소리쳤다.
"도대체 이게 뭐야? 지금 곧장 아버지한테 가지 않는다면, 나는 나의 중용을 잃어버리게 될 거야!"
플라토니쿠스-칸티쿠스와 칼레 막스가 성의 넓은 복도를 지나 성큼성큼 걸어가는 공주를 뒤따랐다.
칼레가 물었다.
"너의 아버지한테 뭐라고 말할 건데?"
메타피지카가 씩씩대며 말했다.
"할 말이야 무척 많지!"
공주가 알현실에 도착해서 육중한 문을 열려고 할 때, 코기니툼이 다시 한번 말렸다.
"우리가 좀 더 기다려야만 한다고 생각하지 않니? 우선 우리가 어떠한 행동을 취해야만 하는지부터 먼저 생각해보는 것이 현명하지 않을까?"
메타피지카가 반박했다.
"아니. 지금 이렇게 하는 것이 올바르다는 생각이 들어. 나는 내 생각과 나의 행위가 일치하고 있다는 것을 확신해. 항상 사색만 하고 있을 수는 없잖아. 사유 이상의 어떤 것이 있다는 것을 너 자신도 알고 있잖아!"
그녀는 친구들을 쏘아보며 힘차게 알현실의 문을 활짝 열어 젖혔다.
훅슬리 왕과 마법사 외에는 알현실에 아무도 없었다. 두 사람은 메타피지카 공주가 친구들과 함께 들어오는 것을 보고 매우 놀라워했다.
훅슬리 왕이 큰 소리로 말했다.
"오, 내 딸아! 너를 다시 볼 수 있어 기쁘구나!"
공주가 씩씩대며 물었다.
"이 나라와 백성들을 어떻게 하신 거예요?"
"나는 그들을 행복하게 만들었지. 무엇이 잘못되었느냐!"
"행복하게 만드신 게 아니에요. 백성을 모두 개미 떼로 만드셨더군요. 제 책은 다 어디로 간 거죠?"
"안전한 장소에 있지. 그 책들을 한데 모아둘 수밖에 없었단다. 그 책들 중 많은 책들이 사람들을 행복하게 만드는 것을 방해하거든."
"그러나 밖에 있는 사람들은 행복하지 않아요."
훅슬리 왕이 웃었다.
"아니, 그들은 행복하단다. 그들에게 직접 물어보렴."
플라토니쿠스-칸티쿠스가 큰 소리로 외쳤다.
"자연을 파괴해놓고 그들이 어떻게 행복할 수 있어요?"
마법사가 말했다.
"사람들은 더 이상 자연을 필요로 하지 않아. 그들은 더 이상 자연에 대한 두려움을 갖지 않아. 우리는 종교를 금지시켜야만 했어. 그렇게 해서 사람들로 하여금 창조물에 대한 불필요한 경외심을 품도록 요구하는 사람도 더 이상 없게 되었지."
칼레가 씩씩대며 말했다.
"자연은 귀중하게 대접받기 위해 종교를 필요로 하지 않아요. 자연은 그 자체로 보호받을 만한 가치가 있다고요."
훅슬리 왕이 태연하게 말했다.
"천천히, 천천히. 우리는 인간이기에 인간과 관련해서 어떤 것을 좋다 혹은 나쁘다라고 판단할 수 있지. 나의 신하들에게 자연은 더 이상 가치가 없어. 그들은 자연이 없어도 행복해하니까."

메타피지카가 반박했다.

"그것은 거짓말이에요! 이 나라의 사람들은 행복하지 않아요."

"그렇다면, 내 마법주가 듣지 않는다는 말을 하려는 겁니까?"

마법사가 그렇게 말하며 위협적으로 눈을 부라렸다.

공주가 단호하게 말했다.

"바로 그렇게 되기를 바랍니다! 인간은 행복을 지속적으로 경험할 수 없다는 것을 당신은 모르고 있어요. 인간은 변증법적 존재예요. 인간은 악을 보았을 때 선을 올바로 평가할 수 있어요. 그리고 고통에 대한 경험을 해보아야만 인간은 행복도 제대로 느낄 수 있어요. 이러한 교호 작용이 없다면 인간은 얼마 지나지 않아 시들시들하고 활기도 없는 만족 상태에 빠지게 되는 겁니다."

왕이 태연하게 말했다.

"그래서? 아무리 그래도 만족한 상태가 고통보다 백 번 낫지 않느냐?"

메타피지카가 화가 나서 소리쳤다.

"그것은 아버지 혼자만의 생각이에요. 인간은 자신에 대한 그러한 결정을 스스로 내릴 수 있는 권리를 가지고 있어요."

마법사가 웃었다.

"그렇게 되면 더 좋았을 겁니다. 하지만 그것은 우리가 사람들에게 자신의 삶을 스스로 결정하도록 허용해야만 가능한 거죠."

플라토니쿠스-칸티쿠스가 말했다.

"바로 그것이 당신들이 저지른 범죄입니다. 당신은 사람들의 기본적 권리를 발로 짓밟아버린 겁니다. 당신의 지배 때문에 사람들은 인간이 되기를 포기했습니다. 우리는 사람들이 다른 사람들과 전혀 대화를 나누지 않는 것을 보았습니다. 그러나 인간은 사회적 존재입니다. 이 나라에 있는 사람들은 완전히 금치산 선고를 받았고, 따라서 그들의 자유를 잃어버렸습니다. 당신은 당신의 백성들이 스스로 생각할 수 있는 권리를 빼앗아가버렸어요. 인간이 동물과 다른 점은 자유롭게 스스로 사유할 수 있다는 점입니다. 지속적인 행복 같은 것이 존재한다고 한다면, 그것은 인간이 가진 이러한 소질이 실현될 때에만 가능하겠죠."

잠시 동안 찬물을 끼얹은 듯 침묵이 흘렀다.

드디어 왕이 말했다.

"설령 그 모든 것이 옳다고 할지라도, 어째서 내가 이러한 상태를 변화시켜야만 하지? 지금 이 상황에서 나는 커다란 이득을 얻고 있는데. 그리고 사업도 이렇게 잘된 적이 없었다."

메타피지카가 나지막하게 말했다. 그러나 단호한 음성이었다.

"아버지는 옳지 않은 일을 하고 계세요. 아버지! 사람은 인간을 목적을 이루기 위한 수단으로 악용해서는 안 돼요."

"왜 그렇지? 아무도 그것 때문에 고통을 당하지 않는데. 나는 매우 만족스럽고, 그리고 백성들은 내가 그들을 이용하는 것을 전혀 알지 못해. 그러니 아무도 그것을 반대할 수 없을 거다. 그들이 배급되는 행복주를 차지하기 위해 서로 다투는 것을 너도 언젠가는 보게 될 거다."

메타피지카가 반박했다.

"그래도 그것은 정의롭지 못해요. 아버지는 사람들이 각자 자신을 발전시키고 행복을 찾는 것을 방해하고 있어요. 당사자들이 그러한 사실조차 모른다는 그 자체가 정말 나쁜 짓이에요. 저희가 필로조피카에 있었을 때 어떤 동굴에 들어간 적이 있었어요. 그 동굴 안의 어떤 사람이 포로들한테 잘못된 세계를 속여서 믿게 했지요. 그들은 이 기만적인 그림자에 만족했고, 더욱이 자신들을 해방시키려 하는 것에 대해 저항하기까지 했어요. 그래도 저는 우리가 그들을 해방시키기 위해 노력했다는 것에 대해 매우 행복해하고 있어요."

칼레가 외쳤다.

"옳습니다! 여기서도 똑같은 일이 벌어지고 있습니다. 당신은 당신의 백성들을 동굴의 포로들처럼 다루고 있어요. 단지 당신의 사기극은 동굴에서보다 훨씬 더 세련될 뿐입니다."

"말조심해라!"

마법사가 쉿 하는 소리를 내며 칼레를 위압적인 손짓으로 침묵하게 만들었다.

훅슬리 왕은 즐거운 듯 자신의 왕좌에 뒤로 몸을 기댔다.

"너희들은 옳고 나의 태도가 틀렸다고 가정해보자. 지금의 상태가 나를 이렇게 행복하게 만들고 있는데, 무엇 때문에 내가 선을 행하기 위해 나의 처신을 바꾸어야만 하지?"

플라토니쿠스-칸티쿠스가 이의를 제기했다.

"당신은 행복하지 않습니다. 당신은 많은 것을 가지고 있을 뿐입니다. 행복과 부는 같지 않습니다. 그리고 당신 역시 사회적 존재입니다. 당신도 행복하기 위해서는 친구들이 필요합니다. 그렇지만 당신이 모든 사람들을 이용하기만 하는데 누가 당신의 친구가 되려고 하겠습니까. 더욱 나쁜 것은 이 점입니다. 당신은 결코 당신 자신의 친구가 될 수 없다는 사실입니다. 항상 다른 사람을 희생시켜 자신의 이익만을 챙겨왔다는 사실을 깨닫는다면, 그 사람은 더 이상 떳떳하게 거울을 쳐다보지 못하게 될 겁니다."

왕이 음성을 높여 말했다.

"그래도 여태까지 나는 거울만 잘 보고 살아왔다."

그의 딸이 간청했다.

"그렇다면 이성을 사용하세요. 그 밖의 다른 누군가가 아버지처럼 똑같이 행동하기를 정말로 바랄 수 있으세요? 아버지의 행동이 모든 사람이 취해야 할 모범적인 태도가 될 수 있다고 생각하세요?"

헉슬리 왕이 태연하게 시인했다.
"아니, 그렇게 생각할 수는 없지. 나의 통치가 나쁠 수도 있다고 내가 이미 인정을 하지 않았느냐. 다른 사람이 이렇게 나처럼 태도를 취하는 것을 나는 분명 원하지 않아. 그러나 나만은 예외지."
메타피지카가 물었다.
"이득이 되는 한 완전히 의식적으로 불의를 행하기로 결심을 하셨단 말입니까?"
"그래, 그렇다."
왕이 웃으면서 시인했다.
공주가 탄식하며 말했다.
"바로 그런 원칙을 정하신 거군요. 다른 사람들과 협동할 수 있는 사회적 존재가 되는 것에 반대하는 결정을 스스로 내리셨군요. 아버지는 인간 공동체를 단지 목적을 위한 수단으로만 여길 뿐이지 그러한 공동체에 대해 높은 가치를 둘 마음이 전혀 없으시군요."
왕이 시인했다.
"바로 그렇다!"
공주가 씁쓸해하며 말했다.
"아버지의 그러한 태도는 어떠한 반대 주장도 인정하지 않겠군요. 그렇다면 제가 폭력으로 아버지의 계획을 저지할 수밖에요."
말을 끝내자마자 그녀는 마법사에게로 돌진했다.
"이제부터 행복주를 더 이상 만들 수 없게 될 거예요. 마법주를 만드는 주문을 더 이상 외우지 못할 테니까!"
"드디어! 일이 시작되었군!"
칼레가 환호를 했고 헉슬리 왕의 멱살을 잡으려 했다.
그 순간 마법사는 손을 들어 위압적인 목소리로 마술 주문을 외우기 시작했다. 세 친구들은 바닥에 쓰러졌고, 꼼짝할 수 없었다. 말을 하려고 해도 입술이 전혀 움직이지 않았다. 플라토니쿠스-칸티쿠스는 예전에 그가 칼레와 함께 엿들었던 대화를 떠올렸다. 그때도 우체부 카산드루스는 순간적으로 전혀 꼼짝할 수가 없었다고 했었다. 우체부에게 일어났던 일이 그들에게도 똑같이 일어난 게 분명했다.

그들은 꼼짝하지 못한 채, 왕이 마법사와 함께 그들을 어떻게 할지에 대해서 논의하는 것을 들을 수밖에 없었다.

"그들이 돌아오면 불안을 야기할 것이라고 내가 말하지 않았던가."

왕은 칼레의 귀를 잡아당기며 재미있다는 듯이 말했다.

마법사가 말했다.

"이제 이들을 어떻게 할까요?"

왕이 설명했다.

"세 가지 가능성이 있지. 먼저, 말을 듣지 않은 백성들처럼 그들을 넓은 바다 가운데 있는 섬에 가두어둘 수 있겠지. 아니면 다른 사람들처럼 행복주를 많이 마시게 해서 모반할 생각을 잊어버리도록 할 수도 있겠지. 세 번째는, 우리가 압류했던 책들과 그림들을 보관하고 있는 상아탑에 가두는 거야."

마법사가 왕에게 권유했다.

"세 번째가 제일 좋다고 사료되옵니다, 전하! 우리는 아직까지 아무도 그곳에 가둔 적이 없지요. 그 장소가 사람들과의 접촉을 끊게 해서 입을 막게 할 수 있는 적당한 곳인지 알아보는 것도 흥미로울 겁니다."

훅슬리 왕은 웃으면서 말했다.

"좋아. 상아탑에 가둬두기로 하세. 이 세 사람도 거기에 가는 게 편안할 거야. 그들은 중요한 생각들을 하느라고 바빠지겠지. 상아탑의 편리함 속에서 그들은 진정한 기쁨을 발견하게 될 테니까."

18장 이 모든 것은 무엇을 위한 것인가?

─ 상 아 탑 의 편 안 함

다음 날 아침, 그 세 친구는 다시 움직일 수 있고 서로 말을 할 수 있게 되었다. 그렇지만 그들은 서로를 만져볼 수는 없었다. 그들의 손은 단단히 묶여 있었고 곧 압송되었기 때문이다.

그들은 상아탑이라는 말이 지하 감옥을 뜻하는 암호인 줄 알고, 어두운 지하 감옥에 던져질 것을 예상했다. 그러나 사람들은 그들을 옛날부터 화려하게 장식된 성의 공원을 지나 우아한 하얀 탑으로 데려갔다. 그들은 의아하게 생각했다. 그 하얀 탑은 하늘로 높이 솟아 있었고 햇볕을 받아 광채가 났다.

탑으로 올라가는 문 앞에서 사람들은 그들의 사슬을 풀어주었다. 그들이 탑 안으로 들어서자 사람들은 조심스럽게 열쇠로 문을 잠갔다. 그들은 탑의 내부가 얼마나 아늑하게 꾸며져 있는가를 알게 되자 크게 놀라지 않을 수 없었다. 도주를 막기 위해 탑의 가장 꼭대기 층에만 창문이 나 있었다. 그렇지만 건물은 아주 세련되게 지어졌고 햇살이 방 안을 가득 채웠다. 나선형 계단이 부드럽게 위로 이어지면서 층과 층을 연결했는데, 계단은 작지만 편안한 벽난로가 있는 방에서 끝났다.

  물론 다른 층들도 안락하게 머무르는 데 불편함이 없도록 꾸며져 있었다. 각 층마다 아늑한 소파 또는 푹신한 방석이 놓여 있었다. 특히 세 친구들은 수많은 책을 보자 흥분하지 않을 수 없었다. 모든 벽이 책이 가득 찬 서가로 채워져 있었다. 나중에 알았지만, 사람들은 수상한 저서들을 모두 모아 상아탑에다 처박아둔 것이다. 책들은 세심하게 분류되었고, 언제든지 손이 가는 대로 책을 쉽게 골라볼 수 있었다.

  그들은 얼마 가지 않아 라세 아리스토텔의 전집을 발견할 수 있었다. 메타피지카는 곧바로 니코마코스와 중용호에 대한 그의 기록을 찾아보았다. 플라토니쿠스-칸티쿠스는 그의 부모가 쓴 책들을 찾아냈고, 아버지가 감성의 사바나에 대해서 써놓은 여행 보고서를 읽기로 결심했다.

  칼레는 플라토니카 부인이 정의로운 국가에 대해서 쓴 논문을 곧바로 읽기 시작했다.

  그렇게 그들은 며칠을 미친 듯이 책을 읽고 흥미로운 대화를 나누면서 밤을 보냈다. 그들이 책을 다 읽었을 때 그들은 새로운 책들을 찾기 시작했고, 회의주의자 르네와 프로이데의 오아시스에 사는 지그문트 그리고 토마스 홉스와 아르투르 벨트쉬메르츠가 쓴 것으로 여겨지는 책들을 발견했다. 저자들의 이름이 그들의 이름과 똑같지는 않았지만 매우 비슷했다. 그들이 필로조피카에서 만났던 사람들의 이름과 그 저서의 이름들 사이에는 아주 작은 차이가 있을 뿐이었다. 그들은 쇼펜하우어가 쓴 많은 저서들을 발견했다. 그렇지만 그 저서들 속에서 아르투르 벨트쉬메르츠라는 이름은 발견되지 않았다. 데이비드 흄도 찾았고 어떤 서가에는 칼 포퍼 경의 전집이 꽂혀 있었다. 물론 데이비드 홈멜과 칼 코퍼는 열심히 찾아보았지만 찾을 수 없었다.

  책의 내용에 관해서 말하자면 그 내용은 대체로 그들이 필로조피카의 나라에서 떠올렸던 그러한 생각들과 상당 부분 일치하였다. 물론 저자들은 세 친구들이 아직 알지 못하는 다른 많은 흥미로운 생각들을 다루고 있었다. 프리드리히 니체라는 이름의 저자가 특히 흥미로웠다. 그는 니에체 왕과 마찬가지로 힘에의 의지에 집중하고 있었지만, 그의 저서는 여러 가지 점에서 니에체 왕의 견해와는 분명한 차이가 있었다.

"내가 생각하기에, 니에체 왕의 태도는 프리드리히 니체에게서 발견할 수 있는 그러한 이론을 극단적으로 해석한 것 같아."

칼레가 니체의 책을 다 읽은 어느 날 저녁 그렇게 말했다. 그 뒤를 이어서 그들은 플로티누스, 존 로크, 르네 데카르트와 장-폴 사르트르의 저서들을 발견했다. 실존 식물 하이데에거와 키에르가르텐이라는 사람에 대한 정보를 알려줄 수 있는 사전은 없었다. 그 대신에 그들은 마르틴 하이데거와 죄렌 키에르케고르라는 이름을 발견할 수 있었다. 플라토니쿠스-칸티쿠스는 그들이 인식의 산에서 이용하였던 목마가 이타카의 특허국과 어떤 관련을 맺고 있는지 찾아보았다. 그리고 칼레는 헤로도토스 가문의 족보를 발견했다. 그들이 살펴보아야 할 것은 너무나 많았다. 욕심 없는 사람 디오게네스에 대해서, 그리고 교도관이었던 젊은 베르텔, 선의 고양이, 코페르니쿠스와 찰스 다윈 등등, 그들은 모든 책을 꼼꼼히 읽어보는 수밖에 다른 방도가 없었다.

하루 종일 그들은 책에 빠져 있었고, 저녁마다 오랫동안 그들의 새로운 인식에 대해서 흥미로운 대화를 나누었다. 그들은 상이한 저작들을 비교해보았고, 인용된 주장들을 검토해보고, 주요한 주제들에 대해서 토론을 하였다. 그렇게 그들은 한 주를 보냈다. 그들은 편안한 소파에 누워 훌륭한 책들을 읽으며 흥미로운 토론을 벌였다. 날마다 그들에게는 아주 맛있는 음식이 제공되었고, 그들은 배고픔에 시달리지 않아도 되었다. 어느 날 칼레가 책 읽기를 그만두고 창밖에 있는 세계를 보지 않았다면, 그들은 아마 영원히 상아탑에 갇혀 있었을지도 모른다. 어느 날 아침, 플라토니쿠스-칸티쿠스와 메타피지카는 천장이 높은 독서

실 중 한 곳에 들어서다가 칼레가 생각에 잠긴 채 창가에 서 있는 것을 보았다. 두 사람이 편안하게 소파에 누우려 할 때 칼레가 그들을 돌아보았다. 칼레가 결심한 듯 말했다.

"더 이상 이렇게 지내서는 안 돼!"

플라토니쿠스-칸티쿠스가 말했다.

"무슨 뜻이야?"

칼레가 진지하게 설명했다.

"우리가 더 이상 여기에 머물러서는 안 된다는 말이야. 세상은 점점 더 나빠져만 가고 있어. 너희가 창밖을 마지막으로 본 때가 언제인지 기억하니? 창밖의 풍경이 섬뜩해."

메타피지카가 동의했다.

"네가 옳아! 아버지를 꼼짝 못하게 만들어야 해. 저 바깥에서 세계를 파괴하는 사람들보다 우리가 나은 게 뭐가 있어? 그들은 그들의 행복주를 소비하고 있고 우리는 여기 상아탑의 편안함에 빠져 있어. 우리가 파괴에 직접적으로 참여하는 것은 아니지만 그들을 막지도 못하고 있잖아."

플라토니쿠스-칸티쿠스는 조용히 머리를 끄덕였다. 플라토니쿠스-칸티쿠스가 솔직하게 고백했다.

"지난 며칠 동안 나도 그런 생각을 했어."

칼레가 물었다.

"너는 너의 가족을 걱정하고 있지, 그렇지 않아?"

플라토니쿠스-칸티쿠스가 시인했다.

"그래. 정말이야. 그러나 그 걱정만 한 것은 아니야. 조금 전에 나는 『책임의 원리』[1]라는 책을 읽었어. 나는 그 책을 통해 윤리적 혹은 도덕

---

1) 1979년 독일 철학자 한스 요나스Hans Jonas가 발표한 책이다.

적 인식으로부터 행위에 대한 의무도 생긴다는 것을 깨닫게 되었지. 우리의 친구 글라우콘을 기억해봐! 그에게도 역시 인식이 책임감을 불러일으켰잖아. 그는 자신의 해방으로 끝내지 않고 동굴로 돌아갔어. 그러나 우리는 이게 뭐야? 상아탑 바깥의 세상에서 사람들이 앞으로의 일도 생각하지 않고 마구 행동하고 있는데, 안락한 이 상아탑에서 행하는 우리의 연구와 토론이 도대체 어떤 의미를 가질 수 있지? 사유가 어떠한 귀결도 이끌어내지 못한다면 그것이 도대체 무슨 의미가 있어?"

메타피지카는 곧바로 두 권의 책을 손에 들었다. 한 책의 제목은 『저항의 미학』[2]이었고, 다른 책의 제목은 『성숙을 위한 교육』[3]이었다. 그녀가 『성숙을 위한 교육』을 펼치며 말했다.

"이 작은 책의 한 문장을 너희에게 읽어주고 싶어. 교육이 반대와 저항을 위한 교육이라는 것을 목표로 삼고, 여러 사람이 모든 힘을 다해 그러한 것을 행할 때 성숙의 구체화가 이루어진다."

플라토니쿠스-칸티쿠스가 짧은 휴식 뒤에 그렇게 말했다.

"그 말 속에 실제로 모든 것이 담겨 있어. 저항을 행하는 것이 우리의 의무야. 그렇게 하지 않는다면, 우리는 성숙하지 못한 셈이지. 우리는 상아탑을 떠나야 해. 상아탑 밖의 삶은 확실히 이러한 편안함을 제공하지는 않을 거야. 그러나 우리 자신에 충실하려면 그렇게 행해야만 해."

칼레가 다음과 같은 말을 기억해냈다.

"도덕적 의무의 가정假定에는 자유의 경험이 기초로 놓여 있다."

메타피지카가 곰곰이 생각하면서 말했다.

---

2) 독일의 시인 페터 바이스Peter Weiss는 이 책을 모든 구성원을 향한 열정적인 호소로서 썼다.
3) 프랑크푸르트학파의 지도적 인물인 테오도르 비젠그룬트 아도르노T. W. Adorno(프랑크푸르트 암 마인 1903~비스프 임 발리스 1969)가 1969년 라디오 토론에서 말한 내용을 펴낸 책이다.

"우리가 어떻게 저항을 해야 하는가 하는 물음만이 이제 우리에게 남아 있어."

플라토니쿠스-칸티쿠스가 대답했다.

"그것은 전적으로 너의 아버지한테 달려 있어. 혁명 다음 날 우리가 정의로운 국가에 대해서 대화를 나눈 것을 아직도 기억하고 있지?"

"물론이지."

"그날 우리는 자유로운 의견을 말과 글로 표현하는 것이 폭력을 가능한 한 피할 수 있다는 점에 의견의 일치를 보았잖아. 물론 붓의 자유를 금지하면 국가는 다시 자연 상태로 떨어질 것이고, 그렇게 되면 각자가 스스로를 지키는 일이 허용되지."

"그러한 경우에 저항은 의무가 되고 미학적 가치를 얻게 되는 거야."

메타피지카는 그렇게 말하고 그때까지 계속해서 그녀의 손에 들고 있던 두 번째 책을 흔들었다.

플라토니쿠스-칸티쿠스가 확고하게 말했다.

"그래, 상아탑을 떠나자."

메타피지카가 찬성했다.

"그래."

두 사람이 한목소리로 물었다.

"칼레, 너는 어때?"

"나는 아무튼 저항하기로 결심했어."

칼레가 그렇게 말하고 어깨를 으쓱 들어올렸다.

플라토니쿠스-칸티쿠스가 물었다.

"창밖의 광경을 보고 그런 확신이 든 거니?"

"한편으로는 그러한 광경이, 다른 한편으로는 이 라틴어 사전이 그런 확신을 들게 했지."

칼레가 대답하고 삐죽이 웃었다.

"'사페레 아우데'가 무엇을 뜻하는지 알아보려고 사전을 봤거든."

칼레가 그들에게 그 격언의 뜻을 소리 높여 읽어주었고, 그들은 그 격언을 그들의 표어로 삼은 다음 그날 밤 상아탑을 떠났다.

그들의 탈출에 대해서는 거의 알려진 것이 없다. 사람들은 그들이 침대보를 찢어 엮은 줄을 타고 도망쳤거나 경비를 제압하고 탈출했다고 추측할 뿐이다. 한 가지 확실한 것은 그날부터 격렬한 저항이 시작되었다는 것이다.

그들이 첫 번째로 행한 것은 성의 주방에 몰래 들어가서 그날 배급될 행복주를 못쓰게 만든 것이었다. 나중에 그들은 상아탑에서 훔쳐낸 책을 주민들에게 나누어주었다. 그들은 행복주가 실린 열차가 지나가기를 기다리고 있다가 열차에 실려 있는 행복주들을 없애버리기 시작했다. 그들은 몰래 집집마다 방문해 감동적인 대화와 집요한 물음들로 주민들이 이제껏 느끼고 있던 행복을 보잘것없는 것으로 만들었다. 그들의 이야기를 들은 많은 사람들에게 행복주는 이렇게 김빠진 맛으로, 달갑지 않은 맛으로 바뀌어 갔다.

따라서 훅슬리 왕과 세 친구들 사이에는 격렬한 투쟁이 이어졌다. 그들은 항상 추적자들로부터 가까스로 도망치곤 했다. 그렇지만 그러한 고초에도 불구하고 그들 중 아무도 지금까지 겪었던 흥미롭고도 행복한 체험을 잊지는 못할 것이다. 작은 규모의 군대에 불과했던 그들의 숫자는 계속 늘어만 갔다. 그들의 군대에 새롭게 합류해서 싸우기로 한 사람들은 아주 다채로운 출신 배경을 가지고 있었다. 그 사람들 중에는 그들이 도착한 날 저녁에 보았던 벌목꾼과 똑같은 운명을 가졌던, 추방된 사람들도 있었다. 그렇지만 대체로 행복주 마시기를 거부했던 사람들이 모였다.

그들은 사람들이 찾기 어려운 거대한 호수의 늪지대에 은신처를 마련했다. 플라토니쿠스-칸티쿠스는 이 늪지대를 잘 알고 있었다. 그들은 플라토니쿠스-칸티쿠스의 마을로부터 점점 더 많이 은밀한 지원을 받았다. 이곳에서 그들은 매우 성공적으로 작전을 수행했다. 그들은 행복주를 받는 것을 거부하고 작은 그룹을 지어 필로조피카로 여행을 떠났다.

필로조피카의 나라에서 돌아온 사람은 거의 대부분 그들과 연대를 하곤 했다. 이러한 방식으로 저항 공동체는 점차적으로 확대되었고, 그 수 또한 증가했다.

훅슬리 왕은 여러 차례 자신의 전략을 바꾸지 않으면 안 되었다. 그는 항상 사람들에게 일용할 행복을 나누어줄 새로운 방법을 찾았다. 알약이나 빵에도 행복주를 섞어놓았고, 나중에는 모든 가정에 설치된 통풍구를 통해서 행복주를 보내려고 하였다.

그래도 그들은 계속해서 끈질기게 저항했다. 그들은 그 사이에 감금 당해 있던 플라토니쿠스-칸티쿠스의 부모님과 추방당한 다른 사상가들도 성공적으로 해방시켰다. 그들은 그러한 일에 대해 특별히 자부심을 느꼈다. 나중에는 우체부 카산드루스와 게리 매터스트와 그의 친구들도 합류했다. 그들은 힘들고 위험한 생활을 했지만, 행복했다.

어느 날 아침 메타피지카와 플라토니쿠스-칸티쿠스, 그리고 칼레 막스는 호숫가에 앉아 일출을 바라보고 있었다. 그렇게 바라보는 동안 태양은 여느 때처럼 수평선에 낀 안개 연기 위로 솟아오르고 있었다.

메타피지카가 생각에 잠겨 중얼거렸다.

"아직도 나는 안개가 완전히 걷힌 호수를 볼 수 없어."

칼레가 고백했다.

"나 역시 마찬가지야. 그러나 햇볕이 가득한 때가 우리에게 위로의 느낌을 준다는 것도 알아야만 해. 우리는 그 이상을 기대해서는 안 되겠지. 예전에 안개가 완전히 사라진 적이 있었는지는 여전히 의문으로 남아 있어."

"우리가 호수의 전체를 한눈에 바라다 볼 수 있는 날이 언젠가 오리라고는 생각하지 않아."

플라토니쿠스-칸티쿠스가 웃었다.

"그러나 그러한 호수 전체를 바라보려고 시도하는 것 자체만으로도 충분히 의미가 있지!"

더 읽을 만한 책들

사랑하는 독자 여러분께!

철학적 사고에 대해 기쁨을 느껴서 더 많은 철학적 참고 문헌에 관심을 갖게 된 독자를 위해 여기에서 다음과 같은 몇 가지 저서를 소개하는 것도 괜찮을 것 같다.

Von Aster, Ernst, 『철학사 Geschichte der Philosophie』, 18. Auflage, durchgesehen und ergänzt von Ekkehard Martens, Stuttgart, 1998.

Gaarder, Jostein, 『소피의 세계 Sofies Welt』, München, 1993.

Höffe, Otfried (Hg.), 『철학의 고전 Klassiker der Philosophie』, 3. Auflage, München, 1996.

Hösle, Vittorio und K., Nora, 『죽은 철학자의 카페 Das Café der toten Philosophen』, München, 1996.

Martens, Ekkehard, 『선과 악 사이에. 응용철학의 기초적 물음 Zwischen Gut und Böse. Elementare Fragen angewandter Philosophie』, Stuttgart, 1997.

Nagel, Thomas, 『이 모든 것이 무엇을 뜻하나? 철학을 향한 간단한 입문Was bedeutet das alles? Eine kurze Einführung in die Philosophie』, Stuttgartt, 1990.

Osborne, Richard, 『철학Philosophie. Eine Bildgeschichte für Einsteiger』, München, 1996.

Savater, Fernando, 『원하는 것을 해라Tu was Du willst』, Frankfurt am Main, 1993.

Weischedel, Wilhelm, 『철학의 뒤안길Die philosophische Hintertreppe. Von Alltag und Tiefsinn großer Denker』, München, 1966.